KB057098

그리운 문학
그리운 이름들

김주연 비평집

그리운 문학 그리운 이름들

펴낸날   2020년 5월 15일

지은이   김주연
펴낸이   이광호
주간   이근혜
편낸집   최지인 이민희 조은혜 박선우
펴낸곳   ㈜**문학과지성사**
등록번호 제1993-000098호
주소   04034 서울 마포구 잔다리로7길 18(서교동 377-20)
전화   02) 338-7224
팩스   02) 323-4180(편집) 02) 338-7221(영업)
전자우편 moonji@moonji.com
홈페이지 www.moonji.com

ⓒ 김주연, 2020. Printed in Seoul, Korea
ISBN 978-89-320-3631-1 03800

이 책의 판권은 지은이와 ㈜**문학과지성사**에 있습니다.
양측의 서면 동의 없는 무단 전재 및 복제를 금합니다.

이 도서의 국립중앙도서관 출판예정도서목록(CIP)은 서지정보유통지원시스템 홈페이지(http://seo-ji.nl.go.kr)와 국가자료공동목록시스템(http://www.nl.go.kr/kolisnet)에서 이용하실 수 있습니다.
(CIP제어번호: CIP2020018184)

김주연 비평집

문학과지성사

그리운 문학
그리운 이름들

그리움과 동경

'동경(憧憬)'이 아득한 미래를 향해 열려 있다면, '그리움'은 과거를 향해 무한정 달려간다. 그 질주는 미래를 향한 열림보다 더 넓고 더 제멋대로다. 문학은 어느새 내게 이렇듯 그리움의 대상이 되어간다. 내가 즐기고, 내가 생각했던 '문학'은 이미 과거가 되었는가.

이 책의 4부는 과거로 밀려가 있는 문학 친구들을 위한 진혼곡이자, 그리움으로 여전히 남아 있는 문학의 현장이다. 그들은 그리운 이름들이지만, 이 그리움 속에서 나와 더불어 현재와 똑같은 들숨 날숨의 호흡을 한다. 그렇다, 문학은 어차피 그리움의 다른 이름이다.

1, 2, 3부는 지난 5, 6년 사이 만년(晚年)에 주어진 단상들이지만, 나름대로 치열하다. 그리움을 딛고 앞을 바라본 문학의 미래일 수도 있다. 아마도 동경이라고 부를 수 있는 것일까. 그러나 바이러스가 인류를 위협하고 있는 세상에서 한갓 미망이 아닐는지— 오히려 묵시록적 예감 앞에서 숙연해진다. 이번에도 이근혜 주간, 그리고 최지인 편집장의 따뜻한 손길에 크게 빚을 졌다.

2020년 5월
법화산 기슭에서
伊村

5

차례

3부 작가가 빚은 항아리

4부 밀려간 시간 속의 이름들

1부
문학을 다시 생각한다

문학, 여전히 필요한가
― 디지털 시대 삶과 관련하여

　인문학의 유용성, 혹은 위기와 관련하여 문학의 유용성, 혹은 위기에 관한 논의도 여기저기서 진행되고 있다. 그 논의는 크게 세 가지로 나타나고 있는데 1) 대학을 비롯한 각종 대학 부속기관에서의 논의(강연 및 세미나 등), 2) 문인, 인문학자 들의 개별적 논의, 3) 기업체에서의 간헐적인 관심(입사시험 및 강연회 등)들이 그것이다. 그러나 아이로니컬하게도 막상 대학에서의 인문학 계통의 학문과 학과는 오히려 위축일로를 걷고 있어서 이와 같은 기현상을 바로잡는 일이 사회 전체의 선결사항으로 생각된다.

　인문학이 우리 사회의 화두로 등장하게 된 것은, 역설적으로 그것이 전통적인 중요성으로부터 멀어졌기 때문이다. 이때 그 근본 원인은 아날로그적 미디어 시대의 퇴조와 새로운 디지털 미디어 시대의 등장에서 비롯되는데, 이러한 상황 변화는 전자시대로의 이행에 따른 불가피한 현상으로 이해된다. 이러한 이행은 숱한 사회변동, 생활양식과 구조의 변화를 일으키고 있는데, 그중 핵심적인 부분이 문화의 생산구조와 생산 관계의 변화이다. 무엇보다 문학 분야에서 나타난 전자책, 온라인상에서의 웹진문학 등은 전통적인 종이책의 위상을 간섭한다(그렇다고 해서 현재 종이책의 생산과 권위가 일거에 흔들리고 있는 것은 아니다). 원고지에 글 쓰는 일은 컴퓨터의 한글 프로그램이 대신하고, PPT의 각종 아이템이 새로운 문자 영역을 개발해간다. 이러한 과정을 통해서 종래의 각인 위주의 독서 행위는 명멸 위주로 바뀌면서 문자와 필경을 중심으로 한 문학은 동영상 문학이 된다. 이러한 문학도 물론 문학이다. 그러나 유종호 교수가 주장하듯이, 문학에는 정전(正典, canon)이 있기 마련이며, 이것은 텍스트 개념 이상의 의미를 지닌다. 그 본질과 정신은 유종호 교수가 인용하고 있는 다음과 같은 H. 블룸의 견해에 압축되어 있다. 미학과 미학이 아닌 것과의 구별을 강조하면서 그는 말한다.

> 이것은 미적인 것을 이데올로기로, 혹은 기껏해야 형이상학으로 환원시킨다. 시는 시로 읽히지 않는다. 왜냐하면 그것은 일차적으로 사회자료이거나, 혹은 드물지만 가능한 것은, 철학을 극복하려는 시도이다. 이러한 접근에 대해서 나는 완고한 저항을 촉구한다. 저항의 유일한 목적은 가능한 한 충실하게 또 순수하게 시를 보존하는 것이다. [……] 시에 대한 공격은 사회복지에 파괴적이기 때문에 시를 추방하거나, 새 다문화주의의 깃발 아래 사회적 카타르시스를 떠맡을 때에나 허용된다.[1]

정전의 중요성을 강조하는 언급인데, 정전을 둘러싼 여러 역사적 논의에도 불구하고 '시 정신의 옹호'로 대변되는 전통의 소중함은 여전하다고 할 수 있다. 블룸의 견해에서 특별히 주목되는 대목은, 시에 대한 공격이 사회복지에 파괴적이라는 언급이다. 일반적으로 시의 순수성이 강조될 때, 그것은 사회현실과의 직접적인 관련성이 배제되는 미학 중심의 사고로 이해되고, 또한 사회복지와 같은 사회적 유용성과도 거리를 갖는다. 그러나 블룸은 시를 공격한다면 곧 사회복지를 파괴하는

---

1 Harold Bloom, *The Western Canon*, Harcourt books, 1994, p. 18; 유종호, 『문학은 끝나는가』, 세창출판사, 2015, p. 119에서 재인용.

일로 보았다. 이것은 미학의 사회적 유용성을 강조한 것으로서, 정전의 확립이 사회현실의 확립에 직접적으로 이어진다는 매우 중대한 인식이다. 정전은 그동안 마르크스주의와 같은 이데올로기, 최근에는 페미니즘과 후기 구조주의, 해체론 등등에 의해 비판받는, 이를테면 사회현실에 무관심한 보수의 철옹성쯤으로 인식되기 일쑤였다. 그러나 블룸은 그게 아니라는 것이다. 오히려 시적 미학의 순수성이야말로 현실 개혁에도 유용하다는 뜻으로 읽힌다. 그렇다면 문학을 포함한 인문학을 사회과학이나 과학기술보다 사회적 친연성이 크게 떨어지는 것으로 받아들이는 오늘의 문화 및 교육환경은 크게 잘못된 것이라고 하지 않을 수 없다. 더구나 아날로그와 디지털을 대립항으로 볼 경우, 전자를 퇴영적인 보수로 후자를 혁신적 진보로 수용하는 사회일반의 인식에도 매우 큰 오류가 내재한다고 볼 수 있다. 가령 다음 두 시의 의미를 그 문학적 가치에 있어서 어떻게 나누어 평가할 것인가. 18세기 시인 괴테와 21세기 시인 이원의 작품 일부를 음미해보자.

> 내가 어렸을 때
> 어디서 나왔는지 어디로 들어가는지
> 내 잘못된 눈은 그것도 모르고
> 태양으로 되돌아갔지, 마치 거기에
> 내 불평을 듣는 귀가 있는 것처럼 [……]
> 나는 여기에 앉아 인간을 만든다
> 나의 형상을 따라,
> 나와 닮았다는 종족을,
> 고통받고 눈물 흘리는
> 즐기고 기뻐하는
> 나처럼

당신을 존경하지 않는.
　— 괴테, 「프로메테우스」 부분

　몸 속에 웹 브라우저를 내장하게 되었어. 야금야금 제 속을 파먹
어 들어가는 달, 신이 몸속에 살게 되었어. [……] 몸 속이 점점 비
좁아지고 있어. 십계명을 새긴 돌이 자궁 속으로 굴러다니고 있어.
사막을 건너 아버지가 찾아와. [……] 방금 네가 날 검색했잖니.
[……] 몸은 구멍투성이야. 신들의 취미는 피어싱. 구멍은 신들의
수유구. 아니면 주유구.
　— 이원, 「몸이 열리고 닫힌다」 부분

　18세기 시인은 인간 존재의 신화적 연원의 허구성을 묘파하면서 신
에 의한 창조의 타당성을 내비친다. 이에 비해 21세기 한국의 여성 시
인은 컴퓨터와 스마트폰이 지배하는 세계의 존재론적 허무를 내뱉고
있다. 창조의 근원이었던 신은 욕망의 현장인 사람 몸속에 들어와 있
다. 이러한 대비는 오늘의 문화가 디지털에 깊이 침윤되어 있음을 보
여주면서 신의 질서 속에 유지되었던 전통적 가치의 와해를 암시한다.
이렇게 볼 때, 전통문화의 중심이었던 정전 또한 성서 해석학에서 발
원한 해석학을 기반으로 하고 있다는 점이 의미심장하다. 인문학의 본
질은 인간과 세계의 창조, 인간의 정체성과 같은 원초적 문제에 결부
되어 있는 것이다. 이러한 문제는 사회과학이나 자연과학, 혹은 디지털
기술과 같은 다차적이며 기능적인, 효율성 위주의 학문과 훈련으로서
는 도달되지 않는, 인간과 세계의 본원적인 운명과 관계된다.
　교육개혁 문제가 끊임없이 거론된다. 그러나 수십 년간 계속되어온
문제의 심각성에도 불구하고, 여기에는 방향성이 결여되어 있다. 대학
교육 개혁의 목적 설정이 불분명해 보인다. 오히려 '인문학 죽이기'가

14

현장에서 가장 두드러진 특징으로 나타나고 있어서 '인문학 살리기'라는 사회적 화두와는 심히 모순된다. 이른바 '문사철'로 불리는 문학, 역사, 철학의 해당 학과가 폐지, 통합, 축소되고 있는 것이 고작 '개혁'의 실제 현실이다. 인문학을 대학에서 추방하는 것이 대학 개혁이라는 왜곡된 인식이 생겨나고 있다. 따라서 문학의 현재적 필요성을 논의하기 위해서는 이 문제가 필수의 현안으로 제기되지 않을 수 없다.

오늘의 대학은 과연 인문학이 학내에 존재함으로 인하여 개혁에 방해를 받는가? 인문학이 제거되면 참다운 대학 발전이 이루어지는가? 자유, 진리, 정의를 외치면서 수립된 대학정신의 본산인 독일 훔볼트 대학의 중심부에는 오늘도 여전히 철학부가 자리 잡고 있다는 사실은 무엇을 상징하고 웅변하는가? 대학 졸업생들의 취업을 위해, 취업 현실에 적합한 공부 위주로 학문과 학과가 개편되어야 한다는 주장을 정부와 일부 언론이 내놓고 있다. 그 결과, 취업 현실에 무용한 인문학 대신 이공 계통의 학과가 그 자리에 들어가야 한다는 논리다. 이러한 논리는 얼핏 그럴듯하지만, 실제에 있어서는 완전한 허구이며 모순이다. 일례로서, 인문계 졸업생이 인문계라는 전공 때문에 취업이 안 된다는 실례는 지금까지 어느 통계에서도 확실하게 드러난 바가 없다. 마찬가지로 이공계라는 이유만으로 취업이 잘 된다는 증례도 없다. 인문계든 이공계든, 전공보다는 그 분야에서의 능력이 항상 문제인 것이다.

더 중요한 것이 있다. 인문학에 관해서 말한다면, 이 방면의 소양과 실력이 있는 인재가 보다 잘 배출되도록 교육되어야 할 것이고, 기업과 사회는 이들을 적극적으로 받아들여 그들의 능력을 활용해야 할 것이다. 문제는 이쪽에 문을 닫아놓고 있는 사회-기업과 정부의 무지와 편견이다. 이들은 인문학과를 대학에서 축소시키고 인문학 인재를 퇴출시키는 거꾸로 된 퇴행의 길을 걸어가면서 이를 교육개혁으로 착각, 오도한다. 그 결과, 우리 사회는 문학을 포함한 인문학 전반이 죽어가는 반인문적 사회가 되어가고 있고, 인문학은 그 뿌리가 되는 대학의 기반을 잃고 유랑극단처럼 거리를 배회하는 처지가 되었다.

반인문학적 사회의 처량하고도 끔찍한 모습은 이제 반인륜적 범죄가 만연하는 현실을 통해 급기야 우리 눈앞에 속출하고 있다. 남녀노소의 구별마저 해체시키는 반인문학적 디지털 문화는 마침내 부모와 자식이, 남편과 아내가, 스승과 제자가 서로 죽이고 죽는 가공할 범죄로 이어지고 있다. 디지털 문화에 편승한 사이버 산업은 금융산업으로 산업 형태를 집중시킴으로써 맘몬의 성을 높이 쌓아간다. 사람을 사람 되게 하는 덕목과 품성에 대한 존중은커녕, 최소한의 공동체 윤리인 법 지키기마저 화폐와 금력의 도구로 바뀌고 있다. 그 결과 국가도 학교도, 심지어 교회까지 그 고유의 권위가 흔들리고 모두들 돈, 돈……돈 타령이다. 돈을 위해서는 사랑도 체면도, 어느 경우엔 목숨까지도 팽개치는 우매한 기행이 난무한다. 인문학의 소중함을, 계량화할 수 없다는 핑계로 거부한 반인문학 사회의 참상이 바로 여기에 있다.

최근의 문학은 안타깝게도 기능화된 사회의 부품을 자처하면서 그 부속논리를 지향하는 인상이 짙다. 젊은 소설가 김중혁이 적절하게 그려내었듯이 품위 있는 인간이 아닌, 너무나도 구차스러운 모습의 좀비가 된 것이다. 인간도, 문학도— 이렇게 되면 철학자 아도르노의 말처럼 "기계가 천사"가 된다.[2] 현대문명이 기계를 떠나서 살 수는 없다. 그러나 기계는 기계일 뿐 천사가 될 수도 없고 천사가 되어서도 안 된다. 문학을 포함한 모든 인문학은 잃어버린 천사의 자리를 회복하고자 하는 눈물겨운 자부심을 되찾아야 한다. 기계까지도 용서하고 껴안고 가르치는—

[2014]

---

2 T. W. Adorno, *Noten zur Literatur III*, Suhkamp Verlag, 1966, p. 135.

죽음 뒤에 오는 영감
― 문학의 미래를 생각한다

1

「공각기동대」(루퍼트 샌더스 감독, 2017)라는 영화를 보았다. 스칼렛 요한슨이 주인공 메이저로 나선 SF영화인데 나로서는 관람하기가 만만치 않았다. 그럴 것이, 1960년대 중반 문학활동을 시작한 나 같은 아날로그 세대에게 이 영화는 본격적인 디지털 영화이기 때문이다. 오늘날 대부분의 생활은 디지털 중심으로 이루어지고 있으므로 아날로그는 벌써 물러가고 이미 세상은 바뀌어서 아날로그 세대가 이 영화에 불편함을 토로하는 것은 당연하면서 동시에 시대착오일 수 있다. 그러나 이 영화는 '본격적인 디지털'이다. 여기서 '본격적'이라는 표현은 단순한 에피세트가 아니라 디지털 문명의 핵심과 영화의 주제가 닿아 있다는 이야기다. 그 주제는 '나는 누구인가' 하는 근본적인 존재론이다. 사실 몇 년 전 어느 대학 인문학연구소에서 똑같은 주제로 특강 요청을 받은 일이 있는데, 나는 정중히 사양하였다. 결국 주제를 바꾸어서 수락하고 강의하였는데, 그 까닭은 당연히 주제가 너무 어려웠기 때문이었다. 어려운 것은 만만치 않다. 무슨 할리우드 영화가 이렇게 어렵고 철학적인가. 만만치 않은 세번째 이유는 인간과 기계의 융합에 따른 고통이 가져오는 혼란으로 인하여 러닝타임 내내 앉아 있기 힘이

들었다는 고백을 하지 않을 수 없다. 이러한 무거움은 결국 영화의 흥행조차 실패하는 결과를 가져왔는데, 이 실패는 역설적으로 내게 안도의 한숨을 쉬게 했다. "휴, 살았다—" 하는 느낌. 당분간 이러한 어려운 메시지를 머리에 이고 살지 않아도 되겠다는 내 나름의 아전인수식 자위와 해석이라 할 수 있지 않을까. 이 해석은 문학의 미래라는 명제가 무의식적으로 준비하고 있는 비슷한 주제로부터의 탈출을 도와준다. '문학의 미래'에는 디지털 문명, 인간과 기계의 융합, 그리고 '나는 누구인가'와 같은 엄청난 주제들이 연상적으로 매달려 있기 때문에, 아날로그적 전통의 상상력은 그로부터 거의 무의식적으로 달아나고 싶어 한다.

'문학의 미래'는 그럼에도 불구하고 이제 나와 딱 마주쳤다. 작년, 그러니까 2016년 나는 이른바 등단 50주년 기념 대담(『문학과사회』114호, 홍정선과의 대담)을 했고, 거기에 덧붙여 「사람 없는 놀이터에 사람들을!」이라는 글을 보태서 실었다. 이때 그만 나는 '문학의 미래'에 대한 실없는 소견을 피력했던 것이다. 그때 한 말이다.

　　문학이 없어져간다고 무서워하는 목소리들이 있다. 소설, 특히 한국 소설들이 안 팔리고 있으며 시의 경우는 다만 시인들 숫자만 많을 뿐 황량하다는 것이다. [⋯⋯] 오늘의 세상은 인터넷과 스마트폰이 지배한다. 그들이 교사이고 그들이 학교며, 그들이 사전이다. 따라서 정보전달자로서의 지식인은 기능도 없고 역할도 없다. [⋯⋯] 문학 책의 미래는 일대 혁신의 새로운 불이 켜지지 않는 한, 어둡게 계속될 것이다. 혁신의 새로운 패러다임은, 그러다 뜻밖에도 전혀 새롭지 않은 방향에서 나타난다. 해답은 간단하다. 재미를 회복하면 된다. 지식사회에서의 설득력을 지닌 재미.
　　문학의 재미 회복을 위해서는 무엇보다 본격문학과 통속, 혹은

대중문학의 구별이라는 아날로그적 전통으로부터의 탈피라는 패러
다임의 전환이 필수적이다. (pp. 318~19)

문학의 미래와 관련된 비교적 가벼운 코멘트 같아 보이지만, 영화
「공각기동대」 감상의 후기와 연관된 소감이 서로 연결되는 부분이 있
어 나 스스로 짐짓 놀라게 된다. 요컨대 그것은 아날로그적 전통과 관
습으로부터의 탈피라는 패러다임의 전환이다. 이로부터 새로운 재미
를 찾아내야 한다는 것이다. 이때 당장 뇌리를 장악하는 것은 '게임'이
라는 장르이다. 이 시대의 새로운 문화 장르라면 게임 아닌가. 그러나
게임이 문학일 수는 없다. 그러면서도 재미라는 측면에서는 외면될 수
없는 새로운 디지털 장르인 것이 사실이다. 여기서 새로운 시대에 요
구되는 것은 차원의 구별 아닌 차원의 융합, 차원의 돌파라는 주장이
불가피하게 제기된다. 영화 「공각기동대」의 출현은 이런 의미에서 새
로운 프레임을 향한 도전으로서의 가치가 있는 바, 이에 유발된 나의
충격은 곧 이 영화의 문학적 가능성과 접점을 이루는 어떤 것일 것이
다. '나는 누구인가'라는 본질적 존재론이 단순한 형이상학적 질문이
아니라, 디지털 문명에 의해 촉발된 구체적 실증의 문제라면, 문학 또
한 형이상→기계적으로 구체화된 현장으로의 이동을 수용하지 않을
수 없다. 말하자면, 미래의 새로운 문학은 필경 이러한 과정의 소산이
리라는 예감과 예정을 받아들여야 할 것이다. 어차피 미래의 어느 시
점에는 인간의 뇌가 순수 자연의 뇌만은 아니라는 과학이 탄생하고 있
지 않은가. 인간의 뇌와 컴퓨터가 직접 붙어 있는 뇌가 그것이다. 세계
인류의 73퍼센트가 전뇌를 설치했다고 영화는 말하고 있는데, 그 시대
적 배경은 2029년, 불과 12년 뒤의 모습이니, 바로 내일이라고 생각
해도 무방할 정도다. 뇌가 전자화되고 있다는 점은 인간과 기계의 융
합, 즉 더 이상 인간과 기계가 마주 보고 있는 대립적 입장이 아니라는,

『창세기』적 변혁의 질서 전복을 의미한다. 물론 이러한 전복이 과연 10여 년 뒤 실현되리라고 나로서는 믿지 않지만, 적어도 문학 형태의 장르 진입이 어느 정도 가시화될 것은 불가피해 보인다. 전통적 휴머니즘의 옹호 아래 문학의 모든 명제가 추진되는 상황이 도전받는, 또 다른 문학이 예비되고 있는지 모른다.

2

문제는 원고지 위에 펜으로 글을 쓰는 문학이 앞으로도 여전히 살아남느냐 하는, 문학 스스로의 물음이다. 이 물음은 지금도 회의적으로 부정된다. 이 시간 나는 볼펜으로 원고지 위에 여전히 글을 쓰고 있지만 이미 이조 잔영과도 같은 희미한 희소성의 차원으로 밀려나 있다. 마찬가지로 우리는 다시 물을 수 있다. 태블릿 PC 위에서 찍어대는 워딩을 통한 글쓰기만이 과연 문학인가 하는. 아니, 이러한 물음은 이제 이 같은 방법적인 차원에서만 제기되지 않는다. 방법적으로는 벌써 문학은 기계에 의존하는, 기계와의 융합을 실천하고 있지 않은가. 새로운 문학/미래의 문학은 기술방법 차원을 넘어서 그 모든 것을 통괄하는 주체성의 문제와 만나고 있다는 점에서 변혁적이다. 누가 글을 쓰고, 누가 그것들을 읽고 재미와 감동을 느끼는가. 더 나아가 그것이 과연 의미가 있는가 하는 물음이다. 이러한 차원에서는 예측 불가능할 뿐 아니라 이 시점에서 그 의미가 부정적일 수밖에 없다. 디스토피아가 상상되는 끔찍한 묵시록의 세계다. 주체성의 변화와 동요는 주체성의 파괴로 연결되는데, 주체성의 자리가 확실치 않은 상황에서는 창조와 수용 자체가 무의미할 것이다. 다시 반복하거니와, 누가 만들고 누가 읽겠는가. 주체적 인간성의 실종을 인간중심적 세계관의 붕괴라고 본다면 그로부터 야기되는 상황은 비단 기계주의, 인공지능만의 세계만은 아닐 것이다. 인간중심주의의 맞은편에서 떠오르는 현상은 이 경우 물론 기계중심주의가 되겠으나, 그와 더불어 보다 포괄적인 세계 이해의 평원이 열릴 수도 있다는 사실이 우선 전망된다.

미래의 문학을 전망할 때 이렇듯 주체성의 동요가 불가피해 보이고, 그것이 초래할 세계는 다분히 디스토피아에 기울지 않을까 염려된다. 그러나 디스토피아가 어느 날 갑자기 핵폭탄처럼 주어지는 것은 아니다. 디스토피아는 오히려 서서히, 점진적으로 감각적인 재미의 과정을 거치면서 실현되기 때문에, 그것이 진정한 디스토피아인지 전폭적으로 인지되지 않는 특성을 지닌다. 「공각기동대」만 하더라도 다행히(?) 흥행에서는 실패했다고 하지만 "재미있다"는 평가를 일정 부분 받았다는 사실을 기억하자. 인간의 목 뒤쪽에 네 개의 접속단자가 있고 여기에 코드를 꽂으면 뇌에서 나오는 이미지가 컴퓨터 모니터 화면에 떠오르니 얼마나 재미있는가. 문제는 이 재미가 어떤 선한 인격으로 연결되는지, 또는 인격의 고양과 개선으로 나아가는지 하는 점이다. 이와 연관되지 않는 재미는 필경 디스토피아를 바라보기 쉬울 것이다. 그러나 만화나 영화와 달리 문학에서의 디스토피아는 단순한 즐김의 차원을 넘어 반성적 측면을 아울러 함유할 수 있다는 점에서 유보적이다. 문학의 미래를 예견하면서도 예감할 수 없는 복잡하면서도 복합적인 성격이 여기서 노출된다. 그러나 바로 이러한 성격 때문에 문학의 본질에 대한 현재적 성찰이 요구되며 그 그림이 확연해질 수 있다는 면도 있다.

줄여서 말한다면 앞으로의 예술은 지금처럼 문학, 미술, 음악, 연극, 영화…… 등이 동일한 카테고리에 묶여서 거론되지 않을 가능성이 크다. 왜냐하면, 디지털 기계문명에 의해 접속되거나 수용되는(혹은 수용하는) 예술 장르와 그렇지 못한 장르의 운명적 이별이 불가피할지도 모르기 때문이다. 아마도 대부분의 예술 장르는 디지털 기계문명에 어떤 형태로든지 귀속될 가능성이 크다. 그것은 방법적 측면에서든 본질적 측면에서든 마찬가지이리라. 1995년 극장판 애니메이션으로 출발하여 소설, 비디오게임, TV 영화, 스마트폰 앱 등으로 진화된 '공각기동대'가 거의 다방면에서 성공을 거둔 가운데 유독 소설에서만 소리 없이 위축되었다는 사실도 유의미하다. 어쩌면 그것은 디지털 문명에 저항의 잠재의식을 지닌 문학 쪽의 반성적 속성 탓인지도 모른다. 문학의 이러한 속성은 1차에서 4차에 이르는 산업혁명의 역사와 내용을 되돌아볼 때 근본적인 이해가 가능하다.

먼저 18세기 영국에서 증기기관이 출현하였을 때 문학은 계몽주의라는 세계관의 각성으로 이에 응수하였다. 문학은 그러니까 기계문명의 대두에 순응하였던 것이다. 계몽의 발견은 이 시기 최대의 수확이라고 할 수 있으며 합리성과 이성의 덕목은 신비적 마법성, 혹은 낭만성을 점잖게 밀어내었다. 1차 산업혁명은 문학 쪽에서도 환영되었던 것이다. 갈등의 사단은 2차 산업혁명부터 일어난다. 그것은 문명의 발달을 과격하게 촉진시킨 2차 산업혁명 시기, 즉 19세기 후반에 와서 격화된다. 전기의 발명으로 에너지라는 개념이 세상을 휩쓸고, 진화론의 주장으로 생명의 기원에 대한 질문이 보편화되면서 이른바 리얼리즘 세계관이 모든 분야를 압도하게 된다. 그 압도는 전면적, 총체적이어서 소멸된 것처럼 보였던 마법과 낭만의 불씨를 되살려 리얼과 낭만의 싸움이 새삼스럽게 갈등을 일으켰다. 문학의 20세기는 사실 이 두 주장과 이론의 싸움판이었다고 말해도 과언이 아니리라. 그런가 하면 컴퓨터 혁명이라고 할 수 있는 3차 산업혁명은 아예 20세기 후반의 문학을 제압하였다. 어떤 의미에서 이 시기의 문학은 한편으로는 컴퓨터에 굴종적으로 동행하면서, 다른 한편으로는 컴퓨터에 깔려 신음하는 힘든 노정을 걸어왔다. 하기야 모든 종류의 억압에 대항하여 뱉어내는 신음이 문학이라고 한다면 감수하는 길 또한 부끄럽다고 할 수 없을 것이다. 부끄럽기는커녕 그 신음 소리에서 문학은 존재 의의를 알리면서 자부심을 가질 수 있다. 반성적 속성이란 이를 가리키는 것으로서, 게임이나 영화 속에 전개되는 디스토피아의 세계를 다만 재미로서만 즐길 수 없는 복잡한 양상이 된다. 재미가 있으면서도 그 재미의 의미를 반성해야 하는 문학의 이중적 운명! 그러므로 문학은 미래에도 이 운명을 피할 수 없을 것이다. 그 운명을 극복하기를 원한다면? 나는 「문학, 다시 떠나는 아브람의 길」이라는 글에서 아브람처럼 비장하게 길을 떠날 것을 권고하였다. 혹시 거기에 극복의 땅이 있을지도 모르리라는 기대와 함께.

이때 미래의 문학을 내다보면서 반드시 인식하여야 할 중요한 사항이 있다. 앞서 나는 이중적 운명의 극복이라는 말을 했는데, 여기서의 이중성은 재미와 그 반성이라는 태도의 문제일 뿐, 리얼과 낭만이라는 전통적 본질의 대립과는 무관하다. 미래의 문학―4차 산업혁명 시대의 문학은 인간과 인공지능의 혼합으로 말미암아 주체성이 붕괴되고, 따라서 리얼과 낭만도 그냥 섞여버렸다. 더 정확히 말한다면 뇌의 일부에 접속된 컴퓨터―반인반컴의 인간은 기계문명(리얼)의 산물이자 동시에 낭만의 산물이라는 것이다. 낭만적 환상을 통해서, 그리고 게임과 만화, 영화를 통해서 우리는 얼마나 그 같은 반인반컴과 사이보그를 꿈꾸었던가.

3

순전한 과학의 산물로 부지불식간에 여겨지고 있는 디지털 문명과 인공지능의 세계도 따지고 보면 인문적 상상력과 낭만/마법의 소산이라는 점이 인정될 때 문학의 미래는 끝을 모르는 진화와 동행하리라는 추론과 만난다. 예측되는 디스토피아도 온전히 문학의 몫으로 귀속된다. 백민석이나 김중혁 같은, 이제는 중년층에 이른 소설가들의 세계에 얼핏얼핏 나타나는 그 세계는 이러한 진화의 파장 어느 쪽에선가 일어남직한 일들과 관계된다. 그러나 보이는 그 세계의 참담한 모습 자체가 작가의 모든 의도는 아니다. 글로 씌어지는 문학의 딜레마이자 오묘한 승부점은 바로 이 지점에 있다. 정지돈이라는 젊은 소설가가 내놓은 "내가 싸우듯이"라는 책의 제목은 이런 의미에서 은밀하면서도 노골적이다. 「내가 싸우듯이」라는 소설은 이 소설집에 없다. 그런데도 내게는 이 제목이 지금 내가 쓰고 있는 이 글, 그러니까 미래의 문학과 관련된 문학의 운명과 그 양태에 상당한 시사를 던지고 있는 것처럼 생각된다. 왜 그런가. '내가 싸우고 있듯이' 싸우고 있기 때문이다. 딜레마의 극복, 그 이상의 수준을 향한 아브람의 새로운 떠남을 보여주고 있기 때문이다. 작가는 그 전체적인 풍경을 『내가 싸우듯이』라는 소설집 안에 소설 「미래의 책」으로 보여주고 있다. 정지돈은 이 소설에서 의미심장하게 다음과 같은 말을 적어놓고 있다.

> 시간은 글이 만들어낸 공간에 매여 있었다.[1]

> 나는 책상 위의, 수십 번을 봤기에 보기만 해도 메스꺼운 글들을 보며 생각했다. 모든 기획의 창조자인 알랭은 죽었지만 영감의 근원인 장은 여전히 존재했다.[2]

---

1 정지돈, 『내가 싸우듯이』, 문학과지성사, 2016, p. 107.
2 같은 책, p. 106.

나는 장의 랩톱으로 글을 쓰기 시작했다. 문장들이 손끝에서 끝없이 묻어나왔다. 알랭의 죽음에 대해, 장의 이야기에 대해, 나는 그것들에 대해 아무것도 알지 못했다. 그러나 그것을 아는 것에 무슨 의미가 있을까. 안다 한들 제대로 쓸 수 있을까. 그건 불가능했다. 그러나 불가능이 모든 것을 가능케 해주었다.[3]

문학평론가인 알랭은 사고로 죽는다. 그러나 그가 평가하고 있는 소설가 장은 "여전히 존재했다". 그럼에도 장은 이렇다 할 작품을 쓰지 못한다. 또 다른 소설가인 이 소설의 화자 진이 보기에 장의 소설은 그다지 탁월하지 않아 보인다. 그러나 이 소설은 장을 가리켜 "영감의 근원"이라고 표현한다. 소설 화자인 진은 그 '장'의 랩톱으로 글을 써보는데, "문장들이 손끝에서 끝없이 붙어" 나오지만 막상 알랭과 장의 이야기에 대한 글쓰기가 불가능하다고 고백한다. 그러면서도 불가능이 모든 것을 가능케 해준다고 말한다. 그것은 정지돈을 포함한 문학의 희망이다. 이 시점에서는 나로서도 거기까지만 말할 수 있다. 아니, 거기까지는 말해야 한다. 본토 친척 고향 땅을 버리고 떠나는 아브람의 가는 곳이 어디인지 알 수 없지만 소명으로 알고 출발하듯이, 불가능이 오히려 가능성의 원천임을 믿고 문학은 내일을 바라보아야 한다.

[2017]

---

3 같은 책, pp. 117~18.

한글문학의 성취를 위하여

1

모국어로 말을 하고 글을 쓰는 일은 행복하다. 특히 문학을 하는 것
은 큰 축복이다. 어떻게 보면 지극히 당연하고 자연스러운 일 같지만
사실은 그렇지 아니하다. 유대계 독일 시인 파울 첼란Paul Celan은 프
랑스 파리에 살면서 독일어로 시를 썼다. 원래 루마니아의 체르노비
치에서 출생하여 루마니아어를 첫 모국어로 말해야 했던 그였지만 러
시아의 침공으로 다시 러시아어를 써야 할 처지가 되었으나 동유럽의
거점 도시 빈을 중심으로 독일어 시집 『항아리 속에서 나온 유골*Der
Sand aus den Urnen*』이 출판되면서 독일어가 그의 확실한 모국어가
되었다. 그러나 피식민지 국민으로서의 자의식은 일찍이 대처로 가서
살아야 한다는 본능적인 생존기제와 문화감각을 키워주었으며, 그리
하여 19살 때 이미 프랑스에서의 생활체험을 갖게 한 바 있다. 시인으
로서 그의 활동무대는 독일어 지역인 빈이었지만 그는 결국 생존을 위
해 파리에서 살았다. 파리는 문화의 집산지였고, 약소국 출신답게 여러
나라 말을 할 줄 알았던 그는 번역과 통역으로 생계를 이어나갔다. 그
러나 그에게 있어서 생계와 시는 파리와 빈으로 철저하게 양분되어 있
었고, 몸은 파리에 있어도 늘 빈을 그리워하고 있었다. 빈은 그에게 독

일어였고 시였기 때문이다. 이와 같은 괴리를 참지 못해 그 상황을 시집으로 출간한 것이 『언어창살Sprachgitter』이었고, 이 시집을 낸 그해 1959년 그는 마침내 파리를 떠나 빈으로 여행을 떠났는데, 그 이유로 시인은 "거리에서 사람들이 독일어로 떠드는 것을 듣고 싶었기 때문" 이라고 말했다. 시인에게 있어서 모국어가 얼마나 중요하고 절실한지를 잘 보여주는 장면이라고 할 수 있다. 1969년 나의 유학 시절 정현종 시인도 "시인에게 있어서 조국은 모국어"라고 내게 보낸 한 편지에서 술회한 일이 있다. 1970년 첼란은 파리의 센강에서 시신으로 발견되었는데, 실족사라는 견해가 있지만 사실은 문학과 생활이 두 언어권으로 찢어진 사이에서의 갈등이 초래한 자살로 추측되는 견해가 더 유력하다. 모국어로 문학을 하는 것이 얼마나 큰 축복인지, 그것이 더욱 조국 땅에서 이루어질 때의 행복은 아무리 강조해도 지나침이 없다고 할 것이다.

모국어와 조국의 불일치는 작가 개개인에게 고통일 뿐 아니라, 문학이론 구성에도 난제로 작용한다. 가장 대표적인 예가 식민지 문학의 경우라 할 수 있는데, 한국문학의 과거가 쓰디쓴 상처로 남아 있다. 1910년에서 1945년에 이르는 일제 강점기의 문학이 그것인데, 이 시기 한국문학은 일제에 의해 한글 아닌 일본어로의 창작을 강요받던 것이다. 그리하여 이 시기 대표적인 작가들의 거의 대부분이 고유 언어인 한글 아닌 일본어로 작품을 씀으로 이른바 친일문학론을 유발시켰다. 해방 이후 오늘에 이르기까지도 완전히 종식되지 못하고 있는 친일문학론은 사실 작가가 어떤 친일 행위를 하였는가 하는 문제 이전에 일본어로 글을 씀으로써 이미 원천적으로 친일이 이루어졌다는 사실에 대한 명확한 인식이 필요하다. 그만큼 말과 글은 작가정신의 태생적 요람이라고 할 수 있다. 아프리카의 많은 나라가 프랑스 체제 아래에서 프랑스어를 사용하였고, 그것의 강제성 여부와 관계없이 오늘날 아프리카 출신의 작가들이 프랑스 문학의 일부를 형성하고 있다는 점도 주목되어야 할 것이다. 가령 알베르 카뮈Albert Camus는 알제리 출신이지만 현대 프랑스 문학을 가장 전형적으로 대변하는 작가가 아닌가.

2

지금 한글로 글을 쓰고, 한글로 말하는 나는 매우 행복하다. 한글은 소수언어이고, 그렇기 때문에 이른바 세계 언어시장에서 지배언어로 통역/번역되지 않으면 보편적인 소통의 힘을 갖지 못한다. 한국인의 입장에서, 이와 같은 현상은 매우 유감스러운 일이라 할 것이다.

현재 세계의 지배언어라고 할 수 있는 영어의 사용 인구는, 모국어로 사용하는 3억5천만 명을 비롯하여 제2외국어로 3억5천만 명, 그리고 외국어로 약 8억만 명 등 15억만 명이라고 한다. 이 인구는 세계 인구 73억만 명의 약 19퍼센트에 해당하지만 OECD 선진국들의 대부분이 여기에 속한다고 할 때 그 영향력은 숫자 이상으로 작용한다고 할수 있다. 지배언어로의 등장에는 무엇보다 그 언어의 사용 인구 숫자가 결정적인 요소가 되겠지만, 정치·경제적인 요소도 강력한 영향력을 끼치는데, 오늘날 13억만 명이라는 인구에다가 급증하는 정치·경제력을 등에 업은 중국과 중국어의 현실이 이를 입증한다. 중국어는 한국과 유럽은 물론, 미국에서도 제2외국어의 자리를 튼튼히 지키고 있으며, 이러한 추세는 더욱 증가할 것으로 보인다. 국제사회에서 경제력과 그 지위의 상승은 그로 인한 자국어의 필요성을 강화시키며 따라서 사용인구의 증가 또한 자연스럽다. 그러나 이 경우 항상 제기되는 문제가 문화의식 혹은 문화의 수준과 관계된 요소이다. 하나의 언어에 대한 사회적, 국제적 수요는 반드시 경제적 요인에 의해서만 결정되는가, 혹은 문화적 요인은 이때 어떤 양태로 작용하는가 하는 물음이 발생하는 것이다. 문화는 그 사회가 지니고 있는 모든 요소들과 그 현상의 총칭이며, 소위 랑그langue이기 때문이다. 무엇보다 언어는 말하자면 그 사회의 모든 문화를 복합하는 상징체계이기 때문에 문화 자체라고 할 수 있다. 문화에 의해서 유발되며 새로운 문화를 다시 생산하는 거대한, 살아 있는 문화가 언어다. 이런 의미에서 볼 때 한국의 모국어인 한글이 지니는 문화적 의미는 상당하다고 할 수 있을 것이다.

무엇보다 한글은 한민족 고유의 언어라는 점에서 독특한 그 문화적 성격을 지닌다. 한글의 문화적 성격은 몇 가지로 나뉘어 살펴질 수 있는데, 첫째 창제의 배경, 둘째 한글 자체가 지니고 있는 독창적·문화적 구조와 기능, 셋째, 그 발전 과정으로 살펴볼 수 있을 것이다.

일반적으로 한글은 신비한 언어로 불리는데, 그것은 그 문자를 만든 사람과 반포일, 글자의 창제 원리까지 알려져 있기 때문이다. 세계에 이런 문자는 없다. 한글은 세종이 1443년 창제, 1446년 반포한 이후 1910년 주시경을 비롯한 한글 학자들이 '한글'이라는 이름으로 부르기 이전까지 '훈민정음'으로 불리어왔고 『훈민정음 해례본』이라는 책이 이를 뒷받침하고 있다. 이 책은 세종이 직접 서문을 쓰고 정인지 등의 집현전 학자들에게 설명을 받아 적게 하였다. 널리 알려진 바와 같이 세종은 한자가 배우기 힘들어 일반 백성들이 어려움이 크다는 점을 안타깝게 여기어서, 사람의 몸 가운데 소리를 내는 기관, 그리고 하늘, 땅, 사람의 모양을 본떠서 자음 17자, 모음 11자, 총 28자의 글자를 만들어냈다. 게다가 중요한 것은 한글 구조의 과학성이다. 무엇보다 소리와 글자가 밀접한 상관성을 갖고 있어서 유추 가능한 구조를 가진다. 예컨대 자음의 경우 다섯 글자를 기본으로 획을 추가하거나 글자를 포갬으로써 다른 글자를 만든다. 앞 글자 다섯 개만 알면 다음 글자는 따라오는 것이다. 이 글자들은 또한 발성기관과 발음형태를 중심으로 만들어졌기 때문에 별도로 외울 필요가 없으며, 따라서 배우기가 편한 특징을 지닌다. 모음의 경우는 더욱 간단하고 과학적이어서 ─, ㅣ라는 수평선, 수직선 두 개를 활용하면서 자음과 결합하여 훌륭한 글자를 형성, 생산한다. 놀라운 과학성이라 하지 않을 수 없으며 그 독창성은 전 세계 언어학자들을 감탄시킨다.

그러나 한글은 발전 과정, 즉 역사적으로 험난한 세월을 지나왔다. 나라의 임금이 직접 창제하고 많은 양반 학자들이 연구와 보급에 동원되었음에도 불구하고 한글은 양반사회의 음험한 억압을 받는 기막힌 상황 속을 헤치고 오늘에 살아남은 고난의 역사를 지닌다. 무엇보다 세종 이후 공용어의 하나가 되었음에도 사대부 계층의 반발은 만만치 않아서 '언문'이라는 이름으로 부녀층이나 서민층 중심으로 스며들었을 뿐 조정의 관용어로는 받아들여지지 못함으로써 훌륭한 문화어로 대접되지 못하는 반문화적 행태가 오래 계속되었다. 그리하여 한글 반포 448년이 지난 1894년 고종 31년에야 모든 법률, 칙령은 국문을 기본으로 하고 한문 번역이나 국한문을 혼용하는 정책이 나타났다. 국사편찬위원회 간행 『한국사』(1996)에도 공적인 문자생활은 여전히 한자로만 행해지고 공적 이외의 문자생활에서나 한글이 사용된 안타까운 역사적 현실이 기술되어 있다. 한글의 수난은 일제 강점기 한글을 아예 사용하지 못하게 하는 언어말살정책에 의해서 최고조에 달하고, 그럼으로써 근대 개화기의 문화현실이 침략자 일본의 일본어에 의해 이루어지는 암담한 현상과 만나게 된다. 일제 강점으로부터 해방되고, 남북이 분단되고, 다시 한국전쟁으로 이어지는 비극의 연속 가운데에서도 한글은 독립된 모국어로 화려하게 부활한다. 1950년 한국전쟁 이후의 전후문학은 반전과 평화를 갈구하는 절규를 내용으로 하면서도 순수한 한글만으로 쓰이는 문학작품을 생산해내었다. 1950년대 문학의 적극적인 한글 쟁취라고 할 수 있는데, 이 시대의 작가들은 대부분 일제 강점기에 소년 시절을 보낸 이들이어서 한글에의 갈구와 노력만큼 그 성과가 만족스러운 것은 못 되었다. 그런 의미에서 1960년 4·19 이후 대학생활을 시작한 세대들에 의한 이른바 1960년대 문학이 최초로 한글세대 문학으로 불리는 것은 뜻깊은 일이라 할 수 있다. 고난에 의해 잠복되었던 한글의 힘이 나타나면서 문화어로서의 한글은 위력을 발휘하기 시작하였고 한국문학은 문화적 능력을 열어 보이기 시작하였다.

3

다음으로 한글문학의 세계화 문제를 거론함으로써 한글이라는 언어의 보편성, 혹은 그 가능성을 살펴보아야 할 것이다. 오늘날 한글 사용 인구는 그 숫자를 최대한으로 추정한다고 하더라도 1억만 명(남북한, 재외동포, 외국인 포함)을 넘지 못하며, 이 인구는 세계 인구의 70분의 1 정도다. 그러나 언어의 사용 인구는 말과 글을 모두 포함하는 것이어서, 문자생활에 기반을 두고 있는 문화적 언어 사용 인구는 문자로 기록된 언어 사용 인구로 좁혀서 보는 것이 타당하다. 즉 '글로 씌어진 언어written language'로 보아야 한다는 것이다. 이렇게 볼 때, 세계의 언어 사용 인구 분포 구성은 중국어, 영어, 스페인어, 아랍어, 프랑스어, 러시아어 등의 순서와 달리 독일어가 상위에 포진하는 현상을 볼 수 있다. 이에 의하여 글로 씌어진 주요 언어의 분포는 1. 영어, 2. 중국어, 3. 독일어, 4. 프랑스어, 5. 러시아어, 6. 스페인어, 7. 일본어, 8. 아랍어, 9. 한국어(한글), 10. 포르투갈어의 순서다(2007년 유엔 발표). 문화의 핵심적인 부문이 문학이라는 점을 상기한다면, 이 순서는 곧 세계 언

어의 광장에서 문학어로서의 언어의 순서와 거의 일치한다고 할 수 있
다. 여기서 눈에 확 띄는 모습은 사용 인구가 불과 1억2100만 명으로
10위에 처져 있는 독일어의 약진 현상이다. 문화어로 주요시되면서 독
일어는 그 순서가 영어, 중국어에 이어서 3위에 랭크되어 있지 않은가.
언어 사용 인구와 관계없이 그 중요도가 높이 평가되고 있는 것이다.

이처럼 세계적으로 중요시되고 있는 독일어이지만, 이에 대한 인식
이 높아지게 된 것은 그리 오랜 역사를 갖지 않는다. 이와 관련해 18세
기 독일 작가 빌란트C. M. Wieland의 다음과 같은 모국어 비판은 많
은 것을 시사한다. 유럽 각국어의 문학어적 우수성, 이와 비교된 모국
어, 즉 독일어의 열등성에 대한 개탄이다. 그는 독일어의 문학어로서의
가능성과 관련하여 이렇게 술회한다.

"먼저 영어는 얼마나 그 내용이 풍성한가. 사람의 마음을 깊이 꿰뚫
는 심리적인 움직임의 포착, 세밀한 시간성, 그리고 짜임새 있는 문법
은 문학어로서 무궁한 가능성을 지녔다. 그런가 하면 발음부터 너무나
음악적인 프랑스어는 윤기 있는 대화를 이끌면서 사랑의 감정을 촉발
시키는, 문학어로서 탁월한 매력을 지니고 있다. 이탈리아어도 마찬가
지로 사랑스럽다. 좋은 울림과 깊이 있는 문화 전통을 갖고 있기에 문
학어로서 매우 유리하다. 그런가 하면 우리 독일어는 너무 불리하다.
발음도 딱딱하고 문법적으로도 조야하고 이렇다 할 문학적 전통도 빈
약하다. 무엇보다 세계적으로 별로 알려져 있지 못하다. 아, 어찌할 것
인가……"

요컨대 독일어는 문학어로서 어울리지 않을 뿐 아니라 당시 유럽을
전 세계로 인식하고 있었던 사람들에게 잘 알려져 있지 못하다는 비탄
이라고 할 수 있다. 이렇게 문학어로서의 독일어의 가능성과 그 운명
에 비관적이었던 빌란트는 『오베론Oberon』과 같은 걸작을 비롯해 많
은 작품을 남기는 한편, 셰익스피어의 많은 작품을 독일어로 번역한

번역자로도 유명하다. 그는 영국문학의 가치를 높이 평가하면서 셰익스피어를 본받아야 한다고 공공연하게 주장하였다. 셰익스피어와 영국문학에 대한 독일 작가들의 존경과 모방은 당시 하나의 문화적 흐름처럼 인식되었다.

이러한 흐름의 한가운데에서 독일문학은 세계적인 문호 괴테J. W. Goethe를 배출하였다. 괴테의 문학을 논의하는 일은 지금 합당한 자리가 아니지만, 다만 그가 독일문학이라는 '민족'문학을 세계문학이라는 보편성의 차원으로 올려놓은 점만은 여기서 주목할 필요가 있다. 그는 1782년 에커만J. P. Eckermann과의 대담에서 "문학은 인간의 공유재산이라는 것, 그것은 수백 년 동안 인류 어디에서나 나타났다는 것을 나는 알게 되었다. 현재는 바로 세계문학의 시대이며, 누구나 이 시대를 재촉하는 일에 헌신해야 한다"고 역설했다. 적어도 독일 작가에 의해서 세계문학이라는 용어가 이처럼 중요하게 사용되고 주장되기는, 이때 괴테에 의해 그 필요성이 천명된 것이 최초였다. 사실 오늘의 시점에서 이러한 진술은 자연스럽고 별로 주목받을 만한 발언으로 생각되지 않을지도 모른다. 그러나 1782년 당시 독일문단과 독일사회에서 이러한 발언은 매우 충격적인 것이었다. 아마도 일부에서는 반민족적인 태도로 비난의 대상이 되었음 직한 발언이었다. 왜냐하면 당시 삼십대의 괴테는 『젊은 베르테르의 슬픔』 등 연애소설로 대중적인 인기는 얻고 있었으나 민주주의와 정의, 그리고 대불 관계 등의 민족의식에는 비교적 무관심한 작가로 비판의 대상이 되고 있었던 터였기 때문이었다. 이러한 작가가 민족문학의 소중함 대신 세계문학의 중요성을 들고 나왔으니, 비록 그 언술이 타당해 보이더라도 공감과 설득력을 얻기는 어려운 상황이었다. 그러나 이 젊은 작가는 마침내 필생의 대작 『파우스트』를 썼고 이 작품은 그로부터 2세기가 지난 오늘날 자신의 말대로 인류 공동의 재산이 되었다. 동시에 전 유럽으로부터 소외된 게르만 땅의 지방어-민족어에 지나지 않던 독일어를 세계에서 세 번째로 중요한 언어로 만들어놓았다. 언어에 문화성이 침투함으로써 그 언어가 문화어로 폭발된 것이다. 20세기의 대표적 독일시인 카를 크롤로Karl Krolow는 2세기전 빌란트가 문법적으로 조야하고 딱딱하다고 개탄했던 독일어를 가리켜 오히려 신비한, 문학적으로 이용 가능성이 풍부한 언어라고 자부하였다. 하나의 언어가 국제사회에서 중요성을 획득하고 발전하는 데에는 경제·정치력이 크게 작용하지만 이렇듯 독일과 독일어, 그리고 괴테의 예에서 보듯이 오히려 문화의 힘이 결정적이라는 점을 깊이 유념할 필요가 있다.

문화의 힘은 그렇다면 누가 만드는가. 여기에도 여러 가지 요소가 거론될 수 있겠지만 가장 파괴력이 큰 요소는 문학과 작가이다. 독일어의 문화적 힘은 독일의 과학과 경제력으로 내장된 국력이라는 차원에서 크게 평가될 수 있겠지만, 이보다 앞서 18세기 후반에서 19세기 초반을 이끈 괴테, 그리고 그의 『파우스트』라고 말해서 지나친 말이 아니다. 현대문학 최대의 작가 토마스 만Thomas Mann은 20세기 초 "오늘의 독일은 괴테에게 가장 큰 빚을 지고 있다"고 고백한 바 있는데, 사실 독일의 근대는 정치·경제·사회적 사건 대신 괴테로부터 비롯된다고 인문사회학자들은 평가한다. 한 사람의 문학, 그의 작품이 언어의 품격을 높이고, 국제사회로의 진출력을 강화시킨 것이다. 괴테의 어떤 문학적 능력과 『파우스트』의 문학성이 이를 가능하게 하였을까 하는 문제에 대해서는 물론 전문적인 검토가 요구될 것이다. 그러나 우리에게 던져주는 타산지석의 교훈이 있다면, 그것은 인류 보편의 명제에 대한 탐구와 고뇌가 아닐까 싶다. 예컨대 구원의 문제 같은 것이다.

여러분들이 관심을 갖고 고민하는 한글문학의 세계화 문제도 바로 이것과 직결된다. 한글로 세계인의 감동을 유발할 수 있는 도전적인 작가와 작품이 나와야 하는 것이다. 한글 안에는 이미 그러한 힘이 내재해 있고, 실제로 내발성을 갖추고 있다. 작가가 이를 내파시킴으로써 한글의 문학적 외연을 객관적으로 인식시키는 일만 남아 있다. 한글에는 창시자 세종의 고뇌와 수백 년 동안 지속된, 때로 노골적이었고 때로 은밀한 탄압의 손길도 있었다. 그러나 역설적으로 무엇보다 푸대접의 긴 세월 동안 가장 밑바닥에 놓여 있는 민중의 숨결이 밴 살아 있는 언어다. 이 모든 것들을 아우르면서 인간 구원의 지평을 소망하는 작품이 배태되고 폭발할 때, 한글문학은 새롭게 조명될 것이며 한글은 동시에 세계어로서 거듭 세례를 받을 것이다. 한글에는 이를 가능케 하는 충분한 요소들이 내재해 있는데, 무엇보다 놀라운 것은 그 과학성으로 말미암아 세계화의 가능성이 검증되어가고 있다는 점이다. 오늘날 한글을 배우고 이를 비교적 손쉽게 습득하고 있는 세계인의 급증이 그 실례다. 한국에 와 있는 2백만 외국인들이 그처럼 빨리 한글을 배우고 있다는 사실을 기억하자. 한국적인 현실과 상황이라는 제한된 시공의 범주를 돌파하고 영원한 초월의 지평까지 바라보는 역동적인 인류의 문제로 고민하는 보편성의 문학을, 놀라운 과학의 언어 한글을 통해 육화시킬 때 한글문학이라는 위대한 소산을 인류는 새롭게 소유할 수 있을 것이다. 그날이 멀지 않았다는 것을 이 자리에 계신 여러 문학인과 더불어 나는 자연스럽게 기대한다.

[〈제1회 세계한글작가대회 발제 강연〉, 2015]

문학, 다시 떠나는 아브람의 길
—4차 산업혁명에 직면하여

1

　빅데이터, 사물인터넷, 인공지능 등의 이름들과 함께 이른바 4차 산업혁명의 물결이 거세다. 그러나 이 물결은 밀물 썰물처럼 드나드는 파도가 아니라 한번 밀려오면 새로운 땅을 만들어낸다. 그럼에도 불구하고 많은 기성세대는 실감하지 못한다. 새로운 물결이 새로운 기계에 의해서 이루어지고 있기 때문에, 새 기계의 생리와 조작에 낯선 기성세대들에겐 이 물결이 마뜩찮고 불편하다. 4차 산업혁명의 실감은 가정의 각종 새로운 가전제품의 사용법으로부터 이미 강요된다. 냉장고, 전자레인지, 인덕션, TV 등이 기능별로 세분화되고 조작기술을 고도화한다. 싫어도, 몰라도, 기성세대는 새로운 물결에 적셔진다. 공급이 수요를 창출한다는 반세기 훨씬 이전 마르쿠제 예언의 현실화는 여기서도 확인된다. 의사 대신에 수술하는 로봇, 사람을 이기는 인공지능의 바둑판, 바깥에서도 집 안을 조종하는 사물인터넷의 모습은 그리하여 편의보다 두려움을 자아내기에 충분하다. 마침내 이 혁명은 그 깊이에 있어서 인간의 존재 자체를 뒤흔드는 지경에 이르렀다.

　중요한 것은, 이렇듯 기성세대의 불편과 두려움에도 불구하고 이 물결은 마치 쓰나미처럼 일상 현실에 가속적으로 스며들면서 새로운 세

36

대들에게는 신나게 받아들여지고 있다는 점이다. 새 현실은 오히려 젊은이들에게 환호의 모습으로까지 나타나면서 소설가 김영하의 표현대로 '신인류'의 탄생을 예고케 한다. 아니, 신인류는 이미 탄생하고 있는지도 모른다. 기계의 쇄신과 발달은 이처럼 그것을 만들어낸 인간 자체를 바꾼다. 증기기관의 발명으로 촉발된 변화를 1차 산업혁명이라고 한다면, 2차 전기혁명, 3차 컴퓨터 혁명이 모두 그 같은 발명과 쇄신을 모태로 하고 있지 않은가. 사람이 고안했으나 스스로의 존재가 위협받고 있는 새 세상, 그러나 따지고 보면 이것은 새로운 현실이라기보다 '계몽의 모순'이라고 할 수 있고 아도르노와 호르크하이머 식으로 말하면 '계몽의 변증법'이라고 할 수 있다. 인간 이성의 힘을 믿고 욕망해온 계몽은 그가 바라는 합리적인 이상의 나라 대신 자신의 존재 자체가 흔들리는 모순을 어떻게 설명할 수 있을까. 일찍이 『계몽의 변증법』에서 "맹목적으로 실용화된 사유"는 지양의 힘을 잃는다면서 '진보의 파괴적 측면'이 지적되었던 사실이 주목된다.

문학 내지 인문학의 오열 소리는 자연과학 혹은 과학기술에서 비롯된 것으로 생각된다. 그러나 과연 그럴까. 과학기술의 발달은 마침내 디지털 시대를 가져오고 그로부터 오늘날의 인터넷/스마트폰 시대가 열리게 되었다. 그리하여 인공지능이 개발되고 로봇이 인간을 대체하는 현실이 바로 눈앞에 닥치게 된 상황 속에서 문학(인문학)은 그로 인한 최대의 피해자로서 인식되고 있는 것이다. 따라서 문학은 현실적으로 무력한데도 불구하고 오히려 이를 극복하여야 할 가장 바람직한 어떤 힘으로 그 책무 비슷한 것이 자신에게 지워지고 있다. 이 지점에서 우리가 생각해보아야 할 두 가지 문제가 존재한다. 첫째는 문학이 이러한 과학기술의 발달 상황 속에서 과연 피해자의 자리에 있는가 하는 점이다. 다음으로는 문학에 이러한 상황을 극복할 힘이 있으며 그 임무가 타당한 것인가 하는 문제에 대한 논의이다.

　최근 등단 50주년 기념 평론선집이라고 해서 평론가 김태환 교수가
『예감의 실현』(문학과지성사, 2016)이라고, 내 책을 엮어주었다. 이 책
에 대해 여러 일간지가 관련 기사를 많이 실어주었는데, 그중 한 신문
에서 "문학이 죽었다고? …새 언어로 디지털 문명 돌파해야"라는 제목
의 인터뷰 기사를 게재하였다. 인터뷰 기사니까 당연히 나의 말과 생
각이 반영된 글이었다. 이 기사를 읽으면서 나는 나 자신 새삼스럽게
과연, 첫째, 문학이 죽은 것이 사실이며, 둘째, 문학이 새 언어로 디지
털 문명을 돌파해야 하며, 할 수 있는 것인지 곰곰이 생각해보았다. 결
국 이 문제는 앞서 말한 두 가지 명제, 즉 문학이 과학기술 문명의 피
해자인가 하는 문제 및 문학의 극복 임무가 맞는 일인가 하는 고민과
연결된다. 정말이지 문학이나 인문학이 과학기술의 피해자인가. 바꾸
어 말하면 과학기술 문명은 인문학을 압살해온 가해자인가. 너무나 자
연스럽게 받아들여져온 이 같은 이분법적 대립 구도는, 결론부터 말한
다면, 잘못된 것일 수 있다. 인문학과 과학기술은 모두 계몽의 산물이
며, 그 쌍생아 아닌가.
　무엇보다 계몽이란 무엇인가. 계몽은 지금 이 순간까지도 계속되고
있는, 인류의 우상 비슷한 것이 이미 되어 있다. 인류는 그 스스로를
끊임없이 계몽시키고 있으며 무엇인가 계몽하고자 한다. 좋게 말해서
그것은 호기심이며, 욕망이며, 지적인 자기계발이다. 그러나 나쁘게 말
한다면 그것은 탐욕이며 자기기만이다. 계몽주의라는 이름 아래 계몽
이 시작되었을 때, 그리하여 '근대'라는 이름을 달고 본격적으로 달리
기 시작하였을 때, 그 계몽 아래에는 자연과학과 인문학의 구별이 아
예 없었다. 자유를 추구하는 정신이 인문학의 근본이라고 하지만 계몽

의 대가 아도르노는 "계몽적 사고로부터 이 사회 속의 자유는 분리될 수 없다"고 갈파하지 않았던가. 어떠한 자유도 계몽의 큰 틀 바깥에 존재할 수 없다는 원리의 확인이다. 이때의 원리란 바로 현실 자체이다. 중세 종교 세력에 의해 감추어지고 억압되고 왜곡된 인간성의 해방이라는 역사적 계몽의 평범한 이해는 여기서 보다 본질적인 새로운 도전을 만나게 된다. 그것이 계몽의 변증법이다.

평범하게 이해한다면, 계몽은 인문주의를 통해 인문학을 태동시키고, 그 발달선상에서 자연과학이 다시 배태된다. 그러나 근대의 역사는 자연과학의 배태와 발달을 인문학에 대한 배신처럼 서술한다. 낭만주의가 후기 낭만주의를, 후기 낭만주의가 리얼리즘을 배태해온 것은 너무나도 자연스러운 배태와 전승의 역사다. 이것을 가리켜 계몽주의의 미성숙 때문에 낭만주의가 발생하고 이로부터 근대사가 왜곡된 것으로 바라보는 루카치식 계몽 이해는, 그의 희망적인 당위론일 뿐 역사 속에 생동하는 흐름과는 무관하다. 인문학에 내재해 있는 도전의 욕망이 자연과학을 고안해내었을 따름이다. 자연과학이라는 고안, 예컨대 진화론이라는 가설 또한 인문적 욕망이 발전한 또 하나의 기획이었다고 보는 것이 타당하다. 진화론이라는 발상, 증기기관이라는 그림은 맥락 없이 하늘에서 떨어진 것이 아니다. 말하자면 여기에는 인문적 욕망이 담긴 계몽의 결과가 내재해 있는 것이다.

원래 '계몽Aufklärung'은 "빛으로 향하기, 빛의 시대"(한스 큉Hans Küng)였다. 큉에 의하면 빛과 깨달음이라는 시대적 각성이 계몽주의로서, 그것은 중세의 어두움으로부터의 탈출이라는 대비적 표현이다. 그럼에도 그는 그 뿌리에 경건성과 초월적 경험성이 남아 있다고 본다. 그러나 역시 결정적 요소는 근대주의 정신이며 종교비판적 잠재력, 그리고 인간의 잠재적 능력에 대한 신뢰이다. 전통과 도그마, 교회와 기독교로부터의 종교정치적 해방―그럼으로써 계몽은 수세기에 걸쳐서 오늘에 이르기까지 인간이 발견해낸 가장 그럴듯한 이름으로 애지중지된다. "계몽주의란 그 자신의 책임인 미성숙 상태로부터의 인간 탈출"이라는 칸트의 설명은 계몽주의를 아끼는 인간 지성의 대변으로서 찬양된다. 그 누구도 여기에 언감생심 도전할 수 있었겠는가. 계몽은, 그러나 지성의 관념적인 승리에 머물지 않는다. 계몽이 얼마나 구체적인 실증과 경험을 동반하고 있는지 그 좋은 사례는 이미 17세기 파스칼Blaise Pascal에게서 나타난다. 흔히 계몽주의 철학자로만 알려진 그는 수학자이자 발명가, 사업가이기도 했다. 파스칼에 대한 깊은 이해는 4차 산업혁명이 논의되는 오늘 인문학의 자리에 대한 뜻깊은 역사적 유추를 가능케 한다. 시대적으로 때로 '근대'와 궤를 함께하는 것으로 쓰이기도 하는 '계몽'은 그 사상적 효시로서 데카르트, 그리고 파스칼을 내놓기 일쑤이기 때문이다.

파스칼이 태어난 17세기 유럽은 비금욕적 인문주의가 분명해진 시기였다. 교회의 권력이 쇠퇴하는 자리에 들어선 인문주의에서 인간은 한 사람 한 사람 독립적 개체가 되고 인간의 지평은 거의 무한으로 넓어지고 분화된다. 이때 나타난 파스칼이라는 인간상과 그의 작품은 뒤이어 나타나는 세계사에서 보다 확실해지는 과학과 기술, 그리고 산업이라는 힘들을 실현시켰다. 계몽적 근대의 힘을 쿵은 과학, 기술, 산업이라는 세 요소로 나누어 관찰하면서 동시에 이 힘들은 "마침내 위기로까지 갈 수밖에 없는" 것들이라고 내다보았다. 그러면서 그는 교회의 쇠락에도 불구하고 여전히 경건한 기독교인이었던 파스칼이 앞의 세 요소를 몸으로 육화하고 있었던 인물이라는 점에 크게 주목한다. 파스칼은 확률론과 미분·적분론을 이미 십대에 기술한 수학 천재였고 유체역학 균형이론을 정립한 과학자였다. 다음으로 그는 실제로 그의 나이 열아홉 살 때 계산기를 발명한 기술자였다. 파스칼은 최초의 컴퓨터를 조립하고 더 나아가 기술로 응용된 경험과학이 세계를 근본적으로 변화시키리라고 예감한 인물이었던 것으로 평가된다. 계몽적 근대의 마지막 힘으로 거론된 산업의 측면에서도 그는 부지런한 일꾼이었다. 파스칼은 말년에 파리의 옴니버스 교통계획을 입안하여 버스 회사까지 설립하였다. 기술자와 자본 부족으로 실제 사업에서 성공하지는 못했지만 근대적 조직과 기업에 눈을 뜬 사업가였다. 파스칼은 이미 인문학의 정신이 과학기술의 발달과 연결된다는 것을 알고 있었고 더 나아가 기업을 통해 인간의 물질적 복지에 기여하는 힘을 지닌다는 것을 알고 추구한 인물이었다. 계몽의 본질인 합리성은 인문학의 이론적 토대뿐 아니라 과학기술의 지평을 태생적으로 함께 품고 있었다. 4차 산업혁명이 품고 있는 과학기술에 대한 소외감과 두려움이 있다면, 인문학은 그 스스로 출생의 지점을 이렇듯 되돌아볼 필요가 있다.

3

그렇다면 인문학은 아예 인공지능으로 대변되는 새로운 물결에 길을 터주고 환영의 깃발을 드는 것으로서 이제 그 운명을 마감할 것인가. 서구철학 혹은 정신사의 근본 방법론을 이루어온 삼원론, 혹은 이원론은 4차 산업혁명의 가공할 유용성으로 흡수통일될 것인가. 종이 대신 인터넷과 스마트폰으로 이미 통일을 이루다시피 한 두 세계는 독자적 논리를 내놓아야 할 시점이다.

이 지점에서 나는 "본토 친척 아비 집을 떠나서 내가 보여줄 땅으로 가라"는 「창세기」의 명령을 상기하고 싶다. 아브람을 향한 이러한 떠남의 권고와 지시에 그는 순종하는데, 사실 이러한 떠남의 모티프는 이밖에도 문학적으로 몇몇이 또 있다. 대표적인 것으로서, 널리 알려진 대로 『오디세이』에서 오디세우스라는 인물의 떠남이다. 그는 트로이

전쟁이 끝난 다음 고향 이타카를 향하여 길을 떠난다. 그러나 이 떠남은 아브람의 그것과는 정반대로 목적지가 정해진 귀향으로서의 떠남이다. 오디세우스에게는 물론 순탄한 항해 끝에 금의환향이 보장된 떠남이 아니었고 숱한 방랑과 모험을 통과하는 힘든 여정이었다. 그렇다 하더라도 집에는 사랑하는 아내 페넬로페가 그를 기다리고 있었고, 아내를 향한 구혼자들의 무리를 물리치고 그녀와 상봉하는 행복한 결말이 있다. 이와 달리 아브람의 떠남은, 그러나 모든 것을 내려놓고 떠나는 정처 없는 길이다. 거기에는 보이지 않는 약속의 예정만이 있을 뿐이다. 순종이라는 가치 지향적 떠남이다. 이러한 양자의 대비를 넘어서, 훨씬 근대적인 의미의 떠남은 파우스트의 그것이라고 할 수 있다. 이 떠남은 욕망의 유혹과 그로부터의 탈출이라는 타락과 구원을 함께 포함하고 있는 떠남이어서 '근대적으로' 주목될 수밖에 없다. 전통적인 지식의 패러다임에 의심 없이 안주해온 세계에 찾아온 낯선 손님 메피스토펠레스! 파우스트는 그의 유혹에 넘어가서 연구실을 떠난다. 세상으로의 외출인데, 이 외출은 단순한 출분이 아닌 미지의 세계로의 떠남이다. 이 떠남에는 따뜻한 가정도 예정되어 있지 않고 신의 약속은 더더욱 담보되어 있지 않다. 파우스트, 그는 진리의 요람이라고 믿었던 자신의 연구실을 떠나서 어디로 가는가.

파우스트의 떠남은 인문적으로 매우 중요한 의미를 지닌다. 그의 떠남은 직접적으로 메피스토의 유혹에 따른 것이지만, 그것이 품고 있는 함의는 계몽으로의 경사다. 파우스트의 연구실은 그때까지 전통적인 신성에 배경을 둔 형이상학적 공간이었다. 말하자면 신화와 사회가 관념적으로 어우러진 진리의 개연성이 충만한 곳으로 인식되어온 학문의 자리였다. 그러나 그곳에는 메피스토의 날카로운 지적처럼 "감각과 혈기가 막혀버린 고독감"만이 가득하다. 그리하여 메피스토는 파우스트를 연구실 밖으로 이끌어낸다. 그것은 파우스트를 세상 속으로 떠나

보내는 계몽의 찬가다.

> 존경하는 선생 양반, 당신은 사물을
> 세상 사람들과 똑같이 보고 있군요.
> 삶의 기쁨이 달아나기 전에
> 우린 좀 더 슬기롭게 행동해야 합니다.
> 제기랄! 물론 손과 발,
> 대가리와 궁둥이는 당신의 것이죠.
> 하지만 내가 새로이 즐기고 있는 모든 게
> 내 것이 되지 말라는 법이 있나요?
> [……] 당장 여길 떠납시다.
> 이런 고문실이 또 어디 있겠습니까?
> 자신과 학생들까지도 따분하게 만드는 것을
> 어찌 인생살이라고 할 수 있겠어요?

메피스토의 이러한 충동의 언어는 현실적인 설득력을 지닌다. 이것이 바로 계몽의 언어였다. 계몽 이전의 학문과 논리는 "따분한" 것이 되었고 계몽 이후의 삶은 제대로 된 '인생살이'인 것이다. 파우스트가 연구실로부터 떠났다는 사실은 그러므로 범속한 계몽의 삶 속으로 들어갔음을 의미한다. 그 삶은 파우스트에게 욕망과 쾌락을 가져다주었으나 결국은 자신의 아이를 잉태한 그레트헨으로 하여금 영아 살해의 죄를 짓게 하고 그녀 또한 죽게 한다. 이를 계기로 파우스트는 구원의 문제와 만나고 내면적인 고뇌와 더불어 생명의 문제, 사회적 실천의 문제 등과 씨름하면서 전통적 신비주의의 바탕 위에서 기독교를 찾는다. 결국 연구실 밖 세상으로 떠난 파우스트는 마지막으로 종교와 구원을 향해 떠나는 것이다. 제3의 떠남이다.

이제 문학(인문학)은 제4의 떠남에 직면해 있다. 4차 산업혁명이 기계를 통한 편의의 극대화라는 이상향을 향해 떠나고 있다면, 과학기술과 짝을 이루어온 계몽의 동행으로부터 문학은 아브람적 떠남을 준비해야 할지도 모른다. 미션만 주어져 있을 뿐 목적지가 예비되어 있지 않은 보이지 않는 곳으로의 떠남은, 역사적 기득권을 내려놓고 가는 비장한 발걸음이다. 과연 문학이 그걸 감당할까. 아브람이 아브라함이 되듯이—

[2016]

한국문학, 세계문학인가
―거듭되는 질문의 이해를 위하여

괴테는 "세계문학"이라는 용어를 내세우면서 그 개념에 대해 이렇게 말했다. "문학은 인간의 공유재산이라는 것, 그리고 어디에서나 수백 년 동안 인간으로부터 그것이 나타났다는 것을 나는 갈수록 알게 된다. 민족문학은 이제 별로 언급되지 않는다. 세계문학의 시대가 바로 현재 이며, 이제는 누구나 이 시대를 재촉하는 일에 헌신해야 한다"(1782년 1월 31일 에커만과의 대담). 세계문학이라는 개념은 반드시 괴테에게서 만 딱 부러지게 정의된 것은 아니어서, 그 뒤로 시간이 흐르면서 다양 하게 발전하여왔다. 그러나 독일, 혹은 독일문학이 자랑하는 작가가 이 른바 "세계적 문호"라는 지칭을 얻게 된 것은 "민족문학"의 모자를 내 려놓고 "세계문학"이라는 큰 문으로 그가 담대하게 걸어 들어감으로써 가능하게 되었음은 부인할 수 없다. 위대한 민족작가냐, 세계적 문호냐 하는 문제는 얼핏 문학소년 수준의 호사 취향으로나 보일 수도 있으 나, 자세히 생각해보면 깊은 문학적 성찰로 연관된다. 특히 요즘 같은 글로벌시대, 세계화 운운의 시대에 이와 관련하여 올바른 의미를 탐색 함으로써 한국문학도 어떤 바람직한 도전과 만날 수 있을 것이다. 이 것은 문학의 특수성과 보편성 논의와도 같은 오래된 의제를 갱신시키 는 이론적 측면과 더불어 실제로 세계문학의 일환으로 세계문학 시장 에서 활발하게 유통 가능한 문학작품의 생산과 그 보급방법 등에 관한 모든 문제를 포괄한다.

1

한국문학이 세계문학이 되기 위해서는 무엇보다 협소한 의미의 민족문학을 포기해야 한다. 문학이란 그 범위가 한없이 넓은 것이다. 문학은 모든 억압에 저항하는 자유의 실체적 형상이며 질서이기 때문에 어떤 종류의 조건이나 상황에 제한을 받지 않고 그 울타리를 뛰어넘고, 그 울타리 자체를 부순다. 흔한 말로 남녀노소와 같은 신체적 상황에 구애를 받지 않는 것은 물론, 특정 도덕이나 이데올로기, 종교의 제한도 받지 않는다. 따라서 국가와 민족, 인종을 넘어서는 곳에서 문학은 문학다운 위대성을 입증한다. 더 나아가 문학은 시간과 공간도 초월한다고 하지 않는가. 문학이 국가와 민족의 범주 안에서만 큰소리를 칠 때 사실 본인의 호기스러움과는 달리 그 나라 바깥에서 보기에는 아주 초라해 보인다는 사실을 내남직없이 정직하게 바라볼 필요가 있다. 왜냐하면 문학은 한없이 넓은 그 어떤 것이며, 숱한 새로운 도전을 껴안고 계속 넓어지는 그 어떤 것이기 때문이다. 따라서 "협소한 의미의 민족문학"은 그 자체로 이미 문학이기 힘들다. 하물며 노벨문학상 운운의 논의가 가능한 세계문학과는 애당초 무관한 개념이다.

그러나 한국문학이 과연 민족문학을 포기할 수 있을까. 나로서는 이러한 첫 단계부터 문제가 만만찮게 도사리고 있다고 생각한다. 우리에게 있어서 "민족문학"은 "세계문학"의 맞은편에 있는 개념으로서 순수한 위상만을 지켜오지 않고 일종의 가치개념으로서 투쟁의 역사를 지니고 있기 때문에 문제는 간단치 않다. 비교적 중립적인 관점에서 이 문제를 정리하고 있는 다음 글을 읽어보면, 상황이 잘 파악된다.

민족문학에 관한 이제까지의 논의들은 각기 서로 엇갈리는 방향으로 분산된 경향이 없지 않으며, 따라서 이렇다 할 구체적인 합의점에 도달한 것 같지는 않다. 민족문학의 성격을 규정하는 측면에 있어서 그렇고 그 진로를 설정하는 측면에 있어서 그렇다. 어떤 이들은 민족문학의 문제를 폐쇄적인 민족주의의 범주 속에 한정시킴으로써 결과적으로 우리 문학의 무한한 가능성을 지극히 한정된 테두리 안에 머물게 하는 오류를 드러내는가 하면, 어떤 이들은 민족문학의 문제를 민족문학 자체 내의 제반 특수성에는 충분한 성찰의 노력을 기울임 없이 일거에 문학의 세계성의 문제로 비약시킴으로써 안이한 코스모폴리터니즘에 안주하려는 위험성을 드러낸다.[1]

　40년 가까운 세월 저쪽에서 씌어진 이 글이 당면했던 현실은 지금은 많이 변화된 듯하지만 근본적으로는 여전히 큰 변화가 없어 보인다. 이 글의 필자는 여기서 더 나아가 민족문학의 성격을 많은 이가 반제국주의, 반식민주의, 애국투쟁의 문학으로 한정함으로써 문학의 사회적 기능만을 이와 연결 짓는다고 못마땅해하고 있는데, 오늘에 와서 과연 이러한 상황이 어떻게 달라졌는지 나로서는 알기 힘들다. 아마도 수면 아래로 잠복해 있는 형태가 아닐까 싶다. 왜냐하면 그러한 생각과 성향은 우리들 문학인 각자의 의식과 심성에 상당 부분 내재해 있는 듯하기 때문이다. 그러면서도 만약 세계문학의 범주에서 크게 인정받기를 원한다면, 그 모순된 심리와 의식의 성찰이 선행되어야 할 것이다. 배타적인 민족문학의 포기야말로 세계문학에 진입하는 가장 긴요하고도 겸손한 첫걸음이라고 할 수 있다.

1　천이두, 「민족문학의 당면과제」, 김현·김주연 엮음, 『문학이란 무엇인가』, 문학과지성사, 2005(27
　　쇄판), pp. 199~200.

그러나 최근의 문학현실 가운데에는 오히려 이와 상반된 움직임도 없지 않아 곤혹스럽다. 말하자면 민족문학을 세계문학 시장에 상품으로 내놓으려고 하는 생각이다. 얼핏 보면 그럴싸한 면이 없지 않아 보이지만 이러한 태도는 괴테가 말한 세계문학의 개념에 크게 어긋나며, 이제 실효성도 거의 없어졌다고 할 수 있다. 최근 노벨상에 대한 관심이 높아지면서 후보작에 대한 관심도 함께 높아지고 있는데, 그 과정에서 이러한 문제가 진지하게 고려되고 있는지 의문스러운 경우가 적지 않다. 말하자면 인류 보편성, 즉 모든 인류가 공유할 수 있는 문제 대신 '우리의 것'이라는 차원에서 우리 스스로 흥분하고 개념과 작품을 규정하는 일은 세계문학으로 올라서는 일과 정면으로 모순된다. 한국문학은 이런 관점에서 볼 때, 한없이 낮아질 필요가 있다. '우리의 것'을 버려야 '모든 것'을 얻을 수 있다는 이야기다. 독일문학이 왜 괴테 이후 세계문학의 반열에서 더불어 논의될 수 있었을까 하는 점을 생각해볼 때 상당한 시사점이 발견된다. 괴테의 대표작이 『파우스트』라면, 『파우스트』부터 독일문학은 세계문학의 일부가 될 수 있었다. 많은 연구가의 이론을 뒤집어본다면, 『파우스트』 이후 독일문학은 '그들의 것'을 내려놓았고, 매우 '낮아졌던' 것이다. 당연히 그 '낮아짐'의 시발점은 『파우스트』였다.

　『파우스트』로부터 독일문학이 낮아졌다는 이야기는 약간의 설명을 필요로 한다. 『파우스트』를 가장 감명 깊게 읽었다는 독자들은 물론 전공한 독문학자들에게도 다소 생소하게 들릴 수 있는 이 말은 여러 가지로 해석될 수 있겠으나 나로서는 자주 인용되는 저 유명한 구절 "인간은 노력하는 한 방황한다"[2]는 말의 진정한 뜻을 이와 관련하여 상기하고 싶다. 이 구절은 얼핏 노력을 강조하는 청년 격려사와 상반되면서 인간의 자유만을 고취하는 말처럼 들린다. 그러나 사실 이 말은 두

2　괴테, 『파우스트』, 김수용 옮김, 책세상, 2006, p. 25.

가지 측면에서 깊이 생각할 때만 그 올바른 해석을 얻는다. 무엇보다
이 말은 인간의 능력과 의지에 대한 회의를 담고 있는, 매우 종교적인
매니페스토이다. 그 뜻은 이렇다: 인간은 노력한다──그러나 거기에는
한계가 있다──인간 이상의 초월적/권능적 존재가 요구된다──신 앞
에 승복한다는 것이다. 이러한 해석은 『파우스트』의 올바른 독서를 통
해 이론 없이 수긍될 수 있을 것이다. 파우스트가 평생 추구한 진리탐
구의 답답한 방을 나와서 그레트헨이라는 처녀와 사랑에 빠지고, 그로
인하여 그녀가 임신한 뒤 마침내 영아살해의 죄목으로 죽어갈 때, 그
녀는 그가 진실한 기독교인이 되어달라고 얼마나 애원했던가. 그러나
그는 머뭇거렸다. 그는 신을 인정하면서도 제도권 교인이 되는 일에는
주저했던 것이다. 이와 관련된 몇 대목을 살펴본다.

> 파우스트: [……]
> 신은 인간을 생동하는 자연 속에 창조해 넣어주었는데.[3]
> [……]
> 마르가레테: 그럼 말씀해주세요. 종교를 어떻게 생각하시죠?
> 당신은 정말 좋은 분이지만, 종교에 대해선 대단치 않게 여기시
> 는 것 같아요. [……]
> 파우스트: 이봐요, 누가 감히 말할 수 있을까
> 나는 신을 믿는다고?
> 성직자나 현자에게 물어보구려.
> 그들의 대답은 마치
> 묻는 사람을 조롱하는 듯 여겨질 것이오.[4]

---

3 괴테, 『파우스트』, 정서웅 옮김, 민음사, 1999, p. 34.

4 같은 책, pp. 185~86.

제도권 교인되는 것은 기피하였으나 괴테는 『파우스트』는 물론, 그의 유명한 문학 단상집 『잠언과 성찰 Maximen und Reflexionen』(장영태 옮김, 유로, 2014)을 통하여 신과 기독교에 대한 신뢰와 지지를 보내고 있다. "나는 한 분의 신을 믿는다!" 이 말은 아름답고 칭찬할 만한 말이다. 그러나 "신이 어디서 어떤 모습으로 나타나든지 간에 신을 인정하며 존중하는 것이야말로 지상세계에서의 축복이다"(같은 책, p. 7)라고 책 서두에서부터 선언처럼 말하고 있는 괴테의 신앙은 의심할 여지가 없으며, 여기서 인간은 노력하는 한 방황한다는 겸손한 고백이 가능했던 것이다. 이 고백은 실로 작품 『파우스트』의 주제이자 모티프가 되었고 더 나아가 독일문학을 민족문학에서 세계문학으로 끌어올린 은밀한 계기가 되었다. 그것은 인간 중심, 민족제일의 교만을 내려놓고 인간 누구나 보편적으로 공유하는 인간성의 알파와 오메가를 모두 적시했던 것이다. 괴테의 문학 어디에도 "독일"은 없으나 그는 역설적으로 세계문학의 튼튼한 지평에 독일문학을 올려놓았던 것이다. 괴테에게서 "독일문학"은 버려졌으나 독일문학은 높은 단계의 세계문학으로 도약하였다. 괴테는 그리하여 민족문학의 작가 대신 "문호", 그것도 세계적인 문호가 되었다.

"인간은 노력하는 한 방황한다"는 진술이 말해주는 다른 하나의 의미는 독일문학을 겸허하게 만든 독일역사의 발전 과정과 연관된다. 역사를 지나치게 단순화해 파악한다는 다소간의 우려를 감수하면서 말한다면, 독일사는 18세기 후반 이후, 그러니까 괴테 이후 근대로의 발돋움과 그 성취를 이룬 역사다. 괴테 이전의 독일사란 정치적·경제적으로 다른 유럽의 나라들에 비해서 크게 낙후되어 있었고 문학을 포함한 문화의 경우도 크게 다를 바 없었다. 괴테라는 존재는 동시대의 낭만주의 운동과 더불어 이러한 독일의 후진성을 돌파한 결과를 가져왔고, 그 뒤로 모든 면에서 비약적인 발전을 거듭하는 19세기와 만나게 된다. 이 과정은 한마디로 눈물겨운 독일인들, 특히 독일 지성의 노력으로 요약된다. 낭만주의가 옷을 갈아입은 이상주의는 헤겔, 마르크스, 니체를 거치면서 유럽사의 전면을 거침없이 질주하지 않았는가. 독일 이상주의 역사는 물론 세계사에 큰 획을 그으면서 많은 성과를 남겼지만, 그것이 20세기에 들어 야기한 혼란과 죄악 역시 적지 않았다. "노력하는 한 방황한다"는 명구는 이런 의미에서 독일사에 대한 예언적 경구로서도 읽힌다. 요컨대 괴테의 『파우스트』는 독일인과 독일국가, 그리고 독일문학의 '독일'을 내려놓는 세계문학적 성찰을 가져왔다.

2

세계문학으로의 독일문학 편입 과정과 그 구도는 우리에게도 타산지석의 울림을 던진다. 한국문학이 해외 진출을 함으로써 세계문학 시장에 들어가고 거기서 문학적 상품가치를 얻으면 되지 않겠는가 하는 방법론 차원에 선행하는, 보다 근본적 인식이 있다는 것을 일러준다. 무슨 일이든지 마찬가지이겠으나, 세계와의 관계는 늘 우리 쪽의 자세가 선결조건이 된다. 우리는 정말 세계로 나가고 싶은가 하는 질문부터 우리 스스로에게 던져보아야 한다는 것이다. 세계문학은 반드시 해외 진출을 통해서 새롭게 획득되는 그 어떤 것이라기보다 우리 문학의 쇄신과 문학인들의 자세 설정으로 그 자리에서 탄생한다는 점을 나는 힘주어 말하고 싶다. 그 요체가 바로 민족문학 내려놓기다. 민족문학의 지나친 강조는 자칫 세계문학과의 사이에 벽을 오히려 만들기 쉽다. 보다 구체적으로 살펴본다면, 이제 한국인의 냄새 대신 인간의 냄새가 담긴 시와 소설, 드라마가 나와야 한다. 비근한 보기로 그 나라가 어느 나라가 되었든 노벨문학상 수상작은 항상 이러한 작품들에 주어졌다는 사실을 기억할 필요가 있다. 가령 두 명의 노벨상 수상작가를 배출한 일본의 경우를 살펴보자.

1968년 일본문학에 첫 노벨상을 안겨준 가와바타 야스나리(川端康成)의 소설은 죽음, 고독, 아름다움과 같은 인류 공동의 정서와 의식에 관한 문제였다. 수상작이 되었던 「설국(雪國)」(1948)은 눈이 많이 오는 니가타 현을 배경으로 한 남녀 간의 애정심리 묘사가 주조를 이루는, 어찌 보면 평범한 소설이다. 그러나 작가는 이 소설에서 관심을 두고 있는 남성, 혹은 여성의 섬세한 마음을 세밀하게 묘사함으로써 거기서 발생하는 고독감과 절망을 예리하게 끄집어낸다. 그것은 문학만이 할 수 있는 일종의 아름다움으로서 이 작가는 이 비슷한 일련의 작품을 통해 탐미주의 작가로 평가된다. 그는 수상연설에서 "일본의 아름다움과 나"라는, 비록 국적 있는 발언을 했지만 수상의 배경은 역시 죽음, 고독, 아름다움이라는 인류 공유의 문학적 감성이었다. 전쟁의 황폐와 패전의 좌절감이라는 당시의 사회적 분위기와 그/그의 작품은 직접적인 관계가 거의 없었던 것이다. 얼핏 보아 이러한 현상은 민족이나 사회현실을 외면한, 결코 바람직하지 못한 문학으로 연결되는 듯하지만, 세계문학의 보편성은 훨씬 더 깊은 곳을 바라본다는 사실을 알아야 한다. 죽음과 사랑 이상의 가혹하고도 절절한 인간의 현실이 어디에 있겠는가. 냉정한 비평적 자기성찰은 아무리 강조해도 결코 지나치지 않다. 다른 한 사람의 일본 노벨문학상 수상작가 오에 겐자부로(大江健三朗)의 경우도 마찬가지여서, 그는 장애인이라는 인류의 실존적 불행에 깊이 천착하였다.

이러한 의미에서 주목될 수 있는 한국 작가로서는 이미 작고하였으나 이청준이 있었고, 현재로서는 이승우가 있다. 우연인지 알 수 없으나 같은 고장(전남 장흥) 출신의 두 소설가는 문학예술의 존재, 기능,

운명에 대한 철저한 인식을 그 문학세계로 삼고 있다는 점에서 비슷하고, 세계문학적 이해에 접근해 있다. 바야흐로 왕성한 활동을 보이고 있는 이승우의 경우, 이청준보다 훨씬 더 형이상학적 주제를 다루면서 인간의 보편적인 구원의 문제에 끈질기게 매달리고 있다. 이청준이 정치적 현실의 억압과 예술적 반응, 그 승화의 문제를 다루었다면, 이승우는 미로와 같은 현실, 인간의식의 불명료와 같은 이 세상의 해명 불가능한 상황을 다각적으로 보여주면서 그로부터의 구원을 모색한다. 종교적 구원을 포함한 그의 초월성 탐색은 오늘의 현실을 살아가는 지구촌 인류 전반을 포괄하는 문제로서의 설득력을 얻는다. 세계문학으로의 진입이란 이러한 주제 도전이 그 선결사항임을 한국의 문학인 모두 새롭게 인색할 때가 되었다. 그 밖에도 한국문학은 많은 현존의 문학자산을 갖고 있다. 예컨대 수만 명에 이른다는 문학인의 숫자는 우선 양적으로 풍성해 보인다. 그러나 이에 대해서도 냉정한 객관적 인식이 불가피하다. 그 대부분이 시인인 이와 같은 양적 풍성이 반드시 긍정적인 평가와 연결되느냐 하는 것은 오히려 진지하게 반성되어야 할 대목일 수 있다. 또한 대부분의 소설들이 세속의 일상적 현실 속에 매몰된 서사 주위를 맴돌고 있다는 사실도 안타깝다.

3

스톡홀름에 있는 스웨덴 문화원Swedish Institute의 베스트베리Olle Wästberg 원장을 만난 일이 있다. 2009년 가을 서울에 있는 스웨덴 대사관저에서 당시 주한 스웨덴 대사 바외르 씨의 초청과 소개에 의해서 둘이서 한 20분간 이야기를 나누었다. 화제는 당연히 노벨문학상과 한국 작가의 수상 가능성에 관한 것이었는데, 그는 직접적인 언급을 아겼지만 한국문학, 그리고 한국에 관해 상당한 것을 알고 있었다. 친형이 노벨문학상 심사위원이기도 했던 그는, 그러나 한국/한국문학에 관해 썩 좋은 인상만을 가지고 있지는 않았다. 모든 것을 전체적으로 이해하고 있는 그의 발언과 표정으로 미루어 볼 때, 노벨상은 역시 문화적 능력이 일정한 수준에서 통합될 때 가능하리라는 생각이 들었다. 한마디로 정의하기 힘든 그 수준은 이를테면 교양, 혹은 민도와도 같다는 것이 내 느낌이다. 예컨대 자기 나라의 아이들을 여전히 외국에 입양시키거나 미혼모를 차별하는 일 따위는 국제적인 수준에서 볼 때 한없이 부끄러운 우리의 문화적 실력이다. 그 밖에도 한국인들의 준법정신, 공중도덕 같은 것들도 은근히 저들의 시선 속에서 우리들을 바라보고 있는 기묘한 눈금이 되고 있는 것은 아닐까 하는 생각을 나는 문득문득 느꼈다.

　평생 한국문학 평론가로서, 그리고 외국문학 선생을 하면서 살아왔다고는 하지만, 이른바 한국문학의 세계화 작업에 내가 간여하게 된 것은 1983년 겨울부터의 일이다. 그해 12월 5일과 13일 당시 서독의 수도 본과 서베를린에서 행한 한독수교 백주년 기념 특강을 통해서였다. 당시 나는 본 대학 한국문화연구소의 초청을 받아서 「현대한국문학의 근본상황Grundzüge der Koreanischen Gegenwartsliteratur」이라는 기조강연을 했는데, 본 대학의 구기성 교수와 보쿰 대학의 아다미N. R. Adami 교수가 함께 강연하였다. 이 강연은 독일은 물론 유럽 지역에서 이루어진 한국 현대문학에 관한 최초의 소개 강연으로 기록된다. 그때까지 현지의 한국어 강사가 단편적으로 한국문학을 소개한 일은 드문드문 있었으나 그것은 모두 춘향전 등 고전을 비전공자의 입장에서 알려주는 수준이었다. 한국의 현역 문학평론가가 직접 현지에 와서 당시의 문학 상황을 현지어로 강연하였다는 점에서 현지 언론에서도 상당한 반응을 보였다. 이렇게 시작된 나의 한국문학 소개작업은 주로 강연을 통해서 몇십 년 동안 이곳저곳에서 이루어졌다. 본 대학에서는 그 뒤로 대규모의 심포지엄을 열기도 했으며, 오스트리아의 빈, 스위스의 취리히, 프랑스의 로잔, 미국의 시애틀, 독일의 함부르크와 빌레펠트 등지에서 강연은 계속되었다. 그러던 중 1996년 정부에서 보다 조직적인 작업을 위해 번역금고를 만들었고, 번역금고는 2001년 한국문학번역원으로 발전, 개편 발족하였다. 한국문학의 세계화 작업이 그 방법적 차원에서 보다 조직적인 실행의 발을 내딛게 된 것이다. 처음부터 이 일에 몸담아왔던 나로서도 이 작업에의 개입을 피할 수 없어서 번역금고의 초대 이사를 맡게 되었고 그 뒤로는 일선에서 물러나 있었으나 다시 제4대 원장을 맡게 되었다. 번역원은 그동안 적잖은 시행착오가 있었던 것 같았지만 나름대로 초석이 놓인 상태에서 3년의 임기 동안 나는 해외 현장을 열심히 뛰었다. 16회의 해외 출장이 정신없었던 3년의 세월을 말해주는데, 그 시간은 문학적으로 여전히 낯선 곳에서 한국 작가를 동반한 한국문학 알리기였다고 한마디로 말할 수 있겠다. 누군가는 해외 출판인들이 자발적으로 나서서 우리 문학을 사가면 될 일을 왜 정부나 공공기관이 앞장서느냐고 갸우뚱하는데, 이는 현실에 무지한 한가로운 토설이다. 이와는 반대로 오히려 한국문학의 세계화 작업은 다음의 인식과 순서를 철저히 따라야 한다. 참고로 번역원을 중심으로 한 그 과정을 적어보겠다.

첫째, 앞서서 다소 장황하게 역설했듯이 민족문학적 사고를 버리고 인류 보편의 명제와 정서에 입각한 사고를 갖고 세계문학으로서의 한국문학을 받아들여야 한다.

둘째, 문학은 언어이므로 불가피하게 세계 언어시장에서의 지배언어, 즉 영어로의 재생산 작업에 힘을 쏟아야 한다. 즉, 번역인데, 영어 인구는 많아도 문학어로서의 영어 번역의 능력을 지닌 사람들은 많지 않으므로 이 분야의 전문인을 길러야 한다. 이 일은 시장원리에 의해서 형성되지 않으므로(영어 잘하는 사람은 대체로 문학 쪽에 오지 않는다!) 한국문학번역원 같은 공공기관에서 맡아야 한다. 많은 전문인을 양성하고 실제 번역을 통해 그들을 쉼 없이 활용해야 한다.

셋째, 어떤 작품을 번역하는 것이 타당한가 하는, 번역 대상 작품 선정 작업이 공정하고 세밀하게 이루어져야 한다. 그 과정에 대해선 이미 법이 정하고 있으므로 이를 준수하면서 대상 작품을 축적하면 될 것이다. 원작은 말하자면 원자재이므로 훌륭한 작품이 선정되는 일은 가장 중요한 일로, 앞서 말한 세계문학적 안목이 적용되어야 할 것이다.

넷째, 번역된 작품을 출판할 해외 현지의 출판사 선정이 잘 이루어지도록 해야 한다. 이 과정은 원자재인 작품과 가공 행위라 할 수 있는 번역을 거쳐 생산되는 번역작품, 즉 완제품의 탄생 과정으로서 결정적인 마무리 단계가 된다. 따라서 해외 현지의 저명한 출판사에서 책이 나오느냐 하는 것이 책의 운명을 좌우한다. 그리하여 대형서점, 대학도서관과 공공도서관으로의 보급 등이 제대로 이루어짐으로써 활발한 유통이 가능하게 된다.

끝으로, 책이 출간된 작가와 현지에서 벌이는 문학포럼 행사인데 이를 통해서 생산자와 생산물을 독자 소비층에게 현실감 있게 제공함으로써 그 일관 과정을 완수한다. 프로모션이라고 불리는 행사인데, 이를 통해 미디어와의 관계를 구축하고 홍보의 사각지대에 있는 한국문학의 진면목을 제대로 알리게 될 것이다.

그러나 이 모든 과정은 사회구성원 모두의 총체적인 문화인식을 통한 문학의 이해 능력과 긴밀하게 결부된다. 문학 사랑의 기운이 풍성하게 넘쳐나는 사회는 그 자체로 세계문학적 기능을 선두에서 수행하고 있다고 나는 판단한다.

[2015]

문학작품, 왜 번역하는가

  "문학이란 언어를 매체로 현실을 반영하고 표현하는 인간정신의 한 양상"이라고, 나는 지금부터 40년 전 『문학이란 무엇인가』(문학과지성사, 1976)라는 책 서문을 통하여 그 개념에 대해 진술한 바 있다. 그러면서 나는 같은 글에서 다음과 같은 결론 비슷한 언급을 다시 행한 바 있다. "문학이 반영하고 표현하는 현실이란 현실의 피상적 전면을 그저 기계적으로 사진 찍듯 모사하는 그러한 현실이 아니라, 그 속에 인간의 힘이 담겨진, 그리하여 인간에게 끝없는 반성과 사고를 요구하는 현실이다. 말을 바꾸면, 문학의 형태로 주어져 있는 문화 양태란 인간에게 공연히 겁이나 주고 잘난 체하는 어떤 화석화된 관념이 아니라, 그 스스로 변화와 생성/파괴를 거듭하면서 인간을 부단히 자유스럽게 하는, 말하자면 움직이는 충격인 것이다."

  문학의 개념에 대한 이러한 생각은 문학의 정신면, 그리고 그것이 문학이라는 양식에 미치는 영향에 조준된 설명이다. 그러나 비교적 가볍게 스치고 지나간 것처럼 보이면서도 여기서 가장 중요한 부분으로 다시 검토되어야 할 사항은 "언어를 매체로 하여"라는 대목인데, 말할 나위 없이 그것은 문학이 언어라는 점에 대한 환기다. 문학이 소중한 이유는 수없이 많이 열거될 수 있지만, 그 가운데에서도 결정적인 요소는 "언어"라는 점이다. 그렇다, 문학이 언어라는 사실의 상기는 여기서 아무리 강조되어도 지나칠 것이 없다.

인간에 대한 숱한 정의, 그 시도 가운데에서도 으뜸이 되는 해석은 "나는 생각한다. 따라서 나는 존재한다"는 저 유명한 "cogito ergo sum"의 데카르트René Descartes를 피해 갈 수 없다. 그런데 바로 이 생각, 즉 사고의 모든 활동은 언어를 통해서 이루어지는 것이다. 언어를 통해서 인간은 이 세계와 자신에 대해 자신의 생각을 수행할 수 있으며, 언어 없는 사고란 근본적으로 불가능하다는 것을 깨닫게 된다. 데카르트보다 훨씬 뒤 20세기 중반 하이데거Martin Heidegger가 "언어는 존재의 집"이라고 했을 때까지 문학, 철학 등의 인문학적 노력은 인간 개념에 대한 많은 도전을 시도해왔는데, 그 결론은 필경 데카르트와 하이데거의 이 두 명제로 압축된다. 즉, 인간은 생각하는 존재이되, 그 존재는 언어를 통해서 모습을 드러낸다는 것이다. 인간은 자기 자신을 포함하여 모든 존재에 대해 회의하고, 질문하고, 인식한다. 그러나 이러한 회의, 질문, 인식은 결국은 언어를 통해 존재하고 있는 그 존재에 대한 것이기에 현실적으로 언어에 대한 구체적이면서도 포괄적인 질문이자 인식이다. 우리는 언어에 의해서 존재하는 모든 것들을 결국 읽으면서 인식하는 것이다. 서구철학이 데카르트 이후 많은 인문학적 성취를 이루어왔지만, 20세기에 이르러 넓은 의미의 언어철학으로 귀속되는 까닭도, '아, 언어가 모든 존재의 거처이구나' 하는 하이데거적 인식에 이를 수밖에 없었던 데에 연유한다. 그 대표적인 철학자가 가다머Hans Georg Gadamer이다. 이른바 해석학의 권위로 불리는 그는 세계 이해의 유일한 통로가 언어라는 점에 착안하여 언어해석이 세계와 존재의 해명이라고 하면서, 언어로 표현되고 구성된 세계 또한 언어에 의해 풀이되는 것으로 파악한다. 경험의 의미를 보여주는 존재가 자기 스스로를 표현하는 언어를 통하여 자신을 이해하고, 그럼으로써 인간은 세계를 해석한다. 인간 입장에서 본 것이다. 존재라는 측면에서 보면 언어를 통해서 자기를 드러내고, 이 모든 회로를 해석하는 해석자의 경험 또한 언어를 통해 밝혀진다. 역사는 결국 언어의 집적물인 것이다. 조금 더 과감하게 말한다면, 세계는 곧 언어라고 할 수 있다. 세계는 인간에게 있어서 세계인 것이며, 이 세계를 해석하는 해석자는 인간이기에 그 매개물은 언어일 수밖에 없다.

가다머의 해석학이 문학과 관련하여 특히 주목되는 까닭은, 언어를 통해 세계가 자신을 드러내는 방식이 대화라고 생각했기 때문이다. 말하자면 변증법적 대화를 통하여 세계는 고정된 해석 체계에서 벗어나 새로운 해석을 향해 끊임없이 열려진다는 것인데, 이 원리는 바로 문학의 그것과 정확히 일치한다. 스스로 변화와 생성/파괴를 거듭하면서 인간을 부단히 자유롭게 한다는 나의 진술은 낭만적 아이러니에 기초를 둔 것이기도 하지만, 여기서 다시 가다머의 언어철학과도 부합한다. 따라서 가다머적인 시각에서 문학, 곧 문학작품을 바라본다면 그것은 하나의 거대한 언어 조직이라는 개념과 모습으로 다가온다.

정리한다면, 해석학적 입장에서 볼 때 문학은 언어 조직이라는 말로서 정의될 수 있는데 여기서 "조직"이라는 말이 뜻하는 바는 그것이 질서 있는 조직이라는 의미이다. 그렇기 때문에 언어 조직에는 그것을 만든 주동자, 즉 창작가가 문제되고, 자연히 하나의 작품으로서의 언어 조직이 문제된다. 가다머에 의하면, 언어 조직이 그 해석 대상이 되는 문학에는 이보다 더 결정적인 요인이 있다. 가다머의 말을 직접 인용해본다면, 다음 몇 가지로 압축된다.

1) 문학의 유일한 조건은 언어적으로 전승되며 독서에 의해 실현된다.
2) 문학은 그 고유한 형식인 소설처럼 독서에서 그 원래의 현존성을 갖는다.
3) 독서는 낭독이나 상연과 마찬가지로 문예작품의 본질적인 부분이

다. 이들은 모두 일반적으로 재생이라고 불리지만, 사실은 모든 일시적 예술의 본래적인 존재방식을 나타낸다.

4) 문학의 개념은 수용자와의 관계 없이는 생각할 수 없다. 문학의 현존은 소외된 존재의 생명 없는 존속으로서 후세의 체험 현실과 동시적으로 주어지는 것이 아니다. 오히려 문학은 정신적 보존과 전승의 한 기능이며, 그 때문에 모든 현재에서 그 숨겨진 역사를 드러낸다.[*]

가다머의 이러한 견해는 문학을 오랫동안 정신사적, 심리적, 자전적 방법 위에서 바라보고 그 개념을 정의하고자 했던 태도와는 사뭇 다르다. 거칠게 분류하자면, 결과적으로 수용 미학에 가까운 수용자 이론인데, 이것은 문학을 생산자와 소비자를 함께 묶어 하나의 텍스트로 보면서 텍스트 A=생산자(작가), 텍스트 B=소비자(독자)로 보는 생각이다. 가다머의 해석학은 물론 이와는 다른 배경 아래에서 형성되고 있는 것이지만, 문학의 유일한 조건은 언어적으로 전승되며 독서에 의해 실현된다는 이론은 수용 미학의 그것보다 훨씬 강력하다고 할 수 있다. 그럴 것이, 독서가 전제되지 않을 때, 그 문헌은 문학으로서의 존재감과 가치가 없기 때문이다. 따라서 하나의 문학작품이 어떻게 생성/성립되었는가 하는 과정에서 절대적으로 고려되고 분석되기 마련인 작가의 문제들은— 예컨대 작가의 의도, 작가의 자전적 요소와 심리 혹은 기질 등등— 전혀 중요하지 않게 된다. 작품을 만들고 있는 언어들은 작가가 그의 생각을 표현하고 있는 매개이자 결과이지만, 해석학에서 그것은 배경이 제외된 언어 조직체일 따름이며, 독자의 글 읽기에 의해 그 내용은 생명을 갖고 비로소 부활한다.

따라서 하나의 문학작품은 작가의 모든 삶이 투영되고 있는 측면 A라

---

[*] Hans-Georg Gadamer, *Kunst Als Aussage*, Tübingen, 1993, pp. 240~57 참조. 현상학에서 실존주의에 이르는 언어 철학과 그 문학적 반영이 광범위하게 다루어지고 있다.

는 텍스트와 그것을 하나의 완성된 언어 조직으로 바라보는 독자의 측면 B라는 텍스트, 양면을 지니게 된다. 이때 A라는 텍스트는 인종과 국가를 넘어서는 작가적 공통성을 지니지만, B라는 텍스트는 언어 조직이 갖는 특수성, 즉 민족과 국가에 따른 고유한 언어적 상이성 때문에 소통의 단절 앞에 직면하게 된다. 여기서 언어의 고립화된 상이성을 극복하기 위한 번역의 필요성이 숙명적으로 대두된다. 번역이 이루어지지 않는 상황에서는 언어는 기본적으로 소통의 역할을 할 수 없기 때문이다. 더욱이 그것이 하나의 언어 조직으로서의 작품이라면, 독서 행위라는 근본적 소통 앞에서 너무도 무력해질 수밖에 없는 것이다. 번역의 긴요성이 절실해질 수밖에 없는데, 오늘날과 같은 이른바 글로벌 시대에 이 문제는 전면에 떠오르는 과제가 된다.

한편으로 인간의 내면적 총체성의 발현이라는 작가적 측면을 충족시키면서, 다른 한편으로는 인간을 감동시킨다는 독자적 측면을 지향하고 있는 문학은, 이 양자를 모두 소통이 관리하고 있다고 할 수 있을 것이다. 그러나 번역 앞에 놓인, 자국어로 되어 있는 언어 조직의 문학작품만은 소통이 계속 지체되고 유예된다. 그 상황의 전형적인 예증으로서 곧잘 인용되는 파울 첼란의 시를 다시 여기서 읽어보자. 「언어창살Sprachgitter」이란 시다.

창살들 사이에 있는 둥근 눈동자

번쩍이는 짐승의 눈꺼풀이
위쪽으로 저어 나가며,
하나의 시선을 풀어준다. [……]

(내가 너 같다면, 네가 나 같다면,

우리는 하나의 길 아래
서 있지 않았던가?
우리는 낯선 사람들이네)

타일들, 그 위에
빽빽하게 들어선, 두 사람의
잿빛 마음의 웃음
두 사람의
한 입 가득한 침묵

Augenrund zwischen den Stäben.

Flimmertier Lid
rundert nach oben,
gibt einen Blick frei. [······]

(Wär ich wie du. Wärst du wie ich
Standen wir nicht
unter einem Passat?
Wir sind Fremde.)

Die Fliesen. Darauf,
dicht beieinander, die beiden
herzgrauen Lachen:
zwei
Mundvoll Schweigen.

같은 시인의 이런 시도 있다.

　　가깝게 우리는 있지요, 여보세요.
　　가깝게 그리고 잘 이해하지요.

　　벌써 이해되었어요 여보세요.
　　우리들 중 누구의 몸이든
　　마치 너의 몸인 듯 서로
　　할퀴어졌지요, 여보세요.

　　Nah sind wir, Herr
　　Nahe und greifbar.

　　Gegriffen schon, Herr
　　ineinander verkrallt, als war
　　der Leib eines jeden von uns
　　dein Leib, Herr

　언어 조직이라는 것이 마치 언어로 된 창살 같다는 뜻인데, 창살은
그것이 아무리 빽빽하게 만들어졌다 하더라도 그 사이로 많은 것이 새
어나가버린다. 「언어창살」역시 언어의 의미가 아무리 촘촘하게 조직
되어 있다고 하더라도 그 의미를 완전히 전달하지는 못하는, 미흡하고
왜곡된 의미망일 수밖에 없다는, 소통의 불완전성을 드러내고 있는 시
다. 동시에 이 시는 그 의미와는 별도로, 시 자체가 시의 구성을 통해
소통의 어려움, 의미의 왜곡이 갖는 안타까움을 보여줌으로써 형태와

내용의 일정한 동행을 드러낸다. 이에 덧붙여 그것이 외국어로 씌어진 작품일 경우, 그것을 번역하는 일의 절대적인 어려움── 불가능에 가까운 이중, 삼중의 어려움을 그 형태를 통해 나타낸다. 실제로 첼란은 모국어인 독일어를 듣기 위해 주거지인 파리를 떠나 그가 젊은 날 살던, 독일어가 생활어로 쓰이는 빈으로 여행을 가곤 했다. 길가의 사람들 가운데서 마음껏 독일어를 듣고 싶었던 것이다. 결국 소통을 위해서는 텍스트 B, 즉 독서를 중시할 수밖에 없으며, 나는 이때 이 번역을 독자들을 위한 감동번역이라는 말로 부른다.

[2014]

2부
하늘과 땅 사이에서

메피스토펠레스의 역설
―괴테의 『파우스트』 속에서

1

친구여, 당신은 지금 이 시간에 당신의 오감을 위해

단조로웠던 1년 동안 얻었던 것보다 더 많은 것을 얻게 될 것이오.

귀여운 정령들이 당신에게 노래로 들려주는 것,

그들이 당신에게 보여주는 아름다운 형상들,

이것들은 공허한 요술놀이가 아닙니다.

당신의 코도 기뻐하고

당신의 입도 즐거워할 것입니다.

그리고 당신의 감정도 황홀해질 것입니다.

미리 준비할 필요도 없지요.

우리가 다 모여 있답니다. 자, 시작하시오!*

메피스토펠레스의 이런 외침은 오감의 중요성을 강조한 말이다. 인간의 실존이 감각을 바탕으로 시작되는 것이라면, 그의 주장에는 하자가 없다. 그럼에도 불구하고 메피스토(이하 약칭)는 흔히 악의 대명사

---

* 이하 이 글에 나온 『파우스트』의 인용문들은 모두 김수용의 번역에서 옮겨온 것임을 밝힌다(책세상, 2006).

로 호칭된다. 그와 반대로 파우스트는 선의 표상으로 불리면서 두 인물은 마치 세상 속에서 선악의 대립 구도를 나타내는 전형처럼 받아들여지고 있다. 괴테가 30여 년에 걸쳐 집필, 완성한 대작 『파우스트』는 악의 존재를 메피스토를 통해서 부각시키기 위한 것이 그 목적이었을까. 아닌 게 아니라 삽살개로 등장하였다가 사람의 모습으로 탈바꿈하면서 메피스토는 자신이 출현한 목적을 이렇게 말한다.

> 항시 악을 원하지만
> 항시 선을 만들어내는
> 힘의 일부분입니다.

이러한 변은 메피스토의 변신에 놀란 파우스트의 질문, 즉 "이름은 무엇인가"에 대한 대답이다. 물론 그는 이에 앞서서 그 질문이 "하찮게 보인다"고 일갈하면서 자신을 설명하는데, 파우스트의 말대로 그 대답은 수수께끼 같을 뿐이다. 악을 원하지만 선을 만들어낸다? 그러니까 악의 지향성에도 불구하고 메피스토 현존의 성격은 선이라는 것이다. 그렇다면 일반적으로 알려진 것과 달리 과연 메피스토는 선한 존재인가. 많은 『파우스트』 연구에서도 이 문제가 이런 시각에서 분명한 주제로 부각된 일은 드물 뿐 아니라, 파우스트 아닌 메피스토에 관심이 정조준된 일조차 그리 흔하지 않다. 그만큼 덜 중요하다는 것인가.

아니다. 대작 『파우스트』의 문학적 깊이와 의미는 메피스토에게도 있다. 메피스토는 악이 아니다. 악마성은 있다. 이때 신중해야 할 부분은 악마의 '마(魔)성'이다. 이 점을 메피스토 자신의 입을 통해 들어보자.

> 나는 항상 부정하는 정신입니다!
> 그리고 그건 당연한 일이지요. 그도 그럴 것이 생겨나는

모든 것은

멸망하기 마련이니 말입니다.

그러니 아무것도 생겨나지 않는 것이 더 좋을 겁니다.

그래서 당신들이 죄악이니 파괴니,

요컨대 악이라고 부르는 것이

내 고유한 본질적 특성입니다.

메피스토는 이렇게 자신이 악임을 주장한다. 그러나 여기서 '악'은 객관적으로 검증되고 정의된 '악'이 아니라, 메피스토 자신에 의해 호명되는, 다분히 주관적인 외침이다. 왜 그는 스스로를 악으로 규정짓고자 하는가. 나는 그의 이러한 성향을 일단 악마성으로 보고자 한다. 악을 향해 가고자 하기 때문이다. 그렇다면 메피스토가 생각하는 악이란 대체 어떠한 것일까. 이 문제는 『파우스트』의 본질과 연락되는, 이 작품을 오늘에 이르기까지 명작이 되게 하는 주제와 긴밀하게 닿아 있다.

메피스토가 생각하는 악의 본질은, 첫째 부정의 정신이다. 그러면서 그는 그것이 지극히 당연한 일이라고 말한다. 왜냐하면 "생겨나는 모든 것은 멸망하기 마련"이기 때문이다. 즉, 그는 모든 생자(生者), 즉 살아 있는 것의 죽음을 말한다. 생자필멸의 원리를 부정할 수 없는 한, 부정의 정신은 부정될 수 없다는 것이다. 그러나 문제는 부정의 정신이 악이라는 명제다. 만약 부정의 정신이 악이고, 그것이 메피스토의 정체라면, 메피스토야말로 가장 근대적인 지성의 효시일지도 모른다. 그렇다면 메피스토가 제기하는 문제는 두 가지다. 즉, 부정의 정신이 악이라는 명제의 타당성이 그 하나요, 다른 하나는 메피스토를 과연 그 대변자로 볼 수 있느냐 하는 판단의 문제이다. 파우스트의 그늘 아래에서 상대적으로 매몰된 감이 있었던 메피스토에 대한 조명의 중요성이 떠오르는 지점이다.

『파우스트』에 등장하는 메피스토는 우선 파우스트보다 훨씬 지적이며 철학적이라는 점이 주목된다. 두 사람의 관계를 바라볼 때, 삽살개의 모습으로 홀연히 나타난 탓이기도 하겠지만 파우스트는 메피스토의 정체와 신원을 알기에 급급하다. 반면에 메피스토는 매우 늠름하게 인간과 세계에 대한 본질론을 피력하면서 무식한 학생을 계도하는 선생 같은 자리에 앉아서 세상의 물리를 설파한다. 파우스트는 대체로 질문자의 자리에, 메피스토는 답변자의 자리로 되어 있는 구도가 이러한 상황을 고착시키고 있는 인상이다. 때로 이 상황을 변경시키고자 하는 파우스트의 시도— 메피스토를 나무라는 훈계 등—가 간단없이 이어지지만 그럼에도 메피스토의 계몽적 발언은 지속된다. 자신의 특성이 악이라고 했으나, 그의 생각과 논지는 오히려 합리적인 인상을 주면서 파우스트를 압도하기조차 한다. 물론 파우스트가 압도당하는 것은 아니다. 그러나 드라마의 진행은 그러한 분위기에서 이루어진다. 무한 공간을 향해 열려진 거침없는 호기심, 진리 탐구의 욕망으로 충만한 파우스트를 달래는 메피스토의 능숙한 계몽적 대응은 진지한 강의실의 풍경을 연상케 한다. 대체 메피스토가 말하고자 하는 것은 무엇인가.

> 겸손한 진실 하나 말씀드리지요.
> 소우주를 자처하는 어리석은 인간은
> 보통 스스로를 전체라고 여깁니다만,
> 나야 처음에는 모든 것이었던 부분의 한 부분에 지나지 않습니다.
> 빛을 낳은 암흑의 한 부분이지요.

메피스토의 '겸손한' 이 진술은 사실상 엄청나게 '교만한' 부정의 정신을 담고 있다. 부정은 대담하게도 창조의 질서에 대한 원초적 도전이다. "하느님이 이르시되 빛이 있으라 하시니 빛이 있었고/빛이 하느님이 보시기에 좋았더라 하느님이 빛과 어둠을 나누사/하느님이 빛을 낮이라 부르시고 어둠을 밤이라 부르시니라"는『창세기』의 말씀과 정면으로 배치되는 강한 부정을 메피스토는 과감하게 뱉어놓는다. 이러한 진술을 그는 "겸손한 진실"이라고 역설로서 고백하는데, 이러한 발언에 의하면 빛은 오히려 어둠의 자식이고『창세기』에서 하느님에 의해 찬양된다는 것은 "거만한" 사건이다. 어머니인 어둠을 상대로 싸움을 벌이는 빛이 애는 쓰지만 성과를 올리지는 못한다는 것이 메피스토의 판단이다. 왜 그럴까. 메피스토의 주장은 과연 어느 정도 정당한 것일까.

> 그럴 것이 빛은 물체에 달라붙어 있기 때문이지요.
> 빛은 물체에서 흘러나오고, 물체를 아름답게 만들지만,
> 물체는 빛의 진로를 가로막지요.
> 그러니, 내 희망입니다만, 그리 오래지 않아
> 물체와 더불어 빛은 멸망할 겁니다.

철저하게 반창세기적, 반기독교적 발상인데, 그러나 빛이 물체에 달라붙어 있다는 견해는 주의를 끈다. 빛이 발광체를 통해 뿜어져 나온다는 사실은 물리학의 한 기초이며, 이러한 이론을 따라가면 일종의 유물론을 만나게 된다. 요컨대 물상적으로 이해하는 한, 메피스토의 말은 거부되기 힘든 한 측면에 도달할 수 있다. 그러나, 그렇다고 해서 메피스토가 역설하는 빛의 멸망, 즉 물체와 더불어 빛이 멸망하리라는 예언성 추론은 바로 그의 주장이 논리를 뛰어넘는 허구의 예감을 모체로 하고 있다는 생각을 갖게 한다. 나는 이러한 메피스토의 성격을 불가피하게 마성이라고 부르지 않을 수 없다. 그 마성은 탁월하고 흥미

롭지만 환상의 리얼리티를 건강한 진리라고 할 수 없기 때문이다. 말하자면 이 지점에서 메피스토가 우리에게 던지는 메시지의 내용과 그의미가 밝혀지기 시작한다.

2

『파우스트』는 기독교적 성격이 강한 문학작품이다. 18세기 말에 괴테가 집필에 착수한 이후 19세기 초 그가 세상을 떠나기 전까지 30년이 넘는 시간 매달려 완성한 작품인데, 그 과정은 과연 기독교가 구원의 종교인가. 즉, 진리인가 하는 것을 묻는 길이었다. 특히 제1부는 메피스토와 더불어 씨름하면서 이를 위해 고투하는 모습이 깊이 있게 그려진다. 그러나 이 작품을 기독교와 결부시키지 않고 단순한 선악의 대결로 바라보는 많은 견해에서 메피스토의 역할과 기능은 비하, 폄하되어왔다. 심지어 그는 주인공 파우스트의 조연에 지나지 않는 것으로 무시되어온 감마저 있다. 메피스토는, 그러나 다시 떠오른다. 그의 부상은 지극히 정당하며, 어쩌면 그는 파우스트가 갈망하였던 기독교적 구원의 세계를 향해 파우스트의 손을 잡고 인도하였던 네비게이터였을 수도 있다. 이러한 관점에서 메피스토의 일거수일투족이 갖는 의미는 매우 중요하며 그 문학적 기능 또한 각별하다. 파우스트가 빛의 멸망을 메피스토를 통해서 전해 듣고 보여준 다음 반응 가운데 모든 것이 압축되어 있다.

> 이젠 네 고귀한 소임을 알겠구나!
> 너는 거대한 것에서는 그 무엇도 파괴할 수 없으니
> 이제 작은 것에서 시작해보려는 것이구나.

고귀한 소임이란 물론 아이러니다. 그러나 아이러니가 대체로 그렇듯이 그 가운데에는 진실이 들어 있다. 파우스트가 메피스토에게 '고귀한 소임'이라는 표현을 썼을 때는 물론 삽살개가 변모해서 매사에 아는 척하는 그에 대한 가소로운 비꼼이 들어 있다. 그러나 이러한 구성을 통해서 『파우스트』는 파우스트가 찾고 있는 진리로 접근한다. 그 접근은 접근→반작용→접근→전복의 구조를 통해서 이루어진다. 말하자면 파우스트는 반드시 메피스토를 필요로 하는 것이며, 이 말을 보다 구체적으로 파고든다면 파우스트의 핵심은 메피스토라는 것이다. 또한 뒤집어서 말한다면, 메피스토의 역설을 통해서 대작 『파우스트』는 그 주제를 완성하고 있는 것이다. 이것이 파우스트가 메피스토에게 말한 '고귀한 소임'이다. 결국 '고귀한 소임'이라는 비꼼은 사실상 비꼼 아닌 진실이 된다. 그것은 역설로 표현된 진실일 따름이다.

파우스트가 정공의 질문과 고뇌로 진리에 도전하고 있다면, 메피스토는 이처럼 역설의 답변으로 그 도전을 돕고 있다. 그러므로 구원과 진리의 내용은 메피스토의 대답과 야유를 뒤집어보는 지점에서 드러난다. 그렇다면 역설의 형태로 된 메피스토 발언의 내용, 그러니까 그를 통해서 진술되고 있는, 진리 이전 표면상의 발언은 무엇인가. 빛의 멸망론으로 대표되는 부정의 정신이 기독교에 대한 부정과 도전이 분명하다면, 근대 정신사에서 그것은 계몽주의의 선포라고 이해되어도 무방하다. 앞서 언급된 오감의 감각주의는 가장 확실한 징표가 될 것이다. 그다음에 주목되어야 할 부분은 계몽주의가 극복의 대상으로 삼았으나 기독교에 의해서 더욱 본질적인 배척의 대상이 된 귀신의 힘 혹은 세력, 혹은 누습이라고 할 수 있다. 『파우스트』 제1부 전반부에서 '정령'으로 번역되고 있는 것들이다. 보다 넓은 의미에서는 게르만 신화를 포함한 일체의 신비주의가 그 대상이 될 수도 있다. 어쨌든 메피스토는 세상 이치에 밝은 계몽주의자 행세를 하는 한편, 이들 귀신들을 응원하는 지원군이 되기도 한다.

> 정령들의 합창: [……] 세계가 무너진다. 세계가 조각난다!
> 반신(半神) 하나가 세계를 때려 부쉈도다.
> 우리는 그 잔해를
> 허무 속으로 나르며,
> 잃어버린 아름다움을
> 한탄하노라.
> 지상의 아들 중
> 강한 자여,
> 보다 더 찬란하게
> 세계를 다시 세우시오! [……]

> 메피스토펠레스: 저들은 우리 집안의
> 어린 것들이지요.
> 들어보세요. 얼마나 어른스럽게
> 쾌락과 행동을 권하고 있습니까!
> 감각도, 혈액의 흐름도 막혀버리는
> 고독으로부터
> 넓은 세계로
> 당신을 끌어내리려는 것이지요. [……]
> 난 큰 악마 축에는 들지 못하오.

감각의 계몽성과 신비주의적 전통의 공리성이 함께 어울려 파우스트를 흔든다. 그 흔듦 속에는 사실 모든 인간이 함께 들어 있다. 생각해

보라! 누가 이 쾌락과 합리적 세속성으로부터 자유로울 수 있겠는가. 진리를 갈망하는 파우스트 앞에 던져진 메피스토의 전언은 바로 그것이다. 진리의 복음 대신 세속의 복음을 그것은 달콤하게 속삭여준다.

진보의 결과 나타난 계몽이 맹목적으로 실용화된 사유와 연결됨으로써, 원래 추구하던 진리에 대한 연결끈이 위험하게 되었다고 『계몽의 변증법』에서 일찍이 아도르노는 지적하였다. 18세기는 서구사회가 계몽이라는 절대명제를 향해서 내달리던 시기였다. 과학기술에 대한 신뢰와 기독교에 대한 회의는 그 추동력이 되었다. 메피스토의 생각과 발언은 그 추동력에 편승한 시대정신일 수도 있었다. 그러나 파우스트는 그 어느 것 하나 받아들이지 않았다(그가 받아들인, 그리고 치명적인 수용의 함정이 된 것은 그레트헨에게 그가 함몰되었다는 사실이며, 이 사실은 『파우스트』의 새로운 근본 모티프가 된다). 파우스트는 시대정신처럼 밀려오는 반기독교적 계몽의 물결에 맞서서 구원의 손길을 안타깝게 찾고 있었으며, 메피스토는 마치 엄마의 손처럼 늑대의 손을 내밀고 있었던 것이다. 시간과 그리움에 쫓기고 있었던 어린 자녀들이 늑대의 손을 잡을 수밖에 없는 위험의 개연성을 메피스토의 그럴싸한 언변과 합리성의 역설이 보여주고 있는 것이다.

파우스트는 과연 메피스토에게 넘어갈 것인가. 넘어설 것인가. 이 질문은 타협할 것인가 아니면 보다 높은 구원의 하늘을 바라다볼 것인가 하는 형이상의 물음이다. 환원하면 이 질문은 여러 가지 양태로 존재한다. 단순한 생존으로 실존을 지속할 것인가. 더 높은 문화의 삶을 추구할 것인가 하는 범박한 이야기가 될 수도 있지만, 근대사회에서 종교의 지위를 두드리는 무서운 물음일 수도 있다. 이런 정황의 인식 아래에서 메피스토의 유혹은 계몽적 시대상황의 반영일 수도 있다는 점이 문학적 흥미를 배가시킨다. 실제로 메피스토는 파우스트의 길동무를 자처하기도 한다.

그러나 당신이 나와 함께 어울려

삶의 행로를 이리저리 걸으려 한다면

난 당장이라도 기꺼이

당신의 것이 되겠소.

당신의 길동무가 되는 것이지요.

그러다가 내 하는 일이 마음에 드시면

당신의 하인이 되고, 머슴이 되어드리지요!

　물론 메피스토의 발언은 이념적인 내용으로 먼저 해석된다. 그러나 그 방법에는 시각의 차이가 있을 수 있다. 즉, 길동무를 자처하는 메피스토의 말은 글자 그대로 진리를 모색하는 파우스트의 행로를 이해하고 돕겠다는 뜻이지만, 더 나아가서는 파우스트의 기독교적 세계관에 대한 동조를 의미할 수도 있다는 것이다. 이것이 역설의 기능이다. 메피스토와 파우스트의 계약이 그것이다. 계약은 파우스트가 메피스토의 함정에 접근하는 위기이기도 하지만, 메피스토로서는 "드높은 것을 추구하는 인간 정신"을 향한 전략적 양보의 발걸음이기도 하다. 어쨌든 계약은 이루어진다.

3

파우스트: 아니야, 아니야! 악마는 이기주의자이지.

그래서 다른 사람에게 이로운 일을

절대로 쉽사리 해주지 않지.

조건을 분명히 말해라. [……]

메피스토펠레스: 나는 이 세상에서 당신에게 봉사할 의무를 가지겠습니다.

당신의 눈짓에 따라 쉬지 않고 일하지요.

우리가 저세상에서 다시 만나면,

당신은 나에게 같은 일을 해주어야 합니다.

문구상 메피스토의 양보가 분명하다. 이제부터 문제가 되는 것은 메피스토의 속셈이다. 그는 왜 밑지는 계약을 하려 하는가. 그는 왜 파우스트에게 봉사하려고 하는가. 나타난 문면만으로는 그의 길동무가 되고자 하기 때문이다. 속마음은 무엇일까.

메피스토펠레스: 그러나 선생, 우리가 무언가 좋은 것을 편안하게 즐기고 싶은 그런 때도 올 것입니다.

파우스트: 내가 언젠가 편안하게 안락의자에라도 눕게 되면,

나는 바로 끝장이 난 것이다! [······]

내가 나 자신에 만족하게 되면

네가 향락으로 날 속일 수 있으면,

그것이 나의 마지막 날이 되게 하자!

내기를 하자!

메피스토페레스: 좋습니다!

파우스트: 자, 그럼 약속을 하자!

내가 어느 순간을 향하여

머물러다오! 너는 너무나 아름답구나!

라고 말한다면

그땐 네가 날 결박해도 좋다.

그때 나는 기꺼이 죽음을 맞이하리라. [……]

메피스토펠레스: 잘 생각하시오. 우린 그걸 잊지 않을 겁니다.
[……]

파우스트: 내가 이 계약을 깨리라고는 절대 걱정하지 마라!

이 계약은 메피스토가 표방하는 편안함, 관능, 요컨대 계몽적 세속
성에 대한 거부와 그 거부를 지켜나갈 수 있다는 파우스트의 자신감
위에 기초하고 있다. 그러나 다른 한편 파우스트의 그러한 자신감은
얼마든지 무너질 수 있다는 메피스토의 자신감도 팽팽한 균형 내지 긴
장을 이룰 수 있기 때문에 계약은 성립된다. 결국 마녀의 동원을 통한
약물에 의해 파우스트의 정신세계는 물론 그를 지탱하던 자신감, 자존
심은 일거에 붕괴되고 그는 타락의 나락에 떨어진다. 메피스토가 이긴
것이다. 그레트헨이라는 처녀에 눈이 멀어 그녀의 오빠와 어머니, 그리
고 뱃속의 영아까지 죽이는 참극이 나타난다. 메피스토와 결탁한 파우
스트에 의해 저질러진 비극이지만, 그 배후는 물론 메피스토다. 여기에
는 신을 앞세운 그레트헨을 능욕하는 삼각 구도가 동시에 전개되는데,
이 부분에 대한 세심한 분석은 『파우스트』 제1부의 결론으로 유도되면
서, 메피스토의 문학적 성격 규명의 관건이 된다.

파우스트: [……] 지식에의 갈망으로부터 치유된 내 가슴은
앞으로는 어떠한 고통도 받아들일 것이다.

78

그리고 전 인류에게 나뉘어 주어진 것,

그것을 나는 내 내면의 자아에서 향유해보련다.

내 정신으로 가장 높은 것과 가장 낮은 것을 움켜잡고

그들의 행복과 불행을 내 가슴 안에 쌓아 올리려 한다.

[……]

메피스토펠레스: 우리 같은 무리의 말을 믿으시오, 이 전체는

오로지 신 하나만을 위해 만들어진 것이오!

신은 자신은 영원한 빛 속에 있으면서

우리는 암흑 속에 처박아놓고는

당신들에게만 낮과 밤을 쓸모있게 마련해준 것이오.

파우스트: 나는 그녀 곁에 있다. 설혹 내가 멀리 떨어져 있더라도,

난 그녀를 결코 잊을 수도, 잃을 수도 없다.

그래, 이러는 동안에도 그녀의 입술이 닿는다 생각되니

주님의 성채에까지 질투가 날 지경이다.[……]

메피스토펠레스: 좋소이다! 욕하시구려, 허나 난 웃을 수밖에 없소.

사내와 계집을 창조한 신도

이들에게 만날 기회를 만들어주는 것이 자신의 고귀한 생명이란

걸 알았단 말이다. [……]

파우스트: 그런데 나, 신의 증오를 산 이 인간은 바위들을 움켜

잡아,

이것들을 산산조각 내는 것만으로는

흡족하지 않단 말인가!

그래서 그녀를, 그녀의 평화를 깨뜨려야 한단 말인가!
지옥이여, 그대는 이 희생을 가져야 하는가!
도와다오, 악마야, 이 공포의 시간을 줄여다오!

　파우스트와 메피스토는 이처럼 그레트헨이라는 처녀를 유혹하면서도 신을 매개시킨다. 그 이유는 그들이 — 메피스토펠레스조차 — 그 유혹이 신의 뜻에 어긋나는 일임을 알고 있기 때문이다. 이 사실은 두 사람 모두 신을, 적어도 신의 존재를 믿고 있다는 방증이다. 그리하여 그레트헨을 유혹하고, 이 일로 마침내 비극이 벌어져 그레트헨이 갇히고 탈옥이 모의되는 모든 상황에서 그들은 신의 주재를 경험하면서 세 사람 각기 신을 바라보는 독자적인 시각을 보여준다. 그레트헨과 파우스트는 물론 메피스토 또한 그러하다. 부정적으로 인식되고 표현되는 메피스토의 시각은, 그러나 역설을 통해서 『파우스트』 전체의 기독교적 성격을 완성시키고 있다고 보아야 할 것이다.

마르가레테(그레트헨):
자, 말해주세요. 종교를 어떻게 생각하시죠?
당신은 정말로 좋은 분이지요.
그런데 종교는 별로 중요하게 생각하지 않는 듯해요. [……]
아, 내가 조금이라도 당신을 설득시킬 수 있다면!
당신은 교회의 성사(聖事)도 존중하지 않으시죠?

파우스트: 존중해요.

마르가레테: 그러나 마음속에서 우러나온 것은 아니지요.
미사에도 고해성사에도 오랫동안 가지 않았지요.

당신은 하느님을 믿나요?

파우스트: 사랑스러운 아가씨, 누가 감히 말할 수 있겠소.
나는 신을 믿는다고? [……]

마르가레테: 그럼 믿지 않으시는 거예요?

파우스트: 오해하지 말아요. 내 귀여운 아가씨!
누가 신에게 이름을 붙일 수 있겠소.
그리고 누가 감히 고백할 수 있겠소.
나는 신을 믿는다고? [……]

마르가레테: 그 말씀을 들으면 그럴듯하다는 생각은 들어요.
그러나 무언가 여전히 삐딱해요.
당신이 그리스도교를 믿지 않기 때문이지요.
이미 오래전부터 저는 마음이 아팠어요.
당신이 그자와 어울려 다니는 것을 보면요. [……]
당신이 곁에 두고 있는 그 사람을 저는 마음속 깊이 싫어해요.

파우스트: 세상에는 그런 괴짜도 있어야 하는 거요.

마르가레테: 그런 사람과는 같이 지내고 싶지 않아요!

파우스트: 그대 예감에 찬 천사여! [……]
그자가 있으면 기도할 수 없을 지경이고요.

진실한 기독교인으로서 그레트헨은 파우스트를 회개시키고 하느님을 믿게 하려고 하지만 파우스트의 태도는 유보적이다. 그 까닭은 "모든 것을 품고 있는 분, 모든 것을 지탱해주는 분"으로서의 신을 믿으면서도 어느 한 특정 종교에 얽매이지 않겠다는 범신론자로서의 입장, 그럼에도 불구하고 그레트헨에게 가까이 가고자 하는 현실적 욕망이 합쳐진 지점이 바로 '유보'이다. 반면에 메피스토는 격렬한 반대의 모습을 보인다.

> 메피스토: 아주 소상히 들었소이다.
> 박사님께서 교리문답을 당하시더구려.
> 그 시험을 통과했기 바랍니다.
> 처녀들은 사내가 믿음이 깊고 옛 관습을 순직하게
> 잘 따르는지에 지대한 관심을 가지고 있죠.
> 그런 것에 잘 복종하면 자기들 말도 잘 따를 것이라 생각하는 거죠.

하느님은 악인도 때에 따라 쓰신다고 했던가. 세계 인식과 구원을 향한 파우스트의 열정에 그의 길동무 메피스토 또한 이처럼 동참하고 있다. 세속의 논리, 계몽의 논리는 문학 안에서 거꾸로도 읽힌다. 『파우스트』는 이런 면에서도 당당한 걸작이다. 파우스트와 메피스토는 이 작품의 기독교적 성격 형성을 위하여 쌍생아처럼 서로 돕고 있다.

[2019]

마을과 성(城)이 왜 함께 공존할까
—카프카의 장편 『성』의 종교성

몇 군데에서 이미 말한 일이 있지만 체코 출신의 독일작가 프란츠 카프카Franz Kafka는 일본에서 인기가 매우 높다. 일본 독문학자들에 의하면, 일본에서 제일 잘 팔리는 외국 작가 스테디셀러는 카프카이며, 독문학계 안에서도 대상 연구논문이 가장 많은 작가가 카프카라는 것이다. 정확한 통계는 알 수 없으나 이러한 사정은 한국에서도 비슷한 것 같다. 왜 그럴까. 우선 학계에서 그에 대한 연구 논문이 많다는 사실은 이 작가에 대해 연구거리가 많다는 이야기일 것이다. 이 말을 다른 말로 바꾸어보면, 많은 연구에도 불구하고 여전히 해명되지 않는 신비한 구석들이 계속 남아 있다는 방증이 된다. 독자 대중들은 감각적인 재미에도 현혹되지만, 알 수 없는 소문에도 끌리기 잘한다. 카프카의 경우에는 후자가 그 대중적 인기의 원인이 된다. 요컨대 카프카에게는 속 시원히 풀리지 않는 어떤 미궁이 존재하는데, 사람들은 끊임없이 거기에 접근하고, 또 그 실체를 밝히고자 도전한다. 이 시도, 그 노력은 탐구욕이라고 부를 수 있는 어떤 것인데, 이것이 어떤 한계를 넘어설 때 거기에 종교성이 발생한다. 종교성은 이성으로 해명되지 않는 부분을 신비함으로 바라보는 것인데, 신비 그 너머로 가고자 하는 욕망이기도 하다. 그러므로 카프카의 어떤 부분이 구체적으로 종교성과 연관되는가 하는 것을 밝히는 지점이 아마도 이 글의 종착점이 될 것이다. 그러한 희망 아래에서 숱하게 분석되고 거론된 카프카 한 소설이 다시 우리 앞에 떠오른다.

K라는 남성의 일주일간의 행적을 그리고 있는 대표작 『성(城, Das Schloss)』을 보자. 그는 성의 부름을 받고 어느 겨울밤 성 아래 마을에 도착한다. 토지 측량기사인 그는 첫날 밤 그 마을의 여관에서 하룻밤을 보낸다. 그러나 이때부터 바로 마을 주민들과 K와의 사이에는 불화가 시작된다. 주민들은 K의 마을 체류가 당국의 허가 없이는 불가능하다고 주장함으로써 결국 성의 관리인 클람이 보내준 하룻밤 체재 허가서를 받고서야 머무를 수 있게 된다. 그러나 그것은 기껏해야 하룻밤 체류일 뿐, 성으로의 입성은 이루어지지 않는다. K는 클람이 마을에 내려왔을 때 그에게 접근하지만 만남은 이루어지지 않고 오히려 무작정 체류만이 장기화된다. 여기서 그는 학교 직원으로 취직하면서 클람과의 접선을 노린다. 무조건적으로 보이는 입성의 열망이 얼마나 대단했는지, 클람과 관계가 밀접한 여성 프리다를 자신의 애인으로 삼아보려고 하기까지 한다. 이러는 사이 성에서 일하는 바르나바스라는 사람을 통하여 성 당국의 편지를 받기도 하는데, 내용인즉 성으로서는 K의 존재와 활동에 만족한다는 것이다. 황당한 일이 아닐 수 없다. K로서는 아무 일도 한 것이 없는데 말이다.

한편 K에게는 애인이 된 프리다와의 사이에 기묘한 기류가 흐른다. 프리다가 마을을 떠나려고 하자 만류하는 K와의 사이에 분쟁이 생긴 것이다. 프리다가 K를 도와서 일해주던 사람과 이상한 관계를 맺었는데, 이를 알게 된 K가 그 사람을 해고한 것이다. 이렇듯 성에 가야 할 K는 막상 성에는 가지 못하고 그 아래 마을에서 의미 없는 일상을 보내는 엉뚱한 내용이 전개된다. 여러 여성과의 부질없는 성관계가 그나마 하고 있는 일의 전부라고 할까.

게다가 K는 그 이후 바르나바스 집을 찾아가서 그의 누이 올가로부터 그녀의 집안 이야기를 듣는, 갈수록 이상한 내용이 나온다. 대체 작가는 무슨 말을 하고자 하는 것일까. 내용인즉, 올가의 언니 아말리아를 성의 관리인 소르티니가 좋아했는데, 그녀는 그가 보내온 무례하고 외설스러운 편지를 그의 얼굴에 찢어 던진 뒤, 성 당국의 권위에 대항했는데 그 이유로 집안이 몰락한다. K는 그 이야기를 듣고 올가에게 연민을 느끼면서 그녀의 애인이 된다. 이처럼 K는 마을에서 이렇다 할일 없이 두 여인 사이를 오가면서 피곤한 생활을 한다. 청원에 성공할 경우 성으로의 진입이 이루어질 수도 있다는 말이 소설 끝 부분에 나오는데, 기이한 것은 이때 K가 하필이면 깊은 수면에 빠진다는 점이다. 성에 들어갈 수 있는 절호의 기회가 사라진 것이다. 긴 잠에서 깨어나자 이번에는 또 가정부가 동거를 요구한다. 무의미하고 엉뚱해 보이는 이 같은 마을에서의 이야기는 사실은 우리네 세속의 삶을 두루 포괄하고 있는 타락한 생존 자체의 암시가 아닐까.

발터 옌스Walter Jens와 함께 『문학과 종교』라는 문제작을 쓴 신학자 한스 큉도 이 소설에 대해서 "하지만 나는 여기서 한 가지 고백을 해야겠다. 나는 이 소설을 거듭 다시 읽고 연구해보았지만 아무리 좋게 보아주려 해도 거기서 어떤 종교적인 점도 발견하지 못했다"고 단언한다. 문제는, 그러면서도 그는 카프카의 『성』을 『문학과 종교』의 마지막 단원에 삽입해놓고서 "근대의 와해와 종교"라는 제목의 긴 논문을 쓰고 있다는 점이다. 종교적인 소설이 아니라면서도 큉이 길게 분석, 비평하고 있는 논지는 무엇인가.

그렇다면 카프카를 기독교 전통과 그 붕괴에 의해 형성된 유럽인들의 의식 상태와는 멀찌감치 떨어져 있는, 추방당하고 경원시되는 유럽 유대인들의 극단적인 대표자로 볼 수 있을까? 따라서 유대인 카프카와 측량기사 K가 겪은 소외는 현대인의 소외와는 도대체 아무런 관련이 없는 현상일까?

사실은 그 반대다. 카프카는 단순히 프라하의 유대인일 뿐만 아니라 1904년에서 1924년까지 세계를 뒤바꾼 20년이란 기간 동안에 작품을 쓴 작가로서, 새로운 유럽의 탄생 과정에 참여했던 것이다. 그는 철저한 유럽식 교육을 받은 막스 브로트와 프란츠 베르펠 같은 유대인들과 교제했고, 클라이스트, 그릴파르처, 하우프트만, 크누트 함순을 철저히 연구했다. 김나지움 시절 이미 다윈과 니체의 신봉자가 되었던 그는 유대교 신앙을 버리고 사회주의로 전향했고 [……] 그는 아우구스티누스의 『고백록』과 톨스토이의 사상을 연구한 뒤 결국 히브리어 연구와 시오니즘에 몰두한다. 그렇다. 카프카는 프라하 어느 지구의 게토에서 살았던 유대인이 아니다. 그는 후기 근대, 즉 제1차 세계대전을 전후한 세대를 대표하는 '전형적인 유대인'이다.[1]

카프카의 신분에 관해 명료한 판단을 내리고 있는 큉의 이 같은 설명은, 사실상 카프카 문학의 성격에 대해서도 가장 귀중한 증언이 된다. 큉이 말하고 있는 것은 얼핏 보아 모순되어 보이는 두 가지 성격이다. 그것은 유대인인 카프카가 유대인스러운 소외감에 빠져 있었는가, 혹은 적극적인 시오니스트였는가 하는 다소 상반된 질문과 관련된 성격이다. 어느 쪽 성격인가 하는 것. 큉은 소외감에 젖은 유대인이라는 생각에서 카프카를 단호하게 밀어내고 제1차 세계대전 전후세대를 대표하는 '전형적인' 유대인으로 그를 특징짓는다. 그렇다면 전형적인 유대인이란 어떤 사람인가. 아마도 이 부분이 종교성 중심으로 카프카

1 발터 옌스·한스 큉, 『문학과 종교』, 김주연 옮김, 문학과지성사, 2019, p. 370.

문학을 헤쳐보는 문제의 핵심이 될는지도 모른다.

전형적인 유대인이라는 표현 속에서 내가 바라보고 있는 아득한 어떤 본질 같은 것이 있다면, 그것은 지상적 무소속성이 아닐까 싶다. 과학, 기술, 산업, 민주주의, 더 구체적으로는 보험(그는 보험사에 근무하기도 했다!)을 포함한 금융자본주의와 갖가지 제도의 경직성으로 상징될 수 있는(한 세기 뒤 오늘의 정보기술사회는 논외로 한다) 근대를 만나면서 카프카는 그 어느 곳에도 들어갈 수 없는 자신을 발견했다. 세 번에 걸쳐 약혼과 파혼을 거듭하면서, 그리고 적지 않은 여성과 관계를 가지면서도 결혼이라는 제도 속에 들어가지 않은 까닭도 이와 무관해 보이지 않는다. 그는 이처럼 지상적인 것, 제도에의 소속을 거부하면서 자연스럽게 그것을 넘어서는 초월성을 알게 모르게 지향했던 것으로 보인다. 큉의 분석이다.

> 내가 볼 때 텍스트 자체에 입각한다면, 확고한 것은 단 하나뿐이다. 성(城)은 항상 인간을 압도하고 인간을 넘어선 초월적인 곳에 존재한다. 인간은 그곳에 접근하려고 시도하지만 성으로부터 부름받지 않은 이상 스스로의 힘으로 그곳에 도달하는 것은 불가능하다. 성은 K의 목적지였지만 그는 거기에 도달하는 길을 찾지 못한다. 성은 이렇게 해서 수수께끼로 남아 초월성의 표현이 된다.

성이 초월성의 표현이 되고, 카프카가 결국 초월성을 바라보게 되었다는 견해에 큉 또한 동의한 것이다. 사실 이러한 견해는 헬러E. Heller를 비롯한 몇몇 학자에 의해 조심스럽게 이미 제기된 바 있었다. 이 경우 물론 구약을 신봉하는 유대인들은 성을 신의 은총으로 여기기도 하며, 일반적으로 비유나 상징으로 성을 받아들이기도 하기 때문이다. 초월성을 인정한다면 자연스럽게 종교적, 신학적 해석도 가능해지는데,

이때 측량기사 K의 생각과 역할이 주목된다. 그는 카프카의 현신이므로 그가 어떤 생각을 갖고 무슨 일을 하고 있느냐, 하는 점은 바로 카프카의 문학의식이 된다. K는 초월성이 상실되었다고 믿는 자인데, 그럼에도 불구하고 성으로 진입하려는 희망의 끈을 놓지 않는다. 상반된 이러한 의식은 곧 전형적 유대인의 그것이기도 하다. 성에 들어갈 수 있으리라는 초월성으로의 희망, 그러면서도 그 아래 마을의 사람들끼리 만들어가는 공동체 안에서 그 나름대로 살고자 하는 희망, 서로 모순되어 보이는 두 희망이 공존할 수도 있다는 점에 소설 『성』의 종교성이 있다고 할 수 있다.

종교성은 지상성과 초월성의 공존에서 비롯된다. 지상성은 글자 그대로 지상에 머무를 수밖에 없는 실존의 한계를 인정하는 일이다. 어찌 보면 당연한 것 같지만, 이를 부인하고 초월성에만 매달리는 경우도 있다. 이와 반대로 지상성에 매몰되어 초월성 따위는 아예 인식하지 않는 경우도 있다. 종교성은 이때 양자를 적극적으로 수용함으로써 생겨나는 갈등의 양상과 연결된다. 『성』에서 K는 성을 지향하고 있음에도 불구하고 그 아래 마을생활을 즐기고 있음을 볼 수 있다. 프리다와 올가 등 여러 여인과의 관능적인 생활은 그가 성으로의 길이 막혀 불가피하게 겪는 지상적 삶이라는 해석을 무색케 한다. K에게 있어서 여성들과의 생활은 그 나름대로 의미가 있는 것으로 여겨지기 때문이다. 그것은 세속성의 본질이라고도 할 수 있는 일시적인 쾌락의 추구라고 할 수 있는 바, 카프카가 이를 멀리 했다는 증거는 없다. 성을 향한 지향성은 말하자면 이러한 세속성과 동시에 이루어지고 있는데, 이것은 마을의 세계와 성의 세계 사이에 기이한 형태로나마 소통이 이루어지고 있다는 점으로도 확인된다. 성의 직원이자 마을로 파견되었던 바르나바스가 성의 현관이나 사무실로 출입할 수 있었다는 사실은 양자의 공존관계를 말해준다. 신학자 쾽은 K가 의심, 불안, 절망에서 벗

어날 수 없었다면 그것은 전적으로 바르나바스의 책임이라고 단정한
다. 초월성의 상징인 성이 어떻게 지상적/세속적 존재의 갈구에 그토
록 무심할 수 있겠느냐는 반문이다.

 큉은 카프카를 키르케고르, 도스토옙스키와 비교하면서 그의 종교
성 문제를 바라본다. 졸라류의 자연주의적 실증성이 유행처럼 풍미하
고 있었던 세기말의 암울한 분위기에서 신과 실존 사이를 고민했던 도
스토옙스키에 매료되었던 카프카는 그 역시 위에 있는 성과 아래에 있
는 마을 사이에서 고통받으며 희망과 절망을 오가는 찢어진 존재였다
는 점에서 도스토옙스키를 방불케 한다. 그렇다면 카프카 역시 도스토
옙스키 같은 회의적 신앙인이라고 할 수 있는가. 하느님을 믿는 기독
교인이면서도 늘 절망 쪽으로 쫓겨나는 느낌을 버리지 못하는, 흔들리
는 신앙인. 그가 작가이기에 '흔들림'은 오히려 자연스러운 것일 수 있
다. 작가와 지식인은 그 흔들림을 자신들의 문제라기보다 신 스스로의
문제라고 보기 때문이다. 예컨대 카프카의 유대인 친구인 마르틴 부버
는 말하지 않았던가.

　　　천상의 빛이 암흑에 가려진다. 신의 암흑이 사실상 우리가 살고
　　있는 세계의 시간을 특징짓고 있다.

 도스토옙스키가 신실한 기독교인을 주인공의 한 사람으로 삼으면
서도 패역한 이 세상을 묘사하고 절망하였듯이, 카프카도 신의 은총을
갈구하면서도 세속적인 쾌락에 머무르면서 세계의 부조리를 탓하고
있다면 그들은 과연 신을 믿는 것인가. 이 질문 앞에서 나는 "그럼에도
불구하고" 믿는 자라고 말하고 싶다. 왜냐하면 그들은 여전히 세계의
중심은 신에게 있다고 보았기 때문이다. 그들이 비록 천상의 빛이 암
흑에 가려져 있다고 신을 원망하든, 아니면 더 심하게 신의 책임을 힐

난하든, 문제의 중심이 신이라는 입장은 견지된다. 따라서 『성』을 비롯한 카프카의 모든 작품들 또한 신이 손을 놓은 상황 속에서 야기된 미로이며 혼돈이라는 사실을 직시할 필요가 있다. 가령 사람이 벌레가 된 소설 『변신』은 어떤가. 인간과 세계에 대한 이해가 창조 섭리에서 떠나 생물학적 진화론의 수준으로 떨어진 상태에서 전개된 에밀 졸라류의 동물적 인간관이 초래한 지극히 당연한 결과 아닌가. 신이 놓아버린 인간은 사실 벌레에 지나지 않는 것으로 관찰될 수 있다. 따라서 신의 음성이 직접적으로 들리지 않는다고 카프카 문학에서 하느님을 보지 못한다면 문학연구는 단순한 지적 유희라는 비판으로부터 자유롭기 힘들다. 부재를 통한 임재의 분명한 모습이 카프카 문학의 숨은 본질이라는 평가는 이런 시각에서 가능하다. 벌레로 떨어진 인간의 모습에서 신의 슬픔을 보아야 할 것이다. 신에 대한 그의 인식은 친구인 막스 브로트에게 보낸 편지에서 명료하게 진술된다.

> 암흑의 힘을 향한 하강, 그 본성상 구속되어 있는 영들의 해방, 의심스러운 포옹, 이 모든 일들이 아래쪽에서 일어나고 있다고 해도 위에서 햇빛을 받으면서 이야기를 쓰고 있는 사람은 이에 대해 아무것도 모르지. [……] 나는 여기서 편안한 문필가의 자세로 앉아서 아름다운 모든 것에 대해 쓸 작정을 하고 있네. 나는 무기력하게(도대체 쓰는 것 이외에는 아무것도 할 수 없으므로) 나의 진정한 자아, 이 불쌍하고 힘없는 자아가 어떤 우연한 동기에 의해 [……] 악마에게 정복당하고 얻어맞고 짓이겨지는 것을 구경하고 있어야만 한다네. (『카프카 서한집』, pp. 384, 86)

카프카는 아래쪽 악마의 세계와 위쪽 햇빛의 세계를 확연히 구분하면서, 양자의 의심스러운 포옹에도 불구하고 위쪽에 앉아서 아래쪽을 쓰고 있음을 말하면서, 그러나 아름다운 모든 것을 쓰고 싶다는 의지를 피력한다. 힘들고 비참한 현실세계를 그리면서도 그것을 초월하는 세계로의 비상을 꿈꾸고 있는 것이다. 그의 종교성이 분명히 드러나는 순간이다. 카프카 자신의 종교적 성격에 대한 증거들은 그의 인간적 면모를 그린 작품 이외의 문헌 등을 통해 오히려 확인될 수 있을 것 같다. 예컨대 구스타프 야누흐Gustav Janouch의 『카프카와의 대화』라든지 카프카 자신의 『일기』와 같은 문헌들이다. 가령 야누흐의 『카프카와의 대화』에는 "신적인 것을 향한 동경"에 대한 성찰(p. 66), "종교적인 것을 남김없이 미적인 것으로 증류시키는" 문학에 대한 거부(p. 70), 원죄와 자유, 유대교와 기독교, 예수와 하느님에 대한 성찰이 담겨 있다. 다음 대목은 날카롭고 포괄적인 신성, 그리고 인간과의 관계를 보여준다.

> 실제로 우리가 파악할 수 있는 것은 비밀, 어둠입니다. 그 속에 신이 살고 있습니다. 이는 바람직한 일인데, 왜냐하면 이처럼 보호해주는 어둠이 없다면 우리는 신을 극복해버릴 것이기 때문입니다. 이것이 인간의 본성입니다. 아들이 아버지를 폐위시키는 것이죠. 그래서 신은 어둠 속에 숨어 있을 수밖에 없습니다. 인간은 그를 직접 치고 들어갈 수 없으므로 신성을 둘러싸고 있는 어둠을 공격합니다.[2]

어둠이 신을 보호하고 있다는 논리다. 어둠 속에 신이 숨어 있지 않으면 인간의 공격성으로 인하여 신은 벌써 극복되어버렸고, 따라서 신은 벌써 존재하지 않게 되었으리라는 기이한, 그러나 탁월한 논리를

2 구스타프 야누흐, 『카프카와의 대화』, 편영수 옮김, 문학과지성사, 2007, p. 79 이하.

카프카는 펴고 있다. 결국 '어둠=신'이라는 이야기다. 그렇다면 어둠을 즐겨 그리는 카프카의 소설은 신을 그리고 있다는 말이 된다. 카프카야말로 가장 종교적인 작가라는 것이다. 하기야 악마의 현존이 없다면 대비되는 신성을 찾기는 힘들다. 그림자는 빛의 자식이라는 물리가 부인될 수 없는 까닭이다.

바르나바스에 의해 연결되고 있는 가느다란 성으로의 통로, 그것은 카프카가 암울한 삶 속에서 열어놓은 비밀스러운 구원의 불빛인지도 모른다. 카프카의 삶이 여러모로 암울했다는 것은 잘 알려진 일인데 이 가운데에서 글쓰기야말로 정말이지 구원의 불빛이었다. 옌스는 그에게 있어서 "글쓰기는 기도의 형식이었다"고 말한다. 릴케에게 시가 유일한 구원이었듯이(『두이노의 비가』 참고) 글쓰기가 기도였다는 해석은 문학과 종교와의 관계에 대해 죽비처럼 들릴 수 있다. 그러나 고독한 글쓰기에만 카프카가 안주해 있었던 것만은 아니었다는 사실에 옌스도 큉의 의견에 동조한다. 말하자면 사회나 조직으로의 편입 욕구도 적지 않았는데, 여기에는 유대인들 사이에서 유대인으로 살고 싶다는 일종의 동족애를 바탕으로 한 상승에의 희망이 존재한다. 말을 달리하면, 장편 『성』에서 나타난 것과 같은 '지상성→초월성'의 구조가 마찬가지로 여기서도 존재한다는 것이다.

상반된 욕망의 공존은 카프카를 종교적인 작가로 바라보게 하는 결정적 이유다. 옌스는 묻는다. 어떻게 '성'에서 '마을'을, '마을'에서 '성'을 잊지 않을 수 있겠는가? 어떻게 금욕적 생활을 하면서 세상과 함께 잘 지낼 수 있는가? 작품 『성』에서 아말리아를 통해 비인간성과 광기의 한 극점까지 그려보았던 문제를 카프카는 비유, 우화, 패러독스를 사용해서 동시적 해결을 시도하였다. 그가 시도한 것은 인간이 수직적으로는 성, 즉 율법을, 수평적으로는 마을, 즉 공동체를 하나로 묶을 수 있는 어떤 절묘한 상태였을 것이다. 그러나 그것은 "유대교의 십자가"

를 통해서나 겨우 가능할 것이라고 대부분의 연구자들은 지적한다. 말하자면 모세의 율법만을 오롯이 짊어짐으로서나 가능할 터인데 그것이 과연 가능하겠느냐는 질문이다. 매우 치열한 종교의 세계가 거기에 있다. 그에게서 종교성을 찾기 힘들다는 일부의 연구는, 바로 그로 인한 해답을 얻기 힘들다는 사실에서 비롯된다. 그러나 카프카의 종교성은 역설적으로 그 '해답 없음'에 있다고 할 것이다. 그 소설들의 결론은 시작할 때나 끝날 때나 마찬가지의 모습이다. 『성』에서 측량기사와 성 사이의 거리는 처음이나 끝이나 똑같다. 인생이 그렇지 아니한가. 카프카에게서는 결말이 제시되는 대신, 질문이 좀더 정확히 제시될 뿐이라고 엔스는 지적한다. 구원이 무엇인지 분명하게 정의되는 대신 그 가능성만이 열거된다는 것이다. 예컨대 『관찰』이라는 소설에서의 한 대목이다.

　　　은신처는 무수히 많지만 구원은 하나다. 그러나 구원의 가능성은 다시 은신처만큼이나 많다.

구원이 하나라고 말할 때, 그것이 유일신을 염두에 둔 것임은 의심의 여지가 없다. 그러나 그 유일신이 유대교의 그것인지, 기독교의 하느님인지 분명치 않다. 카프카는 여기서 그것을 의도적으로 불분명하게 만들었다는 것이 나의 판단이다. 말하자면 직관적으로도 논리적으로도 그는 기독교의 신에 많이 기울어 있었지만 유대인으로서의 정체성 때문에 그때마다 혼란을 겪은 것으로 보인다. "나는 유대인들과 어떤 공통점을 가지고 있는가?" "나는 나 자신과도 거의 아무런 공통점이 없다. 나는 내가 숨 쉴 수 있다는 사실에 만족하면서 스스로를 저 구석에 조용히 앉아 있도록 해야 한다"(1914년 일기)는 말속에 구원과 종교, 그 어느 자리에 자신을 놓아야 하는지 혼선을 겪고 있는 카프카의 모습이 안타깝게 손에 잡힌다.

여기서 다시 한번 종교성이 제기된다. 특히 문학에서의 종교성이다. 명백한 변신론이나 호교론을 제외한다면, 과연 어떤 점을 문학에서 종교적이라고 말할 수 있을 것인가. 괴테나 노발리스가 기존의 기독교와 독일 고유의 전통인 게르만 신비주의, 혹은 진리를 찾아 어떤 종합을 추구했다면, 이때 그 종교성은 수평선 위에 확실한 그림으로 떠오른다. 그러나 기존의 종교적 틀이나 제도, 혹은 교리 내용이 다루어지지 않는 상황 속에서의 종교성이란? 더 말할 나위 없이 그것은 치열한 진리에의 욕망이라는 관점에서 포착될 수밖에 없다. 관념의 미궁을 헤매며 구원의 희망을 지니면서도, 그 소망에 대한 확신이 없었던 카프카. 그가 살았던 세기말은 어떤 지식인들에게서도 바로 그 확신을 앗아가고 있었다는 사실을 이때 환기하자. 인간을 인간 이하로 스스로 격하시킨 비굴한 학문과 신의 사랑을 또한 스스로 거부한 어리석은 지성의 행로. 그 어느 쪽도 따라갈 수도 거부할 수도 없는 방황 앞에 놓여 있는 것은 미궁밖에 더 있으랴. 카프카의 종교성은 그 스스로 인간의 한계를 적나라하게 보여주는, 수치스러운 나신의 다른 이름이다. 그러나 그는(그것은) 정직하다.

[2019]

자유! 자유? 자유
—장편소설『그리스인 조르바』

1

장편소설『그리스인 조르바』(니코스 카잔자키스 지음, 유재원 옮김, 문학과지성사, 2018; 이하 이 글에서 인용한 대목은 쪽수만 표기)는 많은 이의 관심이 주어진, 이른바 인기작이다. 이 소설의 성격을 한마디로 요약한다면, 신과 인간의 관계를 공방하는, 패러독스처럼 보이는 종교 소설이라고 할 수 있다. 소설의 주인공 조르바는 '자유'라는 이름으로 자의적인 삶을 살다가 죽는데, 그가 행하는 거의 모든 행위에는 종교적 구실이 묻어 있다. 왜 그는 굳이 그렇게 하지 않아도 좋을 일에 종교적 단서를 붙일까. 소설을 재미있게 읽은 독자도 필경에는 이 긴 소설의 진행과 더불어 이러한 의문에 사로잡히게 된다.

내가 화가 나서 고집스럽게 말했다.
"당신은 인간을 믿지 않나요?"
"대장, 화내지 마쇼. 나는 아주 아무것도 안 믿어요. 내가 인간을 믿는다면 하느님도 믿고 악마도 믿을 거요. 그러면 아주 귀찮아지죠. 세상이 엉망이 되고 나는 궂은일에 휘말려들 거예요. 대장."
[……]

"인간이란 짐승이에요!" 이렇게 소리치면서 화를 내며 지팡이로
돌을 내리쳤다. "사나운 짐승이죠!" (p. 103)

인간을 믿지 말라는 조르바의 외침은 소설이 지향하는 목적지와 정
확하게 일치한다. 중요한 것은 이때 그 이유다. 만약 인간을 믿는다면
하느님도 믿고, 악마도 믿게 되기 때문이라는 것이다. 더욱 놀라운 점
은, 그렇게 될 때 "세상은 엉망이 된다는 것". 흔히 일반적인 계몽의 논
리에서 전개되는 질서와 무질서의 세계가 여기서 완전히 뒤바뀐다. 신
이 존재함으로써 질서가 잡히는 것이 아니라 반대로 세상이 엉망이 된
다? 조르바의 이러한 사상은 "인간이란 짐승"이라는 그 특유의 불신론
에 근거한다. 그러나 소설 『그리스인 조르바』는 그저 그와 같은 인간
불신에 근거를 둔, 단순한 인간 욕망의 파행적 일탈의 놀음이라는 차
원에 머무르지 않는다. 앞서 지적했듯이 소설은 조르바의 자유스러운
(?) 행각에 종교적 췌사를 덧붙인다. 그 예는 수두룩하다. 소설 첫 머리
부터 순서대로 몇 부분 살펴보자.

"대장, 참 불쌍한 사람이군요. 당신은 먹물이에요. 가련한 양반,
당신은 한 번뿐인 아름다운 초록빛 돌을 볼 기회를 차버렸어요. 하
느님 맙소사. 언젠가 한번, 할 일이 없을 때 내 영혼에게 물었죠.
'지옥이 있는 걸까, 없는 걸까?' 그런데 어제 당신 편지를 받고 '적
어도 몇몇 먹물들에게는 분명 지옥은 있는 거야'라고 내게 말했죠."
(pp. 13~14)

"하느님이 계십니다." 약삭빠른 늙은 능구렁이가 말했다. "걱정할
거 없어요. 나의 부불리나여, 하느님이 계십니다. 그리고 여기에 우
리가 있잖아요? 한숨짓지 마세요." (p. 79)

"하느님께서 대장을 당나귀 엉덩이와 수도사의 앞에 달린 물건
으로부터 보살펴주시기를……" (p. 98)

"그래서라뇨? 대장, 뭐가 그리 궁금한 거요? 그래서? 왜? 당신
하느님께도 이렇게 물으슈? 여자는 시원한 샘이에요. 몸을 굽히고
거기에 비친 당신 얼굴을 보고 물을 마시는 거예요. [……] 그다음
에는 또 다른 놈들이 오고…… 이런 게 샘이에요. 여자란 바로 이
런 거라고요." (p. 153)

"대장, 그렇게 된 거예요. 하느님만이 그때 거기서 일어난 일을
알 수 있겠죠. 하지만 내가 보기에는 하느님도 몰랐던 것 같아요.
왜냐하면 만약 알았다면 천둥 번개를 쳐서 우리 모두를 태워버렸
을 테니까요. 남자와 여자들이 뒤죽박죽이 되어 바닥에서 함께 뒹
굴었죠. [……] 그냥 손에 걸리는 여자 하나와 뒹굴었죠." (p. 159)

"'제가 왜 신을 두려워해야 하죠?' '이런 바보 같은 놈, 어떤 놈이
든 여자와 사랑을 나눌 수 있었는데도 사랑을 나누지 않으면, 그건
큰 죄를 짓는 거니까. 여자가 침대에서 너를 부르는데 안 가면, 넌
영혼을 잃게 되는 거야! 그 여자가 하느님의 심판 날에 한숨을 쉬
면, 네가 누구든, 아무리 좋은 일을 많이 했어도, 그 한숨 소리가 너
를 지옥에 빠뜨릴 테니까!'" (p. 188~89)

이렇듯 하느님, 천국, 지옥 등의 종교적 어휘들은 소설 전편에 걸쳐
곳곳에 출몰하는데, 그것들이 거룩한 신성을 상기시키거나 연결시키는
일은 결코 나타나지 않는다. 그것들은 오히려 여성들과의 성적, 육체

적 교섭의 현장에 등장하면서 패러독스와 아이러니의 형태로 신을 모독하는 독신론적(瀆神論的) 분위기를 조성한다. 이러한 분위기 아래에서 성당과 신부는 함께 조롱되고, 조르바와 남성 화자에 의해 얼핏 존중되는 것 같아 보이는 여성은 인간 이하의 성적 노리개로서 폄하된다. 조르바에 의하면 남녀 모두 인간은 짐승이라는 자학적 인간관이 펼쳐지는데, 종교는 오히려 여기서 그것을 조장하는 도구로서 역할을 한다. 그것이 반어적인 소설 구성이라고 하더라도 독신론적인 독설의 행진은 이 소설 전반을 거의 무차별적으로 장악한다. 여기서 주목되는 것은 이러한 육체적, 물질적 욕망의 폭발이 자유라는 이름으로 조르바 본인은 물론 주변으로부터 옹호, 변호, 심지어 선망되고 있다는 점이다.

남녀의 육체와 육체관계를 하느님과 연결 지어 강변하는 조르바의 태도는, 가령 다음과 같은 부분에서 그 특유의 억지가 절정에 달한다.

> "내가 이미 말했듯이 하느님은 스펀지로 인간의 모든 죄는 용서하지만 그 죄만은 절대로 용서하지 않아요. 대장, 한 여자랑 잘 수 있었는데 그렇게 하지 않은 놈은 저주를 받아요. 그리고 한 남자랑 잘 수 있었는데도 자지 않은 년도 마찬가지고요. 터키인 호자가 내게 한 말을 기억하시라고요." (p. 194)

이러한 주장은 단순한 억지를 넘어서 남녀의 성관계를 신성시하고 신의 뜻으로 받아들이는 이단종교의 교리를 연상시킨다.

> "누가 이 예측할 수 없는 책략가인 다이달로스를, 오만의 신전을, 원죄로 가득한 항아리를, 추문을 키우는 씨앗으로 가득한 밭을, 지옥의 입구를, 교활함으로 넘치는 광주리를, 꿀처럼 달콤한 독약을, 죽어야 할 사슬을——여자를 만들었나?" (p. 204)

1940년대에 씌어진 이 작품은 소설의 배경이 19세기 말부터 20세기 초 사이다. 이 시대는 작가 카잔자키스의 조국 그리스가 크레타의 독립 전쟁과 마케도니아의 독립 투쟁, 그리고 발칸전쟁과 제1차 세계대전 등등으로 얼룩진 암울한 격동의 시기였다. 그러나 보다 중요한 문제는 이 시대의 사상사적 흐름이었다. 특히 문학사상사적 측면에서 이 시기는 인간을 생물적으로만 바라보는 이른바 에밀 졸라류의 자연주의가 극에 달했던 때로서, 인간적 존엄을 중시하는 문학의 전통은 땅에 떨어졌다. 특히 기독교적 경건과 형이상학에 대한 존중은 엄청난 도전을 받았고 이러한 전통은 삶 전반에 걸쳐서 거대한 위선, 곧 허위로 매도되었다. 이 같은 세계관은 문학을 비롯한 예술 각 분야에서 소위 표현주의라는 격렬한 세계부정, 완강한 자기주장을 가져왔다. 뭉크의 「절규」, 클림트의 「키스」와 같은 그림, 고트프리트 벤의 「시체공시장」 같은 시들이 읽고 보는 이들로 하여금 전율을 느끼게 했던 일 등은 한 세기가 지난 이즈음에도 생생하게 살아 있지 않은가. 여성을 성적 대상으로만 삼고, 폭력적으로 밀어붙이는 조르바의 인생관 또한 여기서 한 치도 벗어나 있지 않다. 심지어 여성 살해까지도 등장하는 이 소설은 아마도 자연주의-표현주의로 이어지는 세기말-세기 초의 흐름을 전형적으로 위악·반영하고 있는 작품이라고 할 수 있을 것이다.

뿐만 아니라 이 작품은 신과 교회에 대한 독설과 야유 또한—— 적어도 내가 읽기로는—— 아마도 가장 지독한 수준의 소설이 될 것이다.

"하느님은 나하고 똑같이 신나게 즐기고, 죽이고, 부정을 저지르고, 사랑하고, 열심히 일하고, 잡히지 않는 새들을 사냥하시죠. 먹고 싶은 걸 실컷 먹고, 원하는 여자를 안는단 말입니다. [……] 내가 수십 번 말했지만 하느님과 악마는 하나라고요!" (p. 410)

"우리는 거기서 하느님의 영광과 거룩한 기적을 보았습니다. 자하리아스 놈이 성모 마리아 발밑에 시체가 되어 너부러져 있었습니다. 성모 마리아께서 들고 계신 창끝에는 굵은 핏방울이 떨어지고 있었습니다." (p. 492)

"우리들은 신도들이 경배할 수 있도록, 그리고 그들이 성모 마리아로부터 받은 은총만큼 헌금할 수 있도록 하기 위해 크레타의 각 마을을 돌 겁니다. 헌금을 모아서 성스러운 수도원을 보수할 겁니다……" 뚱뚱한 도메티오스 신부가 말했다.
"결국 빌어먹을 돼지 수도사 놈들이 이득을 보는구먼!" 조르바가 중얼거렸다. (p. 493)

"인간의 힘은 매우 위대해요. 우리가 언젠가 말했듯이 자유로운 사람들과 함께 하느님도 악마도 모시지 않는 수도원을 세웁시다." (p. 518)

"그리고 만약 신부가 내 고해성사를 듣고 종부성사를 해주러 온다고 하면, 제발 내쫓고 내가 저주한다고 전하슈!" (p. 538)

2

조르바와는 달리, 그가 고용된 광산의 사장인 소설의 화자 '나'('알렉시스'라는 이름으로도 나온다)는 질서를 존중하고 욕망에 흔들리지 않고자 노력하는 인간형이다. 그의 모습을 그리고 있는 여러 장면들 가운데 가령 다음 서술은 이러한 전형을 보여준다.

그 소리를 듣지 않으려고, 그 무시무시하고 슬프고도 강력한 내
면의 악마를 내쫓으려고, 나는 재빨리 길동무인 단테의 『신곡』을
펼쳤다. [……] 한쪽에서는 지옥에 갇힌 자들의 불붙은 페이지에서
부터 울부짖으며 올라오고, 좀 떨어진 곳에서는 상처 입은 위대한
영혼들이 엄청나게 높은 산을 오르기 위해 투쟁하고, 그 위 천국에
서는 축복받은 영혼들이 밝게 빛나는 반딧불들처럼 에메랄드 빛
평원을 거닐었다. [……] 나는 이 빼어난 시구들을 항해하면서 괴
로워하고, 희망에 빠지며 즐거워했다. (p. 67)

그의 이러한 노력의 맞은편에 이 소설 전체의 주제라고도 할 수 있
는 '자유'가 있다. 자유는 조르바와 '내'가 서로 다른 생각으로 공유하
고 있는 명제로 부단히 떠오른다. 조르바는 그것을 향해 질주하는 이
단아로서, 그리고 '나'는 그것을 바라보면서 괴로워하는 지식인으로서
나온다. 그리하여 자유는 '개념' 없는 이 작품의 최대 '개념'이 된다. 이
를테면 이렇다.

"어디로 벗어나겠어요? 하느님의 손은 어디에나 있으니까요. 구
원이란 없죠. 그래서 섭섭하신가요?"
"아뇨. 사랑이 지상에서 가장 강렬한 기쁨이 아닐까요? 그럴지도
몰라요. 하지만 지금 이 청동 손을 보는 순간 나는 그것에서 벗어
나고 싶을 뿐이에요."
"자유가 더 좋다는 말씀인가요?"
"네."
"그럼 이 청동 손에 복종할 때, 그때만 우리가 자유롭다면요? 만

약 '하느님'이라는 낱말이 민중들이 생각하는 피상적 의미를 가지
고 있지 않다면요?"(pp. 93~94)

로댕의 「하느님의 손」이라는 청동작품을 관람하던 중 어느 젊은 여
인과 '내'가 나눈 대화다. 여인은 '자유'라는 낱말을 꺼냈고, '나'는 사
랑의 기쁨을 형상화한 청동 손에서 벗어나고 싶다는 말을 먼저 꺼냈
다. 이 대화에 앞서서 여인은 사랑의 욕망에서 벗어날 수 있는 구원은
없다고 단정했고, '나'는 은근히 그것을 부인했다. 똑같은 '자유'이지
만 '나'는 욕망으로부터의 자유를, 여인은 구원마저 거부하는 무조건
적 '자유' 그러니까 욕망을 수용하는 자유를 내세웠다. 소설의 핵심을
이루는 이 같은 자유론은 작품의 진행과 함께 결국 주제가 된다. 조르
바는 과연 자유인이었나? 소설『그리스인 조르바』를 좋아하는 많은 독
자, 심지어는 적잖은 전문적 평가도 그를 자유인이라고 풀이하면서 긍
정적으로 평가한다.

과연 그럴까? 이 작품이 문제작의 범주에 든다면 이러한 문제를 제
기했다는 점에 기인할 뿐, 조르바를 욕망의 행태에 그대로 방치했기
때문은 아닐 것이다. 왜냐하면 욕망의 바다를 부유하는 소설들은『그
리스인 조르바』를 제외하더라도 너무나 많기 때문이다. 거듭 말하거니
와, 『그리스인 조르바』의 명품성은 그 주제의 치열함으로부터 비롯되
고, 그 주제는 바로 '자유'다.

자유란 무엇인가? '나'는 일단 조르바와 동행한다. 그의 생각에 알게
모르게 동의했기 때문이다. 보다 정확하게 말한다면, 몸이 그를, 그 생
각을, 그 행태를 따랐기 때문이다. 그 순응의 장면을 돌아보자.

첫 만남을 편한 대화로 시작했더라면 천천히 서로가 경계심 없
이 가까워지고, 그러면 서로 부끄러움 없이 포옹하고 하느님 품 안

에서 거리낌 없이 뒹굴 수도 있었을 텐데…… 하지만 내가 너무 갑
작스럽게 땅에서 하늘로 튀어 오르는 바람에 여인은 놀라서 도망
쳤다. (p. 94)

땅에서 하늘로 튀어 오르는 행위는, 말하자면 행위의 개념화다. 개
념화가 없는 행위는, 말하자면 성찰이 없는 행위는 반복일 뿐 반성을
수반하지 않는다. 인간의 행위에는 크든 작든 성찰이 개입하기 마련이
며, 따라서 일정한 개념화는 불가피하다. 사람이 자기가 하는 일, 자기
가 하는 짓이 무엇인지 알아야 하지 않겠는가. 개념화는 그것을 알려
준다. 소설 화자인 '나'는 끊임없이 개념화를 지속한다. 그러나 반드시
주목해서 읽혀야 할 사항은, 그 개념화의 전제가 되는 일, 즉 조르바의
'행위' 또한 지속적으로 이루어지고 있다는 점이다. 많은 부분 두 사람
의 관계는 마치 동업처럼 수행된다. 비슷한 작업이 서로 다른 개념으
로 나뉘는 형국이다.

두 사람의 관계는 많은 시간 함께 있다는 점에서 동업적이지만 사실
은 세계를 이분하는 대립의 구도를 표정한다. 우선 조르바는 노인이고
'나'는 청년이며, 조르바는 '나'에게 고용된 피고용인이며, 많은 것을 겪
은 경험과 경륜을 '나'에게 들려주는 입장이다. 무엇보다 나이로 보아
서도 아직 미숙할 수밖에 없는 '나'는 다분히 관념적이며, 결국 두 사람
은 물질(조르바)과 정신(나)으로 대비된다. 조르바의 물질 가운데 가장
많은 부분은 물론 욕망을 품고 있는 육체인데, 거기에는 성적 에너지
와 더불어 음식에 대한 왕성한 욕망도 포함된다. 가령 이 부분에 대한
둘의 관계는 다음 서술에서 극명하게 드러난다.

나는 바로 이 바닷가에서 처음으로 음식의 달콤한 맛을 알게 됐
다. [……] 그때 나는 음식 역시 영혼과 동일한 기능을 하고. 고기

와 빵과 포도주야말로 정신을 만들어내는 원초적 원료라는 것을
깨닫곤 했다. (pp. 124~25)

　이처럼 '나'는 조르바에게 급격하게 가까워지고, 그의 영혼은 육체와
물질에 동화된다. 그럼에도 그는 조르바로부터 영혼 위주의 삶을 살려
고 한다는 핀잔을 듣는다.

　　　"대장, 당신은 말이오. 아마도 먹은 음식으로 하느님을 만들려고
　　애쓰는데, 그게 맘대로 되지 않아 보채고 있는 것 같소……" (p. 125)

　그러나 바로 이러한 중간세계의 의식에 '내'가 있고 이 작품의 지향
점, 곧 또 하나의 주제가 있다. 이 주제를 다른 말로 바꾸면 종교성이
다. 종교성은 육체의 욕망처럼 자연발생적으로 일어나는 것이 아니라,
앞서 말한바 예의 성찰을 통해 의도적으로 인식된다. 조르바 식으로
표현하면, 하느님은 만들어지는데, 이때 그 만드는 작업이 종교성인 것
이다.

　젊은 '나'는 늙은 조르바의 경험을 경륜으로 받아들이거나, 혹은 낡
은 주책으로 치부해버릴 수도 있지만 그렇게 하지 않는다. 그럴싸한
구석이 있다고 보기 때문이다. 이렇듯 첫 단계는 공감과 이해의 단계
이다. 그러나 그것은 곧 육체적 반응일 뿐이라는 비판을 불러일으킨
다. 이러한 비판은 강하게 제기되기도 하지만, 그렇다고 해서 첫 단계
의 공감이 말소되거나 사라지지는 않는다. 여기서부터 기이한 공존, 모
순의 대화가 시작되는데, 이것이 중간세계다. 중간세계는 이것을 형성
하고 있는 두 사람 중 어느 누구에 의해서도 해소되지 않는다는 점에
서 비인간적이다(이 중간세계는 이미 하느님을 믿으면서도 세속적 우상

을 놓지 못하는, 이를테면 두 마음을 품는 이중성과는 다르다). 바꾸어 말하면 제3의 힘을 바라보게 되며, 결국은 초월지향적인 모습이 된다. 성을 지향하는 K가 거기에 이르지 못하고 마을에 머무르면서 그곳을 바라보기만 하는 모습을 그린 『성』의 카프카. 그와 비슷한 해석이 『그리스인 조르바』에게도 가해질 수 있는 것이다. 예컨대 우선 '나'에게는 이따금 나타나지만 부처가 있다.

> 왜냐하면 나의 스승인 부처가 말한 것처럼 나는 '보았기' 때문이지. 그뿐 아니라, 넘치는 의욕과 상상력으로 무장한 보이지 않는 '연출가'와 무조건 합의를 보았기에, 나는 지금 아무런 지장도 받지 않고 일관성있게 이 땅에서 내가 맡은 역을 완벽하게 연기할 수 있어. 왜냐하면 이 역은 나의 태엽을 감아 나를 조정하는 '그분'이 일방적으로 정해준 것일 뿐만 아니라, 나 스스로 선택해서, 내 자유의지로 내 안의 태엽을 감아 맡은 역이기 때문이지. 왜냐고? 그건 내가 '보았기' 때문이고, 나 스스로 하느님의 그림자극인 그 작품을 함께 만들었기 때문이지. (p. 167)

이 글은 소설 화자 '내'가 밝힌 가장 분명한 그의 내면으로서, '부처'와 더불어 '하느님'의 존재, 그 기능을 뚜렷하게 말해주는 중요한 전언이다. '나'는 앞의 인용문에 앞서서 인간이 '슬픈 정글'과 같다고 말하면서 그 존재의 위대함과 한계를 동시에 토로한다. 그러나 '나'는 짐승처럼 욕망을 발산하는 조르바의 자유론에 결코 동조하지 않는다. 부처가 말한 '봄'이 무엇인지 명확하게 드러나 있지 않지만 아마도 그것은 자기 자신을 깨닫는 대오각성의 세계일 것이다. 이러한 세계는 예정론을 교리로 하는 기독교의 종말론을 분명하게 연상시키는, "보이지 않는 연출가와 무조건 합의했다"는 대목에서 확실히 확인된다. 자유는 하느님에 의해서 인간에게 주어진 것이며, 비록 그것이 자유의지론이라는 인간자율의 모습을 띠고 있다고 하더라도 하느님의 창조섭리 안에 있다는 논리이다. 그 논리는 "그분이 일방적으로 정해준 것일 뿐만 아니라, 나 스스로 선택해서, 내 자유의지로" 행하는 세계이다. 즉, 주어진 것이자, 자유의지로 택한다는, 상반된 이중성으로 구성된다. 그것은 기독교적 자유의 개념이자, 근대의 자유론 또한 여기에 근거한다 (예컨대 18세기 후반 칸트의 자유의지론을 상기할 수 있다).

저자 카잔자키스는 이 소설에 대하여 스스로 "먹물과 민중을 대표하는 사람 사이의 대화"라고 하면서 다른 말로 바꾸어 "이성을 옹호하는 사람과 민중을 대변하는 위대한 영혼 사이의 대화"(p. 558)라고 말한다. 요컨대 지식인과 민중 사이의 대화라는 것인데, 이렇게 간단히 도식화되기에는 사람 몸의 기이한 숨결들과 영혼의 미묘한 핏줄들이 이 작품 안에 얼기설기 얽혀 있다. 실제로 양자를 대립적으로 구분한 소설에서 지식인의 표상인 '나'에 대해 작가는 이렇게 고백한다.

> 조르바와 헤어진 뒤 '나'는 친구들과 함께 "배우지 못했지만 긍지와 논리를 초월한 자신감으로 가득 찬 조르바의 행보를 자랑스러워했다."(p. 573)

말하자면 먹물 지식인 '나'는 조르바를 부러워했을 뿐, 그러한 삶을 살지는 않았다. 누가 주인공인가, 이 작품에서. 작가 카잔자키스는 소설 이름에 조르바를 붙인 사람답게 조르바를 주인공으로 내세우는 것이 틀림없다. 작가는 그 스스로,

> 아무것도 바라지 않는다.
> 아무것도 두렵지 않다.

나는 자유다. (p. 540)

라고 적었다. 그러나 작가와 동일화된 인물인 '나'에 대해 조르바는 비판을 넘어 경멸의 언어를 던진다.

> "아뇨, 대장! 대장은 자유롭지 않수다. 대장이 매여 있는 줄은 다른 사람들 것보다 조금 더 길기는 하지만 그뿐이오. 대장, 대장은 조금 긴 끈을 갖고 있어 왔다 갔다 하면서 자유롭다고 생각하지만 그 끈을 잘라내지는 못했수다. 만약 그 끈을 잘라내지 못하면……"
> (p. 520)

요컨대 조르바는 자유롭고, 그것을 바라보는 '나'는 함께 자유롭고 싶어 한다. 그러나 그는 조르바에 의해 그것이 허위임을, 더 나아가 불가능한 것임을 지적당한다. 과연 그럴까. 무엇보다 조르바, 그는 정말 자유한가. 조르바의 자유는 종교의 계율, 그리고 종교의 위선으로부터의 자유를 의미하고 욕망에 자유롭게 순응하는 자유일 뿐이다. 무엇보다 그 욕망으로부터 자유롭지 못하여서, 늙음으로부터 자유롭지 못하는 것을 치욕스러워하고, 자기 안에 악마가 살고 있으며 그로부터 자유롭지 못함을 고백한다. 조르바, 그는 결코 자유인이 아니다.

그러면서도 조르바는 그가 '대장'이라고 부르는 젊은 지식인을 향해서 자유롭지 못하다고 힐난한다. 사실은 그를 향한 조르바의 자격지심이 폭발한 것이며, 그의 지적, 정신적 삶에 대한 부러움이 변형된 것이다. 그렇다면 조르바 맞은편에 있는 소설 화자는 자유로운가. 조르바에 비교해 상대적으로 정신적, 지적이며, 욕망으로부터 조금 자유스러워 보이는 그이지만, 조르바 보기에 계율과 관습에 얽매여 있는 듯하다. "진리가 너를 자유케 하리라"는 기독교의 말씀에 순응한다면, 그것은 계율 아닌 자유이다. '조국으로부터 벗어나고, 신부들로부터 벗어나고, 돈으로부터도 벗어나는 것이 자유인가'(조르바), '욕망으로부터 자유가 무엇인지 바라보는 일이 자유인가'(소설 화자) 하는 대립은 어차피 종교적 질문으로 함께 수렴되는 문제이다.

종교적 질문이라고 할 때, 그것은 대체로 다음 몇 가지를 중심적으로 포함한다. 무엇보다 그것은 단순한 생존의 문제를 넘어서는 어떤 것과 연결되느냐 하는 점이다. 생존의 문제를 넘어설 때, 우선은 질적으로 가치의 문제를 불러오고, 양적으로는 영원이라는 시간의 문제를 가져온다. 다음으로는, 그 문제가 구원을 지향하고 있는가 하는 것이다. 구원이라고 할 때, 거기에는 반드시 구원받는 자의 죄성, 유한성이 전제된다. 그도 그럴 것이, 구원은 무엇으로부터의 구원이기 때문이다. 구원은 타락한 자의 구원으로 말해지며, 그 밖에도 본인의 주관적/주체적 고백이 동반되어야 한다. 구원은 객관적 실증이 아니기 때문이다. 그러므로 모든 종교는 믿는 자의 신앙고백이다. 마지막으로 문학에서의 종교성은 앞서 말한 두 가지 문제를 갈등으로서 껴안고 있음을 인정해야 한다. 갈등은 생존과 영원 사이의 갈등이며, 죄와 구원 사이의 갈등이다. 카프카의 『성』이 보여주는 성과 마을 사이의 갈등인데, 『그리스인 조르바』에게서 그 갈등은 소설 화자 '나'에게서 나타난다. 그러나 『성』이 명작일 수 있었듯이 이 소설이 명작일 수 있는 것은 갈등 속에서도 생존 대신 영원을, 죄 대신 구원을 끊임없이 지향하고 있기 때문이다.

"아! 세상이 좁았던 한 영혼 가운데 남은 것이 무엇인가! 여기저기 흩어져 있는, 가치 없는, 온전한 4행시도 못 끝낸, 다른 사람의 시 구절 몇 개뿐! 나는 지상으로 왔다 갔다 하면서 사랑하는 사람들 주변을 돌아다니지만, 그들의 마음은 닫혀 있지. 어디로 들어가야 하지? [……] 아! 내가 물에 빠진 사람처럼 너희들의 따뜻하고 살아 있는 몸을 잡지 않고, 자유로이 살 수 있다면!" (p. 533)

이 말은 조르바도 '나'도 아닌 죽은 '내 친구'로부터 들려오는 소리다. 말하자면 제3의 목소리다. 아마도 이 소리가 소설의 결론일 것이다. 조르바의 거친 욕망에 휘둘리면서도 영원과 구원을 희구했던 '나'의 소망이 이 작품을 영원과 구원의 명작으로 되살리고 있다.

[2019]

유머, 젊음을 일으키다
—헤르만 헤세를 기억하면서

　정확한 통계는 알 수 없으나(하기는 나는 모든 통계를 잘 믿지 않는다)
헤르만 헤세Herman Hesse야말로 1960년대 이후 오늘에 이르기까지
가장 많은 독자를 지닌, 이른바 세계적인 베스트셀러가 아닌가 싶다.
왜 세계의 독자들이 그의 책들을 읽고 그의 책들을 사는 등, 말하자면
열광하는가. 1906년대부터 작품을 쓰기 시작하였고(『수레바퀴 아래에
서』) 1946년에 이미 노벨문학상을 받은 터여서 "1960년대 이후"라는
나의 단서가 조금 뜬금없어 보인다. 그러나 사실이다. 특히 많은 한국
애독자를 갖고 있는 소설 『데미안』이 벌써 1919년 발표작이라는 사실
을 상기할 때, 이러한 현상은 다소 특별한 설명이 요구되는 현실이다.
　그렇다! 그는 1960년대 이전, 그러니까 노벨문학상을 받은 1946년
전후는 물론 1950년대까지 그렇게 대중적으로 크게 부각된 작가는 아
니었다. 물론 평단이나 학계의 주목 바깥에 머물러 있는, 말하자면 변
방의 작가였다. 특히 그가 태어난 조국 독일에서는 오히려 조금쯤 낯
선 시인, 낯선 소설가였다. 그럴 것이 많은 독일인은 그를 잘 몰랐고,
알았다고 해도 적잖이 불편해했기 때문이다. 무엇보다 헤세는 독일에
서 "잘 알려진" 작가가 아니었다. 1914년 1차대전이 발발하자 그는 군
에 입대하는 대신 평화를 호소하다가 조국을 배신한 자로 매도되기도
했다. 전쟁이 끝난 다음에도 헤세는 독일을 떠나 스위스의 어느 두메

산골(루가노 근교 몽타뇰라—산골이라고 하지만 루가노 호수가 발아래 내려다 보이는 절경의 언덕 마을이다)에 들어가 은둔생활을 하였고 세상의 중심으로부터 스스로 소외되었다. 그즈음의 실상을 그는 「짤막한 자서전」에서 다음과 같이 술회한다.

> 1915년 어느 날 나는 이러한 비참한 느낌을 공표하고 말았다. 그것은 소위 정신적 분야에 종사하는 사람들까지도 증오심을 조장하고 허위를 선전하고 엄청난 재난을 찬양할 줄밖에 모르니 유감이라는 내용이었다. 상당히 부드럽게 표현한 이 호소의 결과로 나는 내 조국의 신문지상에 반역자로 낙인찍히게 되었다. 나로서는 뜻밖의 체험이었다. 그도 그럴 것이, 신문사와 많은 접촉을 해왔지만, 대다수 사람들로부터 비난받는 자의 입장이 되어본 것은 처음이었기 때문이었다. 나를 공격하는 기사는 내 고향의 20개 신문에 모두 게재되었다.[*]

대체 헤세는 무엇을 했던 것이었을까. 아무것도 하지 않았다. 전쟁에서 마치 축복을 찾은 듯한 작가들의 기고나 교수들의 격려문, 서재에서 쓴 유명 시인들의 전쟁시들을 읽게 될 때 갖는 비참한 느낌을 억누를 수 없었던 것 이외에 그가 한 일은 없었다. '위대한 시대의 기쁨에 공감할 수 없었던' 헤세는 스스로 사라질 수밖에 없었고 독일 내에서는 잊힌, 혹은 폄하된 자리에 머무르는 작가였다. 당연히 안 팔리는 작가에 속하였다. 1946년 노벨상이 그에게 주어졌을 때에도 많은 독일 국민은 시큰둥했고, 대학(대학원 포함)에서도 1960년대 이전까지 관심과 연구의 눈길을 받지 못했다. 그처럼 세계 1, 2차 대전을 전후한 독일의 20세기 전반부 분위기는 이른바 군사적 애국 분위기로 가득 차

---

[*] 헤르만 헤세, 『동화·꿈의 여행』, 김서정 옮김, 현대소설사, 1992, p. 196~97

있었고 그것은 지식인 사회에 있어서도 마찬가지였다. 평화와 반전에 관한 논의는 무언중 금기시되다시피 하는 상황이어서 평화주의자 헤세의 설 곳은 없어 보였던 것이다.

그 헤세가 1960년대에 와서, 더 정확하게는 1968년 이른바 스튜던트 파워가 유럽과 미국을 휩쓸면서 갑자기 폭발하였다. 이 시기에 프랑스의 파리와 독일의 베를린, 그리고 미국의 캘리포니아 대학 버클리 캠퍼스는 세기를 바꾸는 뜨거운 열기로 가득 차 있었다. 미국의 베트남전 참전이 도화선이 되어 엄청난 시위가 대학가를 장악하면서 청년문화라는 말까지 생겨났던 것이다. 여기에는 자본주의 문명을 생산관계와 미디어라는 측면에서 근본적으로(혁명적으로) 비판하는 허버트 마르쿠제 Herbert Marcuse의 이론이 크게 영향을 끼치고 있었다. 이른바 프랑크푸르트 학파의 비판이론이 맹위를 떨치고 있는 현장이었다. 그리고 그 현장의 주변에 바로 헤르만 헤세가 있었다. 그는 왜 거기에 있었을까.

스튜던트 파워의 본고장은 그 열기가 치솟는 뜨거운 용암들 가운데에서도 버클리가 가장 치열하였다. 마르쿠제가 인근 캠퍼스 교수였기 때문이었을까. 그러나 버클리 대학 남문부터 시작되는 텔레그래프 애비뉴, 그리고 동서를 잇는 뱅크로프트 웨이에 앉아 있는 히피들이 어쩌면 진짜 주인공이었다. 머리와 수염을 있는 대로 늘어뜨리고 앉아 있는, 그리고 갖가지 색깔로(주로 노란색) 물들인 맨발의 젊은이들 앞에는 기이한 그림이 들어 있는 서적들과 신문지, 혹은 얇은 소책자들이 놓여 있기 일쑤였다. 그것들은 대체로 출처가 중동 지방인 것들과 인도, 그리고 동남아시아 것들이 많았다. 요컨대 서점이나 도서관에서 찾아보기 힘든 희귀한 것들이었는데, 내용과 관계없이 그것들 존재만으로도 반체제적이라 할 수 있는 분위기를 띠고 이상한 향내 비슷한 냄새를 가득가득 풍기고 있었다. 헤세는 바로 거기에 있었다.

헤세는 히피들 사이에, 그들이 늘어놓고 있는 책자들 가운데에 『유

112

리알 유희』『황야의 이리』『수레바퀴 아래에서』『데미안』『나르치스와 골트문트』 등의 모습으로 앉아 있었다. 왜 이 작품들이 히피의 교본이 되고, 그들의 애독서가 되었을까. 헤세 문학의 본질은 그 속에 조용히 숨어 있다. 반전, 반체제로 대변되는 히피들의 정신은 헤세의 소설, 시와 연결되는 것인 바, 비폭력의 유머가 그 핵심이었던 헤세 문학의 정수에 그들은 홀딱 매료되었던 것이다. 헤세의 시와 소설은 곧 베스트셀러가 되었고, 그는 태어난 지 한 세기 가까이 되어서야 본모습이 제대로 평가되었다. 실제로 독일 대학의 현대문학 강의에 있어서 헤세는 동시대의 어느 작가들보다도 뒤늦게 커리큘럼에 올랐으며 학생들로부터도 낯선 주목의 대상이 되었다. 이런 현상을 독일문학계는 국내 작가의 '역수입' 혹은 '역이민Reimmigration'이라는 말로 불렀는데, 이는 국외에서 유명해진 작가를 국내에서 나중에 인정하여 받아들이게 되었다는 뜻이다. 헤세는 말하자면 히피를 중심으로 한 청년문화 덕분에 독일에서 중생(重生)할 수 있었던 것이다. 독일적인 치열함 대신 부드럽고 따뜻한 보편적 인류애를 그려온 그의 사랑의 정신이 험한 시대를 지나면서 큰 울림으로 커가는 것을 그들은 뒤늦게 가슴 깊이 깨닫게 되었다. 어린 시절을 그린 소설 『페터 카멘친트』의 한 토막이다.

> 오, 아름답고 끊임없이 떠도는 구름이여! 나는 철없는 아이 때부터 구름을 사랑하여 들여다보았다. 나 자신도 하나의 구름으로서 인생을 떠돌아다닐 것이라는 사실을 알지 못한 채— 방황하며, 어디를 가든 이방인인 채, 시간과 영원성 사이를 떠돌아다닐 것을. [……] 나는 그 당시 그들로부터 배웠던 것을 잊지 못한다. 그들의 형태, 색깔, 행동, 유희, 원무, 꿈, 그리고 휴식을.

[2019]

괴테와 낭만주의의 축복
─독일문학 공부의 즐거움과 함께 살아온 인생 길

1

문학비평을 하게 된 지 반세기가 되는 2016년, 그러니까 재작년에 평론가 홍정선 교수와 기념 대담을 한 일이 있다. 이 자리에서 나는 독일문학을 공부하지 않았다면 비평도 하지 못했을 것이라는 말을 한 일이 있다. 당시 홍 교수는 이와 관련하여 두 가지 질문을 내놓았는데, 그것들은 모두 나의 학문적, 그리고 비평적 생애와 관련하여 핵심적 내용을 담고 있었다. 첫번째 질문은 외국문학 연구자로서 우리 세대의 의미와 역할에 대한 자부심, 난관, 즐거움에 관한 것이었고, 두번째 질문은 독일문학과 문학비평 사이의 관계(홍 교수는 '긴장'이라는 말로 표현하였다)에 관한 것이었다. 그 관계의 밀접함을 당시 나는 거의 숙명적인 것으로 느끼고 있어서 독일문학 없는 내 비평작업은 생각할 수도 없다는 요지 아래 인터뷰의 여러 상황에 대응하였던 기억이 난다.

그렇다면 과연 나는 숙명적이라고 생각할 정도로 독일문학에 매료되어 있었고, 또한 거기에 상당한 성취를 이룩한 것이었을까. 이러한 자문 앞에서 결코 나는 긍정적인 표정으로 앉아 있을 수 없다. 자신의 생애를 뒤돌아보는 어느 글자리에서 나는 문학적 소질도, 외국어에 대한 재능도 그닥 없음을 고백한 일이 있다. 겸사가 아니었다. 독일문학

114

을 전공하게 된 것은 순전히 우연이었다(언젠가 나는 그것이 '그분'의 뜻이었는지 모르겠다고 쓴 일이 있다). 고교 시절 나는 이과반 학생이었고 처음에 막연히 물리학과를 지망하고자 했다. 별 대책 없는 그 희망은 물리교사였던 담임선생님에 의해 강력히 저지되었고 곧 나는 방황에 빠졌다. 그 가운데에서 어둡고 우울한 슬라브나 게르만의 하늘이 떠오른 것은 어쩌면 자연스러운 발걸음이었는지 모른다. 게다가 이론을 좋아하거나 이론적 기질이 있었던 모양이어서, 관념적인 분위기의 독일 문학에 그런대로 적응하여나갔던 것이 아닐까 싶다. 당시 서울대 문리대에 러시아문학과가 있었으면 아마 그쪽으로 기울었을지도 모르겠다는 생각도 든다.

내 인생은 이렇듯 독일문학이라는 다소 어두운 그림자를 밟아나가면서 시작되었다. 그리고 아무것도 제대로 공부하지 못한 채 학부 4년이 지나갔고, 1964년 초 겨울 나는 대학원 입학시험을 치른다. 너무 공부를 안 한 학부 시절에 대한 자연스러운 반동이었다. 그러나 이것이 평생의 업이 되었다. 가볍게 생각하고 들어간 대학원은, 그러나 학문과 이론에 대한 기이한 압박을 가져왔고 다시금 그 압박은 어떤 목표감으로 작용하였다. '아! 무엇인가 나만의 어떤 것을 해야 하겠구나!' 하는 깨달음. 고트프리트 벤에 대한 석사논문은 그 작은 열매였고 독일문학이라는 다소 긴 등정의 베이스캠프 역할을 했다.

2

독일문학은 관념적, 사변적이라는 평과 더불어 철학과 내접/외접하고 있다는 인상을 준다. 이러한 평과 인상은 대체로 사실이다. 그것은 독일과 독일인의 세계가 그러하므로 사실일 수밖에 없다. 문학이 철학과 다른 여러 특징들 가운데 핵심적 부분이 감각성, 현장성에 있다면 독일문학은 그만큼 덜 문학적이라는 이야기가 된다. 내가 독일문학에 이끌리게 된 숨은 배경에는 이러한 '덜 문학적인' 문학성이 있었던 것은 아닐까 문득 놀라게 된다. 그도 그럴 것이, 나는 좀 '덜 문학적'이었다고 생각하기 때문이다. 이때 '더 문학적'이거나 '덜 문학적'인 예의 보기로 프랑스 문학과 독일문학이 대비되는 경우가 꽤 있다. 독일문학이 관념적이고 사변적이어서 '덜 문학적'이라면 감각적 현실적인 프랑스 문학은 '더 문학적'이라는 것이다. 어쨌든 '덜 문학적'인 나의 기질과 '덜 문학적'인 독일문학의 특성은 처음엔 은밀하게, 세월이 갈수록 열렬하게 내통하여 그 관계는 마침내 숙명적이라는 고백에 이르게 되었다.

그러나 '덜 문학적'이거나 '더 문학적'이라는 표현에서 대체 '문학적'이란 무엇일까. 독일문학 속에서 걸어온 나의 학문적 문학적 생애란 결과적으로 그것을 찾아온 길이라고 할 수 있다. 결론을 앞서 말한다면, 그것은 '덜 문학적'인 것이 '더 문학적'일 수도 있다는 인식의 발견이다. 사실의 발견이라기보다는 인식이라고 말할 수 있는 그 결론은 자연스럽게 독일문학을 그 어느 나라 문학보다 가장 '문학스러운' 문학의 자리로 올려놓는다. 이와 함께 아주 자연스럽게 '덜 문학적'인 나 자신도 아주 '문학스러운' 자리에 올라앉는다. 이와 같은 나의 결론은 최근에 어느 정도 마무리를 한 노발리스 연구를 통하여 이루어졌다고 할 수 있다. 사실 노발리스 연구는 젊은 시절부터 작은 소망이었다. 명색이 독일문학도로서 평생을 살아오면서 내 문학세계와 관련된 제대로의 연구가 없다는 것이 최초의 부끄러움이었을 것이다. 그러나 이런 의무감을 넘어선 곳에 더 큰 호기심이랄까 연구욕을 자극하는 것이 있었다면, 독일문학은 과연 '덜 문학적일까' 하는 근본적인 궁금증이었다. 만약 그렇다면 그 이유는 무엇일까 하는 것. 관심은 자연히 낭만주의로 향했다.

한편 1969년부터 2년간 미국 캘리포니아대 버클리 캠퍼스와 독일 프라이부르크 대학에서의 연구생활은 내 빈곤한 정신에 큰 충격과 충전을 준 시기로 기록될 만하다. 무엇보다 프라이부르크 대학에서 카이저G. Kayser 교수의 문학연구방법론 강의는 휴강이 멋이었던 1960년대 대학가를 갓 벗어난 문학청년에겐 엄청난 도전이었다. 여기서 만나게 된 벤야민과 아도르노, 하버마스, 마르쿠제 등등의 이름은 내게 개안에 가까운 거대한 지식의 산으로 다가왔고, 그 이후의 세계는 하루하루가 들뜬 새 세상이었다. 이들을 붙잡고 들어가본 독일문학이라는 동굴은 오묘하고 신비로웠고 그 깊이는 한없이 깊었다. 특히 가장 독일적이라는 이유로 아도르노에 매력을 느끼는 젊은 학자들의 자세에서 나는 많은 것을 배웠다. 그 이후 1970년대를 강의에서나 비평에서 이들을 마치 나의 교범처럼 읊고 다니곤 했다. 무엇보다 리얼리즘과 모더니즘의 도식적인 대립을 넘어서고자 하는 독창적인 고민과 노력이 나를 끊임없이 학문적으로 채찍질했다. 독일 청년들이 그들을 존경하고 추종하는 열기 안에서 나의 삼십대도 함께 뜨거워졌으며 나의 얇은 지식, 그리고 우리 학계의 얕은 열기 또한 늘 부끄러웠다. 우리 사회와 문화의 수준을 언제나 정치적 시각에서 바라보는 지식인 사회의 행태도 수치스러웠다. 아도르노 등은 치열하게 서로 논쟁하였지만, 20세기 유럽의 폭력성과 무질서를 정치인이나 그 세력의 잘못으로 돌리고 빠져나오지 않았다. 비극의 원천이 낭만인지 계몽인지, 그것이 비록 현실에서의 현상이더라도 그 뿌리를 학문적으로 만져보고자 했다. 책임은 오히려 학자와 지식인의 몫이라는 자존심 아래에서 문화는 펼쳐지고 있었다. 비평은 학문의 실천적 현재성이라는 의미도 띠고 있으므로 나는 언제나 다소간 흥분 상태로 있을 수 있었다. 현실과 직접적으로 조우하지 않는 경우에도 이러한 학문적 노력이야말로 오히려 가장 현실적인 것이었고, 여기서도 나는 '덜 문학적인' 독일문학의 현실적인 문학성을 볼 수 있었다. 한편 이 기회에 고백해둘 것은, 어설픈 대로 내 학문의 요람이 되었던 숙명여대 독문과에 대한 감사의 마음이다. 1978년 전임의 자리에 앉은 이후 29년간(뒤에 2년간의 석좌교수 기간을 합산하면 31년간), 숙대는 나의 독서와 집필을 늘 편안하게 보장해준 사은의 고향과도 같다. 1980년대 들어서 모교 독문과와 새로 독문과를 만드는 시내 모 사립대의 초빙을 받았으나 완곡하게 거절하였다. 교수들 사이의 분란과 학문적 분위기가 탐탁잖은 다른 대학에서는 아마도 글 한 줄 마음 놓고 쓰지 못하지 않았을까. 지금 와서 생각해볼 때, 나의 판단에 스스로 감사의 마음이 든다. 그리하여 오직 책 보고 글쓰기에만 진력할 수 있었던 청장년기였던 셈이다.

　이제 낭만주의로 돌아가보겠다. 독일문학과 관련된 종합론적인 내 저서는 1991년에 민음사에서 출간된 『독일문학의 본질』이라는, 다소 건방진 제목의 책이다. 이 책에 실린 글들은 물론 모두 독일문학 관계 논문들이며, 그것들은 대부분 교수로서 필요한 연구 업적용이었을 것이다. 그럼에도 불구하고 지금 펼쳐보면 일종의 일관성 비슷한 것들이 있는데, 그중 두드러진 것은 노발리스와 낭만주의 관련된 글들이다. 다음으로는 문학이론이나 정신사적 계보에 대한 관심이고, 끝으로는 기독교적 시각에서 씌어진 논문들이다. 이보다 훨씬 이전 1980년대 초 『고트프리트 벤 연구』『독일시인론』 등은 학위논문이거나 교육용의 성격이었고 2006년 정년퇴직할 때 발간된 『독일비평사』는 그동안 종사해왔던 비평이론 작업을 정리하는 의미의 책이었다. 특히 이 책에는 내가 숙대 이외의 대학 출강과 학회 활동을 통해 맺게 된 후배 학자들의 번역 품앗이가 들어 있는 뜻깊은 책이라고 할 수 있다. 이런저런 저술활동 가운데에서도 낭만주의에 관한 것들은 은연중 중심이 되었고 비평작업과도 깊이 연관된 평생의 화두가 되었다.

낭만주의에 대한 구체적인 관심은 노발리스의 소설『하인리히 폰 오프터딩겐*Heinrich von Ofterdingen*──파란 꽃』이 촉발시켰다. 1970년대 초 어느 날, 그 책을 입수하여 무심코 읽게 된 나는 이 책이 노발리스의 대표작일 뿐 아니라 낭만주의의 텍스트라는 사실을 알고 바로 번역에 착수하였다. 마침 샘터사의 의뢰를 받고 있는 터여서 열흘도 안 되어서 번역을 끝내었다(얼마나 부실했겠는가! 그러나 출판사를 한두 번 옮기면서 손을 좀 보았다). 책은 그 이후 연구의 충동까지 일으켜서 그 이후 몇 편의 논문을 쓰게 되었다. 낭만주의에 본격적으로 눈을 뜨는 순간이었다. 연구는 「독일 낭만주의의 본질」이라는 다소 과감한 논문으로 진전되었고, 내 나름대로 독일문학의 본질에 관한 가설이 잡혀졌다. 물론 독일문학의 본질은 낭만주의라는 것이었다. 이에 대해서는 앞서 언급한 벤야민이나 아도르노는 물론 후흐R. Huch, 코르프H. Korff, 게데E. G. Gäde, 슐츠G. Schulz, 사무엘R. Samuel 등등 거의 대부분의 관련 연구자들이 동의하고 있는 사항이라고 할 수 있다.

낭만주의는 그렇다면 무엇인가. 낭만주의는 끊임없이 세계를 새롭게 보는 문학관이다. 낭만주의는 독일문학의 발생기로부터 함께 발생한 원류로서의 그것이 물론 역사적으로도 존재하지만, 그 의미는 오히려 현재성에 있다는 사실이 중요하다. 현재성이 중시되는 낭만주의 문학의 핵심 개념은 낭만적 반어Romantische Ironie에 있다. "기성질서에 대하여 파괴와 생성을 거듭하는 원리"인 낭만적 반어는 모든 사물을 새롭게 보고, 작품을 새롭게 창작해야 한다는 "새롭게" 문학원칙을 세웠다. 그것은 18세기 말 독일문학에 던져준 메시지였지만, 그 이후 세계의 모든 문학이 금과옥조로 받아들이고 있는 문학의 본질처럼 되었다. 문학이란 무엇인가 하는 질문이 제기될 때마다 대부분의 이론가들은 이와 비슷하게 대답하였다. 르네 웰렉도, 사르트르도…… 나 역시 1976년에 펴낸『문학이란 무엇인가』에서 이미 이렇게 썼다.

말을 바꾸면, 문학의 형태로 주어져 있는 문화양태란 인간에게 공연히 겁이나 주고 혼자 잘난 체하는 어떤 화석화된 관념이 아니라, 그 스스로 변화와 생성, 파괴를 거듭하면서 인간을 부단히 자유롭게 하는, 말하자면 움직이는 충격인 것이다.

이 글은 같은 책의 서문 일부인데, 꽤 일찍 이런 생각을 가졌던 것으로 보아서 낭만주의에 대한 나의 관심은 상당히 초기부터 있었던 것 같다. 낭만주의 이론가 슐레겔 형제F. Schlegel & W. Schlegel의 이론, 낭만적 반어 등이 종합된 문학관이었다. 근자에 나는 『사라진 낭만의 아이러니』(서강대학교 출판부, 2013)라는 책을 저술한 일이 있는데, 문학의 개념이 동요하고 있는 현실에 대한 절반의 학술서라고 할 수 있다. 현대문학이 가장 빚지고 있는 부분이 낭만적 반어라는 점을 역설적으로 강조하고자 했던 책이다. 요컨대 독일문학과 그 비평적 실천을 함께 살아온 나에게 있어서 낭만주의는 그 어떤 연결 지점이었던 것이다. 문학비평의 이론 개발이라는 수요의 측면과 독일문학의 낭만주의 연구라는 공급 측면이 맞아떨어진 결과라고 할까. 양자의 만남은 우연이 아니라는 것이 나의 생각이다. 그 필연성은 아마도 내 마음속에 오래전부터 내장되어 있었을 것이다. 그 욕망의 바탕에는 문학이란 과연 무엇인가 하는 본질적인 질문이 깔려 있다. 이른바 감수성에 젖어 있는 글쓰기에 재능이 있던 문학청년이 아니었던, 그러므로 "덜 문학적"인 독일문학을 공부하게 된 나로서는 필연적으로 부딪힐 수밖에 없었던 지점이다. 과연 문학이란 무엇이냐는 근본 질문 앞에 독일 낭만주의가 다가왔던 것이다. 그리고 정신의 급진성과 형태적 보수성을 동시에 내보여준 이들이 슐레겔 형제와 노발리스였다. 말하자면 내 일생은 이들과 더불어 후딱 지나가버린 것이다. 그 가운데에서도 슐레겔, 특히 아우되는 F. 슐레겔의 선언적 이론은 모든 문학이 진보를 동력으로 하는 정신일 수밖에 없음을 보여주는, 그리하여 문학의 본질로서 낭만을 천명하는 운명적인 만남이 되었다.

> 낭만적 문학은 진보적인 보편성의 문학이다. [……] 낭만적 문학
> 이 의도하고 있는, 또 마땅히 해야 할 것은, 시와 산문, 창의성과 비
> 판, 창작시와 자연시를 혼합, 때로는 융합시켜 문학에 생동감과 친
> 근감을 줌으로써 삶과 사회를 시로 만드는 것이며, [……] 낭만적
> 문학만이 오직 무한하고 자유롭다.

3

슐레겔에 의하여 열린 문학— 낭만주의는 노발리스에 의해 마무리된다. 쉽게 요약하면, 형식과 장르를 포함한 모든 기성질서에 대한 도전과 파괴를 문학의 일차적인 본질로 선언한 슐레겔의 진보성은 동시대의 작가 노발리스의 형태 추구적 보수성, 즉 메르헨Märchen이라는 장르의 완성으로 매듭지어진 것이다. 나의 독일문학은 이 여정에의 동행이라고 할 수 있다. 짧다면 짧고 길다면 길 수 있는 이 여정은 나에게 있어서 참으로 행복한 시간이었고, "덜 문학적인" 독일문학이 사실은 "더 문학적"임을 가르쳐준 감사한 시간이었다. 이때 "더 문학적"이라는 표현은 말할 나위 없이 이론가 슐레겔의 진보성과 보수성이 한몸으로 이루어가는 문학의 본질을 가리키는 것이다. 두 쪽의 어느 한쪽이 가볍게 여겨지는 곳에서는 문학이 존재하지 않는데, 이러한 정신을 말해주는 개념이 바로 낭만적 반어이다. 그러므로 문학은 곧 낭만주의 문학이며, 오늘날 문학이 끊임없이 새로워져야 한다는 당위의 이론은

이로부터 빚지고 있는 세계라고 할 수 있다.

다음으로, 독일문학을 통해 성장해온 나의 학문적 관심은 당연히 괴테와 그의 대표작 『파우스트』에 집중된다. 괴테와 그의 작품은 독일문학 전공자 누구에게나 관심의 대상이 되는 작가이며 작품이지만, 나에게는 조금 다른 의미로 다가온다. 그들에게서 기독교적 성격을 나는 보고 있다는 점이다. 괴테를 지배하고 있는 문학사상이 기독교적 세계관에 입각해 있다는 점을 인식하고 있던 나로서는 대표작 『파우스트』야말로 이러한 사상을 집약하고 있는 것으로 보았다. 그러나 대부분의 연구물에서 그러한 흔적은 덜 발견되었다. 나로서는 내심 실망하였지만 오히려 새로운 의욕을 돋우는 계기가 되기도 했다. 연구의 단서는 파우스트의 독백, "누가 이 인간적인 정욕의 사슬에서 나를 끊을 수 있으랴"에서 명백하게 주어진다. 많은 해석이 파우스트의 유토피아 추구와 독일 신비주의에 주목하면서도 기독교와의 관계를 놓치고 있는 학계의 현실이 안타까웠다. 그 까닭은 아마도 기독교 자체에 대한 무관심과 무지의 탓으로 보인다. 성경 속으로의 시선이 불필요한 것으로 간주되는 현실은 서양문학의 깊고 폭넓은 이해와 연구를 저해하는 고질적인 풍토로 작용하는 듯하다.

나로서는 연구의 모티프가 성숙되어 있는 상태여서 곧 「'파우스트'의 기독교적 성격」과 같은 논문을 쓸 수 있었다. 40대 후반에 쓴 이 논문에서 나는 괴테가 어린 시절로부터 신의 문제에 깊은 관심을 가져왔음에 주목하였다. 따라서 예술과 신성의 관계를 개괄하면서 다음 몇 가지 사항에 집중하였다. 무엇보다 메피스토펠레스 모티프이다. 메피스토는 파우스트와의 이원적 구도를 형성하면서 존재로서의 인간성과 이상추구로서의 신성이라는 주제를 만들었다는 점이 그 모티프의 성과였다. 다음으로는 발푸기스 축제를 전후한 독일신비주의와 세속주의, 그와 관련된 인간중심주의적 장면의 전개도 주의 깊게 살펴져야 했다. 여기서 명멸하는 인간 욕망의 문제는 계몽이라는 시대정신과 결부되어 이 작품 해석의 핵심으로 작용하였다. 파우스트의 세계는 결국 신비주의, 그리고 그 맞은편에 있는 계몽과의 싸움이었고 이로부터 유발된 죄 및 거기서 벗어나고자 하는 구원의 길에 대한 모색이었다. 이러한 인생 도정은 기독교적 세계관과 거의 정확하게 일치하며 실제로 『파우스트』에는 기독교의 신, 즉 하느님이 구원의 구세주로 등장한다. 물론 문학작품으로서의 질서와 포용 안에서 이러한 주제는 섬세한 구성을 통해서 이루어지며, 그렇기 때문에 독일문학 연구 가운데 괴테 연구는 가장 빈번하고, 또 가장 집중적인 연구 대상이 되고 있다.

이른바 '현대문학'은 신의 죽음, 혹은 미지의 신에 대한 모색을 공언한 니체 이후의 문학을 일컫는 것으로 통용된다. 따라서 많은 현대문학 이론가, 비평가는 경쟁적으로 그 후예를 자처하면서 모더니즘 집안을 풍요롭게 만들고 있다. 지금도 그 영향권 안에 있는 후기구조주의자들의 행세 또한 그 분위기 안에 있다. 나도 삼사십 대에는 그들 가운데 한 식구처럼 앉아 있었다. 심지어 1980년에 쓴 학위 논문은 니체사상을 한 단계 더 넘어선 것으로 평가되는 시인 고트프리트 벤에 관한 것이었다. 단행본 『독일문학의 본질』 초판 앞부분에 "그렇다! 나는 내가 어디서 왔는지 안다!"로 시작되는 저 유명한 시 「에케 호모」를 자랑처럼 깔아놓기도 했으니! 문학이 무엇인지도, 독일문학이 무엇인지도 모르던 시기라고 할 수 있다(연전에 등단 50주년 기념 선집 『예감의 실현』에서 실제로 나는 여전히 문학이 무엇인지 잘 모르겠노라고 실토한 일이 있다). 그러나 『독일문학의 본질』의 서두에 내놓는 말을 나는 니체에서 다시 괴테로 바꾸었다. 그리고 다음과 같은 괴테의 잠언적 원리를 앞머리에 적었다.

무엇이 신과 인간을 구별짓는가?

그들 앞에서 많은 파도가 출렁이지만
영원한 흐름 하나 있으니,
그 파도 우리를 들어올리고
그 파도 우리를 삼킨다.

　물론 니체나 고트프리트 벤이 청년기의 나를 자극시켜서 모더니즘
적 기운 가운데 독일문학의 문을 열어준 것은 사실이었다. 특히 고트
프리트 벤은 독일(독일인)의 상상력의 구조를 깊이 깨우쳐주었다. 그
들 가슴속 깊은 곳에 내재해 있는 슬픔과 그것을 끊임없이 추상화 논
리화하고자 하는 잠재의 상상력이 그것이었다. 벤야민이 독일 비극의
기원과 관련하여 말하고자 하는 것도 결국은 그것이었다. 뿌리, 혹은
주체적인 그 무엇이 허전하다는 의식은 높고 그럴싸한 건조물을 향한
열망으로 이어진다. 벤의 절대시, 그리고 정시론은 그 열망의 결집체
이며, 니체가 일찍이 「미지의 신에게」를 갈구하였던 것도 동일한 선상
에서 이해된다. 헤겔의 변증법적 이상주의, 마르크스의 유물론적 이상
주의도 모두 이러한 인식의 기반 위에서 이루어진 독일정신의 양식이
라고 할 수 있다. 넓은 의미에서 독일문학의 한 변종이라는 평가를 할
수 있다고 나는 생각한다. 그 가운데에서도 가장 폭넓은 대중의 지지
와 더불어 독일문학을 세계문학의 반열에 올려놓은 괴테의 존재는 단
연 독보적이다. 괴테라는 인물은 동시대의 다양한 정신뿐 아니라 독일
역사의 여러 흐름, 그리고 그 모든 것을 껴안고 높은 경지의 보편성을
지향한 작가였다. 나는 그것이 그에게 가능했던 힘, 요인, 기법 모두를
기독교에서 찾고 싶다. 괴테는 기독교에서 가장 믿을 만한 정신과 방
법을 보았던 것이다. 『파우스트』는 그 문학적 실현의 성격을 띠고 있다
는 것이 나의 생각이다. "파괴와 생성을 거듭한다"는 낭만적 반어와 회
개/중생의 거듭남의 원리로 된 기독교 정신은 괴테 문학의 중심사상이

자 방법정신으로서 『파우스트』라는 걸작을 만들어내었다. 사십대 이후의 내 독일문학 공부는 이러한 현상의 발견으로 주마가편의 느낌을 받으며 집중할 수 있었다.

괴테에게서 혼유(混淆)된 낭만주의와 기독교는 그 관계가 연구과제로 남게 되었고, 50대 이후 노발리스에 대한 집중적 관심을 통해 새로운 연구 의욕을 불러일으키는 계기가 되었다. 게다가 나의 독일문학 연구는 날이 갈수록 한국 문학비평과 불가분의 것으로 깊어지게 되었다. 비교적 근자에 출간된 『사라진 낭만의 아이러니』는 그 사정을 잘 보여준다. 전 11장으로 된 이 책은 3분의 2 정도는 독일문학, 그것도 낭만주의에 관한 것이고, 나머지는 문학 일반에 관한 것으로 풀어 넘겨진 것이었다. 이 책은 현대문학에서 낭만주의의 중요성, 특히 기독교와의 관계에 대한 연구를 담고 있으며 한국문학에서의 실천적 현재성에 주목하였다. 그러나 연구자로서 나의 마무리 작업은 결국 노발리스 연구가 아닐까 싶다. 『노발리스―낭만주의 기독교 메르헨』(문학과지성사, 2019)은 기독교와 낭만주의의 합일을 갈망하면서 메르헨이라는 독자적 양식을 만들어내고자 했던 독일문학의 이상성을 보여준다. 괴테와 함께 노발리스를 가장 독일적인 작가로 바라보는 시선의 정당성이 여기에 있다. 두 사람이 있었기에 독일문학의 축복이 있고, 이것을 알게 된 나에게도 행운이 있었던 것이다.

[『본질과현상』, 2018]

3부
작가가 빚은 항아리

근대 비판의 사회의식 싹트다
―박화성, 박경리, 박완서 문학의 발아

　20세기 한국문학에서 박화성(1904~1988), 박경리(1926~2008), 박완서(1931~2011) 등 세 명의 여성작가는, 여성 그리고 박씨 성을 지녔다는 표면상의 공통점을 제외하더라도 현대 한국소설사에서 커다란 문학적 성과를 거둔 큰 작가들이라는 점에서 함께 주목된다. 먼저 작가별로 살펴본다면 그들의 업적은 대략 다음과 같이 분류될 수 있다.

　첫째 박화성: 그는 20세기 한국 최초의 여성작가이다. 그러나 그는 등단 초기부터 이른바 '여성'이라는 에피세트가 불필요한 글자 그대로의 본격적인 작가였다. 한국 현대소설의 개척자 이광수의 추천을 받은 박화성은 첫 작품 「추석전야」부터 「홍수전후」 「하수도 공사」 등등의 대표작들이 모두 사회의식이 강렬한 현실주의 소설들이라는 점에서 현대 한국문학의 출발점에 큰 시사점을 던진다. 또한 그의 소설들에는 남녀의 차이, 그 구별에 대한 인식이 아예 존재하지 않는다. 평자에 따라서는 「두 승객과 가방」 「헐어진 청년회관」 등 이른바 프로문학 계열의 소설들에 여성의 남성 예속적 경향이 엿보인다는 지적이 있지만, 그보다는 오히려 남녀 차이에 애당초 무심한 성평등의 의식이 처음부터 상당했다는 것이 나의 판단이다. 왜냐하면 봉건 잔재가 남아 있고 일제 강점기의 독아가 번득이던 당시 상황에서 그처럼 치열한 현실의

식을 가졌던 작가에게 성차별에 대한 의식쯤 이미 크게 고려되지 않았으리라고 생각되기 때문이다. 더 나아가 박화성에게는 남성에 대한 여성의 열등의식 내지 차별에 대한 전복적 사고보다는 오히려 여성성에 대한 강한 자존감이 있었던 것으로 보인다. 가령 단편「샌님마님」같은 작품이 이를 말해준다. 한 가족 안의 삼대를 그리고 있는 이 작품은 어머니와 딸, 그리고 손녀가 각각 홀로 함께 살면서 가정을 꿋꿋하게 그리고 평화스럽게 일구어나간다. 기숙사 주방 일을 하였던 일대 할머니, 삯바느질로 가계를 담당하고 있는 이대 어머니, 그리고 어머니 일을 개선해 양재 일로 발전시키고자 하는 삼대 딸, 그들은 고생스러운 삶을 영위하고 있지만 현실에 한과 불만을 품지 않고 자부심을 지니고 헤쳐나간다. 남성 주인공들이 일체 배제된 채 전개되고 있는 여인 삼대의 이 작품은 성평등이 강조되는 오늘의 현실에서 다시 깊이 음미될 만한 소설이다. 뿐만 아니라 한국의 역사, 혹은 한국인의 기질이나 민족성과 관련하여 여성, 혹은 여성성이 갖는 문화인류학적 의미에 대한 탐구도 여기서 소중한 단서를 찾을 수 있는 중요한 작품으로 여겨진다. 박화성은 1945년 이후「고개를 넘으면」「사랑」「거리에는 바람이」등 남녀간의 애정문제를 다룬 장편을 많이 생산하는데 이 현상도 이러한 시각에서 그 해석의 발판을 얻을 수 있지 않을까 생각한다.

둘째 박경리: 흔히 대하소설로 일컬어지는『토지』의 작가 박경리는 6·25전쟁과 관련된 개인적 상처와 아픔의 문제를 그 비극의 원천으로 소급하여 시대의 흐름에 따른 역사적 파랑과 질곡에 도전하는 형세를 취한다. 더불어 이 과정에서 개인이 파멸되어가는 모습을 가감없이 그는 그려내는데, 이는 이 작가의 세계가 근대적 욕망이라는 인간의 본질과 깊이 연관되어 있다는 점, 그리고 한국 현대사의 비극은 바로 이러한 본질에 어둡게 닿아 있다는 점을 고스란히 드러내준다. 1950년대 후반 소설을 쓰기 시작하여 1960년대에 들어서『김약국의 딸들』『불

신시대』『시장과 전장』등의 소설집, 혹은 장편 발표로 주목을 끌기 시작한 작가의 초기 세계는 6·25전쟁의 비극과 이념 대립의 현장이 보여주는 비인간성의 고발이었다. 그런 의미에서 이 작가 역시 소위 1950년대 작가들의 세계 일반에 속한다고 할 수 있다. 그러나 그는 여기서 더 나아가 전쟁을 유발하는 인간의 허세, 이념의 허구, 욕망의 본능, 이것들이 만들어내는 선악, 삶과 죽음 같은 불가피한 대립구도를 보여주면서 개인과 역사라는 엄청난 대립의 현실 속으로 들어간다.『토지』는 그 도전의 현장이다. 그 현장에는 근대화라는 명분 추구의 사람들과 전근대 잔재에 머무는 사람들, 그 사이의 각축을 즐기며 오가는 사람들의 얽히고설킨 착종, 그 어느 쪽과도 관계없는 인간 정욕의 어두운 싸움과 관능 등이 칙칙하게 드러난다. 그 가운데에서도 가화(『시장과 전장』), 월선(『토지』) 같은 여주인공의 전형 창조는 새로운 희망의 지평을 향한 문학적 노력이라고 할 만하다.

셋째 박완서: 이 작가의 소설적 모티프는 두 가지, 즉 남북 분단과 6·25 전쟁, 그리고 물질주의에 함몰된 인간들의 속물성이다. 이 둘은 물론 긴밀하게 연결되어 있다. 남북이 분단되고 마침내 전쟁이 발발함으로써 아버지와 오빠 등 가족을 잃게 된 개인의 비극이 단초가 된 초기의 많은 소설은 결국 생존 자체에 매달리게 된 인간의 존엄과 품위의 상실이라는 문제가 이 작가의 문학에 얼마나 심대한 영향으로 나타나고 있는가 하는 것을 보여준다.『지렁이 울음소리』『부처님 근처』같은 초기작들이 특히 그러하다. 이후『휘청거리는 오후』『도시의 흉년』등 박완서의 소설은 산업화의 현실 한복판에서 인간의 우상이 되어버린 물질과 물질주의적 인간에 대한 조롱과 분노, 멸시로 희화화되면서 근대 자체에 대한 의문으로까지 진전된다. 물론 이 작가는 근대뿐 아니라 인간의 본원적 본질에 대해서까지 끊임없이 노크하면서 인간존재 밑바닥에 숨은 그 무엇을 찾아내는 뒤집기를 계속하는 성찰의 모습

을 부각시킨다.

이렇듯 20세기 한국소설을 풍미한 세 명의 여성작가는 그 이름 그대로 20세기 한국문학의 대변자들이다. 그들의 소설들을 읽으면 한국소설을 알 수 있고, 그들 소설의 성격을 살펴보면 곧 한국소설의 성격이 파악된다. 이렇게 파악된 한국소설의 성격적 특징은 사회성, 현실성이라고 해석된다. 세 명의 여성작가, 박화성·박경리·박완서의 세계가 그러하다. 특히 세 작가 가운데 선구적 위치에 있는 박화성은 20세기의 문을 연 선배라는 의미에서뿐 아니라 바로 이러한 사회성, 현실성을 처음으로 구현한 작가라는 점에서 선구적이다. 다음으로 주목해야 할 점은 이들의 사회성이 지닌 내용인데, 이들은 한결같이 근대적 현실을 내세우고 여기에 비판적 시선을 보낸다. 박화성의 경우, 예컨대 소설 『하수도 공사』에는 일본인 경찰과 공사에 동원된 노동자들의 집단행동이 등장하는데, 한국소설 최초로 노동자가 나오는 장면이다. 이 근대적 풍경은, 그러나 일제의 부당한 탄압에 의한 왜곡된 근대로 그 기본구조부터 철저히 비판된다. 박경리에게서는 오도된 이념들에 의한 전쟁이라는 모습으로 근대가 나타나고, 그 근대에 의해 억압받는 인간 군상들이 나열된다. 박완서는 근대가 아예 인간의 품위를 박탈하고 인간을 왜소화시키는 요괴 워치로 작용함을 고발함으로써 20세기 한국문학에 깃든 근대의 어두운 얼굴을 근본적으로 파헤친다. 이들은 이 일에 있어서 애당초 여성도 남성도 구별이 없음을 또한 처음부터 작품 자체로 시현하여왔다. 섹스로서의 양성문제, 젠더로서의 양성문제 또한 이들에게는 존재하지조차 않았다. 이러한 관점에서 나는 이들 세 작가들을 한국 현대소설사에 솟아오른 위대한 작가들이라고 감히 부르고 싶다.

[〈박화성연구회 강연〉, 2017]

실존과 종교의 공존
—황순원 문학의 근본 메시지

　황순원 문학론은, 문학에 대한 작가의 태도와 소설의 미학적 깊이에 지금까지 집중되어온 감이 있으며, 이로 인한 이 작가의 포괄적인 이미지 또한 이로부터 크게 벗어나 있지 않은 감이 있다. 그런 의미에서 이제 황순원 문학에 대한 새로운 관심의 방향은 그의 소설이 지닌 메시지적인 측면, 즉 이 작가가 무엇을 말하려고 하는지, 작가의 의도와 작품 내용으로 향할 필요가 있을 것으로 보인다. 오늘 이 자리에서 말하고 싶은 것은, 그런 각도에서 황순원 소설선 『카인의 후예』(김종회 책임편집, 문학과지성사, 2006)를 중심으로 한 작가의 메시지에 대한 작은 고찰이다.

　장편 『카인의 후예』는 1954년 황순원의 나이 40세에 발표된 그의 출세작이라고 할 수 있다. 물론 그는 21세 때 시집 『방가』를 내놓은 이후 꾸준히 창작활동을 해왔고 한국전쟁이 발발한 1950년 장편 『별과 같이 살자』를 상재한 바 있으나 『카인의 후예』로 문명이 굳어진 것은 사실이다. 이 소설은 사실 상당한 용기의 소산이었다. 그럴 것이, 1954년이라면, 전쟁이 휴전 형태로 끝난 지 불과 1년 남짓한 시점이었는데 작가는 해방공간과 한국전쟁의 배경을 이루는 사건들을 어떤 이념적인 면에 치우치지 않고 오직 인간적인 관점에서 과감히 다루고 있기 때문이다. '인간적인 관점'이라고 했으나 엄밀히 말하면 기독교적 관점이라고 말하는 것이 정확할 수 있다. 무엇보다 작품의 제목이 "카인의 후예" 아닌가. 전반적인 이해를 위해 관련 성경 구절을 먼저 살펴보면 (『창세기』 4장 12~15절) 카인은 동생 아벨을 죽인 자이고, 땅의 소산으로 신에게 제물을 바쳤으나 거부당한 농민이다. 책임편집자 김종회의 말대로, 카인은 인류 최초의 살인자이며 곡물 경작자이다(『카인의 후예』, p. 555). 거꾸로 말하면 카인은 농민의 조상이요 범죄자의 원본인 셈이다. 그렇다면 이 소설에서 카인은 누구인가. 이와 관련해서는 여러 가지의 견해가 있을 수 있다. 소설 전편에 걸쳐 가장 좋지 않은 질의 소유자로 묘사되는 도섭 영감이 먼저 거론될 수 있을 것이다. 주인공 박훈 집안의 마름이었던 그는 마름으로서 소작인 위에 군림하다가 토지개혁 과정을 거치면서 지주를 배신하고 당에 맹종하는, 그러나 필경 당으로부터도 버림받는, 해방공간의 북한 현실을 반영하는 인물인데, 그 변모 과정에서 드러난 성격이 포악하고 냉혹하다. 다음에 연상되는 카인의 이미지는 졸지에 농민위원장 감투를 쓰고 권력을 휘두르는 홍수와 같은 자들이다. 그러나 그러한 권력은 그 이전의 지주들에게서도 발견되지 않는 것은 아니다. 부재지주 윤 주사나 용제 영감도 선한 사마리아인의 대열에 들 사람들은 아니다. 이 모든 사람들 가운데에서도 현장에서 가장 잔인한 선동을 담당하고 있는 '개털 오버 청년'은 카인의 인상에 가장 가까워 보인다. 이와 다른 특이한 견해도 있다. 가령 평론가 김인환은, 카인을 국외자, 즉 사회질서의 테두리를 넘어서 살아가는 사람으로 볼 경우, 그는 오작녀일 수 있다고 말한다.

그러나 카인을 국외자로 본다면, 다시 말해서 사회질서의 테두리를 넘어서서 살아가는 사람으로 본다면, 우리는 죽이지 못하도록 신이 찍어준 표에 주의하지 않을 수 없다. 오작녀의 남편은 방랑인 기질에 있어서 카인의 후예답지만, 총에 맞아 죽었으므로 여기서 제외

된다. 결국 이 작품에서 실제로 사회적 금기를 넘어선 사람은 오작
녀밖에 없다. 그 여자는 남편의 면전에서 이웃의 동의도 구하지 않
고 다른 사내를 선택하였다. 그녀의 불타는 눈은 바로 카인의 표지
인 것이다. (황순원, 『황순원 전집』 6, 문학과지성사, 1981, p. 479)

이러한 생각은 카인을 세상의 국외자로 본다는 전제 아래에서 고려
됨 직할 수도 있을지 모른다. 그러나 그녀와 그녀의 연인 박훈을 제외
한 거의 모든 등장인물들이 카인과 방불한 포악한 심성의 소유자들이
며 수행자들이라는 점을 인정할 때, 카인은 국외자 아닌 차라리 우리
모두의 얼굴로 다가온다. 이 소설이 말하고자 하는 것은, 인간은 살인
자 내지 잠재적인 살인자들이라는 메시지가 아닐까. 어떤 의미에서는
박훈이나 오작녀까지도 이러한 원천적 혐의로부터 자유롭지 못하다.
천성이 소극적이며 이성에 대한 사랑 앞에서도 위축되기 일쑤인 박훈
이지만 모성에 대한 집착은 강하고 그로 인한 오작녀의 희생과 헌신
은 그대로 수용한다. 오작녀는 아버지 도섭 영감과 다른 길을 택했지
만, 불같이 급하면서 격정적인 성격은 비슷한 데가 있으며, 그런 면에
서 카인의 일가라는 다소 폭넓은 분석을 받아들일 만하다. 이 소설의
제목 "카인의 후예"와 관련해서 덧붙여 주목해야 할 사항은 카인은 농
민인데 신은 그의 살인에 앞서서 이미 그의 제사를 거부했다는 점이다.
또 다른 사항은 그가 동생을 죽인 뒤 범행을 부인하자 신이 취한 태도
이다. 성경에서 관련 구절을 직접 살펴보자.

그가 또 카인의 아우 아벨을 낳았는데 아벨은 양 치는 자였고 카
인은 농사하는 자였더라/세월이 지난 후에 카인은 땅의 소산으로
제물을 삼아 여호와께 드렸고/아벨은 자기도 양의 첫 새끼와 그 기
름으로 드렸더니 여호와께서 아벨과 그의 제물은 받으셨으나/카인

과 그의 제물은 받지 아니하신지라 카인이 몹시 분하여 안색이 변하니/여호와께서 카인에게 이르시되 네가 분하여 함은 어찌 됨이며 안색이 변함은 어찌 됨이냐. (『창세기』 4:2~6)

이르시되 네가 무엇을 하였느냐 네 아우의 핏소리가 땅에서부터 내게 호소하느니라/땅이 그 입을 벌려 네 손에서부터 네 아우의 피를 받았은즉 네가 땅에서 저주를 받으리니/네가 밭을 갈아도 땅이 다시는 그 효력을 네게 주지 아니할 것이요 너는 땅에서 피하며 유리하는 자가 되리라/카인이 여호와께 아뢰되 내 죄벌이 지기가 너무 무거우니이다/주께서 오늘 이 지면에서 나를 쫓아내시온즉 내가 주의 낯을 뵈옵지 못하리니 내가 땅에서 피하며 유리하는 자가 될지라 무릇 나를 만나는 자마다 나를 죽이겠나이다/여호와께서 그에게 이르시되, 그렇지 아니하다, 카인을 죽이는 자는 벌을 칠 배나 받으리라 하시고 카인에게 표를 주사 그를 만나는 모든 사람에게서 죽임을 면하게 하시니라. (『창세기』 4:10~15)

카인이 농민이라는 사실은 첫째 그가 땅에 얽매어 있는 인물이라는 점을 말해준다. 그럼으로써 신 앞에 속죄양의 제물을 바치는 순서를 지키지 않고 인간 스스로 자기중심적인 사고와 행동을 했다는 것이다. 그 결과 땅에서 생산되는 소출로서의 곡물을 신에게 바쳤다가 거부당했고, 아벨을 죽인 범행을 부인했다가 땅으로부터 직접 고발당한다. 마침내 카인은 신으로부터 땅에서 저주를 받으리라는 경고를 듣는다. 저주의 내용은 두 가지다. 그 하나는 땅이 다시는 그 효력을 카인에게 주지 않을 것이라는 점이며, 다른 하나는 카인은 이후 땅에서 피하며 유리하는 자가 되리라는 점이다. 이 두 가지의 경고 내용은 소설 『카인의 후예』에서 그대로 적중한다. 무엇보다 이 장편소설의 모티프가 바로 땅 아닌가. 땅을 많이 소유하고 있는 지주와 토지개혁을 통해 이를 땅 없는 자들이 나누어 가지려고 하는 싸움——지주와 소작인, 그리고 마름들 사이의 싸움은 이데올로기의 탈을 쓰고 있지만 결국 땅 싸움인 것이다. 이런 관점에서 볼 때, 땅을 빼앗으려는 '개털 오버 청년'이나 도섭 영감은 물론 지주인 윤 주사나 박 영감도 모두 땅에 매몰된 탐욕의 인간들, 곧 카인의 후예인 것이다. 그리고 그로 인한 저주를 성경에 적혀 있는 그대로 받는다. 무엇보다 그렇게 뺏고 빼앗긴 땅은 다시는 그 효력을 발생하지 않는다. 그렇기는커녕 모든 불화와 참회의 화근이 된다. 가령 지주의 입장에서 볼 때, 그들은 땅 때문에 죽고 다치고 쫓겨나며 마침내 그 "땅에서 피하며 유리하는 자"가 된다. 땅을 빼앗은 자의 처지도 마찬가지여서 소분되어 분배된 땅을 가진 그 누구도 행복 대신 불안한 삶을 살고 있다.

다음으로 음미되어야 할 성경상의 특징은 카인이 신으로부터 받은 징표에 대한 해석이다. 15절에 나와 있듯이 카인은 땅에서 저주를 받는 징벌에 처해짐으로써 땅에서 피하며 유리하는 자가 될 것이라고 분명히 씌어져 있는데, 어떻게 동시에 카인을 죽이는 자는 벌을 칠 배나 더하리라고 신은 말씀하시는가. 모순 아닌가. 게다가 신은 "카인에게 표를 주사 그를 만나는 모든 사람에게서 죽임을 면하게 하시리라"는 것 아닌가. 이러한 성경 말씀은 성경 바깥에 있는 사람들은 물론 성경 안에 있는 사람들도 당황케 한다. 신의 진의는 무엇인가. 그것은 비록 살인자인 카인이라 하더라도 완전한 저주가 아니라 신에게 속한 삶이요 보호받는 삶이라는 해석이다. 아마도 어차피 죄인인 인간이 나중에 예수로 말미암아 구원받기 위한 예비적 조치인지도 알 수 없다는 생각쯤 할 만하다. 죄인인 우리 모두 카인이 받은 표로 유예된 삶을 살아가고 있다는 것이다. 실제로 소설 『카인의 후예』는 아무 결론 없이 "이 이상 더 피를 보고 싶지 않다"는 결언과 달리 피의 상쟁이 반복될 것임을 예감케 한다. 인생의 죄업과 벌과는 일시적인 유예 속에서 지속된다. 작가 황순원은 그 일단락의 시점을 복음서의 예수 십자가 구속사건 때까지로 못 박고 있지 않지만, 결론 없는 결론은 이 소설의 등장인물 모두 카인의 후예임을 말하고 있다. 그렇다면 이러한 구조와 메시지는 바로 기독교적 세계관에 입각한 것이라는 사실이 분명해진다. 모든 인간이 카인의 후예라는 사실, 이 사실을 인정할 때 인간은 구원의 필요성을 느끼고 그 길을 모색할 것이라고 이 소설은 그 가능성을 열어놓는다.

기독교에 대한 작가의 깊은 관심은 본격적인 문학의 주제로 대두되면서 이후 여러 소설들, 특히 장편에서 중요하게 다루어진다. 1960년에 간행된『나무들 비탈에 서다』, 그리고 1973년에 상자된『움직이는 성』은 이런 관점에서 주목된다. 이 두 장편은 여러 논자들에 의해서 각각 세 명의 주인공이 대비되는 구조로서 많이 논의되어왔으나 종교적 측면에서도 흥미로운 대비가 가능하다. 먼저『나무들 비탈에 서다』는 『카인의 후예』이후의 1950년대를 다룬, 말하자면 전후문학에 해당된다. 이 시기의 문학은 세계적으로도 실존주의가 대두된 허무의 시대라고도 할 수 있는데, 여기서도 역시 허무의 시대를 걸어가는 여러 청년들이 나온다. 현태, 동호, 윤구, 그리고 석기와 미란, 숙이, 안 중사와 선우 상사들이 그들인데, 이들은 전후 폐허의 현실 속을 걸어가는 허무주의자들이라는 점에서 공통되지만 그 체질과 지향점은 조금씩 다르다. 예컨대 비교적 넉넉한 환경의 인물임에도 불구하고 술로 세월을 보내는 현태는 이렇다 할 지향점이 없는 자아상실의 청년으로 보인다. 1950년대의 가장 전형적인 유형이다. 이 유형이 보다 자학적 파괴적으로 나아갈 때 이른바 1950년대 작가들, 가령 오상원이나 이범선의 주인공이 된다. 또 다른 인물은 결벽증에 가까운 순수성으로 인해서 전후현실을 도저히 감당하지 못하는 청년이다. 그는 전방 근무 중인 군인으로서 술집 작부와의 관계 끝에 자신의 생각과 기질을 감당치 못하고 작부를 총으로 쏘고 자신도 자살한 자아파괴형의 인물이다. 현태와 동호는 함께 군복무를 하면서 숱한 괴로움을 나누는데, 여기에 함께 등장하는 선우 상사는 신의 문제를 고민의 한복판으로 끌어들인다. 전쟁, 그리고 그로 인한 파괴와 부조리의 현장에서 도저히 감당할 수 없는 실존의 끝에서 만나게 되는, 자연스러우면서도 정직한 대면일 것이다. 도대체 신은 어디서 무엇을 하고 있는가. 황순원으로 인하여 신은 인간의 벌거벗은 실존 앞으로 나온다.

> "암, 나두 전엔 아침저녁 빼놓지 않구 그런 기돌 했지…… 그런데 그 후에 난 이렇게 빌었어. 되레 날 불러가달라구…… 그렇지만 허사였어. 마침내 난 하느님이 존재하지 않는다는 걸 알았어. 아니 그렇게 믿기루 했어. 하느님이 존재한다면 그럴 수가 있어? 넌 말하겠지. 하느님께서 날 더 시험하시는 거라구. 구약시대의 아브라함처럼 말이지?…… 그렇지만 난 견딜 수가 없어. 사람이란 약한 거야. 거기 비하면 하느님은 너무 잔인해. 그런 하느님이라면 차라리 없다구 믿는 게 옳아…… 그런데 넌 견딜 수 있다는 거지? 되레 어떤 고행을 함으로써 믿음을 더 굳게 할 수 있다는 거지?…… 이렇게 술 취한 날 쫓아댕기며 거들어주는 것두 네 믿음을 더 굳게 하자는 데서 온 거구…… 저 예수가 베드로에게 세 번 물어본 일이 있겠다? 요한의 아들 시몬아, 네가 이 사람들보다 나를 더 사랑하느냐 하시니 대답하되, 주여 그러하오이다. 내가 주를 사랑하는 줄 주께서 아시나이다 하니 가라사대 내 어린 양을 먹이라……"
>
> (『카인의 후예』, pp. 322~23)

소설의 주인공들은 현태, 동호, 윤구처럼 되어 있지만, 이 소설에는 오히려 선우 상사와 안 중사를 통한 기독교적 대화와 독백이 중요한 메시지 기능을 하는데 앞의 인용도 그러한 경우다. 내용은 이 피폐한 현실을 당장 구원하지 않는 하느님에 대한 원망인데, 하느님에 대한 원망에 관한 한 가장 일반적인 것이다. 전능하다는 하느님이 대체 무엇을 하고 있느냐는 힐난이며 따지기다(이러한 물음의 대표적인 예는 나치를 겪고 난 독일인들의 그것이다. "하느님은 도대체 어디에 있었느냐"고 그들은 묻는다. 노벨상 수상작가 하인리히 뵐H. Böll의 소설 『아담아, 너는 어디 있었느냐? Wo warst du, Adam?』의 주제도 이와 관련된다. 독일인들의 원망에 대해서는 동시대의 신학자 불트만R. K. Bultmann의 "하느님은 그때 울고 있었다"는 대답이 유명하다).

안 중사를 앞에 놓고 터뜨리는 선우 상사의 격렬한 하느님 원망은 사실 작가 황순원의 것일 수도 있다. 신에 관한 대화는 소설 곳곳, 중요한 대목을 지배한다.

> "허지만 상사는 현재 신이 없다는 자기 신념 밑에 행동을 취하구 있는 의지 굳은 사람 같은데?"
> "천만에…… 얼마 전부터 난 신이 없다구 생각하겐 됐어. 그래야만 맘이 편하거든. 하느님이 이 세상을 주관한다구 생각하기엔 너무 모순이 많아. 숫제 없다는 게 맘 편하지…… 어쨌든 나 따위가 현대의 예레미아가 될 순 없어." (같은 책, p. 335)

신앙생활을 하는 사람답게 한결같이 부드러운 음성으로 이렇게 말하고는,
"그분이 양계를 하신다니 거기서 어떤 진리 같은 것을 발견하게 됐으면 합니다. 한 알의 작은 겨자씨가 땅속에 들어가 싹이 트는 걸 보구두 우주의 신비성을 찾을 수 있는 거니까요. 달걀만 해두

그렇죠. 과학적으루 그 속에 수분이 몇 퍼센트, 기름기가 몇 퍼센트, 흰자질과 무기질이 얼마, 이렇게 분석을 해낼 순 있습니다. 허지만 그것만으루 설명 안 되는 부분이 있잖습니까. 생명의 신비 같은 거 말입니다. 그분이 그런 것에까지 마음이 미치게 됐으면 좋겠습니다."

신학대학에까지 다니는 사람으로 이런 유치한 상식적인 얘기를 늘어놓는 게 현태에겐 우습게 생각됐다. 그러나 이를 비난하고 싶지는 않았다. 그만큼 그의 말 속에는 소박하면서도 참된 마음씨가 들어 있었던 것이다. (같은 책, pp. 502~03)

장편 『나무들 비탈에 서다』는 이렇듯 전후 폐허의 현실 가운데에서 군대생활을 함께하고 있는 친구들의 실존적 고뇌를 다룬다. 그들은 피 끓는 젊은이들이지만 더 이상 무모하게 피 끓지 않는다. 그 대신 그들은 전쟁의 참화를 가져오고 전후에도 보람 있는 전망을 보여주지 않는 현실에 좌절한다. 구체적으로 그들은 제대 후의 앞날을 두려워하고, 무엇보다 오늘의 무료함과 무의미에 깊이 회의한다. 술과 여자는 그들의 이러한 일상을 죽여나가는 소비적 동반자일 따름이다. 그들은 여자를 품에 안았을 때 오히려 더 절망하고 술을 마시면서 더 분노한다. 비교적 순수한 성품의 동호가 살인을 저지르고 전쟁 중에 목사 아버지가 학살당한 선우 상사가 분노를 폭발하는 술주정으로 날을 지새우는 모습은 이들 청년들을 통한 1950년대 실존의 적나라한 모습이다. 그렇다면 작가 황순원은 이 모습들을 그려냄으로써 무엇을 말하려고 하는가. 여기서 주목되는 한 대목이 있다.

"어떻게 그 흙을 받아보구 땅을 사라는 뜻으로 해석할 수 있었을까. 주는 쪽이나 받는 쪽이나 다 리얼리스트들이야. 원체 땅이란 그 자체두 리얼하지만."

동호가,

"땅은 리얼하지. 그래두 그 위에 서서 다니는 인간에겐 꿈이란 게 있어야 하지 않을까?"

"흥, 뭣 땜에? […] 좀 그 꿈이란 소린 집어쳐." (같은 책, p. 342)

그렇다. 황순원은 땅의 중요성을 일찍이 알고 있었으나, 그것이 평화를 깨뜨리고 인간의 죄악을 불러온다는 사실을 함께 깨닫고 있었다. 그 깨달음에는 종교, 즉 기독교의 힘이 크게 작용하면서 문학의 발상을 입체적, 초월적으로 확장시킨다. 그러나 그는 동시에 그것이 꿈의 영역으로 무한 확대되는 것에는 스스로 제동을 건다. 예컨대 장편 『움직이는 성』은 이러한 해석을 조심스럽게 가능케 한다. 준태, 성호, 민구라는 이름의 세 청년을 주인공으로 내세운 이 소설은 그 이름들이 마치 『나무들 비탈에 서다』의 세 주인공 현태, 동호, 윤구를 연상시키는데, 사실 준태, 성호, 민구는 그들의 후신이라는 해석을 받아서 무리가 없을 정도로 어떤 사회생태학적 변형을 반영한다. 가령 농업기사인 준태는 도시 청년 현태의 새로운 변형으로, 목사인 성호는 순수한 결벽 청년 동호의 재현으로, 민속연구가인 민구는 양계업을 통해 땅에서 다시 현실의 재기를 모색하던 윤구의 정신적 모형으로 각각 되살아난다. 황순원의 장편은 일반적으로 다양한 인물들의 병존을 그대로 노정시킴으로써 작가의 관심이 집중되는 인상을 피하기 일쑤인데, 그것은 소설기법의 문제이기도 하지만, 한국 현실이 지닌 다양성을 정직하게 제시하겠다는 의도의 표출이기도 하다. 또한 이러한 구도는 올바른 삶의 방향과 문학적 가치를 발전과 종합을 통해서 통일적으로 모색하겠다는 은밀한 메시지일 수도 있다.

『움직이는 성』의 세 청년, 준태, 성호, 민구는 그런 의미에서 독특한 성격의 세 유형을 대변하면서 각각의 견고한 성이 된다. 준태는 앞서 현태가 그러했듯이 일정한 삶의 패턴을 추구하지 않고 떠돈다. 미국 비자까지 받아놓은 현태가 출국조차 하지 않았듯이 농업기사인 준태는 착실한 농사의 길을 걷지 않고 유랑한다. 그런가 하면 자신과 관계했던 작부의 매춘에 분노하여 그녀를 쏘고 스스로 목숨을 끊은 동호의 후신처럼 성호는 스승의 부인을 사랑했던 기억에 매달려 괴로워하다가 성직의 길로 들어선다. 그러나 목사로서의 헌신도 기성 교회와의 갈등으로 인하여 결국은 좌절된다. 두 사람은 현실의 두 유형이자 견고한 성처럼 보이지만, 그 성은 '움직이는 성'이라는 것 아닌가. 이러한 전개는 제3의 유형, 민구에게서 가장 전형적인 모습을 보여준다. 그는 교회에도 출석하고 무속신앙에도 관심을 가지는, 정신적으로 줏대없는 정신이다. 하지만 이러한 기이한 정신이 세상에는 의외에도 허다하고 어쩌면 이러한 사람들, 즉 수많은 민구가 한국인의 참모습인지도 알 수 없다. 더 나아가 한국 교회 자체가 이러한 샤머니즘적 색채를 동시에 띠고 있는지도 모른다. 그러한 정체성의 상실이라는 측면에서 비판받기 쉬운 민구의 삶은 평가받기에 간단치 않은 본질적인 문제들을 함축한다. 그것은 기독교의 토착화라는 문제로서, 이방 땅인 이곳에서 전래의 정신적 관습까지 껴안고 승화하는 기독교의 정당성에 관한 것이다. 이 문제는 거꾸로 기독교가 한국의 민간신앙을 받아들이면서 어떻게 이를 용해시키고 통합시킴으로써 한국인의 정체성 구축에 기여할 수 있는가 하는 명제를 제기한다.

사실 중요한 것은 종교라기보다 인간 실존 자체이다. 그것은 삶과 죽음이라는 본능과 욕망에 연계된다. 도덕이나 이데올로기는 실존과 무관하다. 6·25전쟁은 이런 의미에서 한국인에게 실존의 문제를 심각하게 제기하였는데 소설가 황순원은 여기에 정직하고 진지하게 반응하였다. 종교는 이 지점에서 민낯으로 찾아온다. 기독교를 통한 그 구

원의 가능성에 도전한 황순원은 어쩌면 현대 한국인의 본질을 탐색한
가장 능동적인 작가일지도 모른다.

[〈황순원문학제 강연〉, 2016]

신앙과 사랑으로 문학을 세우다
─벽강 〈전숙희 문학전집〉 발간을 돌아보며

1. 문학인 전숙희

우리 사회 곳곳 다방면에서의 활약으로 20세기 한국문화와 그 역사에 큰 자취를 남긴 벽강 전숙희의 공적은, 물론 문학 분야에서 가장 두드러지지만 그의 폭넓은 사회활동을 모두 포괄하면 대략 세 가지 측면에서 살펴볼 수 있지 않을까 생각한다. 문학인으로서의 측면, 사회활동 및 자식과 부모 등 가족 구성원이라는 입장, 기독인으로서의 자세나 생각 등 종교적 시각에서 바라본 인생과 사회라는 측면으로 나누어서 나는 읽어보았다.

우선 문학인으로서의 전숙희의 문학관 내지 인생관은 의외로 단호하고, 이러한 확고한 자세가 그의 문학뿐 아니라 삶 전반을 튼튼하게 기초 잡고 있다는 사실을 지적해두어야 할 것 같다. 1969년에 발행된 수필집 『밀실의 문을 열고』는 특히 이러한 성격을 극명하게 보여주는 많은 글을 담고 있다. 예컨대 「글은 인격이다」에는 다음과 같은 대목이 나온다.

글은 즉 인격이다. 인격 없는 사람들이 펜을 드는 것은 실로 위태로운 일이 아닐 수 없다. 펜을 쥔 우리들은 먼저 펜의 횡포와 오만을 스스로 자숙해야 하리라고 생각한다. 한 장의 원고나 한 줄의 기사라도 진정 인간애에 입각해, 시인이 한 줄의 시를 쓰기 위해 기나긴 사색을 거치고 정밀한 다듬질을 하듯 존중히 해야만 하지 않을까? (전숙희, 『전숙희 문학전집』 1, 동서문학, 1999, p. 44; 이하 『전집』과 권수만 표기)

　지극히 평범해 보이는 진술이지만, 전숙희 문학의 출발이 글과 인간에 대한 애정, 굳건한 신뢰로부터 비롯되고 있음을 보여주는 좋은 예라고 할 수 있다. 물론 그가 처음 글을 쓰기 시작한 것은 이보다 훨씬 앞선 1939년 『여성(女聲)』이라는 잡지에 단편소설 「시골로 가는 노파」를 쓴 것이 처음이다. 이 작품이 이를테면 처녀작인데, 처녀작이 소설이었다는 점도 흥미롭다. 이 사실은 그가 태생적으로 이야기꾼의 소질을 갖고 있음을 보여준다. 「시골로 가는 노파」에서도 숨기기와 반전 같은 소설적 기법이 따뜻한 유머와 더불어 훈훈하게 녹아 있는 것을 볼 수 있는데, 이 방면으로 아예 전심 전진했어도 상당한 성과를 이루었을 것으로 생각된다. 아무튼 이 소설은 전숙희 수필문학이 튼튼한 문학적 기초 위에 자리 잡고 있음을 보여줌으로써 그의 수필이 가벼운 신변 잡사에 단기적으로 머무르는 수준이 아닌, 인생 전체가 전면적으로 투자된 든든한 문학적 성취를 이루게 된다. 전숙희에게는 스무 권의 수필집들이 있고 이들 중 상당수는 1999년 전 7권의 〈전숙희 문학전집〉으로 엮여 발행된 바 있다. 이중 제1권 첫머리에 그는 「문학은 영원하여라」라는 장을 꾸미고 자신의 문학관과 습작 시절, 그리고 자신에게 있어서 문학이 어떤 의미를 갖는지 소상하게 밝히고 있다.

　하루에 한두 장의 글이라도 쓰고 난 다음에야 비로소 내가 오늘 살아 있다는 실존을 느끼게 된다. 숱한 회의와 혼돈의 사념 속에서

146

나는 그래도 항상 펜을 들고 있다. 나의 글을 누구에겐가 읽히기 위해 독자를 의식하고 쓰는 글이 아니다. 나를 위해, 내가 살아 있다는 보람을, 나는 몇 줄의 글에서 얻고 있다. [……] 그 고통은 작가로 하여금 뭔가를 쓰지 않고는 못 견디게 만드는 창작의 원동력이 아닐까 하고 생각해보기도 한다. (『전집』 1, p. 38)

전숙희의 글쓰기는 말하자면 실존적인 글쓰기다. 이때 실존적 글쓰기는 정직한 그 기준이 된다. 오직 쓰고 싶어서, 쓰지 않고는 배겨낼 수 없는 순수한 욕망으로 인한 글쓰기가 올바른 문학, 훌륭한 작가를 만든다. 전숙희의 이러한 고백 앞에서 우리가 숙연한 존경과 문학적 위의를 느낄 수 있다면 행복한 일이다. 단호하고 튼튼한 문학관으로 문학과 세상을 바라보지만, 그러나 그의 문학은 열정과 욕망으로만 가득 찬 뜨거운 것은 아니다. 오히려 그의 문학은 긴 길을 내다보는 냉철함과 절제의 미덕 위에 서 있다.

열정의 절제라고 부를 수 있는 이러한 특징은 전숙희 문학의 전 생애를 통하여 일관된 성격을 형성하고 있어서 그의 일상이 되다시피 한 독서, 여행 등에 있어서도 반드시 문학과의 관련성이 적절하게 등장한다. 특히 내게 관심을 끈 부분은 「습작 시절」(『전집』 1, pp. 25~29)인데, 여기서 그는 그의 문학적 재능이 천부적인 것이었음을 고백한다. 여고 시절부터 특출한 문재가 발견되어, 이화여전 문과에 무시험 장학생으로 입학할 수준이었다. 그는 대학 재학 시 교수로 있었던 김상용 시인, 이태준 소설가의 각별한 총애를 받으면서 장르의 구별 없이 상당한 습작을 했던 것으로 보인다. 전숙희가 수필가로서의 이름을 화려하게 알려준 계기가 된 첫 수필집은 1954년에 간행된 『탕자의 변』이었다. 서른여덟 편의 아름다운 수필들을 담고 있는 이 책에는 전숙희의 젊은 날의 문학과 인생이 고스란히 드러나 있다.

신약 성경에 나오는 탕자의 이야기를 자신의 이야기로 삼은 수필 「탕자의 변」은 어머니에 대한 애틋한 사랑을 그린 글이다. 탕자라고 하면 부모를 거스르고 방탕한 생활을 하는 자식을 일컫는 말일진대 이 글에 나오는 필자 전숙희와는 전혀 어울리지 않는 표현이다. 그럼에도 그가 굳이 이러한 말을 쓴 것은 그의 마음속에 내재한 일종의 탕자 의식 때문인 것으로 보인다. 그는 잘못한 것도 없이 공연한 탕자 의식을 갖고 있는데, 그것은 아마도 어머니에 대해 맏이로서 효를 하고 있지 못하다는 심리적 부채의식, 그리고 무엇보다 성경적 인생관 때문이 아닐까 싶다.

어머니의 품으로 나타난 그 대상은 사실은 이 세상 전부이리라. 내가 잘못하고 있구나, 하는 탕자 의식도 근본적으로는 인간을 향한 사랑의 소산이라는 점이 깊이 인식될 수 있다. 수필집 『탕자의 변』 전체를 울리는 글의 향기는 모두 이 사랑에서 나오고 있고, 이 사랑의 정신이 그의 문학 전체를 싱싱한 생명으로 살려내고 있다. 병든 소녀의 제어할 수 없는 사랑을 그린 「조춘(早春)」, 봄날의 작은 일상에서 행복감을 찾는 「춘곤(春困)」 등은 모두 이러한 사랑의 소산이다. 사랑이 없으면 글은 죽은 기호에 지나지 않을 뿐 사람의 가슴에 닿는 문학일 수 없다는 원초적 메시지는 이미 젊은 전숙희의 내부에서 조용히 발화하고 있었다. '뜨겁지만 조용하게'라는 생각은 전숙희의 사랑의 문학이 자신에게 끊임없이 일러주는 다짐이 되었다. 어쩌면 그의 문학적 성공은 이러한 다짐의 실현일 수 있다. 가령 다음과 같은 대목을 보자.

나는 언제부터인가 이렇게 커먼센스를 사랑할 줄 아는 여성이 되었다 보다. 나는 어려서 고요한 호숫가에 봄이면 황금빛 개나리, 가을이면 향기 높은 흰 코스모스 우거지는 울타리를 가진 집에 살리라 했다. [……] 그러나 지금 나는 황금빛 개나리도 향기 높은 코스므스도 없는, 나무판자도 없어 저녁이면 마루에 먼지가 뽀얗게 쌓이는 집에 살고 있다. 나는 이 초라한 집에 조그만 뜰을 사랑한다. (『탕자의 변』, p. 24)

　펜클럽 회장과 각종 공직 등, 일견 화려해 보이는 그의 내면에는 이러한 소박함, 겸손함이 숨쉬고 있는데, 이것이 바로 문학의 원동력이자 사회적 역동성의 바탕이 된다. 오늘날 도처에서 회자되고 있는 인문학 정신은 전숙희의 경우에도 가장 훌륭한 한 보기가 아닐까 생각한다. 소박한 문학 사랑이 사회활동의 역동적 에너지가 된다는 원리를 확인할 수 있는 것이다. 소박과 겸손은 인생의 기미와 그 본질에 대한 직관과 파악에서 온다고 할 수 있는데 그것은 연민과 사랑을 통해서 나타난다. 『청춘이 방황하는 길목에서』에는 전숙희의 이 같은 능력을 보여주는 수필이 여러 편 실려 있다. 실존적인 고독과 슬픔에 대한 많은 글에서 그는 모든 인간은 사회적인 조건에 관계없이 원래 외롭고 슬픈 운명을 타고났다며, 손을 잡고 따뜻하게 살아가기를 희망한다. 이 사랑의 정신이 바로 문학의 정신이다.

　전숙희는 사랑에 관한 많은 글을 남겼는데, 그중에 백미 편이라면 아무래도 세칭 여간첩 김수임 사건을 소설화한 장편 『사랑이 그녀를 쏘았다』일 것이다. 그녀의 사랑에 얽힌 사연을 누구보다 잘 알고 있었던 그는 마침내 2002년 그의 나이 여든 살이 넘은 고령에도 불구하고 이를 장편소설로 집필, 한 권의 책으로 내놓았다. 실로 놀라운 정력의 쾌거라고 할 수 있는데, 나는 그것을 김수임에 대한 사랑의 소산이라고 부르고 싶다. 사랑에 대한 사랑이 얼마나 뜨거웠기에 여든 고령에 그 긴 장편을 쓸 결심을 했으며, 실제로 그것을 완수했을까. 사랑과 그것을 결행하는 열정이 그의 문학, 그리고 그것을 넘는 많은 활동을 가능케 했다.

2. 사회활동과 가정

사회활동가로서의 전숙희라는 항목을 따로 구분해보았으나, 그것이 문학인 전숙희와 뚜렷하게 구분되는 어떤 지점을 갖는 것은 아니다. 가령 국제펜클럽회의에서의 한국 대표, 그리고 종신 부회장 활동은 어느 쪽에서 바라볼 것인가. 그는 문학인으로서의 집필생활보다 훨씬 더 활발하게 사회활동을 하는 것 같아 보일 때가 많은데, 이것은 어떻게 평가하여야 하는가. 이런 질문에 해답이 될 만한 그 자신의 다음과 같은 고백이 있다.

> 내가 때때로 여행을 즐기는 까닭은 오염된 일상의 고독에서 탈출해 보다 더 신선한 고독 속에 잠기고 싶음이다. 낯선 사람들을 만나고 헤어짐의 아픔을 맛보고, 단절된 고독 속에서 인생을 항시 생각하고, 그러한 모든 것은 나에게 새로운 생명을 불어넣어주기 때문이다. (전숙희, 『청춘이 방황하는 길목에서』, 갑인, 1977, p. 26)

상당 부분이 공무 해외여행인 경우에도 그는 여행을 내면적 고독이라는 문제와 연관 짓는다. 내면적 고독이란, 그러나 그 자체가 문학의 에너지이며 샘이다. 그것은 실존적 운명이기도 하지만 의도적으로 시도되는 어떤 경지이기도 하다. 여기서 표현된 바 '신선한 고독'이다. 그렇다면 그가 언론인으로서, 국가대표로서 다닌 숱한 해외여행의 배경에는 이렇듯 '신선한 고독'을 얻고 느끼기 위한 문학적 욕망이 자리 잡고 있었다고 보아야 할 것이다. 여행과 문학이 어우러진 그것들은 그의 수필 상당 부분을 차지한다.

> 나는 그가 말한 『죄와 벌』의 현장을 걷고 있었다. 참으로 가슴이

뿌듯했다. 벌써 수십 년 전 읽은 『죄와 벌』의 현장을 잘 기억할 수 없었는데 라스콜리니코프가 지은 죄에 따른 괴로움을 내가 떠맡기라도 한 듯 이상한 감회에 사로잡혀 그 겨울 강물 속을 들여다보며 거닐었다. 물 위는 엷은 얼음으로 덮여 있었다. 네바 강은 이 슬라브 민족의 역사적인 희비 애환을 모두 다 안고 있을 뿐 아니라 러시아 문학의 모태이기도 하다. (『전집』 1, p. 289)

나는 여러 차례 세계여행을 다녔다. 처음에 여행은 오직 어디에 무엇이 있는가 하는 호기심 많은 관광여행이었으나 회를 거듭할수록 여행의 목적은 내면으로 스며들어 낯선 땅, 역사의 자리에 서면 이제까지 잊고 있던 자신을 재발견하고 재평가하는 기회가 되었다. [……] 여행은 혼자일수록 좋다. 더욱 외로움에 나를 내동댕이칠 때 비로소 참된 나를 발견할 수 있다. (『전집』 2, pp. 179, 181)

'참된 나'의 발견과 더불어 전숙희가 필생의 사업으로 수행한 일은 한국 대표로서 유엔총회(옵서버)와 국제펜대회에 참여한 일 이외에 문학지 『동서문학』의 창간과 한국현대문학관 건립이다. 이 밖에도 그는 동생인 파라다이스 전락원 회장과 함께 계원조형예술대학(현 계원디자인대학) 및 계원예술고등학교를 설립했는데 실로 무에서 유를 창조해낸 엄청난 역사였다고 할 수 있다. 예술학교이지만 교육사업으로 분류될 수 있는 학교 경영문제를 제외하고 보더라도, 사회활동가로서 전숙희의 면모는 약여하다. 특히 『동서문학』 창간을 위한 그의 열정은 작품 창작의 동력 바로 그것이다. 그런 이유이겠으나 그는 잡지 창간에 즈음하여서나 문학관 개관에 있어서나 이와 관련된 비록 공적인 기념의 글이라 하더라도 사랑의 수필이나 다름없는 따뜻한 마음의 울림을 갖는다.

저의 평생의 일념이었던 한국 현대문학의 중요자료를 모은 전시
관이 오랜 기다림과 노고 끝에 드디어 개관식을 갖게 되었습니다.
그동안 모래성을 쌓고 허무는 아이처럼 가슴 설레는 꿈같은 긴 세
월이 흘렀습니다. 막상 '동서문학관'('한국현대문학관'의 전신)의 개
관을 앞두자 두려움부터 앞서니 웬일일까요? 두렵기도 하거니와
부끄럽기조차 합니다. 제가 무엇을 하려고 21세기를 앞둔 이 급변
하는 시대에 문학이란 그 고전의 유현한 세계, 언어로써 한 땀 한
땀 쌓아올린 생명의 문을 열고 나 홀로 가려고 나서는 것일까요?
(『전집』2, p. 297)

지금의 한국현대문학관을 개관하면서 벅찬 감격을 누리지 못하고
터져나오는 자축의 말이다. 여기서 주목하는 것은 "생명의 문을 열고
나 홀로 가려고 나서는 것일까요?"라는 질문형 표현이다. 그 속에는
"나 홀로"가 있다. 문학관이라는, 상당한 재정 투자가 동반되는 이 기
획사업에는 물자는 물론, 적잖은 인원들이 함께 참가하였다. 그런데 그
는 왜 "나 홀로"라고 하는 것인가? 혹시 너무 교만한 것은 아닌가. 그
러나 여기에 전숙희 문학과 인생의 숨은 비결, 성공의 매력이 숨어 있
다. 그의 '나 홀로'는 문학의 운명적 소외의식과 관련된 것이다.
    거듭 말하거니와, 문학은 외로운 고독의 산물이며, 작가에게는 실존
적 고독자 의식이 있다. 그가 외로움을 견디지 못하고 사회적 교제를 즐
기는 자라면 오래 참고 견디면서 작업을 성취하는 문학 생산자로서의
성과를 낼 수 없다. 그에 앞서서 아예 문학창작이라는 원초적 의식의 단
계로 침잠할 수 없다. 전숙희는 이런 면에서 철저한 고독의 여제(女帝)
임을 나는 앞서서 몇몇 글의 인용과 함께 확인해왔다. 그는 인생이 태
초에 외로운 존재임을 알고 있었고, 신선한 외로움을 찾아 즐겨 여행

152

길에 오른다는 글도 썼다. 그 외로움의 극복은 오직 문학을 통해서 가능하다는 견해도 누누이 피력해왔다. 문학은 외로움을 감싸주는 사랑의 능력을 지녔기에 이 모든 길을 그는 기꺼이 걷는다고 했다. 그러하기에 그는 문학관 개관이라는 공동작업의 출발점에서 "생명 문을 열고 나 홀로 가려고" 한다고 고백한다. 비문학의 시대, 비문학의 현실 속에서 거기까지 달려오기에 얼마나 외로웠을까. 넉넉히 짐작할 수 있는 대목이다. 그러나 바로 그 '홀로'인 외로움 덕분에 문학관이 문을 열 수 있었다는 역설도 가능할 것이다.

사회활동가로서의 전숙희와 이 부분의 활동상 가운데 펜클럽에 대한 글들도 그 양이 상당하다. 전 7권의 전집 중 제7권은 온전히 그것들이다. 한국에서 펜클럽이 조직된 1954년부터 1970년 서울 국제펜대회까지의 초창기부터 관여한 전숙희는 한국 본부의 태동과 제25차 빈 국제펜대회의 감격부터 시작하여 한국대회를 둘러싸고 벌어졌던 김지하 등의 탄압 문제 해결 전후의 상황을 시종 흥분조로 기술하고 있다. 펜클럽에 관한 전숙희의 관심과 열정, 그리고 헌신과 기여가 얼마나 대단했던지 『Pen 이야기』라는 별도의 책이 있을 정도다. 한국 펜은 원래 모윤숙이 국제펜클럽본부로부터 끌어와서 창립한 것이었으나 1983년 전숙희가 회장으로 당선된 이후 1991년까지 연임하면서 사실상 한국 펜클럽은 안정되었다.

여성의 사회활동이 활발하지 못했던 1950년대에 벌써 신문기자로서 각종 국제회의에 한국 대표로서 활약할 수 있었던 것은 물론, 전공인 영문학을 비롯한 그의 능력에 기본적으로 힘입은 것이었다. 그러나 이 부근에서 주의 깊게 살펴져야 할 점은, 흔히 연상되듯이 그가 사회활동형의 외향적 성격의 소유자만은 아니었다는 사실이다. 오히려 그는 매우 가정적이어서 남편과의 사이가 보다 곰살맞았다면 바깥 활동을 하지 않았을지도 몰랐다는 여운을 남기는 말을 하기도 했다(「가정의 역학」,『전집』5, p. 174). 실제로 그는 아들 딸들에 대해 각별한 애정을 보였고, 특히 작은 아들의 대학 진학문제와 관련해서는 꽤 깊은 고민을 한 흔적도 엿보인다. 서울대 의대에 진학한 아들이 전공을 바꿔 서울대 공대로 다시 전과하는 과정에서의 마음고생, 혹은 마음 씀씀이에 대한 기록은 여느 어머니의 그것 못지않은 애틋함이 짙게 배어 있다. 이 같은 가정적 풍경은 어머니 아닌 딸로 나오는 장면에서도 깊은 울림을 던진다.

3. 능력의 원천 — 신앙과 사랑

그러나 인간 전숙희를 뛰어난 수필가, 탁월한 문화운동가로 올곧게 세운 근원적인 힘이 있다면 나는 그것을 그의 신앙심에서 찾아내고 싶다. 그는 잘 알려진 대로 목사의 딸로 태어나서 아흔여 평생 신앙을 잃지 않고 그 바탕 위에서 문학과 문학운동을 펼쳐온 신실한 기독교인이었다. 이 사실은 오늘날 참다운 기독교인의 삶은 어떠해야 하는가 하는 문제와 관련해서도 매우 시사하는 바가 적지 않은 중요한 일로 생각된다. 신실한 기독교인이라고 할 때의 일반적인 표상은 몇 가지 있을 터인데, 그것들이 모두 기독교의 교리와 전면적인 일치를 의미하지는 않을 수도 있다. 예컨대 기독교의 교리에 의하면 기독교는 생명과 사랑의 종교다. 하느님이 태초에 천지를 창조하시고(『창세기』1:1) 또 사람을 창조하시므로("여호와 하느님이 흙으로 사람을 지으시고 생기를 그 코에 불어넣으시니 사람이 생명이 된지라",『창세기』2:7) 본질상 생명의 원천이 창조주다. 사람이 또한 하느님의 말씀을 어기고 득죄함으로써 영원히 죽을 수밖에 없었으나 죄인 된 인간들을 불쌍히 여기고 사랑하사 예수 그리스도를 보내어 구원하신 사랑의 능력자가 되는 분이 하느님이다. 창조-득죄-믿음-속죄-구원의 도식은 기독교 교리의 근간이며 거기에는 생명과 사랑의 원리가 작동한다.

전숙희의 삶을 돌아볼 때, 그것을 한마디로 정의한다면 사랑과 헌신의 삶이었다고 할 수 있고, 이러한 품성과 에너지는 전적으로 그의 기독교적 신실성의 발로였다고 말할 수 있다. 나는 그것을 몇 가지의 실례를 중심으로 확인해보고자 한다. 가장 먼저 지적할 수 있는 점은, 그의 인생관, 문학관을 형성하는 발상 자체가 기독교적이라는 사실이다. 1954년에 나온 첫 수필집 『탕자의 변』 제목에서 그것은 분명하게 밝혀진다. 성경에 나오는 탕자 아닌가.

탕자는 두 아들 가운데 둘째로서 아비에게 받은 재물을 먼 나라에 가서 허랑방탕하게 허비해버린 인물이다. 전숙희의 상황은 물론 이와 다르지만, 그는 자신을 탕자로 비유한다. 탕자의 비유는 원래 죄인을 기다리는 하느님의 넓고 위대한 사랑, 혹은 하느님을 떠나버린 황폐화된 인간상을 말하는 것으로 성서 해석이 주어져 있지만, 전숙희의 제목은 반드시 그것을 의미하지는 않는다. 그러나 그는 제목과 관련하여 스스로 다음과 같이 말한다.

> 나는 일찍이 신 앞에서나 사람 앞에서 내가 떳떳하다든가 자랑할 만한 사람이라고 생각해본 일은 한 번도 없었다. 나를 낳고 기르고 가르치시고 그래서 나의 변변치 못한 사람 됨됨이를 누구보다도 잘 아시는 내 아버님 어머님 앞에서는 더욱 그러했다.
>
> 내 아버님은 목사의 직분을 지켜오시는 분이다. 내 어머님은 또한 지상의 천사와 같이 어질고 곱기만 하신 분이다. [……] 그러나 나는 하필 내 부모님 앞에서만 이렇게 탕자의 이름을 스스로 부르는 바는 아니다. (『전집』 2, pp. 250~51)

말하자면 죄인 의식과 겸손함인데, 이 두 가지 요소는 그의 인격의 바탕을 형성하면서 평생 그의 삶을 아름답게 이끌고 나간다. 그런 의미에서 탕자 의식은 전숙희 삶의 원동력이 되었다. 탕자 의식은 자기 자신에 대한 냉철한 성찰의 모티프가 되지만, 이로 말미암아 사회에 대한 따끔한 비판의 힘으로 자란다.

그러나 신앙인으로서의 전숙희의 참된 면모는 그가 사랑과 헌신의 사람이라는 점으로 요약된다. 먼저 사랑의 경우 이미 문학인으로서의 전숙희 부분에서 언급하였듯이 그는 자신의 표현대로 "언제부터인가. [……] 사랑할 줄 아는 여성이 되었나 보다"고 말할 수 있는 사람이었다. 나는 그것을 문학의 힘이자 원천으로 이미 말한 바 있는데, 그 본질이 되는 바탕은 바로 기독교 신앙이라는 사실을 새삼스럽게 강조하지 않을 수 없다. 사랑에 관한 그의 글들은 신에 관한 것, 인간에 관한 것으로 대별할 수 있겠는데(물론 양자는 구별될 수 있는 것이 아닐 뿐 아니라, 실제로 그에게서 양자는 많은 경우 겹쳐 있다) 원류가 되는 신에 관한 장면으로서는 다음 대목이 우선 떠오른다.

> 눈에 보이지 않는 바람, 무형 무성의 바람을 나는 이 나뭇잎의 움직임과 그 소리를 들어 분명히 듣고 또 보았다. 그것은 무형한 신의 존재를 인정하는 것 같은 신비롭고 확실한 일이었다.
> 너그러운 신의 품! 나는 얼핏 이것을 생각해본다.
> 그곳은 모든 희망을 잃은 무리들, 슬픔과 죄악과 오뇌에 시달린 인간들이 인생의 막다른 골목에 다다랐을 때 누구나 한번은 그리워하는 고향인가 보다. (같은 책, p. 30)

비록 수필이라는 형식이라고 하더라도, 한국문학에서 드물게 찾아볼 수 있는 담백한 신앙고백의 이 글은 꾸밈없이 정직하기에 그만큼 소중하다. 한국문학은 기이하게도 기독교에 대해서 무지하거나 냉소적, 비판적인 경우가 허다하다. 기독교 정신을 바탕으로 한 좋은 작품을 쓰는 작가들이 없지 않지만 전숙희처럼 직접적인 고백으로 자신의 문학과 신앙을 결부시켜 말한 경우는 드물다. 여기서 신을 인정하고 찬양하는 그의 언어는 결국 인간에 대한 사랑으로 부드럽게 옮겨 앉으면서 그를 사랑의 수필가, 사랑의 문학인, 그리고 활동가로 높여준다.

전숙희는 하느님이 있기에, 신앙이 있기에 삶이 즐겁다. 이러한 사정은 신앙과 관련된 많은 글이 수록된 수필집 제목이 『삶은 즐거워라』(1972)라는 데에서도 찾아볼 수 있다. 「성서의 땅을 찾아」 등 상당 부분이 성지와 관련된 글들로 이루어진 가운데 다음과 같은 진술이 눈에 띈다. 예수가 십자가를 진 골고다 언덕 교회에서의 기도 장면이다.

> 간절한 기도가 가슴속에 차왔다. 나는 그 아래 교회로 들어갔다. 성단 앞에는 그때 그 고난의 바위가 쇳줄로 둘려 보관되어 있었다. 벽에는 감람나무 아래 이 바위 위에서 땀 흘리며 두 손 모아 간곡히 기도하시는 예수님의 그림이 걸려 있다. 이 그림은 어려서 내 방에도 항상 있던 낯익은 그림이기도 하다. 나는 그 바위 앞에 꿇어앉아 간절한 기도를 올렸다.—인생을 생각하며—고생만 하다 돌아가신 내 어머님을 생각하며—또 멀리 있어 더욱 그립고 가난하며 선량한 내 조국을 생각하며—뜨거운 눈물이 흘러 내렸다. 실로 오래 벼르던 나의 참회요 나의 기도였다. 가슴이 후련하도록 나는 울며 또 기도했다. (전숙희, 『삶은 즐거워라』, 조광, 1972, pp. 21~22)

이렇듯 스무 권에 달하는 전숙희 수필집은 상당 부분 종교적 색채를 띤 제목들을 갖고 있다. 『탕자의 변』을 비롯하여 『영혼의 뜨락에 내리는 비』(1981), 『가진 것은 없어도』(1982), 『이토록 아름다운 세상에』(1987), 『또다시 사랑의 말을 한다면』(1987), 『해는 날마다 새롭다』(1994) 등등이 그러한데, 실제 내용에 들어가면 작은 소제목들은 더욱 더 기독교적인 에피소드와 지식, 고백들로 넘쳐난다. 이 분야에 있어서 아마도 독보적이지 않을까 싶을 정도인데, 글을 넘어 그의 전 생애가 바로 이러한 사랑의 현장이다. 우선 다양한 내용을 지닌 그의 사랑에 대한 글들 몇 가지.

> 그러기 때문에 진실한 사랑은 종교와도 통한다. 사랑의 덕목인 자기헌신, 자기봉사는 바로 종교이다. 예수는 우리 인류를 위해 십자가 위에 자기 생명을 던지셨다. 인류에의 헌신이다. [……] 오늘날 헌신적인 사랑은 어디에서 찾아볼 수 있는가. 사랑은 받기보다는 주는 것, 사랑은 헌신하고 봉사하는 것이다. 이 시대의 비극은 사랑의 상실에 있다. 사랑의 궁핍에 있다. 사랑이 넘치는 사회, 사랑과 사랑으로 이어지는 인간관계 [……] 사랑의 부활만이 메마르고 삭막한 사회를 구원할 수 있다. (『전집』 3, pp. 36~37)

> 누구나 사랑을 원하는 이는 얻을 수 있다. 인간의 사랑은 가슴속 가득히 차 있고, 신의 사랑은 온 누리에 가득 퍼져 있기 때문이다 단지 그의 마음이 맑아야 하고, 그의 눈빛이 투명해야 한다. 그래서 탐욕에 물들지 않고 오만하지 않은 손으로 진실한 사랑을 얻어야 한다. (『전집』 3, p. 55)

그리하여 전숙희는 그의 문학전집 3권 『가보지 못한 길』에서 「영원한 물음, 사랑」이라는 장을 독립시켜놓았다. 그의 사랑은 종교에서 출발하여 문학을 낳았고, 이성 간의 그것을 넘어 그가 만난 모든 사람들에게 따뜻하게 전파되었다. 전숙희가 천국으로 간 이후 세상의 공기는 릴케의 아득한 표현대로(「제1비가」) 새의 깃털이 다정하게 나부낄때 바람의 부피가 줄어든 것만큼 많이 희박해진 것 같다.

하기야, 새들이 노래하는 원시림의 러시아에서 릴케가 신을 만났듯이 전숙희도 러시아의 숲속에서 신에게 더욱 가까이 가는 경험을 고백한다. 정녕 그는 경건과 사랑의 몸으로 처음부터 끝까지 하느님 제단에 바쳐진 위인이 아니었던가 생각된다. 러시아 여행기를 통한 신앙고백의 아름다운 문장이다.

> 새들이 노래하고 온갖 꽃이 흐드러지게 피며, 전혀 오염되지 않은 원시의 삼림을 부드러운 바람이 쓸어주는 대지, 그 대지를 조망하는 사원의 하늘. 나는 그 겨울의 어두운 하늘을 쳐다보며 여기에서 더 가까이 신에게로, 신에게로 다가가는 경건한 마음이 뜨겁게 내 가슴 깊은 곳을 적셔줌을 느꼈다. (『전집』 4, p. 289)

[2016]

사람을 찾고, 시를 찾고, 구원을 찾는
— 김남조의 『충만한 사랑』을 읽고

1

　　우리 시단의 산 역사 김남조의 제18시집 『충만한 사랑』(열화당, 2017)은 사람을 찾고, 시를 찾고 구원을 찾는 간절한 소망으로 "충만해" 있다. 그는 사랑의 충만을 말하고 있으나, 무엇보다 먼저 시인은 누군가를 찾고 있다. 그는 물론 사람이다.

> 내 의식의 터널을
> 느린 걸음으로 지나가는
> 저 사람 누구인가
> 내 한평생의
> 여러 낮밤이 다녀갔는데
> 「그래 여러 낮밤이 다녀갔지」
> 그 의식과 무의식이
> 통로를 거쳐가는
> 저 사람 누구인가
> ──「누구인가」 부분

시인은 이렇듯 자신의 의식을, 그 의식을 일깨워준 사람이 있다는 구도 아래 살핀다. 생각하고 의식하는 존재로서의 자기 자신을 타자와의 관계 아래에서 돌아보는 자성적인 인식의 회로를 김남조는 갖고 있다. 그러므로 그가 누군가를 호명하고 좇아가는 일은 시인 스스로를 성찰하고 발견하고자 하는 자아 추적의 다른 이름이 된다. 이 말은 거꾸로 해도 마찬가지다. 시인은 자신을 끊임없이 되돌아보는데, 그 의식의 작업은 누군가를 불러보는 일을 통해서 이루어진다고 말할 수 있다. 호명의 회로이다. 앞의 시는 그리하여 이렇게 완성된다.

> 꿈인지 생시인지도 모를
> 「몰라도 좋을」
> 내 시공의 어디쯤에서 어디까진가를
> 왕래하는 저 사람
>
> 말없이,
> 그러나 모든 소리와 울림이
> 그의 할 말인
> 저 사람
> 나의 누구인가
> ──「누구인가」 부분

시인이 궁금한 것은, 그리하여 인식의 대상이 되는 것은 "저 사람/나의 누구"이다. 이때 '저 사람'과의 관계를 떠올리는 까닭은 자기 자신을 돌봄 때문인데, 거기서 시인은 그 사람과 자신과의 일치된 본질, 즉 '인간'이라는 평범하면서도 위대한 발견을 하게 된다. 그 인간은 웃고 울고 사랑하는, 그러면서도 영원에 이를 수 없는 한계를 지닌 인간이다. 그러기에 그 사람은 눈물 흘리는, 우는 인간이다. 『충만한 사랑』에 유독 눈물이 많은 까닭은 '너'와 '나', 즉 시인과 타자 사이에 긍휼과 연민의 사랑이 넘치기 때문이다.

너에게 눈물을 주마
흡족한 수량으로 주리니
넉넉히 물 쓰거라
눈물이 그리도 많은가고
너 묻는 것이냐 [······]

나에게
다른 눈물은 더 없다
이것을 너에게 주마
······먼 사람아
—「눈물」 부분

네가 살아 있어 고맙다
너도 살아 있어 고맙다고
서로 인사한다
개미들의 눈에
눈물이 가득하다
—「개미마을」 부분

누가 우는가
울려고 태어난 사람인가
울면서 한평생이려 하는가

그 사람의 그 사람이 함께 우는가

그래서 더 싫은가

―「우는 사람」 부분

　결국 사람을 찾는 일은 곧 자기를 찾는 일인데, 찾고 나서 하는 일
은 우는 일이라는 결론에 이른다. 얼핏 보면 다소 싱거워 보이는 이 결
론은, 너와 나, 보다 거창하게 말한다면 이 세계와 자아가 합일을 이루
는 화평의 순간이다. 두 세계가 합일을 이루는 시간이 어찌 눈물 없이
탄생할 수 있겠는가. "마음의 글씨도/복사기에 찍히나 보다/두 마음이
하나일 땐/이리 되나 보다"(p. 57)고 하는 감격을, 눈물로서 사람을 찾
는 시인의 열망이 바로 이 합일에 있음을 보여준다. 눈물은 연민에서
감격으로의 이동에서 빚어지는 자연스러운 산물이다. 이 합일은 앞의
시 앞부분에서 '거울'로 표상된다.

오늘도 날 저무는구나

혼잣말했을 뿐인데

한 메아리 빛살처럼 돋아나

함께 울리고 사윈다

누군가가

거울 속에 그 모습 비쳤는데

다른 누군가가

설풋이 어른거리고

무형의 지우개로 지워진다

―「거울」 부분

'누군가'와 '다른 누군가'는 동일인물이다. 거울 속에 비추인 자기 자신일 뿐이다. 두 마음이 이렇듯 거울 속 한 마음 하나라면 얼마나 좋겠는가. 김남조의 사람찾기는 파란 꽃을 찾아 합일을 이루려 했던 저 낭만주의 시인 노발리스에 다름 아니다.

다음으로 시인이 간구하는 것은 시다. 시인에게서 시가 관심의 중심을 이루는 것은 지극히 당연하겠으나 김남조가 추구하는 삶과의 관계에서 이는 각별하게 주목되어야 한다. 대체 그에게 있어서 시는 무엇인가.

> 심각한 시는
> 편한 의자를 우리에게 권해주며
> 좀 쉬게 좀이 아니고
> 오래 쉬어도 되네라고
> 나직이 말한다. [⋯⋯]
>
> 심각한 시는
> 밤과 새벽 사이의
> 어둠이자 빛이다
> 처음 듣는 신선한 독백이며
> 문 앞에 와 있는
> 영혼의 첫 손님이다
>
> 시인은 그를 연모하게 되면서
> 고통스럽게
> 언제나 배고프다
> 그러나 영광스럽다
> ──「심각한 시」 부분

김남조에게 있어서 시는 시인의 제작물이 아니다. 생산품이 아니다. 시인이 있고, 그리하여 그다음에 시가 나오는 것이 아니다. 시는 저 어느 곳에 있는, "문 앞에 와 있는/영혼의 첫 손님"이다. 시인은 오히려 그를 "연모하게 되는" 사람이다. 시인이 존재하고 시가 존재하는 순서가 아닌, 그 순서와 완전히 거꾸로 된 질서 안에서 시가 있고 시인은 그것을 따르는 존재이다. 그러나, 그렇다고 해서 시가 알파요 오메가인 절대자의 자리에 있는 것도 아니다. 시인에게 있어서 시는 "밤과 새벽 사이의/어둠이자 빛"이다. 말하자면 이중의 자리에 앉아 있는 것이다. 어두운 밤을 깨고 다가오는, "처음 듣는 신선한 독백"이면서 밤의 어둠으로 남아 있는 부분도 또한 시다. 정확한 그 자리는 "사이"에 있다. 따라서 시인은 "언제나 배고프다". 시를 찾고 연모하지만 동시에 "심각한 시는 [……] 오래 쉬어도 되네라고/나직이 말한다". 시의 일상성을 시인은 중요하게 생각하는 것이다. "심각한 시는/[……]/밥과 물처럼/익숙한 일상이면서/쉬라는 말을 자주 건네준다"는 것이다. 이렇듯 한 편으론 영혼의 첫 손님이면서, 다른 한편으론 평범한 일상의 친구 같은 것이 시다. 시에 대한 시인의 성찰과 태도를 단호하게 보여준 시들로서 「젊은 시인들에게 1」「젊은 시인들에게 2」, 그리고 「시 학습 1」「시 학습 2」가 있는데, 그것들은 모두 거의 전 생애를 시인으로 살아온 자기 자신에 대한 준엄한 자성, 그로부터 비롯되는 경험적 시인론으로 보인다. 그 자성은 예컨대 이렇다.

> 나의 시는 애벌레들의 비애와
> 그 생존의 지혜를 모른다
> ─「시 학습 1」 부분

현란한 어휘, 안 된다
나태한 정신, 안 된다
연민과 우수의 결핍, 안 된다
희망의 촉매가 없다, 안 된다
유약한 감상, 안 된다
　　―「시 학습 2」 부분

　여기에 이르면 이 시인을 감싸고 있는 '사랑의 시인'이라는 호칭이
무색할 정도로 삶의 염결성을 곧 시로 승화시키고자 하는 결연한 의지
가 엿보인다. 시가 노래라기보다는 어떤 정직성, 그리고 정의로움을 내
장하고 있는 품격과 위의(威儀)의 아름다움을 지향한다. 도덕성과 예술
성의 통합된 경지에서 문학의 아름다움을 보고자 했던 고전적 몸짓이
다. 낭만적 정신 안에 숨겨진 품위의 고전성이라고 할까.

젊은 시인들아
그대는 빠르고 사나운 표범을
그것도 여럿의 표범을
그대의 시 안에 기르고 있다. [……]
그대의 시는 나에게 충격을 준다.
그대의 총탄에서 흩어지는 탄피가
내 감성의 살결을 뚫을 때
나는 야릇한 낭패감과
유쾌한 상찬으로
그대에게 되갚곤 했다.
　　―「젊은 시인들에게 1」 부분

이제 김남조의 시에 세상의 불의와 부조리가 도착했고, 그에 대한 반응을 담아서 시가 재탄생하고 있는 것이다. 놀라운 사실은 정적인 사랑, 다분히 이성 간의 에로스적 사랑의 공간으로서의 젊은 날의 시적 범주가 노년의 시로 넘어오면서 오히려 동적인, 심지어 속도감 있는 긴장의 시로 확장되고 있다는 점이다. 표범의 이미지는 나로서도 적잖은 충격이다. "빠르고 사나운 표범"을 그 속에 기르고 있는 시! 비록 젊은 시인의 시와 관련된 이미지이지만 시인은 여기서 그것이 "유쾌하게 상찬"하고 싶은 시의 내용과 형상임을 주저하지 않고 밝힌다. 이러한 젊은 시가 "내 감성의 살결을 뚫"는다고 김남조는 고백한다. 이 고백과 더불어 시인은 연령과 세월을 넘어 단숨에 청춘을 회복한다. 그러나 따지고 보면, 김남조의 시는 항상 젊음에 머물러 있다. 사랑 때문이다. 이 사랑은 에로스적인 관능의 형태로도 나타나지만, 근본적으로는 신에 대한 사랑이며, 그 영원성에 대한 믿음이다. 따라서 초월적인 신과 함께하는 시간 속에서 인간의 한 생애는 젊음과 늙음을 구별할 필요 없는 짧은 순간으로 지나갈 뿐이다. 그의 시는 그리하여 나이가 들 짬조차 없는 영원의 지평 가운데에서 펼쳐지는 상춘(常春)의 힘과 결부된다. 참다운 시를 향한 갈구 가운데 나타난 김남조 시의 본질은 그러므로 시를 최고의 선, 구원의 궁극적 양태로 바라보았던 릴케의 그것과는 사뭇 다르다. 김남조에게 있어서 구원은 시가 아닌, 시를 넘어선 곳에 있다. 그 관계를 보여주는 아름답고 깊은 울림의 시가 「아버지의 초상」이다.

　　　　강하고 외로운 아버지
　　　　시인이자 철학자이며
　　　　무한 사랑인 우리의 아버지들을
　　　　오늘의 세상에선

문안이 아닌
문밖에 세워두고 있다
──「아버지」 부분

　이 시는 얼핏 읽어보면 가장으로서의 위상이 흔들리고 있는 오늘의
아버지들에 대한 연민의 시선을 담고 있는 듯하다. 물론 그러한 표면
적 독해가 틀린 것은 아니다. 그러나 인용된 부분 앞쪽을 포함한 시 전
체의 의미는 아버지로 상징되는 가장 높은 권위와 맞닿아 있다. 신과
이어지는 섭리에 대해 아버지가 닿아 있다는 느낌이다.

인류사의 첫날부터
아버지는 일하는 사람
일하고 일하여
가족들의
먹고 마심을 채워준다

자연보다
더 큰 분이 없고
자연을 눈 아래 두어도 안 된다
이 진리를 아는
아버지의 겸손은
가려진 묵시默示를 읽고
먼 우레의 구령을 들으면서
언제나 일한다
──「아버지」 부분

168

여기서 아버지의 자리는 신의 자리로 대체되어도 무방하다. 신의 사랑, 신의 전지전능, 신의 역사를 아버지는 부드러운 표현으로 대행하고 있을 따름이다. 시인은 시에 대해서는 무엇인가 요구하고 있으나 아버지에 대해서는 요구하지 않는다. 그렇기는커녕 감사하고 감동하고 있다. 그 아버지는 시를 넘어선 시인이기도 하다. 문안이 아닌, 문밖에 세워진 아버지의 모습은 오늘 현실 속의 아버지이기도 하지만, 현실에서 외면되고 있는 신의 실상이기도 하다. 그렇기에 사람을 찾고, 시를 찾는 일의 궁극적 지점은 구원에 있다.

2

구원의 문제를 시의 본질로 삼고 있다는 점에서 김남조는 자연스럽게 릴케를 연상시킨다. 그러나 그 인식의 내용은 완전히 다르다. 세상에 대한 절망의 끝에서 릴케는 비가를 썼다. 「두이노의 비가」 전 열 편의 비가가 그것이다. 그것은 비탄의 노래였지만, 절망에 주저앉으려고 한 것만이 아니었다. 당연히 그것을 넘어서는 구원을 모색하고자 했다. 그러나 그의 절망은 천사를 수용할 수 없다는, 즉 신을 받아들이지 못하는 실존주의적 회의가 그 바탕이었기 때문에 치명적일 수밖에 없었다. 「두이노의 비가」를 통해서 얻은 릴케의 구원은 그러므로 신 그 이후의 것을 향한 지향이었고, 그 아득한 지평 너머로부터 '시'라는 유일한 양식이 나타난다. 시가 곧 구원이었던 것이다. 구원을 시 너머의 궁극의 지점에서 찾고 있는 김남조와 릴케는 시와 영혼의 비슷한 운동에도 불구하고 여기서 그 순서가 전도된다. 릴케가 실존적, 즉물적이라면 김남조는 영적이다. 그에게 있어서 구원은 이렇게 인식된다.

사람에겐

그의 반쪽이 어디엔가 있다 한다

눈이 안 보이거나

음성이 찾아든 이도

서로를 알아보며

이름 부를 수 있다 한다

정신이 혼미하면

영혼으로 알아낸다

누군가가 하늘을 향해 외친다

주님 외엔 아무도 오지 않았습니다

주님이 응답하신다

내가 너의 그 사람이다

와서 안기어라

　　　　—「구원」 전문

　　시인의 구원관을 확실하게 보여주는 「구원」이라는 시의 전문이다. 시인은 여기서 구원에 대한 그의 관심이 사람에게서 촉발되고 있음을 말한다. 보다 구체적으로 들여다본다면, 한 사람에게 주어지기 마련이라고 믿는 그의 '반쪽'에 대한 관심이 구원의 문제로 심화되고 있음을 보여준다. '반쪽' 사람에 대한 인간의 관심은 인간적인 범주를 벗어날 수 없는 것. 그 '반쪽'은 주님에 의해서만 채워질 수밖에 없음을 밝힌다. 구원은 결국 주님에 의한 구원이라는 신성의 천명인 것이다. 이런 의미에서 시인의 구원으로의 길은 구도자의 길을 걸어가는 고행과 귀납의 길은 아닌 듯이 보일 수 있다. 그러나 마치 선험적으로 주어져 있는 듯한 이 구원의 해답이 시인의 갈증과 간구를 선험적으로 해결해주고

170

있는 것은 아니다. 말하자면 당위의 관념으로서 이미 주어져 있는 구원의 길이라 하더라도 시인의 끊임없는 기도와 작업으로서 그것을 스스로 체화해야 하는 것이다. 이때 기도와 간구란 무엇이겠는가. 시 쓰기 이외 다른 아무것일 수도 없는 것이다. 이처럼 알면서도 자기의 것으로 감당하기 힘든 구원으로의 길. 그 형극의 길과 신비를 동시에 보여주는 깊은 울림의 시가 있다. 바로 「순교」다.

> 예수님께서
> 순교현장의 순교자들을 보시다가
> 울음을 터뜨리셨다
> 나를 모른다고 해라
> 고통을 못 참겠다고 해라
> 살고 싶다고 해라
>
> 나의 고통이 부족했다면
> 또다시 십자가에
> 못 박히련다고 전해라
> ──「순교」 전문

　구원은 예수가 속죄양으로 십자가에 못 박히는 순간 이루어진 것. 정확하게 말한다면 그 사실을 믿는 사람에게 주어지는 것이다. 그 사람에게는 그러니까 무상으로 구원이 이루어진다. 이 사실을 믿는 시인으로서도 그냥 믿기만 하면 되는데 순교는 새삼 무엇인가. 예수와 똑같은 길을 왜 함께 걸어야 하는가. 이 시는 그 까닭을 하나의 반어로서 보여준다. 예수를 믿기만 하면 구원이 이루어지므로 더 이상의 고뇌도 구도도 애쓸 필요가 없다는, 말하자면 값싼 구원은 구원이 아니라는 인식이 그 반어 속에 숨어 있다. 예수의 고난에 동참하는 순교의 길까지 함께 걸어갈 때 참된 구원이 있지 않겠느냐는 시인의 치열한 구원관이다. 따라서 구원은 생명과도 직결되는 궁극의 가치이며, 그 성사는 오직 신에 의해서만 가능하다. 그 가능성과 의미를 부정하고 시 자체가 오직 구원일 수 있다고 믿고자 했던 릴케와 전혀 다른 구원관이다. 시가 구원인가, 시를 넘어선 곳에 구원이 있는가. 두 시인은 각각 두 질문을 달리 던진다. 시를 넘어선 곳에 구원이 있다고 믿는 김남조에게 시는 구원으로 향하는 갈망의 노래가 된다. 김남조 시의 중심 에너지를 형성하는 '사랑'은 그 갈망의 구체적 표현이다. 그러나 사랑도 구원도 필경 시를 통해서, 시작의 힘든 과정을 통해서 나타날 수밖에 없다는 것을 인정한다는 점에서 김남조와 릴케는 그 부분을 함께 가진다.

> 진홍 장미
> 일만 송이의 즙이
> 석류 살비듬에 고여
> 진홍의 단맛으로 영글었다
>
> 나는 붉은 사랑이야
> 붉은 유혹이야
> 붉은 가책이야
> 나는 붉은 노을이야
> 붉은 불면이야
> 나는 붉디붉은
> 심장이야
> ──「석류」전문

석류를 시적 대상으로 삼은 이 시에는 인간의 관능적 사랑과 그것을 껴안고 넘어서는 초월적인 사랑의 두 모습이 뜨겁게 겹쳐지고 있다. '붉은 사랑'이 내포하는 유혹과 가책이 인간적인 사랑의 단면이라면 '붉디붉은 심장'은 그것을 넘어서는 초월성을 암시한다. 무엇보다 거듭 반복되는 '붉은' 색채 상징은 자연스럽게 피를 연상시키며, 그 연상의 연장선상에 예수의 피도 있다. 사랑의 이러한 이중성은 「심장 안의 사람」이라는 시에서도 시적 애매모호성의 형태로 절묘하게 구현된다.

　　　사람 하나
　　　나의 심장 안에서 산다
　　　착오로 방문한
　　　우주의 여행자였으리

　　　아찔하게 감당이 어려운
　　　이 손님에게
　　　나는 머무르라 했고
　　　나 사는 동안
　　　떠나지 말라고도 했다
　　　―「심장 안의 사람」 부분

　'이 손님', 그 '사람 하나'는 누구인가. 그는 애인이기도 하지만 예수님이기도 하다. 애인도 구원자일 수 있지만 영원한 구원자는 신이다. '우주의 여행자'가 그다. 그는 '감당하기 어려운 손님'이다. 사람을 찾고, 시를 찾고, 마침내 구원을 찾는 시인의 간구는 그것들이 부재하는 현실의 반영이다. 그러나 부재중임에도 불구하고 그것을 느끼지 못할 때 시는 생겨나지 않는다. 그 강렬한 부재의식, 혹은 결핍감! 사람과

시, 구원은 이때 한꺼번에 몰려오고 절실한 시로 어울려 탄생한다.

> 사랑하는 이는
> 누구나 운명의 끝사람입니다
> 다시는 아무도 오지 않는다는
> 순열한 일념으로
> 그에게 몰입합니다 [……]
>
> 마침내의 끝손님은
> 하나의 빈 의자입니다
> ─「빈 의자」 부분

　그는 갈망하지만, 구원으로 오실 이가 누구인지 알기에 그 자리는 비워놓는다. 비워놓고 찾지 않는 자리 찾기! 그 아이러니를 알고 있으므로 김남조의 시는 투명하면서도 탄력적이다. 시와 종교는 그 안에서 한몸이 된다.

[2017]

이슬과 꽃, 그리고 시인
―마종기의 최근 시를 생각한다

1

지금부터 18년 전, 마종기는 그의 일곱번째 시집(공동시집/시선집 제외) 『이슬의 눈』에서 이슬을 이렇게 노래한 일이 있다.

가을이 첩첩 쌓인 산속에 들어가
빈 접시 하나 손에 들고 섰었습니다
밤새 추위를 이겨냈더니
접시 안에 맑은 **이슬**이 모였습니다
그러나 그 **이슬**은 너무 적어서
목마름을 달랠 수는 없었습니다
하룻밤을 더 모으면 **이슬**이 고일까,
그 이슬의 눈을 며칠이고 보면
맑고 찬 시詩 한편 건질 수 있을까,
이유없는 목마름도 해결할 수 있을까.
― ⑦, p. 14[1]

---

1 마종기에게는 지금껏 열한 권의 시집이 있는데 순서대로 적어보면 다음과 같다. ① 『조용한 개선』(부민문화사, 1960), ② 『두번째 겨울』(부민문화사, 1965), ③ 『변경의 꽃』(지식산업사,

이슬은 차고 맑은 공기가 만들어낸다. 그 모습은 투명하다. 그 이슬이 시로 들어올 때 당연히 맑고 투명한, 아름다운 이미지를 만들어낸다. 물론 이슬의 생명은 짧아서, 인생을 가리켜 풀잎에 맺힌 이슬과도 같이 잠깐의 시간이라고 하지 않는가. 그럼에도, 아니 오히려 그 짧은 시간 때문에 이슬의 이슬된 보람은 귀하게 여겨진다. 그 분량 또한 얼마나 적은가. 이 시에서처럼 이슬로 목을 축인다는 것은 다급한, 상징적 해갈 이상의 실효성을 가지지 못한다. 말하자면 이슬로 목마름을 달랠 수 없다는 시인의 호소는 단순한 육체적 갈증을 넘어서는 어떤 간절한 그리움과 관계된다. 그렇기 때문에 시인에게 이슬은 너무 적을 수밖에 없다. 그렇다면 그 그리움이란? "그 이슬의 눈을 며칠이고 보면/맑고 찬 시(詩) 한 편 건질 수 있을까"라는 말속에 아마도 그 답이 있지 않을까. 맑고 찬 시 한 편을 향한 그리움은 마종기에게 있어서 이처럼 뜨겁다. 그러나 "뜨거움"이란 말은 이 시인의 언어가 아니다. 차라리 시인은 늘 서늘하다.

마종기 시가 폭넓은 독자층으로부터 사랑받는 이유의 중심에 바로 이 서늘함이 있다. 그것은 사랑과 연민, 초월의 따스한 촉감을 만져주는 언어이기 때문이다. 서늘함—그 말과 더불어 우리는 과격하지 않으면서도 따사로운 사랑, 탐욕으로 나가지 않는 애절한 사랑, 세상에서 다할 수 없는 영원한 사랑, 그리하여 마침내 한 줄의 시로서밖에 그 진실됨이 표현될 수밖에 없는 사랑의 진리를 만나게 된다. 이러한 사랑은

1976), ④『안 보이는 사랑의 나라』(문학과지성사, 1980), ⑤『모여서 사는 것이 어디 갈대들뿐이랴』(문학과지성사, 1986), ⑥『그 나라 하늘빛』(문학과지성사, 1991), ⑦『이슬의 눈』(문학과지성사, 1997), ⑧『새들의 꿈에서는 나무 냄새가 난다』(문학과지성사, 2002), ⑨『우리는 서로 부르고 있는 것일까』(문학과지성사, 2006), ⑩『하늘의 맨살』(문학과지성사, 2010), ⑪『마흔두 개의 초록』(문학과지성사, 2015) 등이다. 이 글에서는 시작품을 인용할 때 시집 번호와 쪽수만 쓰기로 한다. 또한 인용문에서의 강조는 필자의 것임을 밝힌다.

존재하지 않는, 결핍의 사랑이다. 결핍은 그리움을 유발한다. 마종기의 시는, 우리가 기억하는 절창들이 그렇듯이—소월이나 만해, 지용과 윤동주가 문득 떠오른다—바로 이 그리움의 현신이다. 사람들을 그리워하고, 시를 그리워한다. 「이슬의 눈」이후 18년이 지난 지금 이 시집에는 「이슬의 하루」가 실려 있다. 어떻게 달라졌을까.

> 이제는 알겠지,
> 내가 **이슬**을 따라온 사연.
> 있는 듯 다시 보면 없고
> 없는 줄 알고 지나치면
> 반짝이는 구슬이 되어 웃고 있네.
> ─⑪, p. 16

　아, 시인은 이제는 알겠다고 고백한다. 이슬을 따라왔다고도 고백한다. 그 이유는, "있는 듯 다시 보면 없고/없는 줄 알고 지나치면/반짝이는 구슬이 되어 웃고 있는" 데에서 뚜렷하게 밝혀진다. 이슬은 있는 듯 없는 듯한 구슬이라는 것이다. 1960년대 중반 이 땅을 떠나 외지에서 반세기를 살면서도 열 권에 가까운, 그야말로 구슬 같은 시집들을 내놓은 시인으로서 이슬은 시인이 가장 관심을 갖는 시적 사물의 중심에 있다. 그 속에서 시인은 투명하고 맑은 시의 정수를 발견할 뿐 아니라 "있는 듯 없는 듯한" 시의 현실, 더 나아가 시인 자신의 현실을 되돌아보는 것 아닌가 싶다. 이러한 상황은 이 시의 다음 부분에서 분명하게 드러난다.

> 없는 듯 숨어서 사는
> 누구도 갈 수 없는 곳의
> 거대한 마지막 비밀.

이슬과 꽃, 그리고 시인　　　177

내 젊은 날의 모습도

이슬 안에 보이고

내가 흘린 먼 길의 눈물까지

이슬이 아직 품어 안고 있네.

— ⑪, p. 16

　　반세기를 조국 아닌 외지에서 살아온 시인이, 그 삶을 외로움과 설움으로 피력한 사연은 이미 그의 시 전체를 관류하는 시적 현실이 되어왔음은 잘 알려져 있고, 또 여러 평자들에 의해 지적/평가된 바 있다. 그러나 그 삶이 이슬이라는 사물로 수정화(水晶化)되고 있는 것은 새삼 주목될 만하다. 이슬 속에 그동안의 비밀이 있고, 젊은 날, 먼길의 눈물까지 담겨 있다는 그 성격의 토로를 통해 지금까지의 시 작품들은 모두 이슬의 이미지로 압축된다.

　　산 자에게는 실체가 확연치 않은

이슬, 해가 떠오르면

몸을 숨겨 행선지를 알리지 않는,

내 눈보다 머리보다 정확한

— ⑪, p. 16

　　시인은 그렇게 이슬과 동행한다. 여러 곳을 여행하는 것 같지만, 실은 행선지도 밝히지 않는 일종의 유랑이다. 이 역시 금방 생겼다가 금방 다시 스러지는 이슬과 닮았다. 그러나 그 이슬의 출현과 소멸은 "눈보다 머리보다 정확"하다. 이슬과 시인과의 관계는 계속된다.

　　이슬의 육체, 그 숨결을 찾아

산 넘고 물 건너 헤매다 보니
어두운 남의 나라에 와서
나는 이렇게 허술하게 살고 있구나
이슬의 존재를 믿기까지
탕진한 시간과 장소들이
내 주위를 서성이며 웃고 있구나.
── ⑪, p. 17

이슬은 여전히 진실이며, 시다. 그러므로 외지에 가서도 그 존재를 잊을 수 없고, 아무리 외관상의 평강을 누려도 그 삶은 허술하게 느껴진다. 그 존재에 대한 인식 없이 살아왔던 생활은 오히려 "탕진"된 것으로 생각되기도 한다. 이슬, 정말 그것이 무엇이기에 시인은 거기서 보람과 탄식을 동시에 바라보는 것인가.

이제는 알겠지, 그래도
이슬을 찾아 나선 내 사연.
구걸하며 살아온 사연.
이슬의 하루는
허덕이던 내 평생이다.
이슬이 보일 때부터 시작해
이슬이 보일 때까지 살았다.
── ⑪, p. 17

명백해졌다. 그가 찾아온 이슬은 시이면서 시인 자신이었던 것이다. 그의 그리움은 그러니까 그 자신을 향한 그리움. 낭만주의의 요체이기도 했던 자아와 비자아가 서로 엇갈리는 상징화의 문제가 여기서 제기된다.[2] 그렇다면 시인은 자기 자신을 잃어버리고 있었던 것일까. "이슬의 하루는 허덕이던 내 평생"이라는 진술 앞에서 나는 작은 전율과 함께 눈시울이 먹먹해짐을 느낀다. 아, 마종기의 시 전부가 이슬로 표현된 그의 평생이었다니! 그러했기에 1980년에 찾은 사랑의 나라는 잘 "안 보일" 수밖에 없었고, "한 십 년/아무것도 안 하고 단지 시만 읽고 쓴다면/즐겁겠"(⑤, 11)다고 말했구나. 불투명한 현실 속에서 오직 시만을 갈구하는 시인의 갈증은 「안 보이는 사랑의 나라」 이후 30여 년 그의 시 여기저기서 출몰한다.

> 조롱 속에 살던 새는 조롱 속에서 죽고
> 안개 속을 날던 새는 죽어서
> 갈 곳이 없어 안개가 된대요
>
> 바람의 씨를 뿌리던 우리들의 갈증은
> 어디로! 어디로!
> ─ ⑤, pp. 36~37

　　그러나 『그 나라 하늘 빛』『이슬의 눈』『새들의 꿈에서는 나무 냄새가 난다』『우리는 서로 부르고 있는 것일까』 등 2000년을 전후한 시에서는 동적인 갈구 대신 자신의 정체성을 찾는 듯한, 그리고 그 과정에서 떠오르는 공동체적 숨결에 대한 의식이 강해진다. 한편 『그 나라 하늘 빛』에서는 이제 가끔 찾아온 조국에 심리적인 정착을 하는 모습이 비교적 담백하게 그려진다. 시를 향한 갈망이 때론 꽃, 때론 추억의 자리를 만나면서 조용한 안정을 회복하는 듯하다.

2　이 문제는 2장에서 다루겠다.

작은 꽃, 큰 꽃, 고운 꽃,

귀여운 꽃, 탐스러운 꽃, 가녀린 꽃 중에서

색깔과 향기와 모양과 표정을 풀고

서 있는 꽃, 앉아 있는 꽃,

그 많은 전생(前生)의 기억 속에서도

언제부터 이렇게 혼자 있는 꽃.

— ⑥, p. 11

　꽃의 발견은 어떤 상황 속에서도 의연히 아름다울 수 있는 모든 존재의 발견으로 이어지면서 시인의 침착한 정관(靜觀)을 보여준다. "볼수록 더 조용해지는 꽃/자기도, 나도, 그 사이도 조용해지는/세상의 모든 잊혀짐"이라는 시의 진행은 시, 그리고 거기에 얽혀 있던 자아의 곤비한 지난날이 이제 잠정적인 안식의 시간으로 들어갈 수 있는 가능성을 함축한다.

몇 달쯤 그 꽃잎에 누워

편안하고 긴 잠을 자고 싶은 꽃.

— ⑥, p. 11

　릴케의 "그 많은 눈꺼풀 아래에서 그 누구의 잠도 아닌"을 연상시키는 이 시 구절은 일시 귀국 형태의 새로운 시인의 생활 속에서 변화된 시세계의 한 전환점을 나타내주는 것 같다. 꽃의 발견은 시인에게 어떤 터득과 더불어 시적 자아의 편안한 자리를 마련해준다. 같은 시집

안에서의 중요한 증언들이다.[3]

> 꽃이 피는 이유를
> 전에는 몰랐다
> 꽃이 필 적마다 꽃나무 전체가
> 작게 떠는 것도 몰랐다.
>
> 사랑해본 적이 있는가,
> 누가 물어보면 어쩔까.
> ── ⑥, p. 13

> 나이 들수록 편해지고 싶다.
> 그래서 일시 귀국을 하면
> 나는 바다처럼 편하다.
> ── ⑥, p. 14

> 참, 이쁘더군,
> 말끔한 고국(故國)의 고운 이마,
> 십일월에 떠난 강원도의 돌.
> ── ⑥, p. 15

고국의 산하도 아름답게 다가오고, 젊어서 살던 집과 동네도 다시 정겹게만 느껴지는 상황에, 그러나 시인은 오래 안주하지만은 않는다.

---

3 꽃에 대해서는 3장에서 자세히 살펴볼 것이다.

마종기의 갈증은 시인으로서의 자신의 동일성을 찾는 데에 있다. '자신의 동일성'이란 낭만주의 이론가 피히테에 의하면 '자아das Ich'다.[4] 그는 "나는 나다Ich bin Ich"라고 주장하면서 "나는 생각한다, 따라서 나는 존재한다"는 데카르트의 이론에 맞섰다. 피히테는 데카르트식의 사고가 '나'와 '생각'을 격리시킴으로써 모든 외부의 사물들을 나와 무관한 허상으로 만들어놓고 있다고 보았다. 그러나 내가 아닌 것, 즉 '비자아Nicht-Ich'는 나와 무관한 것이 아니라, 그것을 통해서 자아가 드러나는, 말하자면 자아의 인식작용 대상이라는 것이다. 자아를 통해서 비자아가 보이고, 비자아를 통해서 자아가 보인다는 지론인데, 이 이론은 노발리스와 같은 낭만주의 작가를 부각시키면서 문학에게 근대의 문을 열어주었다. 마종기의 시인 찾기는 그러므로 단순히 잃어버린 시간 찾기와 같은 시간의 소급, 혹은 기억의 회복과 같은 선조적인 운동이라는 측면과는 사뭇 다르다. 무엇보다 그에게는 그가 자리와 시간을 비워두었던 다른 공간의 무게가 '비자아'로서의 훌륭한 기능을 하고 있기 때문이다. 그 '비자아'는 크게 세 가지로 이루어진다. 그것들은 첫째, 의사로서의 공간이며, 둘째, 외지라는 공간이고, 셋째, 시인으로서의 의식을 방해하는 소시민적 일상이다. 무엇보다 의사인 시인은, 의사로서의 자기 자신에 동일성을 잘 느끼지 못한다.

예과 시절에는 개구리 잡아 목판에 사지를 못 박고 산 채로 배를
째고 내장을 주물럭거리고 이것이 콩팥, 이것이 염통, 외워도 봤지
만, 개구리 뱃속의 구조를 알아보아야 사실 그게 개구리와 무슨 상

---

4 피히테Johann Gottlieb Fichte(1762~1874)는 18세기 말 독일 철학자로서 "자아는 자기 자신을 의식하는 한 존재한다"는 이론으로 낭만주의 발전에 큰 영향을 끼쳤다.

관인가. 개구리는 자꾸 일찍 죽고 싶었겠지. [……]

　개구리같이 산다 [……]

　개구리가 되어가는 수수께끼

　개구리가 늙어가는 수수께끼

　— ④, pp. 24~25

　당신이 죽은 건 내 오진 때문만은 아니었지만 당신이 12동 병실에서 장례소로 퇴근할 때 나는 퇴근할 기운도 용기도 없었네. 용서하게.

　사실 오진은 내가 의사가 된 것이었지. 고등학교 대수시험 때 숱한 오산은 말해서 시금석이었지만, 당신의 죽음으로는 차가운 비석이 설 뿐이네.

　— ④, p. 66

　한국의 시인이라고 기를 쓰는 내가

　외국에 오래 사는 것도 참 꼴불견인데

　의사랍시고 며칠 전 피검사를 하니까

　내 핏속에 기름이 둥둥 떠다닌다네.

　— ⑥, p. 48

　나는 생전 처음 내가 의사인 것을 알게 되었네.

　죽어가는 환자들 사이를 헤치고 나와 울던 날들을

　연막같이 엄폐물같이 피부 밑에 숨기고 살았는데

　의사가 아니었다면 내게는 슬픈 표정도 없었을 텐데

　— ⑨, pp. 68~69

의사는 원래 시인의 목표도 희망도 아니었다. 그러나 '시인'을 직업으로 할 수는 없었기에 내키지 않는 길이었으나 그 길에 들어섰고, 그 길에서 최선을 다하여 의사로서도 인정받는, 훌륭한 의사가 되었다. 의사로서 문인의 길을 걸어간 국내외의 선배들도 그에게는 위로가 되었고, 때로는 더 큰 자부심이 되기도 했다. 한스 카로사Hans Carossa 나 고트프리트 벤이 그렇듯이 의사로서의 삶이 시의 내용을 더욱 풍성하게 되기를 바라는 마음도 있었고, 실제로 만년에 이른 시인 마종기의 시를 의미 있게 만들어준 것도 사실이다. 그러나 젊은 날의 시인에게 의사의 일과 자리는 좀처럼 자신의 자리처럼 여겨지지 않고 거북했다. 의사로서 필요했던 개구리 실험과 연관해서 자신을 자꾸 "개구리가 되어가는……"으로 되뇌는 마음속에는 의사와 자신을 동일화시키지 못하는 시인으로서의 불편함이 들어 있다. 그러나 바로 이러한 비자아, 즉 의사-개구리라는 타자는 오히려 자아-시인을 일깨우고 보여줌으로써 시적 자아의 확립에 기여한다는 논리를 파생시킨다. 때로 일어날 수 있는 의사로서의 오진 문제에 대한 그의 민감한 반응 또한 의사를 타자로 의식하는, 씻기지 않는 잠재의식의 소산이다. 그러나 이 사건 역시 그것에 상처를 크게 받을 수밖에 없는 시인의식을 자극함으로써 자아를 강화시킨다. 다음으로는, 널리 알려진 대로 외국생활에 동화되지 못하는 시인 의식, 곧 외지인 의식이라는 비자아이다.

> 외국에 10년도 넘게 살면서
> 향기도 방향도 없는 바람만 만나다 보면
> 헐값의 허영은 몇 개쯤 생길 수 있지.
> ― ④, p. 22

뉴욕 맨해턴 동쪽변의 봄비가
나를 다시 주시하기 시작한다.
(억울해서 미국에 왔지만
이대로 늙는 것은 용기가 아니야
바보가 된 용기는 용기가 아니야.)
── ④, p. 40

참 인연이네요
전생(前生)에 사는 한 마리 서양개였는지
여기는 미국의 오하이오입니다.

참 인연이네요.
오대호 속에 사는 서양 이무기 한 마리,
오대호 물살에 밀려다니고
골프를 치고 정구를 치고
치고받는 얼간 고등어가 되어갑니다.

참 인연이네요.
이렇게 아득한 줄은 몰랐어요.
── ⑤, p. 26

가깝게 흑인 영가가 들린다, 미국이로군.
매미 소리 섞인 흑인 영가가 꺼져간다.
마할리아 잭슨밖에 모르기는 하지만
나 역시 캄캄한 고아처럼 느껴지는구나.
── ⑥, pp. 32~33

186

그의 시 거의 전편에 깔려 있는 외지인 의식을 살펴보기 위한 인용 예문들이다. 그는 미국행이 특별한 선택처럼 여겨지던 1960년대에 일찍이 미국 의사로 건너갔지만 그 생활을 "향기도 방향도 없는 바람"이라고 탄식한다. 그것도 그때쯤 정착이 이루어진 것처럼 보이는 10년 지난 세월 이후의 고백이다. 물론 외관상으로는 그럴듯해 보이는 미국 생활— 많은 사람이 곧잘 뻐기기 일쑤인— 의 모습으로 인해 그의 고백이 지닌 진실성에 대한 의구심을 의식한 발언도 있다. "헐값의 허영은 몇 개쯤 생길 수 있지"라는 단서가 그것이다. 이로써 시인은 그의 외지 부동화(不同化)가 엄살이나 지적 허영 아닌, 그의 내면 깊숙이 자리 잡은 자아와의 불화로부터 연유하고 있음을 보여준다. 향기와 방향이 없는 바람은 시인에게 무의미한 바람밖에 안 되기 때문이다. 이러한 무의미는 때로 일종의 적대감으로 느껴질 때도 없지 않은데 뉴욕의 봄비가 시인을 "주시하기 시작한다"는 표현이 그것. 그러자 그 시선을 맞받아치기라도 하는 듯, 그 모습으로 늙는 것은 용기가 아니라고 다짐한다. 마종기로서는 드물게 보는 결연한 다짐인데, 이러한 다짐은 역으로 그의 비자아가 자아에 끼치고 있는 영향의 심대함을 보여준다. 이 시기 그의 자아는 차라리 비자아로부터 빚어지고 있다고 말할 수 있을 정도로 강경하다. 자신의 주소지를 미국의 오하이오라고 짐짓 표명하면서 동시에 "전생(前生)에 나는 한 마리 서양개"였는지 모르겠다는 자학의 심사까지 노출한다. 오대호에 가까운 그곳에서 "얼간 고등어가 되어간다"는 말속에는 바보, 서양개, 얼간 고등어로 느껴지는 시인의 자의식이 강렬하게 태동한다. 이 자의식은 자아이지만, 그것은 바보, 서양개, 얼간 고등어로 대상화된 비자아로 인해서 생겨난 것이다.

조국의 시인으로서의 자의식과 자아가 얼마나 강한지, 마종기는 흑인 영가와 같은 노래— 그것도 시가 아닌가— 에서도 그의 시적 자아

가 만족되지 않는다. 오히려 "나 역시 캄캄한 고아처럼 느껴질" 따름
이다. 이러한 고아 의식은 거의 반세기가 지난 오늘에 이르러서 서서
히 회복의 기운을 보이는데, 그것이 비자아와 자아의 만남, 양자의 거
리감의 소멸로 이어지는 문제일지 흥미롭다. 이번 시집에 실린 「국적
회복」이라는 작품은 그런 의미에서 관심을 끈다.

> 내가 미워했던 고국이여,
> 잘못했다. 긴 햇수가 지나도
> 계속 억울하고 서러웠다.
> 치욕의 주먹이 미칠 것 같은
> 머리와 목덜미를 치고
> 내 앞길에 대못을 박았다.
> 더 이상은 선택이 없었다.
>
> [……]
>
> 그러나 나는 믿었다.
> 물고기는 물고기끼리
> 낙타는 낙타끼리
> 나비는 나비끼리
> 그리고 사람은 사람끼리
> 언젠가는 서로 화해한다.
> 그 따듯한 속내만을 믿었다.
> 누구에게도 손 내밀지 않았다.
>
> [……]

찢어져 헌 걸레 같은 몸을
내 고국이 아무 말 않고
끝내 보듬어주었다.
[……]

한곳에 오래 사는 비결은 무엇일까.
아무 말 않고 미소하는 것.
앞뒤를 따지지 않는 것인가.
외국에 나와 변명을 꼭 하자면
나는 그렇게 살고 싶지 않았다.
—— ⑪, pp. 126~29

마종기답지 않을 정도로 직접적이며, 다소 격정적인 느낌마저 주는
시다. 이 시에서 그는 그의 외지 생활이 단순히 의사로서 업그레이드
된 커리어를 위한 부득이한 선택이었으리라는 일반의 추측을 한 번에
일축한다. 그 대신 처음으로 진짜 이유가 밝혀진다. 그것은 모종의 시
국사건과 연관되어 군의관이던 그가 감방에 수감되었던 1960년대 중
반의 정치적 상황과 연관된다. 이 시 첫머리에 그 상황은 이렇게 진술
된다.

그해에 나는 처음으로 젊었었다.
계절이 갑자기 끝나버린 그 여름,
군가도 더위에 녹아버리고 말았다.
동기 군의관들이 힘들게 면회 와서
감방에서 나보다 먼저 울었다.
내게 다시는 시원한 날이 안 올 듯

한여름에 겨울옷을 놓고 갔다.
— ⑪, p. 125

　아마도 한일굴욕외교반대 서명에 현역 장교로서 가담했다는 이유로 수감생활을 하였던 당시의 사건을 가리키는 것이리라. 시인은 이 사건이 무척 억울하게 생각되었고, 그의 미국행도 이로 인한 분노와 연관되었음이 확인된다. 사실 이때부터 그의 시적 자아는 비자아와 상당한 파열음을 내면서 더욱 분리되어갔고 초기의 이러한 상처는 오랜 기간 회복되지 않고 분리를 거듭한다. 그러나 이렇듯 큰 비자아의 무게는 그를 외지에서 시와 무관한 의사로서의 일상 가운데에서도 도리어 시적 자아를 배양하고 강화시키는 디딤돌로서의 기능을 집요하게 담당한다. 마침내 열한번째 시집 『마흔두 개의 초록』은 그리하여 그의 부드러운 서정적 사랑의 어조 저 너머에 있는 치열한 뿌리, 그 서러움의 바닥을 보여준다. 부드러움이라는 서정적 표면이 단단한 의지의 다른 모습이라는 낭만적 아이러니의 진리를 깨닫게 하는 장면이기도 하다.

　그 밖에 나는 소시민적 일상을 그의 비자아적 요소로서 지적하였는데, 그것이 그의 자아를 저해하면서 자아의식을 역설적으로 일으켜 세우는 상당한 역할을 하는 것은 아니다. 그만큼 외지와 의업이라는 부분처럼 심각한 것은 아니라는 이야기다. 그러나 많은 시인이 이 부분에 직간접적으로 무심하게 동화되고 있는 것에 비하면, 마종기는 비교적 민감하다. 예컨대 한두 편의 작품을 읽어본다면 이렇다.

　　　낚시질하다
　　　찌를 보기도 졸린 낮
　　　문득 저 물속에서 물고기는
　　　왜 매일 사는 걸까.

물고기는 왜 사는가.

지렁이는 왜 사는가.

물고기는 평생을 헤엄만 치면서

왜 사는가.

— ④, p. 37

필연성이 없는 소리의 연속은

음악이 아니지.

필연성이 없는 동작의 연속은

춤이 아니지.

필연성이 없는 하루하루 살이는

사람이 아니지.

그러니까 나는 사람이 아니지.

— ⑤, p. 44~45

　지식인이라고 하더라도 소시민의 일상은 비슷하다. 낚시질 그리고 음악 감상과 춤추기, 혹은 춤 보기는 흔한 취미생활이다. 문학은 이러한 일상과 취미에 때로 자성의 비판을 하기도 하지만, 이와 관련된 깊은 반성을 하는 경우는 드물다. 그러나 앞의 시들은 물고기의 당연한 생명현상에도 문득 의문을 품는가 하면, 음악이나 무용 같은 예술양식에도 아마추어 이상의 비판적 안목을 내비친다. 이러한 민감성은 필경 시인의 자아를 자극하면서, 그를 시인으로 몰고 가는 일에 기여한다.

3

    마종기는 스스로 자신을 '이슬'에 곧잘 비유한다. 이미 말한 대로, 그는「이슬의 눈」「이슬의 하루」를 통해서 그것을 보여주었고, 이 시집에도 「이슬의 애인」「이슬의 뿌리」가 실려 있다. 그 모습이 어떻든 이슬은 모두 시인의 변형된 형상이다. 그 밖에 이슬보다 훨씬 잦은 빈도로 그의 시집 전체를 수놓고 있는 시인의 또 다른 모습은 '꽃'이다. '꽃'은 그냥 '꽃'으로, 또는 다른 이름의 꽃들로 여기저기 얼굴들을 내민다. 한갓 일상의 한 사물로 스쳐지나가기 쉬울 수도 있으나 마종기에게 있어서 '이슬', 그리고 '꽃'은 앞에서 거론된 비자아의 세 요소를 시적 자아로 바꾸어주는 매개의 사물, 말하자면 자아를 표징하는 시적 대상이다. 시인이 추구하는 자아의 모습이 이슬과 꽃을 통해서 상징적으로 형상화되고 있는 것이다. '꽃'은 처음부터 시인이었다. 시집 ④에서 시집 ⑪에 이르기까지 꽃은 편재해 있다. 인용이 좀 많다(일부는 중복).

> 나는 그러니까 창문이었겠지
> 보랏빛 **꽃**이 안개같이 많이 보이고
> 비 속에서 그 **꽃**이 지고 있었다.
> 나는 문득 튼튼한 사내가 되고 싶었다.
> ── ④, p. 15

> 그래서 내 **꽃**은 긴 여행을 했다.
> 당신은 그 모든 **꽃** 위에 의미를 주신다.
> 피어나고 낙화하고 열매 맺는
> 당신의 향기.
> ── ④, p. 59

[······]
그 많은 전생(前生)의 기억 속에서도
언제부터 이렇게 혼자 있는 **꽃**.
— ⑥, p. 11

꽃이 피는 이유를
전에는 몰랐다.
꽃이 필 적마다 **꽃**나무 전체가
작게 떠는 것도 몰랐다.
— ⑥, p. 13

내가 그대를 죄 속에서 만나고
죄 속으로 이제 돌아가느니
아무리 말이 없어도 **꽃**은
깊은 고통 속에서 피어난다.
— ⑦, p. 13

가령 **꽃** 속에 들어가면
따뜻하다.
수술과 암술이
바람이나 손길을 핑계 삼아
은근히 몸을 기대며
살고 있는 곳.
— ⑧, p. 11

이제 알겠다, 왜 저 **꽃**이 흐느끼고 있는지
바람 같은 형상으로 스쳐가는 것 보며
아쉬운 한기로 왜 고개 숙이는지.
── ⑨, p. 23

당신은 이제 시련을 이겨낸 **꽃**이 된 것인지요?
아니면 아직도 도망간 당신을 찾고 있는지요.
가슴이 아파옵니다. 혹시 당신이 **꽃**의 얼굴입니까.
── ⑨, p. 85

이제야 사람이 **꽃**에 비유되는 이유를 알 것 같네요.
자신을 오랜만에 드러내는 돌과 돌 사이의 체온
단 열흘을 살면서 백년의 침묵을 남기는 꽃,
── ⑩, p. 14

이제부터 나는
짧게 살겠다.
밤사이 거센 비바람 속에
휘어지고 눕혀진 굴종.
난초과 꽃가지나 **풀꽃** 쑥부쟁이,
[……]
변방의 속살까지 부추기면서
수줍음 한 송이 진 자리에
흰 꽃씨를 몇 개씩 내가 심겠다.
── ⑩, pp. 22~23

194

'이슬'이 외지에서의 외로움과 지상에서의 삶의 덧없음, 그리고 그것을 넘어서는 초월적 세계를 모두 아우르는 자의식의 표현이라면, '꽃'은 이러한 의식 가운데에서도 지상에서의 개화를 누리는, 그렇기 때문에 시인 자신이 그 속에서 시적 자아를 맛보는 결정의 상징이 된다. 마치 노발리스의 『하인리히 폰 오프터딩겐』 속의 파란 꽃처럼. 여기서 마종기는 파란 꽃을 찾아나서는, 그리하여 온갖 편력 끝에 그 꽃을 만나는 하인리히가 된다. 시집 『마흔두 개의 초록』에는 그 꽃의 화사한 개화가 있다.

> 어느 해였지?
> 갑자기 여러 개의 봄이 한꺼번에 찾아와
> 정신 나간 나무들 어쩔 줄 몰라 기절하고
> 평생 숨겨온 비밀까지 모조리 털어내어
> **개나리, 진달래, 벚꽃, 목련과 라일락,**
> 서둘러 피어나는 소리에 동네가 들썩이고
> 지나가던 바람까지 돌아보며 웃던 날.
> 그런 계절에는 죽고 사는 소식조차
> 한 송이 지는 **꽃**같이 가볍고 어리석구나.
> ─ ⑪, p. 9

마종기에게는 앞에서 살펴보았듯이, 꽃과 관련된 탁월한 명편의 시들이 많다. 그 가운데에서도 이 작품은 역동적인 달관(이 모순된 듯한 표현에 주목해주시길!)의 세계가 꽃에 빗대어 눈물겹도록 아름답게 펼쳐진다. 대체 아름다움이란 무엇인가. 삶과 죽음을 함께 껴안고 있는 꽃을 "가볍고 어리석구나" 하고 개탄하듯 읊조리는 시심은 삶의 기쁨과 슬픔, 그 오르내리는 계곡을 지나서 시를 만들어보지 않은 자는 넘볼 수 없는 아름다움이다. 시적 아이러니에 의해서 반증되는 진실의 어법이다. 온갖 꽃들 피어내는 소리는 동네가 들썩일 정도로 화사한데, 그에 비하면 사람의 한평생쯤 한 송이 지는 꽃 같다는 것 아닌가. 달리 말한다면, 꽃은, 요란한 인생——가볍고 어리석은——을 넘어 얼마나 조용히 피고 지는 것인가. 앞의 시「봄날의 심장」후반부이다.

> 그래도 오너라, 속상하게 지나간 날들아.
> 어리석고 투명한 저녁이 비에 젖는다.
> 이런 날에는 서로 따뜻하게 비벼대야 한다.
> 우리의 눈이 떠지고 피가 다시 돈다.
> 제발 꽃이 잠든 저녁처럼 침착하여라.
> ——⑪, p. 9

 저녁이면 꽃은 조용히 잠들지만, 사람들은 어떤가. 시인의 꽃 예찬은 이번 시집에서 정점을 이루는데 그 마디마디가 모두 아름다우면서도 읽는 이를 숙연케 한다. 가령 이렇다.

> 열차가 어느 역에서 잠시 머무는 사이
> 바깥이 궁금한 양파가 흙을 헤치고 나와
> 갈색 머리를 반 이상 지상에 올려놓고
> 다디단 초록의 색깔을 취하게 마시고 있다.
> 정신 나간 양파는 제가 **꽃**인 줄 아는 모양이지.
> ——⑪, p. 10

> **꽃**을 흔드는 미풍이 내 주름살까지 펴주네.
> 내 옆의 저 장미는 피는 이유를 알 만도 한데

길 건너 저 풀은 왜 흔들리는지
── ⑪, p. 12

우리들 사이로 옛 시간이 지나가고
녹슨 경학원 자리에는 등나무 **꽃** 가게,
연보랏빛 꽃송이가 눈물겹게 여리다.
── ⑪, p. 15

그거야, 오늘 우리에게 필요한 것은,
지상에서는 **꽃**의 나머지가 피어나고
온기를 기다리는 저녁이나 밤중,
── ⑪, p. 32

어디 있니?
꽃이었던 모든 날들이
말없이 옷을 적신다.
── ⑪, p. 97

밤이여, 내 정든 타인,
뼛속에 깊이 감추어둔 꽃잎,
이 나이에까지 나를 살려준
고맙고 살가운 비밀이여.
── ⑪, p. 117

마종기의 시 세계가 기독교적 정신과 더불어 초월적 이미지를 조성
하고 있다는 사실은 잘 알려진 바 있는데, 꽃과 이슬이 그 구체적 상징

으로서 기능하고 있다는 점도 함께 확인될 필요가 있다. 말하자면 이슬이 지니고 있는 영롱하고 맑은 속성의 인용은, 그 짧은 생애와 더불어 초월성을 함축하고 있고, 그 배경에는 종교적 영생에의 믿음이 숨어 있는 것이다. 꽃의 경우에는 훨씬 더 화려하고 구체적이다. 이슬이 피상이라면, 꽃은 꽃씨에서부터 개화, 그리고 마침내 낙화에 이르기까지 긴 생명과정의 입체성이 주목된다. "지상에서는 꽃의 나머지"라는 표현에는 원래의 나머지는 창조주의 몫이라는 선험적 원리가 깔려 있다. 그 고난의 과정과 비밀에 대한 믿음이 있기에 시인은 꽃을 내세운다.

> 이른 아침의 작은 **꽃**은, 결국
> 잠들어 있던 이슬이었지만
> 그래도 **꽃향기**는 몰려와
> 눈부신 하루를 만들고
> 시간의 폐허에서 나를 구해주었다.
> —— ⑪, p. 49

꽃의 신비한 생명작용에 대한 감사와 믿음이 시인으로 하여금 그 꽃을 시적 자아로 삼게 만든 것이다. 꽃은 이슬의 애인이지만, 동시에 신의 자식이기도 하다. 그러니까 외지와 의사라는 비자아로 말미암은 방황의 시간(시인은 그것을 '시간의 폐허'라고 부른다)에서 그를 구해준 것은 꽃과 이슬이었으며, 꽃을 꽃 되게 이슬을 이슬 되게 한 것은 신이었다. 시인 마종기는 이러한 과정을 통해서 탄생하였고, 이러한 초월적 상상력은 우리 시인으로서는 매우 드문, 빼어난 예에 속한다. 그러나 그 바탕에는 고통이 있었고 이 상상력을 태동시키는 이웃 사랑과 시인-시를 향한 갈망이 있었다. 속내를 다 내놓고 대취했던 연신내에서 비로소 시인이 되었다는 고백("연신내에 와서야 드디어 시인이 되었다"

198

⑩, p. 117)은 그의 꽃과 이슬이, 그리고 그의 하느님이 모두 치열했던 삶의 현장에서 올라온 연꽃과 같은 수정체임을 보여준다. 그가 고투일 수밖에 없는 그 현장을 인내와 억제로 견디어옴으로써 오늘의 시를 얻게 된 상황은 이번 시집의 다음 두 편에서 놀랍게 나타낸다.

> 내가 무리를 떠나온 것은 비열해서가 아니었다고 말할 수 있다. 그래, 아직도 말할 수 있다. 노을이 키웨스트 해변에 피를 흘리고 흘려 모든 바다가 다시 무서워질 때까지, 그리고 그 바다의 자식들이 몰려나와 신나는 한 판 춤을 즐길 때까지. [……] 갈 곳은 없지만 눈을 크게 뜨고 아직은 갈기 사나운 수사자를 꿈꾸며, 가슴을 펴고 바다같이 넓은 시를 꿈꾸며,
> ―⑪, pp. 20~21

> [……] 내 손을 보라, 허영이 치유되는 침묵의 소리. 손해보고 상처받았다고 괴로워하던 남루한 내 생을 안아주면서 당당하게 가벼워지라고 희망은 오늘도 내게 말해준다.
> ― ⑪, p. 23

지금까지의 마종기 시 어디에서도 찾아볼 수 없었던 남성적 근육질의 어휘들로 꽉 차 있는 놀라운 패기! 어디서 돌연 솟아났는가. 아니다. 그것은 "감추어둔 회심의 미소"(⑪, p. 20)다. 헤밍웨이가 가곤 했던 키웨스트에서 시인의 마음이 격발되었을 뿐인데, 그 격발에는 바로 이슬-꽃-하느님으로 이어지는 시적 자아의 자신감이 깔려 있다. 그 자신감으로 그는 국적을 회복했고, 희망을 말하게 되었다. 그가 말한 희망은 이제 그 자신의 것 이상으로 우리 시의 희망이 된다. 마종기는 외지를 통해서 우리 시의 시야를 세계로 넓혀주었고 의사라는 직업을 통해

서 우리 시의 대상과 시적 안목을 다양하게 해주었고, 무엇보다 신에 대한 믿음을 통해서 삶과 죽음, 지상과 천상을 아우르는 생명의 부피와 유연성을 확장시켰다. 그의 시는 이제 우리 시의 큰 희망이 되었다. 만년에 이른 마종기의 시는 우리 시의 희망을 심는 싹으로서의 청년시다. 1960년 『조용한 개선』으로 첫 시집을 냈던 그는 지금 호쾌하게, 그리고 다소 비장하게 다시 개선하고 있다.

[2015]

왜곡과 위선, 언어는 진실한가?
─ 현길언 문학의 마지막 질문[1]

1

많은 소설을─중단편은 물론 장편까지─평생 발표하였음에도 불구하고 그 의미의 중요성에 비해 다소 덜 조명되어온 감이 없지 않은 현길언. 그의 이번 소설집은, 원숙에 이른 이 작가의 확실한 면모를 뚜렷하게 보여주는 수작들로 이루어지고 있다는 것이 나의 소감이다. 현길언 소설은 초기부터 우리 사회와 그 구성원인 인간들의 위선에 찬 거짓을 드러내 보이는 일에 집중되어왔다. 이러한 그의 특질을 언젠가 나는 다음과 같이 지적하였다.

현길언 문학의 주제는 '허구' '거짓 박수' '허위'라는 세 낱말에 압축되어 있다. 물론 더 있다. 좌우익의 대결과 상쟁 속에 엄청난 비극을 초래한 제주도의 4·3사건, 부정부패 혹은 독재정권에의 항거, 교육 현장의 비리, 교회와 교인들의 위선 등등이 주제로 (때로는 단순 소재로) 등장하기도 하지만, 결국 작가가 말하고자 하는 메시지의 핵심은 이 세 낱말 속에서 녹는다. 현실을 허구로, 인간을 가짜 박수나 치는 허위

---

1 이 글은 현길언 소설집 『언어 왜곡설』(문학과지성사, 2019)에 관한 글이며 이하 이 책에서의 인용은 페이지만 밝혀 적는다.

로 파악하는 그에게는 '허위' 아닌 '진실'로의 갈망이 문학이다.[2]

　10여 년 전의 이러한 지적은, 그가 탄탄한 원로의 반열에 올라 있는
오늘에 더욱 견고한 세계를 이루고 있음을 나는 확인한다. 그가 그 속
에 살고 있으면서 도저히 못 견뎌 하고 있는 이 세상의 거짓, 날이 갈
수록 그것은 이 작가의 분명한 타깃이 된다. 초기 그의 작품에 남아 있
던 의지 혹은 과잉의 공분은 더욱 구체적인 삶의 현장 묘사를 통한 설
득력으로 승화되어 강렬하고 실감 있는 리얼리티를 던져주는 소설들
로서 우리 앞에 나타난다. 「언어 왜곡설」 등 일곱 편의 단편으로 구성
된 이 작품집은 지금까지의 주제와 뜻, 그리고 서술의 방법 등을 그대
로 견지, 강화하면서 인간 실존이 지닌 운명적 허위의 상황에까지 뜨
거운 손길을 뻗치고 있다.
　소설집 『언어 왜곡설』은 그 내용에 있어서 아버지와 아들의 관계를
소재로 하고 있는 작품이 세 편(「애증」 「아버지와 아들」 「이야기의 힘」),
부부간의 관계를 다룬 작품이 두 편(「미궁(迷宮)」 「별들은 어떻게 제자
리를 차지하고 있을까?」), 기타 두 편이라고 할 수 있는데(「언어 왜곡설」
「광대의 언어」), 기타 두 편도 앞의 작품들에 나오는 소재들과 사실상
무관하지 않은 부분들이 겹쳐 삽입되어 있다. 어떤 의미에서는 앞의
작품들을 모두 껴안고 있는 결론 편이라고 할 수 있다.

　현길언의 시선은 우선 부자 관계의 틈으로 들어간다. "틈으로 들어
간다"는 표현은 거기에 틈이 있다는 사실이 물론 전제된다. 이 땅 위의
많은 부자 사이에는 틈이 있다. 심리학의 이론을 빌리지 않더라도, 양
자의 불화는 우리 주변에서 적잖은 사실로 발견된다. 현길언 소설에서

2　김주연, 「명분주의의 비극: 현길언론」, 『문학과사회』 2008년 겨울호.

도 이미 산견(散見)되어온 풍경인데, 여기서도 그 모습은 재현된다. 소설 「애증」에서 그것은 제목 그대로 사랑과 미움이라는 상반된 감정으로 투영된다. 사랑이야 원초적인 본능인데 왜 미움이 개입되는가. 여기서 아버지의 부부 관계가 겹으로 개입되고 그것이 아들에게 미치는 감정의 복선이 생겨나는데, 이러한 관계의 중복은 이들 소설들 대부분을 간섭하고 있다.

부자 관계의 틈은 현길언에게서 대략 세 가지 요인에 의해서 촉발되고 있는데, 그 첫째가 아버지의 여성 관계, 혹은 부득이한 형편에 의한 재혼 사건으로부터 기인한다. 「애증」에서도 그렇고, 「아버지와 아들」에서도 그렇다. 「애증」에서는 6·25전쟁통에 죽을 뻔했던 아버지를 살려준 이웃집 여자와 동거하게 된 아버지가 집에서 쫓겨나자 부자는 이별하게 되고, 큰 틈이 벌어지고 말았다. 「아버지와 아들」에서는 어머니 사후 아내의 친구와 아버지가 재혼함으로써 두 사람은 멀어지게 되었다.

두 작품에서 아버지와 아들은 모두 십수 년 만에 재회하게 되는데, 아버지가 중병환자라는 공통점, 그리고 한국과 미국에 떨어져 살아왔다는 점도 공통된다. 요컨대 부자 사이 틈의 원인은 아버지에게 있다는 것이다. 다음 요인으로는 두 사람 사이가 소원해진 데에는 주변 환경이 작용하였다는 점이다. 문제의 원인을 이해하고 덮어주려는 손길보다 갈라서는 것이 마땅하다는 견해가 틈을 넓히고 조장하였다. 마지막 요인은 아들 자신의 소극적인 마음의 자세, 즉 이별이라는 틈을 당연한 것으로 아들이 수용하였다는 사실이다.

부자소설의 이러한 구조는 현길언 문학이 기본적으로 아버지, 혹은 아버지 세대로 대변되는 명분론, 즉 노미널리즘Nominalism에 지배되고 있는 현실을 수락할 수 없다는, 그러니까 이 현실을 수동적으로 따라가고 있는 아들까지도 수락할 수 없다는 작가의 의지를 표현한다. 아버지의 여성 관계는 현길언 소설에서 불가피한 실존의 일부로 나타난다. 그러나 그것은 주변 현실, 특히 가정 내부에서 용인되지 못한다. 때로 명분과 의리 위주의 윗세대에 의해서, 때로는 복잡한 가족 관계에 의해서 부도덕한 일로 치부되어 마침내 부자 관계를 단절시킨다. 여기서 작가의 시선은 어느 쪽을 향하는가. 부자 사이의 틈새를 날카롭게 파고들었던 그 시선은 이제 어디에 머무는가.

> "전 아버지가 인생을 왜곡되게 살았다고 생각하지 않아요. 아버지의 인생을 통해서 신은 무엇을 말하려고 했을 겁니다. 혹시, 좀 전에 어머니께서 말씀했듯이, 한 남자가 두 여자를 사랑할 수도 있다는 문제를 생각하게 했을 것이고……"
> 내 말에 작은 어머니의 눈빛이 튀었다.
> "딱 그렇다고 말할 수는 없지만, 아버지는 진실된 삶에 대해서 많이 생각하고 고민했던 것 같아. 관습과 만들어놓은 가치에 순응하는 것이 옳고 바른 삶이라는 그 편견에 대해서 많이 괴로워했었지." (p. 45)

「애증」의 핵심이 되는 장면인데, 자신을 살려준 여인과의 두번째 삶을 반추하면서 괴로워하는 아버지의 모습이 바로 그 두번째 여인(작은 어머니)의 전언을 통해 진술된다. 여기서 첫번째 결혼의 정당성은 "관습과 만들어놓은 가치에 순응하는 것"으로 회의되고, 심지어 편견으로 여겨진다. 그리하여 아버지는 그 정당성을 신에게 물으면서 고민한다. 작가의 시선은 그의 고민 위에 따뜻하게 머무른다. 그것은 실존을 외면할 수 없는 문학의 운명이다(여기서 특히 두 사람의 만남이 6·25전쟁의 산물이라는 점이 은밀히 강조된다).

아버지의 재혼에 동의하지 못하고 한국을 떠나 미국에 살던 아들이 그의 임종에 즈음하여 그를 마지막으로 찾아 나선 「아버지와 아들」에서도 아들은 아내의 친구를 새어머니로 받아들인 아버지를 용납하지 못하고 격절된 생활을 한다. 그러나 그 모습을 수용한 사람들은 아무도 없다. 표면상 그를 제외한 다른 형제들은 모두 아버지를 받아들인 듯하지만 그들은 사실상 유산에만 관심이 있을 뿐이다. 표면상 아버지 일에 무관심했던 아들도 관습에 무심하게 따라갔다. 그러나 거기에는 장남으로서 아버지의 복잡한 삶을 바라보는 복잡한 내면이 있고 그것은 다음 진술로 표출된다. 윤리와 제도에 반하는 또 다른 실존의 모습이다.

> "윤리란 무엇인가? 자식은 자랄수록 부모로부터 점점 떨어져나가기를 원하고 있는데, 세상은 그것이 두려워 도덕과 제도로서 그 허물어지는 관계를 유지시키려는 것인가?" [……]
> 그때 제수가 불쑥 입을 열었다.
> "아버지는 고독하셨어요. 돈으로도 해결할 수 없는 고독을 여자로도 해결할 수 없다고 하셨어요. [……]" (p. 98)

관습, 도덕, 제도는 현길언이 근본적으로 회의하고 그 본질에 대해 끊임없이 물음표를 던졌던 위선의 징표들이다. '아버지'의 실존적 고독과 한계를 제도와 위선의 관점에서 조명한 두 편의 주제는 비슷한 소재를 배경으로 다른 두 편의 소설, 「미궁(迷宮)」과 「별들은 어떻게 제자리를 차지하고 있을까?」에서 변주된다.

두 소설들은 부부 사이의 혼외정사가 소재가 되고 있다는 점에서 앞의 두 소설과 소재의 유사성이 있다. 그러나 앞의 소설들은 아버지의 두 집 생활이 아들에게 미치는 관계, 그러니까 관계의 갈등을 야기하고 있다는 점에 초점이 맞추어져 있는 반면, 후자의 경우는 이와 다르다. 「미궁」의 주인공 부부는 대학교수 남편과 변호사 아내, 세칭 엘리트인데 아내인 변호사가 남편의 제자인 연하의 판사와 혼외 관계에 있다는 설정이다. 그러나 그들의 관계는 표면상 완벽한 평온이다.

> 남자는 여자의 말이 진심으로 들렸다. 그런데 치밀하다. 이 방은 완전히 밀폐되어 있다. 이런 공간에서 나를 상대하면서 채우고 싶은 것이 많을수록 여자는 절제를 잃지 않는다. 아까처럼 남자의 갈망은 여자의 현숙한 며느리 모습에서 고통 없이 사라져버리곤 한다. (p. 159)

이렇듯 절제된 시간과 공간 안에서 이뤄지는 것은 절제를 파괴하는 불륜, 작가는 그것을 '일탈'이라는 말로 부른다. 이 광경을 통해서 작가가 말하고자 하는 것은 무엇인가. 너무나도 명백하게 그것은 '허위'이다. 절제된 모습으로 나타나 있는 일탈이든, 그것을 감추고 평온하게 유지되고 있는 가정이든, 그 어느 한쪽은 허위일 것이다. 그러나 따지고 보면, 그 둘은 어느 쪽이든 모두 허위일 수 있다. 그렇다면 진실은 어디에 있는가. 현길언 문학은 늘 이러한 질문에 목말라 있다. 「미궁」에서 작가가 발견한 진실은, "부부란 부끄러움을 공유하는 사이"라는 것이다. 그 비합리의 세계에 도달하기까지 사람들은 참으로 얼마나 '합리적'인 노력을 하는가. 모순과 갈등, 비합리의 세상, 그럼에도 제도와 명분 속에 감추어지고 있는 현실을 참기 힘들어했던 작가는 부끄러움의 공유라는 부부 관계의 비밀을 파악하면서 진실에 접근한다.

진실에의 도전은 「별들은 어떻게 제자리를 차지하고 있을까?」에서도 수행되다가 소설에서는 부부 관계가 남편의 죽음, 즉 부재를 통해 탐구된다. 아내는 처음에 그 부재를 받아들이기 힘들었지만, 차츰 변화된다. 그 관계의 절대성을 철저히 믿었던 그녀에게 그 관계는 시간이

지남에 따라서 느슨해지고 마침내 다른 남자와도 만난다. 남편의 후배 고고학 교수와 재혼을 한 것이다. 뿐더러 뒤늦게 해외 유학도 하고, 취업해서 사회생활도 한다. 남편의 죽음 이후 자아 상실의 지경에까지 이르렀던 상황에서 완전히 달라진 것이다. 그러나 새로운 결혼생활은 원만치 않고, 그녀는 다시 사랑과 제도 사이의 간극을 느낀다. 여기서도 결국 실존과 명분, 삶의 실제와 허위의 관습 사이에 패어 있는 진실을 노크하는 현길언 문학의 발걸음이 안타깝게 포착된다.

> "언니, 우리 사회는 아직도 그런 점에서는 너무 갑갑해요. 제도니 관습이니 너무 단단해 있어서……"
> 나는 그것을 뛰어넘으려고 무모한 도전을 했던가. 식사도 즐겁지 않았다. (p. 239)

필경 그녀는 재혼했던 남편의 옆을 떠나고 다시 혼자 몸으로 되돌아온다.

남편 '손 교수 때문만은 아니고, 혼자서 내 인생을 되돌아 봐야겠'기 때문이다. 말하자면 홀로 되돌아보는 자기 자신만의 시간과 공간에 진실이 있을 가능성이 높다는 논리다. 가장 가까운 부부 사이의 탐색에서 제기되는 참과 거짓의 문제는, 다음 작품들에서 언어의 진실성이라는, 보다 철학적인 명제로 현길언을 옮겨놓는다.

2

더 중요한 문제는 그다음에 숨어 있다. 언어의 문제다. 언어는 문학이 더불어 살아가는 문학의 운명이다. 그러나 언어 때문에 문학이 겪

는 일들은 고마움보다 괴로움이 훨씬 많은 것 같다. 언어가 없으면 존
재할 수 없는 문학이 왜 감사를 모르고 언어에 불평을 토하는 것일까.
언어 자체를 철학의 대상으로 삼은 비트겐슈타인이나 현상학의 많은
철학자 이후 언어와 야곱의 씨름을 벌여온 문학인들이 얼마나 많은가.
가령 언어의 영향력을 거부한 사르트르조차 시에서의 언어의 위력에
굴복하고 그 힘을 인정하지 않았던가. 널리 인용되어온 구절들을 복습
한다면,

> 아니다. [……] 내가 왜 시를 구속하려고 하겠는가. 시도 산문같
> 이 말을 사용한다고 해서? 천만에. 시도 산문과 똑같은 방법으로
> 말을 사용하는 것은 아니다. 차라리 시는 전혀 말을 '사용'하지 않
> 는다고 하는 편이 타당하다. 시는 오히려 말에 '봉사'한다고 말하고
> 싶다. 시인들은 언어를 '이용'하기를 거부하는 사람들이다.

라는 명언이 상기된다. 수많은 시인 가운데 이와 관련하여 대뜸 떠오르
는 시인은 파울 첼란이다. 언어의 진실성 때문에 힘들어했던 그의 시학
은 「언어창살」이라는 제목의 시, 그리고 그 표제에 고스란히 담겨 있다.
언어는 창살과 같아서 말은 그 말이 의미하는 바를 창살 사이로 흘려
보내고 걸러진 부분만 남는다는 것이다. 과연 언어는 어느 정도 뜻하는
바를 진실되게 나타내는가 하는 것이다. 사르트르의 말대로 시에서 그
것이 애당초 불가능하다면, 산문, 즉 소설에서는 가능한가.
    원숙기에 이른 노년의 현길언도 마침내 이 문제에 다다르고 있다.
말하자면 삶의 진실성을 집요하게 추구해온 그에게 이 문제를 날라다
주고 있는 언어의 진실성은 과연 어떠한지 필경 마지막 물음으로 부
딪치지 않을 수 없게 된 것이다. 「이야기의 힘」「언어 왜곡설」「광대의
언어」 등, 세 편의 작품은 이 문제의 중심을 지나가는 수작들이라고 할

수 있다. 문제제기는 「언어 왜곡설」에서 날카롭게 먼저 부각된다.

> 그러니까 뱀의 거짓말은 거짓말이 아니면서 거짓말이 되었는데,
> 왜곡된 언어로는 일품이었죠. (p. 270)

『창세기』에서 하와를 유혹한 뱀의 언어를 예로 든다. 여기에는 하와
의 마음속에 이미 그 열매를 따 먹어 눈이 밝아지고 싶은 욕망이 있었
으므로 속을 수밖에 없는 말이 존재하고 있었다는 것이다. 결국 인간
은 왜곡된 언어에 의해 타락하게 되었다는 것이 작가의 진단이다. 그는
"언어의 왜곡은 결국 왜곡시키는 자와 그것을 원하는 언어대중들의 합
작품"이라고 일갈한다. 이러한 현상은 오늘도 계속되고 있고, 따라서
역사는 개선되지 않는다고 그는 생각한다. 역사학자인 소설 화자 역시
많은 사람의 구미에 맞는 강연을 하고 다닌다. 가책이 없지 않으나 결
국 많은 사람을 즐겁게 만들어주는 멋진 거짓말의 역사학자. 세상 사
람들이 즐겨 믿는 거짓말이지만 거기에 진실이 들어 있는지는 늘 회의
될 수밖에 없다. 이렇듯 세속의 언어와 진실의 언어는 다를 수밖에 없
다는 현실에 작가의 눈은 황망스럽게 되고 그 마음은 울적해진다.

스님들 사이의 언어를 다루고 있는 「광대의 언어」에서 문제는 더욱
심화된다. 벽면 참선하는 현운 스님과 그의 제자뻘인 무연 스님. 두 사
람은 깊은 산사와 세속으로 상거한 지 30년 만에 다시 만나서 대화를
나눈다. 그 대화는 입산 수도의 의미를 알려주고 자연에서 자연처럼
살아가는 탈속을 훈련시키는 아버지 스님과 세속에서 욕망으로 살아
가던 아들 스님의 모양새라고 할 수 있겠는데, 양자의 거리는 아득하
다. 아버지 격인 현운 스님과의 대화다.

> "모처럼 스승님을 뵙고자 산길을 왔으니 미련한 제자에게 한 말

씀만 가르쳐주십시오."

가르쳐달라는 청이 아니라, 한번 논쟁을 붙자는 것이었다.

"가르쳐달라고? 나는 세상에 대해 무식하네. 어찌 자네에게 세상 도를 가르칠 수 있겠나?"

현운은 나를 외면한 채 중얼거렸다. 그 말이 탄식처럼 들렸다.

"세상 지식이 아니라, 도를 가르쳐주십시오."

[……]

"자네는 도에 대한 간절함이 없어. 세상에서 박수를 받고 살아왔으니, 새삼스럽게 무슨 도가 필요해? 어서 내려가게. 자네를 기다리는 많은 사람들이 있네. 내 앞에서 옹색하게 앉아 있지 말고. 나와 말놀이를 해도 자네가 이길 수 없어." (pp. 304~05)

양자의 이러한 격차는 무연 스님이 "내 말은 위대한 잠언이었고, 삶의 지혜를 안내하는 보석과 같은 언어였다"고 스스로 판단하면서도 "그런데 현운 앞에서는 고등학생의 인생론처럼" 들렸을 것이라고 자책하는 데에서도 드러난다. 사실 무연은 현운에게는 질책을 받지만, 속세에서는 팬클럽이 있을 정도로 인기 있는 지식인이었다. 그가 인기 있는 이유는 도 닦는 스님이라 하더라도 지식인의 언어에는 현실적 힘이 있어야 한다는 세상의 요구에 그가 잘 부응하고 있었기 때문이었다.

나는 자조적으로 말하면서, 한편으로는 은근히 벽면 수도를 하는 현운을 야유하는 마음도 덧붙였다. 지금 세상을 바꿀 수 있는 강렬한 언어가 필요한 때이다. 말이 숨어버리고 진실이 달아나버린 때에 사면 벽을 바라보면서 무슨 도를 찾는단 말인가? 총칼 앞에서 당당히 설법할 수 있어야 그것이 살아 있는 도가 아닌가? 그런 생각이 들었던 것이다.

다시 박수가 터져 나왔다. (p. 312)

　마침내 무연은 인기도 있고 돈도 많은 명예로운 저명인사가 되었다. 정치에의 유혹도 있게 되었다. 그러나 그가 다시 현운을 찾았을 때, 그 모든 것은 의미 없는 일로 환원되었다. 폐암이 발병하였을 때 그는 현운에게 다시 찾아갔으며, 그로부터 현운 자신은 부처의 가르침이 훼손될까 글을 쓰지 않는다는 말을 듣는다. 그 자신도 결국 자신의 책들을 불살라 버리면서, 그 스스로 언어의 광대에 지나지 않았음을 깨닫는다. 사람들의 구미에 맞는 언어를 만들어 남발했던 언어의 광대. 그 언어에 당연히 진실은 없었다. 언어의 진실성에 집요하게 천착한 현길언은 그럼에도 불구하고 언어의 힘을 보여주고자 했으며 그 노력은 소설 「이야기의 힘」에서도 아름답게 표현된다. 여기서 '아름답다'고 한 나의 말은, 이미 식물인간이 된 사람에게 10년 동안이나 끊임없이 '살아 있는 사람'과 다름없는 이야기를 들려줌으로써 그의 생명을 10년이나 연장시켜주었다는 미담에만 기인하지는 않는다. '아름답다'는 우리의 찬사는 의과학에 의해 이미 소생 불가능한 것으로 판단된 생명을 향하여 생전의 기억을 환기시켜주면서 그의 귀에 살아 있는 언어를 들려주는 노력, 더 정확하게 말한다면, 이야기의 힘이 곧 생명일 수 있다는 희망의 인식에서 비롯된다.

　이야기, 곧 서사는 인류 역사와 함께 출발한다. 이야기를 그 기원으로 올라가 살펴본다면, 종교적 제의와 연관됨으로 그 상세한 성격에 대한 논의는 생략하기로 하자. 그러나 이야기의 내용 가운데 많은 부분이 가족의 보호와 관계된다는 사실은 확인할 필요가 있는바, 예컨대 어른들에 의한 아이들의 보호가 그것이다. 어른들은, 혹은 남성들은 아이들, 혹은 여성들이 위험에 처할 수 있다는 가상의 공포를 갖고 있으며 이를 경계하고 주의시키는 과정에서 이야기가 발달해온 것으로 전문가들은 파악한다(예컨대 V. Y. 프로프의『민담의 역사적 기원』).

그러나 오늘날의 이야기는 과거 강자로 인식되었던 성인 남성에 의해서만 주어지지 않는다. 정보사회로의 진입 이후 남녀 성의 구별은 무의미해졌으며, 아이들에 의한 성년을 향한 지탄도 심심찮게 목격된다. 요컨대 보호라는 명분 아래 이루어진 이야기는 보편화되었다.「이야기의 힘」에서 현길언이 다루고자 한 내용과 주제는 이와 비슷한 면과 다른 면을 반반씩 지니고 있는 보호본능이라고 할 수 있는데, 이 소설에서 주인공 장남은 모든 사회활동을 접어놓고 식물인간이 된 아버지에게 그와의 추억을 포함한 많은 이야기를 쏟아놓는다. 그는 그럼으로써 아버지가 살아날 수 있다는, 그렇잖으면 적어도 어느 정도 자신과 교신할 수 있다는 믿음을 키워간다.

그러나 이야기의 기원과 기능에 합당해 보이지 않는 다른 반쪽에 오히려 이 소설의 큰 울림이 있다. 그것은 이야기를 형성하는 언어의 힘에 대한 작가의 믿음이다. 작가는 식물인간이 된 주인공의 아버지를 언어를 통해서 회생시킬 수 있다는, 얼핏 불가능해 보이는 메시지를 이 소설을 통해 던지고 있다. 소설에는 생명과학과 관계된 숱한 기구와 기계, 용어들이 나온다. 그런데도 왜 한 생명을 살리지 못하는가? 그렇다면 언어를 다루는 작가가 여기서 이야기를 생명의 기구로서 제시하고 스스로 실험한다는 것은 어찌 보면 아주 당연한 일 아니겠는가. 더욱이 이 소설집은 언어의 진실성을 묻는 치열한 작품집이다. 언어가, 그것이 발화될 때 결국 왜곡될 수밖에 없는 운명을 지니고 있다면, 작가에게 그 이상의 안타까움은 없을 것이다. 육체적인 죽음의 소생에 이르기까지 도전한 작가의 언어가 리얼한 현실로 받아들여질 날을 기대하는 것은, 그러므로 문학의 새로운 소망이 된다.

[2019]

바람의 기억들, 그 이후
─이하석 시집 『연애 間』*

1

고드름이 새로 언다.

초저녁 처마 끝 벼리는 초생(初生)의 칼.

　　　　─「달」 전문

「달」이라는 시 전문이다. 두 행으로 된 이 명편을 비롯하여 여러 편
의 명시들을 포함하고 있는 이하석의 새 시집은 청·장년기를 이미 지
난 시인이 '기억'의 문제에 이제 이르고 있음을 보여주는 원숙한 작품
들로 가득하다. 시인 자신의 감정이나 생각을 진술하는 주관의 시 아
닌, 사물에 대한 묘사를 통해 시적 자아를 단정하면서도 박력 있게 객
관해온 시인은 시력 40년에 가까운 시간을 통해서 그의 세계와 기법을
원숙의 경지로 끌어올린다. 「달」은 그 하나의 소산이다. 저녁녘에 그 모
습을 드러낸 달을 이처럼 산뜻하고 아름답게 그려낼 수 있을까. 그것은
'초생의 칼' 아닌 만년의 지혜와 시선, 이제는 시인의 내공을 부여받은
달 자체의 선연한 자기선언이라고 할 수 있다. 그러나 이러한 묘사는
단순한 관찰만으로서는 이루어지지 않는, 오래된 시간과 연관된 어떤

---

* 문학과지성사, 2015. 이하 이 책에서의 인용은 시 제목만 밝히고 강조는 인용자의 것이다.

바람의 기억들, 그 이후　　　　213

것, 그렇다, 기억과 어우러지는 세계의 소출이라고도 할 수 있다. 대체 이하석은 어떤 기억을 갖고 있는가. 그는 기억에 대해서 자주 말한다.

저를 띄운
물이
저를 치대는
파도 때문에
언제나 뒤로
흔적을 남기지 못하는
떠밀린
기억들.
―「배」 부분

누가 내 입
핥고
간
기억처럼
내 입안에도
구름의 말이
뭉게뭉게
씹힌다.
―「구름의 키스」 부분

구름도
한 원인으로 비치지만,
그것도 이내

말라버려
묵은 천둥의 **기억**조차
오래 간직하지 못한 채
희미한 얼룩만 남긴다.
　　　―「비」 부분

목욕 후 베란다에 서니, 젖은 **기억**의 안팎이 마르면서 내게서도
빨래처럼 휘발되는 게 있다.
　　사방에 틈이 보이고, 빠져나가려고
　　바람 같은 게 내 안에서 부푼 채 펄럭대고 있다.
　　　―「빨래」 부분

녹슨
것들
죽음 기리는 꽃처럼
붉다.
언덕
아래 바다는
모든 걸
밀어낸
기억을 갖지만,
멀리
나앉아서
파랗게
숨 끓인다.
　　　―「민들레 쓰나미」 부분

가파르게 서 있는 나무.
지난가을에 무성한 바람의 **기억**들 떨쳐버리고
망각의 비탈로 밀려났다고 여겼는데,
언제 **기억** 되찾았는지
우리가 미처 발견하기도 전에,
문득 전신이 푸르스름해져 있다.
―「나무」 부분

꽃에서 꽃으로 이동하는 것들의 길들이 저문다.
다만 사랑의 **기억**만이 잉태를 꿈꾸는 시간
이미 누기진 숲 저 안에선 어둠이 알을 낳아 굴리는 소리.
바람이 부화를 돕자 달빛도 흔들리며 무늬져
숲 전체가 푸른 산고로 흔들린다.
―「이미 알고 있는 것들에 대한 무지」 부분

전 6부로 구성된 시집 전반 2부에 집중된 '기억'론은 사실상 이하석 시 이해의 핵심에 해당된다. 그는 과연 무엇을 기억하고 그 기억은 그의 시 구성에 어떤 역할을 하고 있는가. 그러나 기이하게도 일단 기억의 대상은 분명치 않아 보인다. 기억은 무엇을 기억한다는 타동사로서 확실한 기능을 하지 않는다. 비교적 분명하게 적시되기는 인용 마지막 시에 나타난 "다만 사랑의 기억만이 잉태를 꿈꾸는 시간" 정도다. 이 시행에서 '사랑의 기억'은 모든 기억 가운데 가장 또렷할 뿐 아니라 '다만'이라는 부사가 내포하듯이 거의 그것만이라는 유일성도 지닌다. 게다가 그것은 독자들의 보편적인 공감대와 맞닿아 있다. 말하자면 '사랑의 기억'쯤 누구나 갖고 있고 기억들 가운데에서 가장 먼저 떠올리기 쉬운 기억인 것이다. 이 시의 경우, 그런데 그 기억은 하루해가 지고 저녁이 시작되는 시간과 관계가 있다. 이를테면 황혼인데 이 시간이야 말로 기억을 환기시키는 시간이라는 것이다. 이 시간을 시인은 다음과 같이 놀라운 묘사로 재현해낸다. 다시 적어본다.

> 이미 누기진 숲 저 안에선 어둠이 알을 낳아 굴리는 소리.
> ──「이미 알고 있는 것들에 대한 무지」 부분

저녁은 "어둠이 알을 낳아 굴리는 소리"이며, 동시에 "기억만이 잉 태를 꿈꾸는 시간"이다. 시인은 바로 이 '저녁'으로 독자를 초대하면서 자신의 무대가 이 저녁임을 암시한다. 낮도 밤도 아닌 저녁, "어둠이 깃"들며, "하루가 저무"는 시간. 그 시간에 시인은 기억한다. 그 기억 의 대상은, 분명하게 명시되고 있지 않듯이 중요하지 않다. 중요한 것 은 기억을 가져오는 이 시간이며, 이 시간엔 명품 시 「달」이 보여주는 그 달도 뜬다. 이 대목과 관련된 다음 묘사도 일품이다.

> 바람이 부화를 돕자 달빛도 흔들리며 무너져
> 숲 전체가 푸른 산고로 흔들린다.
> ──「이미 알고 있는 것들에 대한 무지」 부분

하루가 저물고 어둠이 깃드는 저녁, 사랑의 기억이 되살아남 직한 시간에 '바람'이 등장하여 이 상황에 가세한다. 그리하여 모든 조건이 하나의 성숙을 가져오는데 그것이 달빛의 부화다. 달빛은 그냥 떠오 른 것이 아니라 어둠과 기억, 그리고 바람이 합세하여 잉태하고 분만 한 그 자식이다. 달을 가리켜 "초저녁 처마끝 벼리는 초생의 칼"이라 는 놀라운 표현은 이러한 과정에 깊이 동참함으로써 그 이해가 진전될 수 있다. 저녁-어둠-기억-바람-달로 이어지는 과정에서 그렇다면 기억은 무슨 일을 하는 것일까. 이 시에서 기억은 물론 '사랑의 기억'이었는데, 사랑의 기억은 바람이 그 부화를 도운 어둠이라는 알 낳기에 기여한다. 이와 달리 낮은 밝은 시간이며 열심히 일하는 일과 시간, 기억 아닌 현재형이다. 기억은 그러니까 어둠과 짝하면서 지나간 과거를 불러온다. 이러한 회로를 따라가면서 이하석의 기억 전반을 살펴보자.

2

시 「배」에서의 기억은 "떠밀린/기억"이다. 무엇을 기억했다는 내용이 없는, 기억 자체인데 다만 거기에는 "떠밀린"이라는 관형어가 붙어 있다. 떠밀린 기억이란, 기억이 오롯이 자기 형태를 갖지 못한, 그리하여 "흔적을 남기지 못하는" 기억이다. 제대로 된 시간과 공간, 혹은 부피와 무게를 주체적으로 확보하지 못한, 일종의 밀려난 어떤 잔재와 같은 기억이다. 그 기억은 기억답지 않다.

「구름의 키스」에서의 기억도 온전한 제 무게를 갖지 않은 기억이다. 그 기억은 "누가 내 입/핥고/간" 것 같은 쓸쓸하면서도 순간적인 기억인데, "누가"와 "핥고"가 그것을 말해준다. 그러나 그것은 그냥 비유이고, 현실은 "내 입안에도/구름의 말이/뭉게뭉게 씹"힐 만큼 만족스럽다. 이 시는 구름들이 뭉게뭉게 어울려 흘러가는 모습을 묘사한 것인데, 여기서는 비록 불특정 인사인 '누가' 슬쩍 '핥고' 간 수준의 키스 기억이라 하더라도 그 찰나성이 긍정적으로 묘사된다. 중요한 것은 여기서도 기억은 어떤 시간의 계기가 되고 있다는 점이다.

기억으로 인하여 시간의 계기가 되었다는 것은 무슨 의미일까. 무엇을 기억하는 내용이 부재한, 그저 시간의 계기가 된 기억은 "모든 걸

밀어낸"다. 물론 이 시 「민들레 쓰나미」에서의 바다는 진짜 방사능 쓰나미의 기억을 갖고 있고, 민들레로 장관을 이룬 땅은 그 비유로 기능한다. 이때 기억은 그 두 장면 사이에서 접지, 혹은 연결이 되는 지점이다. "언덕/아래 바다는/모든 걸/밀어낸/기억을 갖지만"은 방사능 쓰나미가 일어났던 실제의 현실이고 그 뒤를 이어 나타난 "멀리/나앉아서/파랗게/숨 끓인다"는 대목은 시의 마지막 부분 "푸른 잎들의 쓰나미"와 짝을 이루는 비유적 표현이다. 말하자면 현실의 기억을 갖고 오늘의 풍경을 보면서 그에 빗댄 표현을 만들어내는 것이다. 이 경우 기억은 역시 시간의 계기가 되는 셈이다. 지나간 현실의 기억과 새로운 현실로의 환기라는 두 시간 사이의 고리가 되고 있는 것이다. 그리하여 「빨래」에서 보이듯이 기억은 마치 빨래처럼 빨래하기 전후의 모습을 함께 보여주는 양면경이 된다.

목욕 후 베란다에 서니 젖은 **기억**이 안팎이 마르면서 내게서도
빨래처럼 휘발되는 게 있다.
　　—「빨래」 부분

내용이 밝혀지지 않은 그 기억은 시인이 "목욕 후 베란다에 서니" 빨래처럼 휘발된다. 그때까지 그 기억은 시인에게 그대로 온존되어 있었다는 것이다. 그 기억은 시인이 목욕을 함으로써 비로소 휘발되는데 그 직전 "안팎이 마르면서" 그 일이 이루어진다. 그렇기 때문에 기억은 아직 "젖어" 있다. 이렇듯 씻지 않으면, 그리고 시간의 범주를 바꾸지 않으면 등장할 필요가 없는 것이 '기억'이다. 말을 바꾸면, '기억'이 개입함으로써 기억은 약화되고 소멸되며, "사방에 틈이 보이고, 빠져나가려고" 한다. 시 「빨래」에서 빨래의 기억이란 물론 빨래되기 이전의 더러운 기억들이며, 빨래들은 그 기억에서 벗어나기를 바란다. 그런

데 시인은 여기서 빨래의 이러한 소망의 이유로서 "그때 비로소 바람이 저를 드나들기 때문"이라고 밝힌다. 그러고 보면 이 시 끝 부분에서 시인은 기억이 휘발되면서 "바람 같은 게 내 안에서 부푼 채 펄럭대고 있다"고 적는다. 바람이 드나들고, 바람이 부푼 채 펄럭대기 위해서 기억은 제발 없어져주어야 하는 것이다. 이처럼 지워지기 위하여 존재하는 것처럼 보이는 것이 이하석의 기억이기도 한데, 왜 그는 기억과 기억 지우기 사이에서 시를 쓰는 것일까.

> 그는 어떠한 소식도
> 잘 **지워**버린다.
> 가령 신문지 같은 걸
> 검은색으로
> 덮거나
> 묻어버리는 게
> 아니라
> 아예 **죽죽 그어서**
> 새카맣게
> 만들어버리는 것이다.
> **지우는** 것만이 자신의 권력이고
> 욕망이며
> 이데올로기라는 듯이.
> ──「최병소처럼, 지우기」 부분

신문지 등에 '긋기를 통해 내용을 지어가는' 작업을 계속해온 화가를 소개하면서 쓴 위의 시가 보여주는 것은 '지우기'다. 여기서 지우기는 신문지 따위고 기억은 아니지만 시인은 자신의 기억 지우기와 이를 연관시키면서 중요한 메시지를 내놓는다.

> 나도
> 그를 따라
> 나의 것들을 지워보지만,
> 지워질 수 없는 게 지워지지 않도록
> 애써 더 지우는 마음이
> 낯설다.
> 선명한 것들은 잘 지워지지 않지만,
> 지우다보면 지워진 건
> 쉬 어둠이 된다.
> ─「최병소처럼, 지우기」 부분

　지우고 싶다는 것인지, 지우기 싫다는 것인지 애매하다. 그러나 잘 살펴보면 이 애매함은 시간의 계기라는 기억의 특성만큼이나 소중하고 특징적이다. 먼저 시인은 지우고 싶기 때문에 일단 "나의 것들을 지워"본다. 그러나 지워질 수 없는 것은 지워지지 않도록 배려하면서 애써 더 지우려고 한다. 따라서 그 마음은 "낯설" 수밖에 없다. 그러니까 시인에겐 지우고 싶은 마음과 지우고 싶지 않은 마음이 공존하고 있으며, 그렇기 때문에 기억이라는 문제가 시인의 의식 깊숙한 곳에서 사라지지 않는다. 그 기억은 지우고 싶으면서도 그 소멸이 두려운 시인의 원초의식을 장악한다. 그리하여 지우려고 할수록 기억은 그 핵심 부분을 오히려 분명히 부각시킨다. 그 핵심이란? 물론 상처다.

> 지울수록 더 선명하게 두드러지는
> 상처는

억지로 지우면서 낸 상처와 함께
없는 것으로 다루기
어렵다.
──「최병소처럼, 지우기」 부분

　"지워진 건/쉬 어둠이 된다"는 진술은 저녁이 되면 어둠이 오고 달
이 뜬다는 앞의 시와 견주어볼 때, 어둠에 대한 그의 태도를 애매하게
만든다. 어둠 속에 떠오르는 달맞이의 기쁨과 더불어 어둠 자체가 가
져오는 두려움이 함께 느껴지기 때문이다. 왜 두려운가. 어둠은 캄캄한
밤으로 연결되기 때문이다.

마침내 그 모든 걸 지우고
나면, 지워질 수 없는 것들은
지워져서도
더 캄캄한 밤이 된다.
그러면 얼마나 속이
더
어수선해질까?
──「최병소처럼, 지우기」 부분

　모든 걸(기억, 상처) 지우고 나면 깨끗이 백지가 되리라는 소박한 기
대가 이루어지지 않고, 그 자리는 도리어 "더 컴컴한 밤"이 된다는 사
실에 그는 전율한다. 밤은 시인의 속을 더 어수선하게 만들 뿐이다. 시
인은 마침내 오열하듯이 스스로 자문한다.

온갖 꿈이 서식하는

까만

밤은

또 어떻게 지워버리지?

　　——「최병소처럼, 지우기」 부분

　밤이 어수선한 것은 온갖 꿈이 거기에 서식하기 때문인데 시인은 그것을 감당하지 못한다(않는다). 이때 시인이 이런 류의 꿈을 애당초 싫어하는지 여부는 확실치 않다. 아마도 꿈 없이 단순하게 살고 싶은 역설의 소망이 아닐까. 오랜 시력 끝에 원숙의 자리에 이른 시인의 반어적 해방감의 표현일 수도 있다. 나무를 빌려서 그 청춘의 꿈과 달관의 장년, 그 사이를 오가는 고뇌의 추는, 여전히 남아 있고 그 자체가 다시 시가 된다.

　　　가파르게 서 있는 나무

　　　지난 가을에 무성한 바람의 **기억들** 떨쳐버리고

　　　망각의 비탈로 밀려났다고 여겼는데,

　　　언제 **기억** 되찾았는지,

　　　우리가 미처 발견하기도 전에,

　　　문득 전신이 푸르스름해져 있다.

　　　——「나무」 부분

　"무성한 바람의 기억들"이란 말할 나위 없이 젊은 날의 질풍노도와도 같은 꿈과 열정 아니겠는가. 그 기억은 이제 지워졌다고 생각했는데 나무는 아직 여전히 푸른 자신의 몸을 본다. 나무인 시인 또한 마찬가지다. 여기에 오면 '기억'의 정체는 한결 뚜렷해져서 그것이 젊은 날의 꿈과 열정을 모두 포괄하는 타동사이자 동시에 그 목적의 명사임을

알 수 있다. 이제 시인은 그것들을 의도적으로라도 놓고 싶지만, 놓고
난 다음의 밤이 두렵다. 시간의 계기가 되는 어둠은 조금쯤 즐길 만하
지만, 곧 바로 이어지는 밤은 싫다. 흥미로운 것은, 밤이 암흑이고 끝이
어서가 아니라, 새로운 잡다한 꿈을 실어오기 때문이라는 점이다. 꿈의
반복? 이하석은 거기서 벗어나고 싶다.

> 나는 바로 보고 말해야겠다.
> 나무는 모든 계절의 끝머리쯤에서
> 망각되거나 의심되어지는 게 아님을,
> 언제나 그렇듯 나무가 선 그곳이
> 모든 계절의 출발점인 것을,
> 나도 그렇게 비탈에 서 있음을.
> ─「나무」 부분

　반복에서 벗어나고 싶은 이하석은, 그러나 반복에 머무를 수밖에 없
음을 고백한다. 그도 나무이기 때문이다. 나무의 생명은 반복되고 사람
은 그렇지 못하니까 사람은 나무가 아니다. 그러나 이하석은 "바로 보
고 말해야겠다"고 정색한 다음, 나무가 망각되지 않고, 선 그곳이 모든
계절의 출발점이듯이 자신도 그렇다고 선언한다. 그는 그냥 사람인데
도─ 아니다. 그는 시인이다. 시인인 그는 나무다.

3

　1980년 『투명한 속』을 상자한 이후 꾸준히 시작활동을 해온 중진
이하석이 오랜만에 시집 『연애 間』을 내놓는다. 그는 시인이 영원히 거

듭 태어나는 나무일 수 있기를 소망하면서, 그러나 자신은 '저녁의 나무'임을 토설한다.

> 이제, 노을을 우듬지 위로만
> 우산처럼 펼쳐드는 것도
> 힘에 부친다. 숨어 무성한 잎 흔들며
> 새들 나직하게 홰치는 소리만이
> 자신의 시가 아님을 안다.
> ──「저녁의 나무」부분

자신을 나무에 빗대어 모든 계절의 출발점에 서 있다고 말한 것이 부담스러웠는가. 시인은 문득 "힘이 부친다"는 말까지 뱉는다. 그리고 나무는 나무되 "비탈의 참나무"라고 자신을 구체적으로 제한하면서 오랜 시업詩業의 정리를 시사한다.

> 비탈의 참나무처럼 나도 뒤꿈치 든 채
> 결빙의 땅 밟고 올 우체부 기다릴 뿐.
> ──「저녁의 나무」부분

그러나 아직 아니다. 무엇보다 그에게는 여전히 그 앞에 불어오고, 그 옆을 지나가는 많은 바람이 있다. 그 바람은 기억의 둘레에서 일어난다. 앞서 인용된 「나무」는 가장 좋은 보기다. 다시 읽는다.

> 가파르게 서 있는 나무.
> 지난 가을에 무성한 바람의 기억들 떨쳐버리고
> ──「나무」부분

바람의 기억들, 그 이후   225

바람은 구체적으로 무엇을 하는가. '바람'이 자주 등장하는 시 「오대산 바람」은 이와 관련된 직·간접의 은밀한 발언들로 가득 차 있다.

> 오대산 바람은 삼나무 높이를 흔들지만,
> 측량사처럼 오차를 강조하진 않는다.
>
> 그늘 무성한 댓바람의 높이는
> 서어나무 바람보다 낮지만,
> 삼나무 높이 걸린 마음까지 이르기도 하여
> 쉬 측량되지 않는다.
> ──「오대산 바람」 부분

오대산 바람이라는, 꽤 서늘한 바람 이야기인데, 바람이 불고 있는 모습의 묘사가 아니다. 바람이라면 그에 관한 말들도 시원해야 할 터인데 꼼꼼할 정도로 바람을 재고 있다. 그러나 재기, 즉 측량의 결과는 "쉬 측량되지 않는다"는 것. 삼나무 높이에서 서어나무 가까이 이른다고 말함으로써 바람의 엄청난 크기를 말하고 있는데, '측량' '측량사' 등의 낱말이 나옴으로써 무언가 측량 가능한 영역으로 바람을 축소시킨 감이 있다. 시인의 의도는 원래 측량할 수 없다는 것 아니었는가. 그렇다면 바람으로 상징되는 시인의 젊은 날 꿈과 열정도 측량 여부의 영역 안을 맴돌던 삼나무–서어나무 사이의 바람이었던가(하기는 젊은 시인 이하석의 열정은 늘 스스로의 자를 지닌 엄정한 열정인 경우가 많았다). 이러한 정황은 시인 스스로에 의해서도 인정되고 확인된다.

절 측량하는 이들 사이에 끼어 내가 탑 꼭대기의 높이를 가늠하
는 동안에도
오대산 바람은 높은 것을 놓아두고 낮게 흐르는
계곡 물에 스며드는 때가 아주 맑다.
그 깊이는 하늘빛으로 측량된다.
　　　　—「오대산 바람」 부분

　오대산 바람이 부는 그 시간에도 시인은 탑 꼭대기 높이를 가늠한
다. 그러나 그가 발견한 것은 높은 높이 아닌, 낮게 흐르는 계곡 물에
바람이 스며든다는 사실이다. 시인은 이때 터득한다. 그 "깊이는 하늘
빛으로 측량된다"는 것을. 바람에 관한 시인의 기억은 다음 몇 가지로
도 나타난다.

그렇다면 너무 일찍 제 모든 것 풀어내어 **바람에** 늘어뜨린 능수
버들 아래서 기다릴 일도, 서럽게, 보류될 수밖에 없다.
　　　　—「사월의 눈」 부분

부도라는 이름의 섬이 있으리
바람이 띄운, **바람**이 피운, **바람** 피우는, 섬,
늘 설레어서 갯완두 꽃 속 열어놓는
　　　　—「섬」 부분

바람이 부화를 돕자 달빛도 흔들리며 무너져
　　　　—「이미 알고 있는 것들에 대한 무지」 부분

축대 아래 마당은 바랜 기억들

바람의 기억들, 그 이후　　　　227

무성하게 덮여 있다
축대의 돌들이 얽어 짜고 있는
침묵의 구조는
바람만이
그늘진 표정으로 읽어낸다.
─「빈집」 부분

제 안
여미며
읽는 **바깥바람**,
그리하여 제 방적돌기 가동해서
뽑아낸
실을
바람에 띄우면
그 실의 촉수가 닿는 곳에서
제 몸까지가
집
설계의
지름이 된다.
─「거미 시론(詩論)」 부분

바람, **바람**, 검은 팔작지붕 대웅전의 꽃살문 새어나오는 불빛 치
대는 바람기에 꽃잎들 하르르 하르르, 별점 치는 내 쪽으로만 불린다.
─「두 채의 성단(星團)」 부분

위의 시 인용 부분들을 통해 나타난 이하석의 '바람'은 일종의 조직

원리와 관계된다. 가령 「사월의 눈」에서의 바람은 모든 것을 "풀어내어" "늘어뜨리"는 힘으로서의 바람이다. 바람이 없으면 자연스럽게 풀어지지도 않고 늘어뜨려지지도 않는 것들이 얼마나 많으랴. 「섬」에서의 바람은 한 걸음 더 나아가 창조하는 바람이다. "띄우"고, "피우"는 것이 창조 아닌가. 부도라는 섬은 그렇게 생겨났다. 이때 "피운다"는 것은 개화의 뜻이며, 그것은 결국 생명의 시작을 알린다. 앞서 언급되었지만 부화를 도와서 어둠이라는 알을 낳게 하는 바람도 생명을 촉진시키는 역할을 했다. 이렇듯 생명과 창조의 기능을 가진 바람은 육체와 물질의 범주 한 단계 위에 올라서 정신과 역사라는 상징적인 범주에서도 동일한 기능을 행한다. 「빈집」에서의 바람이 그 일을 한다. 축대라는 침묵의 구조물 구조를 읽을 줄 아는 힘도 역시 바람의 몫이라는 것이 시인의 생각이다. 누가 그 단단한 돌들을 건드릴 수 있는가. 바람은 오랜 세월에 걸쳐 그 돌들마저 변경하고 재생시킨다. 그런가 하면 「거미시론」에서의 바람은 적극적으로 조직 원리에 가담한다. 바람은 여기서 "제 안/여미며/읽는" 바깥바람으로 출현하여 방적돌기 가동해서 뽑아낸 실을 받아가는 역할을 한다. "실을/바람에 띄우면"이라고 했는데 이것은 일종의 차원 돌파다. 실은 방적돌기에서 뽑아냈지만, 바람이 실어나르지 않으면 옷감으로 가는 길이 열리지 않는다. 이러한 역학을 이 시는 "그 실의 촉수가 닿는 곳에서/제 몸까지가/집/설계의/지름이 된다"고 적는다. 그것은 다름 아닌 시 구성의 원리가 된다. 바람이 지닌 이러한 원리의 힘은 이하석에 있어서 매우 특징적이라고 할 수 있다(젊은 날의 광물적 이미지가 연상되기도 한다). 시에서의 바람은 일반적으로 바람 자체의 속성, 즉 바람이 불면서 사물이 움직이고 그것의 강도가 높아질 때 파괴의 현상이 나타나는 것으로 표현되는데, 이하석의 경우에는 오히려 사물들의 자리를 잡아주는 것이 바람으로 부각된다. 그럼으로써 사물들은 원래의 개별적 모습보다 훨씬 세련된 어떤 상황으로 그 위상이 높아지는 형상이 된다. 지금까지의 예문들이 그렇게 읽히거니와 별무리의 모습을 그린 「두 채의 성단」은 또렷한 형상을 아름답게 만들고 있는 예다. "검은 팔작지붕 대웅전의 꽃살문 새어나오는 불빛"과 바람을 화합시키면서 생겨나는 별들의 무리는 바람의 준수한 자녀들인 셈이다. 이하석의 바람은 그러므로 동요와 파괴 아닌, 생성과 조화─생명의 능력인데 왜 그는 그 기억을 지우고 싶어 하는 것일까. 성급한 결론으로 뛰어오른다면, 그는 그 기억을 지우고 싶은 것이 아니다. 반대로 그는 희미해져가는 이 기억이 아쉬운 것이다. 그러기에 이 둘 사이에서 떨리고 있는 마음을 이렇게 술회하지 않는가.

> 점과 점이
> 마음
> 내어
> 선을 이루지만,
>
> 참새라도 앉으면
> 여리게 떨
> 리는,
> 저 전깃줄.
> ──「연애 간(間)」 부분

모든 아름다운 시들이 그렇듯이 이하석의 시도 떨리는 전깃줄인 것이다. 날이 갈수록 오히려─ 바람의 기억을 붙잡고 그는 흔들리고 있다.

[2015]

글쓰기의 신성성
─ 이승우 장편소설 『캉탕』의 구조와 뜻

1

근작 장편 『캉탕』(현대문학, 2019)에서 소설가 이승우는 "어렵게 말하는 사람은 쉽게 말하는 것이 어려운 사람일 뿐"(p. 178)이라고 말했는데, 과연 이 소설은 어렵다. 이해가 쉽지 않은 작품이다. 그러면서도 에피그램을 연상시키는 문장이나 경구들을 적잖이 담고 있는데, 그중 상당 부분은 또한 성경이나 기독교 지식과 연관되어 있다. 그중에서도 『창세기』 모티프와 더불어 요나 모티프는 이 부분과 소설을 구조적으로 대비시키는 특유의 발상법으로 인하여 난해성을 증가시킨다. 대체 소설은 어떤 비전을 갖고 있으며 무슨 말을 하고자 하는가. 적어도 주제와 관련된 이러한 질문을 떠올릴 경우, 전통적·재래적 의미에서 주제는 '없다'고 대답하는 것이 옳을는지 모른다. 이 소설이 말하고자 하는 것은 그 대신 아마도 '구조'일 것이다. 이 말은, 일정한 주제, 더 큰 표현으로는 비전이라고 부를 수 있는 소설의 지향점이 분명치 않고 여러 가지의 복선이 서로 착종하고 있다는 뜻이며, 그것들은 결국 성경의 구조와 소설의 구조로 환원된다는 뜻도 가진다.

1981년 이후 40년 가까운 시간, 장편 『에리직톤의 초상』 『생의 이면』 『식물들의 사생활』 『그곳이 어디든』 『한낮의 시선』 『지상의 노래』

『사랑의 생애』등과 함께『일식에 대하여』『미궁에 대한 추측』『나는 오래 살 것이다』등등의 소설집으로 국내외에서 주목을 받아온 이승우의 근작『캉탕』은 이러한 관점에서 관심을 끌 수 있을 것으로 보인다. 매우 긴장된 소설의 조직 구조가 거기에 있다.

2

'캉탕'이라는 다소 낯설고 기이한 지명을 소설 제목으로 내세운 이 작품에는 네 사람의 주인공 인물들이 등장한다. J, 핍, 한중수, 타나엘이 그들인데, 핍의 여인 나야를 합하면 다섯 명이라고 할 수 있다. 그러나 사실상 전면에 나온 일이 없는 J를 제외하면 여전히 네 명이며 몫이 적은 나야를 빼면 세 명이다. 물론 여기서 숫자가 중요한 것은 아니고 역할이 중요한데, 그런 의미에서 가장 중요한 중심인물은 소설 화자를 부분적으로 겸하고 있는 한중수다(이 소설집 해설자는, 모두 33장으로 구성된 소설의 홀수 장이 한중수를 주인공으로 한 소설, 짝수 장이 한중수의 이야기라는 사실을 예리하게 포착한다). 그가 소설 화자라는 것은, 그에 의해서 소설의 다른 주인공들이, 그리고 환경과 사건이 발견되고 서술되고 묘사된다는 것을 의미한다. 물론 그가 직접적인 화자의 자리에 서 있지 않은 다른 반쪽 부분들에서 한중수는 지휘하고 지배하는 역할을 하지 않는다. 그러나 그는 여전히 '던져져 있는' 중심인물이다. 가령 그 상황은 이렇다.

> 여섯 번째 상담에서 J는 한중수에게 낯선 주소를 주었다. J는 한 달도 되지 않아 그를 찾아와 자유와 무능과 내버려둠에 대해 두서 없이 주절거리는 한중수에게서 두려움을 읽었다. [……] 이 세계의

인력이 미치지 않는 곳으로 이동해 갈 필요가 있다는 것이 J의 판단이었다. "네가 원한다면 아주 먼 곳을 소개해줄 수 있어. 아주 다른 곳."(pp. 20~22)

머리의 두통과 이명 이외에 지금까지 살아온 자기의 자리에서 길을 떠나야 할 아무 의무도 없는 한중수에게 길 떠나기를 권고한 J나 그것을 받아들인 한중수는 현실적으로 뜬금없는 사람들이다. 왜 길을 떠나는가. 여기서 우리는 자연스럽게 "본토 친척 아비 집을 떠난" 아브람(뒤에 아브라함이 됨)을 상기하게 된다. 세속적인 모든 이해관계를 벗어나 어떤 구체적인 방향이나 지침 없이 내려진, 여호와의 명령이 적힌 『창세기』 12장은 사실상 소설 『캉탕』의 근본 모티프이기도 하다. 왜냐하면 한중수는 어쨌든 떠나야 했으며, 그 이후의 상황은 짝수 장을 통해서 '나'의 이야기로 설명되기 때문이다. 최초의 짝수 장인 그에게 한중수는 자신의 처지를 이렇게 말한다.

나는 아무 데도 갈 곳이 정해져 있지 않기 때문에 아무 데도 갈 수 없었다. 아무 데나 갈 수 있는 사람은 아무 데도 갈 수 없다. (p. 18)

그러므로 그 내용은 한중수를 중심으로 한 것이라기보다 우선 핍을 중심으로 한 것이었고, 결국은 두 사람의 관계를 중심으로 한 것이 된다. 핍은 고래잡이라는 야망을 갖고 바다로 나갔다가 엔진 이상으로 배가 정박한 곳이 캉탕이었고, 그는 여기서 선술집 딸 나야를 만나는데, 이 과정에서 노래의 문제가 발생한다. 즉, 바닷가에서 노랫소리를 듣는데, 그것은 지친 육체와 정신을 무너뜨리는 부드러운 노래로서 마치 뱃사람을 유혹하는 세이렌의 노래처럼 들렸던 것이다. 여기서 오디세우스의 일화가 개입된다. 노랫소리에 매혹되어 바다로 뛰어들지 않

으려면 귀를 밀랍으로 막거나 돛대에 자기 몸을 묶어야 한다는 것. 노
랫소리는 그렇듯 생명을 거는 매력을 지닌다. 그것은 노래 자체의 힘
이라기보다, 여로에 지친 자들의 향수이며 동경이자 구원의 길이었다.
소설은 말한다.

> 노래에 홀린 자들이 바다로 뛰어드는 것은 하늘로는 날아갈 수
> 없기 때문이다. (p. 33)

그리하여 핍은 그곳에서 살게 된다. 바다에서 내린 후 그는 다시
는 배를 타지 않았는데 그 길을 좇아서 한중수가 그를 찾아간다. 그러
나 한중수는 무모했던 핍과 달리 모비 딕에 홀려 고래잡이배를 탄『모
비 딕』이라는 책을 들고 있었다. 핍에 대한 사전 이해용이었다. 그러니
까 핍과 한중수는 동일한 코스로 캉탕에 정착하지만 우선 출발의 동기
가 다르다. 핍은 고래잡이 포경선을 타고 가다가 정박한 곳이 캉탕이
었고, 한중수는 핍의 조카인 J가 준 주소로 일종의 피신 겸 휴양 차 그
곳을 찾아간 것이다(그는 노름쟁이 아버지의 죽음에 본의 아니게 연루되
었지만 이 사건이 소설의 전면에 떠올라 있는 것은 아니다). 한중수가 캉
탕에 도착했을 때, 핍에게 그곳은 이미 집이 되어 있었고, 한중수에게
그곳은 낯선 도전장이 되기 시작했다. 그러나 핍에게도 캉탕이 안정된
주거지는 아니었고, 그는 끊임없는 방황과 갈등을 여전히 겪고 있었다.
『모비 딕』에 미치다시피 했던 사람으로서는 당연한 도전이었고, 힘든
정착 과정이었다.

아브람 모티프는 그러므로 당연히 한중수에게서 비롯된다. 캉탕에
서 핍과 만남으로써 그 소설적 구조는 소멸되고 한중수에 의해서 묘사
되고 설명되는 핍의 삶, 특별히 바다를 중심으로 한 인신 제물의 문제
가 펼쳐진다. 원시종교와 설화에서 주로 등장하는 이 제사 행위는 공

234

동체의 죄를 대속하여 누군가가 바다에 던져짐으로써 그 공동체 전체가 구원받는다는 오래된 이야기인데, 이 소설은 여기에 니느웨 선교를 명령받은 요나가 말씀을 어기고 다시스로 가다가 풍랑을 만나 고래 뱃속에 들어갔던 구약의 이른바 요나 모티프를 추가시킨다(『요나서』 1:1~2:10).

3

신약의 『사도행전』과 그 이후의 서신서는 사도 바울이 교회와 교인들에게 보내는 편지 형식의 성경이다. 여기서 그 발신자인 바울은 스스로 전도자임을 자임하고 온갖 고초를 겪으면서 결국 그가 순교하게 되는 로마에 이른다. 이때 그 여정의 대부분의 공간은 바다와 항구이다. 지리상의 조건으로 보아서 당연하고 또 불가피한 일로 여겨지는데 정박과 하선을 반복하면서도 결코 그 어느 곳에서도 안주하지 않았다는 사실은 한번쯤 생각해볼 만한 일이다. 어느 항구 도시에서 하선한 이후 그곳을 중심으로 선교할 수도 있지 않았겠는가. 특히 다음 구절을 새겨볼 때 그러한 생각은 있을 법하다.

> 우리가 그들을 작별하고 배를 타고 바로 고스로 가서 이튿날 로도에 이르러 거기서부터 바다라로 가서/베니게로 건너가는 배를 만나서 타고 가다가/구브로를 바라보고 이를 왼편에 두고 수리아로 항해하여 두로에서 상륙하니 거기서 배의 짐을 풀려 함이러라. (『사도행전』 21:1~3)

해석에 의하면 성경에 등장하는 고스, 로도, 바다라라는 작은 세 도

시는 각각 의술, 수사학, 해양교통으로 유명한 도시였다고 한다. 고질병이 있었고, 설교가 직업이다시피 했던 바울로서는 그중 어느 도시에 정착을 했음 직한 상황이었으나 그는 그 어디서도 머물지 않았다. 예루살렘으로 가야 한다는 공공의 사명과 목적이 있었기 때문이다. 이 소설에서도 긴 항해 기간 바다와 상당 시간을 함께하면서도 그 길을 달리 한 사람이 『캉탕』의 주인공 핍이다. 이에 대한 소설의 설명은 이렇다.

> 그는 핍을 보고 싶었다. 바다에서 내린 후 다시는 배를 타지 않은 사내. 바다에서 내렸으므로 정박했고, 정박했으므로 바다에 타지 않은 남자. (p. 36)

성경의 바울과 소설의 핍을 이런 시각에서 비교하는 것 자체가 물론 의미 없는 일일 수 있다. 그럼에도 내게 두 장면이 함께 떠오르는 까닭은 대략 다음과 같은 두 가지 이유 때문이다. 첫째, 배를 타고 바다를 항해하면서 원칙으로 삼는 사람의 상상력과 방법의 유사성이다. 먼저 바울의 경우 그는 의술의 도시 고스, 수사법의 도시 로도가 그에게 행해줄 여러 가지 편익과 이점에도 불구하고 오히려 그것을 피해서 부리나케 다른 곳으로 이동한다. 핍에게서도 비슷한 모습이 발견된다. 소설에서 이 부분은 이렇게 묘사된다. "그러나 그는 곧바로 폭풍 속의 배에게 그 자비롭고 안락한 항구야말로 가장 절박한 위험이라고. 그대가 진정 배라면 모든 환대를 피해 도망쳐야 한다고 역설한다"(p. 38).

> 그러면서 배를 고향으로 데려가려는 바로 그 바람과 맞서 싸우고 또다시 거친 파도가 배를 때리는 망망대해로 나가려고 애쓴다. [······] 바람이 불어가는 쪽이 안전하다 할지라도, 수치스럽게 그쪽

으로 내던져지기보다는 사납게 으르렁대는 그 무한한 바다에서 죽
는 것이 더 낫다. (pp. 38~39)

우리가 그 말을 듣고 그곳 사람들과 더불어 바울에게 예루살렘
으로 올라가지 말라 권하니/바울이 대답하되 [……] 나는 주 예수
의 이름을 위하여 결박당할 뿐 아니라 예루살렘에서 죽을 것도 각
오하였느니라 하니. (『사도행전』 21:12~13)

안전한 항구를 오히려 절박한 위험이라고 하면서 거친 파도가 뱃전
을 때리는 망망대해로 나가려고 애쓰는 핍(『모비 딕』의 소년)이나, 좋
은 항구를 마다하고 위험한 예루살렘으로 달려간 바울의 모습은 표면
상 매우 흡사하다. 물론 구조의 유사성과 달리 지향하는 비전은 서로
어긋나지만, 일신의 안위를 넘어서려고 한다는 점에서, 그리고 바다를
껴안고 있다는 점에서 양자는 공통된다. 그러나 핍은 결국 바다를 버
리고 땅에 오른다(『캉탕』의 메시지는 인용된 소설 『모비 딕』의 메시지에
서 모티프를 빌려온다).

이슈메일은 벌킹턴에게 완강하게 버티라고, 바다의 물보라 속에
서 죽어 반신반인의 영웅이 되라고, 신이 되어 솟아오르라고 선동
한다. 육지에는 없는 가장 숭고한 진리가 거기 있기 때문이라고 한
다. 항구에 정박한 핍은 신이 되는 대신 인간이 되는 편을 택한 것
인가. 바다에서 죽어 신이 되는 대신 육지에서 살아 인간이 되는
편을? [……] 신이 되려고 하는 자는 항구, 즉 육지를 거부하고 바
다, 혹은 바다의 대칭인 하늘을 떠돈다. (p. 39)

다른 한 가지 이유는, 이 소설에서 가장 나중에 등장하는 인물 타나

엘이 선교사였다는 사실에 기인한다. 이 사실은 이 소설이 기독교적 연관성을 지니고 있다는 점을 강하게 암시하면서 바다와 육지의 영적 성격을 환기시킨다. 게다가 소설 화자인 한중수가 정신과 의사 J에게 일종의 일기와도 같은 메모를 꾸준히 보내면서 이에 대한 성격을 "일기와도 같고 기도와도 같았다"(p. 83)고 규정함으로써 그 암시는 더욱 확실해진다. "일기는 자기를 향해 쓴 기도이고, 기도는 신을 향해 쓴 일기이다"(p. 84)라는 고백과 더불어 바다의 깊은 표상과 함께 글쓰기의 문제를 신성의 관점에서 제기한다. 다른 말로 하면, 신성의 새로운 요소가 대두된다. 이런 문제들의 배후에 바로 마지막 인물 타나엘이 있다. 이들은 같은 집, 혹은 가까운 곳에 기거하고 있는데, 흥미롭게도 1층에 핍, 2층에 한중수, 3층에 타나엘이 산다. 이들은 모두 신, 혹은 신성과 일정한 관계를 갖고 있는데 그 관련성은 거주 공간의 상징적 배치로도 알 수 있다. 화자인 한중수가 중립적 자리 2층에서 아래층, 위층을 설명해주고 있는 셈이다. 비슷한 구조는 33장으로 된 소설 구조에서도 엿보이는 바, 짝수 장은 화자 한중수의 것, 그리고 홀수 장은 얽혀 있는 관계와 상황에 대한 객관적 설명 묘사다.

그러나 1층의 핍과 3층의 타나엘 사이에서 2층의 한중수가 보여주고 있는 역할은, 1층의 인간주의적 파토스와 3층의 글쓰기의 고민과 갈등을 연결 짓는 모습으로 그가 인도된다는 점에서 주목된다. 세 사람이 지닌, 요약되기 힘든 다양한 복합성은 일단 이렇게 정리될 필요가 있다.

4

소설 『캉탕』에서 작가 이승우는 몇 가지 중요한 명제를 내놓고 있는데, 이들은 모두 짧은 장편 안에서 충분히 논의되기에는 그야말로 너무 중요하고, 그래서 다소 복잡해 보인다. 먼저 거론될 사항은 바다의 영적 표상, 그리고 이와 맞은편에 있는 육지의 세속성 표상이다. 이 문제를 지나면, 이와 맞닿아 있는 문제로 죄와 대속의 명제가 나타난다. 문제의 핵심은 인류의 죄를 대신 짊어지고 골고다 십자가에서 죽은 예수의 대속이다. 그러나 세상에는 아득한 예부터 죄 여부를 알지도 못하고 희생제물이 된, 또 희생제물을 드린 인류의 관습이 있다. 소설 『캉탕』에서는 그중 돛대를 상징하는 높은 나무 위에서 바다로 뛰어내리는 인신제물의 행사가 소개된다. 이때 제물이 되는 사람은 제비뽑기로 결정되는데, 그는 이 결정과 동시에 죄인의 신분이 되고, 공동체를 구하는 영웅이 된다. 죄인만이 구원자가 된다는 역설을 작가는 내세우고 있는 것이다. 제비 뽑힌 죄인만이 영웅이 될 수 있다! 작가는 "모든 죄와 죄인이 아니라 밝혀진 죄와 드러난 죄인만이 구원한다"(p. 95)고 함으로써 바다에 빠지기라는 원시적인 대속과 구원의 행사 대신 글쓰기와 구원의 문제를 연결 짓는다. 글쓰기가 과연 바다에 빠지는 자를 뽑는 제비뽑기, 곧 구원이 될 수 있는가 하는 문제는, 그리하여 이 소설의 이른바 중심 쟁점이 된다.

결국 주제는 글쓰기다. 더 정확하게 말한다면, 글쓰기가 구원일 수 있겠느냐는, 문학의 운명에 대한 오랜 과제로 돌아간다. 소설에는 이와 관련된, 철학적 단상이라고 보아도 무방한 많은 언술이 나온다. 그중 몇몇을 음미한다.

> 가) 산 위에 있는 동네는 숨길 수 없다고 예수를 흉내 내어 말한
> 남자는 자기를 들춰내는 글쓰기의 어려움에 대해서도 말했다.
> 그것은 왜 어려운가. 그것이 곧 제비뽑기이기 때문이 아닌가.
> (pp. 95~96)

나) "나는 의문 덩어립니다. 그래서 글을 쓰는데, 그래서 글을 쓰지 못합니다." 그 순간 한중수는 오랜만에 자기 머릿속 한복판에서 울리는 경고음을 들었다. (p. 105)

다) "회고록은 잘 써집니까?" [……] 글을 쓰는 것이 어렵습니다. [……] "한중수 씨에게 고맙다는 말을 하고 싶었습니다. 글을 노트에만 쓰는 게 아니라는 사실을 한중수 씨가 알게 했습니다. (pp. 139~40)

라) 모든 글에는 의도하지 않든, 심지어 드러내지 않으려고 의도할 때조차 글을 쓰는 이가 드러난다. 글쓰기가 어려운 이유를 알겠다. (p. 146)

마) 어떤 문장을 써도 완전하지 않았다. 어떤 문장도 정직한 문장이 아니었다. 그는 아무것도 쓸 수 없었다. (p. 165)

바) 한중수는 타나엘의 심정을 헤아려보려고 했다. 그는 글을 썼지만 완전한 글을 쓴 것은 아니었다. 그의 글은 모호하고 흐릿했다. 그는 신과 양심 앞에 완전하고 충분히 자기를 드러내는 글을 써야 했는데, 그러려면 자기가 매장했다고 표현한 과거의 자기를 무덤에서 파내는 수고를 마다하지 않아야 했다. (p. 169)

사) 꼭대기에 서서 아래를 내려다볼 때 그의 마음속에서 어떤 목소리가 일어났는지. 그것을 알고 싶어 한 것은 그가 신과 양심 앞에서 정직하고 온전한 자기 글쓰기를 완성했는지가 궁금해

서였을 뿐 다른 이유는 없었다. (p. 214)

바다를 말하면서, 바다에 뛰어드는 의식의 속죄적 성격을 말하면서, 그것이 곧 글쓰기와 마찬가지의 성격을 지닌다는 소설적 진행에는 다소 무리가 따른다는 인상을 주는 것도 사실이다. 사실 이 연결 부분은 인용 가)에서 처음으로 나타난 진술 "글쓰기의 어려움에 대해서도 말했다. 그것은 왜 어려운가. 그것이 곧 제비뽑기 때문이 아닌가"가 가장 직접적이다. 바다에 빠질 수 있는 제물로 선택되는 인물을 뽑는 제비뽑기와 글쓰기가 대체 어떻게 같다는 것인가. 소설은 그 설명을 충분히 하지는 않는다. 그 대신 소설에는 약간의 복잡한 복선이 깔려 있다. 이해의 깊이를 위해서는, 등장인물들의 성격과 그 관계를 다시 정리해 보는 것이 좋을 듯하다.

먼저 한중수는 누구인가. 그는 이명과 두통으로 한국을 떠나 대서양의 항구도시 캉탕에 날아온 자다. 그는 앞서 그곳에 온 핍과 달리 비행기로 그곳에 왔으며 거기서 핍을 만나 영적, 현실적 교제를 나눈다. 다시 묻는다. 한중수는 누구인가. 그는 핍이며 동시에 타나엘이다. 모비딕에 끌려 고래잡이에 나섰던, 노랫소리에 끌려 나야에게로 갔던 핍의 격정적 인간주의에 한중수는 그 자신도 끌려들었다. "한중수가 먼저 와서 앉아 있으면 나중에 온 핍은 몇 걸음쯤 떨어진 곳에 자리를 잡고 앉아 한중수와 같은 자세로 한중수가 바라보는 바다를 바라보았다. 두 사람은 거의 구별되지 않았다"는 마지막 장면은 두 사람의 동일화를 말해주기에 부족하지 않다. 그는 또한 타나엘이기도 하다. 전직 선교사였던 타나엘이 글쓰기의 고민을 할 때, 함께 고민하고 궁금해했던 한중수. 타나엘이 바닷속으로 뛰어내렸을 때 그 마음속에 어떤 목소리가 일어났는지 궁금해했던 한중수. 그의 궁금증은 "그가 신과 양심 앞에서 정직하고 온전한 자기 글쓰기를 완성했는지"가 궁금해서였을 뿐 다른 이유는 없었다(p. 214). 타나엘은 따라서 바닷속에 뛰어들지 못했을 뿐 한중수 역시 타나엘을 뒤쫓은 영적 추종자였고, 글쓰기의 동조자였다. 타나엘 또한 한중수를 통해 글을 꼭 노트에만 쓰는 것이 아님을 알게 되었고, "한중수는 타나엘의 안전한 글쓰기를 위한 필기구로 그 자리에 불러내진 셈"(p. 141)이 되었다. 둘은 "동류의 인간"(p. 148)이었다.

그렇다면 핍은 누구이고 타나엘이 누구인지 여기서 자연스럽게 밝혀진다. 핍은 파토스적 열정과 노래, 여성에게 기우는 감상적 기질을 함께 소유한 인간주의자이다. 이런 모습은 다음 묘사에서도 잘 드러난다.

> 저녁 식사 후 약간 감상적이 되어 왁자지껄한 술자리에서 빠져
> 나온 그는 쏟아질 것 같은 별들을 올려다보며 바닷가를 거닐었다.
> [……] 그 자리에서 어린 시절의 자장가 선율을 떠올렸다는 것은
> 이상한 현상이 아닐 수 없었다. [……] 그저 어린 시절에 그랬던 것
> 처럼 저 노래를 부르고 있는 사람의 품에 안겨 잠들고 싶다는 갑작
> 스러운, 끊기 힘든 충동에 붙들렸다. (pp. 29~31)

그런가 하면 타나엘의 경우는 다소 그 성격이 복잡하다. 해임된 선교사라는 직이 말해주듯, 영적 방향성을 지니고 있으면서도 그것이 뚜렷하지는 않은, 쉽게 말해서 고뇌하는 남자로 나타난다. 그가 처음 등장할 때의 모습이다.

> 남자는 여전히 우물거리는 것 같은 목소리로 쓴다는 게 들추어
> 내는 건데, 저기 저 오래된 나무 탁자에 그려진 그림이나 여기 이
> 찻주전자의 색을 들춰내는 거는, 쉽지는 않아도 불가능하지는 않은

데, 자기를 들춰내는 것은, 그러니까 자기 껍데기를 까뒤집고 안에 있는 것을 낱낱이 꺼내놓는 것은 쉽지 않을 뿐 아니라 가능하지가 않아요. [……] 하고 투덜거리듯 말했다. (pp. 90~91)

그렇다면 어느 부분이 한중수와 타나엘의 동일화를 가능케 하는가. 둘은 영적 호기심이라는 측면에서 많은 부분 상통한다. 타나엘의 자기 정체성과 관련해서는 자기 자신의 발언이 있다.

나는 어디부터 나인지 모르겠습니다. 어디까지가 나인지 모르겠습니다. 그래서 글을 씁니다. (pp. 103~04)

자기 자신의 존재를 의문시하는 의식은 영적 호기심의 발현이다. 바로 이때 한중수는 "머릿속 한복판에서 울리는 경고음을 들었다." 동일한 의식의 파장이 전달된 것이다. 소설에서 이 의식은 "어디에도 없는 내부"로 표현되지만 두 사람의 영혼은 서로 궁금해하는 것이다. 두 사람은 전달자와 피전달자의 기능을 서로 바꾸어가는 가운데 영적인 자장을 높여간다.

그 결과 무엇보다 한중수와 타나엘은 글쓰기의 기능에 대한 공감대를 갖게 된다. 한중수는 원래 "걷고 보고 쓰는" 일 이외에는 어떤 계획도 세우지 않은 인물로서 캉탕에 오기까지의 여정이 걷는 일이었다. 한편 그곳에서 겪는 일, 그러니까 두 사람과의 만남은 보는 일에 해당한다. 그에게 남은 일은 이제 글쓰기인데, 이 일로 인하여 그는 타나엘에게 접근하고, 그와 내적인 교류의 절정을 이룬다. 타나엘에 대한 한중수의 접근은, "피쿼드의 일등항해사(주인)는 그 사람(타나엘)이 선교사였으며 아마도 회고록을 쓰고 있는 것 같다"는 말을 들으면서 본격화된다. 결국 두 사람은 앞서 언급된 과정을 통해 핍에게까지 연결된다. 그 괴리는 각자의 삶, 어디론가 향하는 삶의 무지향성을 붙들어주고 성찰케 하는 글쓰기가 지닌 어떤 영적 신성성이라는 기능이다.

마지막으로 가장 중요한 문제가 남는다. 글쓰기의 방식이다. 다음은 타나엘의 진술이다.

> 마침내 나는 그때 한중수 씨가 글을 쓰고 있었다는 결론을 내렸습니다. 말을 하는 방식으로 자기 글을 쓰고 있었구나 싶었습니다. 펜으로 노트에 쓰는 것이 아니라 입으로 내 귀에. 바울은 고린도의 성도들을 향해 그리스도의 편지라고 부르면서, 이 편지는 먹물로 쓴 것이 아니라 영으로 썼고, 돌판에 쓴 것이 아니라 사람의 마음에 썼다고 했습니다. (pp. 140~41)

종이에 펜으로 쓰는 글쓰기가 아니라 입으로 귀에, 먹물로 쓴 것이 아니라 영으로 쓰는 글쓰기가 구원의 능력이 있다는 것 아닌가. 요한의 가르침이 연상되는 대목이다. 과연 어떤 글쓰기를 이승우는 제시하는 것인가.

> "내가 너희에게 쓸 것이 많으나 종이와 먹으로 쓰기를 원하지 아니하고 오히려 너희에게로 가서 대면하여 말하려 하니." (『요한이서』 1:12)*

[2019]

---

* 말하기로 글쓰기를 삼는 이유로써 이 소설에서는 안전성이 이야기되는데, 이것은 또 다른 논의를 요구한다.

4부
밀려간 시간 속의 이름들

단정한 눌변의 힘
─ 소설가 이청준의 기품

1960년대 말, 나는 신흥 주택지 동교동에서 전세살이를 했다. 방 하나였다. 부근에는 평론가 김치수와 소설가 최인호가 살았고, 버스 한 정거장 더 가는 신촌에 소설가 홍성원과 시인 정현종이 사이 좋게 이웃하고 있었으며, 거기서부터 다시 두 정거장을 가면 굴레방다리라고 불리는 북아현동에 이청준이 살았다. 작은 시민아파트였다. 조금씩 떨어져 살았지만 넓게는 서울 서쪽이라는 공유지 안에 살고 있다고 할 수 있어서 우리들은 물론 자주 어울렸다. 이청준과는 특히 같은 대학 같은 학과(서울대 문리대 독문과) 동기여서 가깝지 않을 수 없었다. 그는 나보다 두 살 나이는 위였으나 1960년 입학 동기이므로 쉽게 친구가 되었다. 나는 그를 매우 좋아했는데, 거기에는 그럴 만한 이유가 있었다.

무엇보다 청준에게는 단정한 기품이 있었다. 나는 이런 모습을 알게 모르게 중시하는 성격이었는데, 당시 문리대에선 이런 친구들을 찾아보기 힘들었다. 게다가 '문학'을 한다고 하면 일부러(그때 나는 그렇게 생각했다) '너절한' 차림새에 '너절한' 행동을 하고 다니는 친구들이 많아서 나는 문학 자체에 정이 떨어질 정도였다. 자연히 나는 '문학한다'는 친구들과 나도 모르게 일정한 거리를 두지 않았나 싶다. 일부는 기성 작가로 데뷔를 하고, 일부는 또 동인 활동을 한다고 몰려 다녔지만 청준은 그런 분위기에 휩쓸리지 않았다. 나는 그런 그가 좋았던 것이다. 나도 그랬으니까. 당시 나는 문리대 신문『새세대』의 기자—나중에 편집장 노릇도 했다—를 했는데, 이 신문 주위에는 그런 문학배(文學輩)들이 득시글했다. 그러나 청준은 그 근처에도 얼씬거리지 않았다. 그는 문학배들과 어울리지 않는 데다가 그들과 달리 재학 중에 입대하여 나중에 복학함으로써 시간적, 공간적으로 나/우리와 멀리 있을 수밖에 없었다. 그런 그와 가까워지게 된 것은 문학쟁이가 아닌 김정회(경기대 독문과 명예교수) 군 덕분이었는데, 어떻게 되었는지 그 둘은 아주 단짝으로 붙어 다녔다. 김정회 군은 나하고 고교 동창인 절친이어서 자연히 함께 가까워진 셈이다. 그렇기 때문에 1966년『사상계』에 청준의 소설 「퇴원」이 당선되자 모두들 깜짝 놀랐다. 아니, 이 친구도 소설을 쓰고 있었나, 하는, 일종의 습격 비슷한 것을 당한 격이라고 할까. 일이 이렇게 되자 문학쟁이들이 그에게 이런저런 손을 뻗어 "함께 놀 것"을 권유했으나 그는 조용히 그 혼자만의 길을 걸어갔다. 역시 그는 생긴 것만큼 예의 단정한 기품을 지켜나갔고 그런 그가 나는 맘에 들었다. 나중에 여러 친구로부터 당시 문리대 안에서 청준과 나 두 사람이 독야청청하는 꼴이 한편으로 존경스럽고, 한편으론 "별꼴"로 못마땅했다는 이야기들을 들었다.

1968년 이청준은 남경자 여사와 결혼한다. 전라도 장흥 출신인 그는 서울에 일정한 정처가 있을 리 없었는데, 마침 그가 가정교사를 하던 학생의 누나와 혼인하게 된 것. 나는 김현, 김치수와 함께 함을 지고 가게 되었는데, 요식 행위에 지나지 않은 이 일은 비교적 간단히 끝나고 우리는 신당동 남여사댁에서 푸짐한 대접을 받았던 기억이 남아 있다. 며칠 뒤 두 사람은 시청 뒤 신문회관에서 결혼식을 하였는데 나는 이때 사회를 맡았다. 주례는 독문과 강두식 교수였다.

청준은 이른바 문단이란 것을 탐탁지 않게 여겨서, 문인 친구들을 많이 두지 않았다. 나와 비슷한 체질이었다. 대신에 그는 독문학과 독문과를 끔찍이 좋아해서 그의 주위엔 고등학교(광주일고) 친구들 아니면 독문과 친구들이었다. 김정회 군과는 관포지교에 버금가는 우정을 나누었는데, 가족끼리도 정말 서로 가족같이 지내는 것을 보았다.

이청준과의 우정은 기이하게도 계속해서 집이 서로 가까운 곳에 있으면서 뗄 수 없는 것이 되었다. 1970년대 강남 청담동에 내가 살 때 그는 강남구청 인근에 살았고, 내가 대치동 쌍용아파트에 살 때 그는 다리 건너 잠실 우성아파트에 살았다.

특히 그가 우성아파트에 살 때엔 근처 중국음식점을 부리나케 드나들었다. 그러다가 내가 지금 용인 땅 구성에 똬리를 틀고 보니 이웃한 보정동에 그가 먼저 자리를 잡고 있었다. 이제 서울서 멀리 왔으니 이 동네에 친구라고는 어차피 우리 둘밖에 없었는데, 어느 틈엔가 그는 벌써 분당 오리역 부근에 단골 중국집을 정해놓고 있었다. '친친(請請)'이란 이름이었는데, 그 집 주인은 늘 우리를 위해 작은 방 하나를 비워놓고 있었다.

초기 얼마쯤, 그러니까 등단 이후 10, 20년 언저리에 그를 만났을 때의 말머리들은 대체로 그가 내놓은 육필원고를 읽고 의견을 나누는 일이었다. 「소문의 벽」「매잡이」, 그리고 그의 대표작이 된 「당신들의 천국」 등이 특히 기억에 남는데, 「소문의 벽」은 우리 세대 모두 함께 겪은 일이자 똑같은 생각들이어서 쉽게 공감되었다. 그는 특히 「병신과 머저리」에 대한 나의 평에 고마워하였는데, 많이 알려져 있듯이 그의 말투나 어법은 우회적이어서 성급하게 알아들으면 진의를 곡해하는 경우가 없지 않았다. 그와 앉아서 이야기할 때, 그리하여 나는 거의 한번쯤은 반드시 "빨리, 알아듣기 쉽게 말하세" 하고 채근하기 일쑤였다. 그러나 그는 그의 어법을 고치지 않았는데, 그 자체가 일종의 예술이라고 생각하는 건가, 의구심이 들 정도였다.

1980년대 중반, 우리들의 화제는 종교로 옮겨갈 때가 많았다. 이야기는 주로 내 쪽에서 꺼냈지만 그는 이미 장편『낮은 데로 임하소서』이후 여기에 많은 관심을 갖고 있었다. 그는 현실의 억압과 질곡을 극복하는 길로 종교와 문학을 생각하고 있었으나, 종교는 '귀의'라는 말이 이미 의미하듯이 너무 쉽게 기존의 제도에 편승한다는 생각에서 벗어나기 힘들다고 했다. 사람이 할 수 있는 한 할 수 있는 방법을 끝까지 모색해야 한다는 것인데, 문학은 이때 가장 근사한 양식이리라는 것이 그의 지론이었다. 나는 그의 주장에 대체로 동조하면서도 종교적 상상력까지 포괄하는 더 큰 머리와 가슴으로 문학의 나라를 넓히자고 했다. 말하자면 땅 중심에서 하늘까지 껴안자는 것이고, 눈에 보이는 생명에서 죽음 이후까지 생명현상으로 바라보자는 것이 내 의견이었다. 청준은 내 말에 귀 기울였고 동조하였다. 그러나 현실 제도권 교회로의 출석에는 거부감을 놓지 않았다. 우리 둘은 거의 같은 생각을 갖고 있으면서도 이처럼 제도권 교회로의 진입에는 견해를 달리 했는데, 여기에는 청준의 재미난 이야기가 있었다. 어느 날인가 그가 말했다.

"우리 고향 마을 회진에는 30여 가구가 살았는데, 그중 약 20여 가구 가까운 집에서 목회자가 나왔지. 이제 교회 안 다니는 집도 조금 남아 있어야제."

또 이런 말도 했다.

"성경에 보면 세상이 모두 복음화되면 그때 예수가 오신다고 했는데, 나는 예수님 오실까 봐 두려우이. 나까지 믿으면 예수님 오시지 않겠나……"

우리 두 사람은 낄낄거렸다. 그의 이러한 생각이 반영된 작품이 소설「벌레 이야기」였다. 이 작품은 얼핏 종교문제를 진지하게 다룬 소설

같았지만, 기독교에 대한 작가의 안목과 사람들의 기독교 이해를 위해서도 치명적인 요소를 안고 있었다. 뒤에 영화 「밀양」의 원작이 되기도 했던 이 작품의 급소는 살인범 스스로 하느님으로부터 용서를 받았다고 피해자 가족에게 실토하는 대목인데, 자칫 잘못 읽으면 기독교인이 이렇게 뻔뻔할까 하는 생각과 함께 무조건 악인조차 함부로 용서하시는 하느님이라는, 잘못된 기독교 교리에 대한 오해를 전파하기 쉬웠다. 청준에게 나는 힐문하였다.

"이봐, 제대로 알고 쓰지 그랬나. 그게 아니잖아……"

나는 내가 아는 대로 성경 말씀을 설명하고자 했다. 그럼에도 그는 소설 속의 인물들과 같은 이들이 현실에 많이 있다고 했다. 그러면서도 그는 시간이 갈수록 기독교에 가까이 갔다. 떠나기 전 마지막으로 나온 에세이집에서 "종교냐 문학이냐 하는 기로에서 결정하여야 할 느낌을 받을 때가 이제 많아졌다"면서 그래도 문학을 포기할 순 없다고 적었다. 나는 꼭 양자택일로 생각할 필요야 없지 않겠느냐고 안타까워했다.

그는 떠나기 몇 해 전부터 부쩍 담배를 많이 피웠고 당연히 나는 싫은 소리를 많이 했다. 그는 김영남 시인, 김선두 화백, 불문학자 이윤옥 씨 등과 자주 어울리면서 저녁이면 나를 불러냈다. 그즈음 그의 건강에 심상찮은 느낌을 가졌는데 어느 날 결국 와병 소식을 들었다. 2008년 봄, 그를 그의 아파트 주차장에서 삼성의료원으로 태워 보낸 것이 그의 마지막 모습이었다. 그해 7월 31일, 나는 독일 베를린에서 그의 부음을 들었다. 여름 숲 향기에 묻어온 그 소식은 그의 기품만큼이나 은은하고 먹먹했다. 다음 날 나는 인천행 비행기에 올랐다.

[2015]

문학 속에서 실컷 놀다
─ 김현의 화려한 몸놀림이 그립다

그는 그렇게 불쑥 또 찾아왔다. 소공동에 있었던 경향신문사 2층 편집국에 나타난 그는 마치 신문사 직원처럼 방문이 익숙했고, 목소리마저 방자할 정도로 컸다. "야, 아래 내려가서 차나 한잔하자." 주변의 사람들을 도통 의식하지 않는 투로 그는 나를 잡아끌었고, 나는 할 수 없이 신문사 지하에 있는 '소공다방'으로 내려갔다. 1964년, 지금으로부터 50년도 넘는 세월 저쪽의 일이다.

대학 졸업을 앞둔 1963년 12월, 경향신문사 견습 6기 기자로 입사한 나는 그다음 해 상반기를 견습차 각부를 전전한 끝에 마침내 희망 부서인 문화부로 발령받을 수 있었다. 시간이 상대적으로 자유로운 문화부로 옮겨 가서 나는 곧 대학원 공부에 생활을 적당히 할애할 수 있었으며, 문학에도 역시 적당한 관심을 가질 수 있었다. 대학 재학 시 큰 관심을 갖고 몰입하지 않았던 문학인데, 이제 문인들과도 직업상 자연히 깊이 어울리지 않을 수 없었다. 김현과의 만남도 나는 그러한 교제 중의 하나로 생각하고 있었는데, 그는 그렇지 않았던 모양이었다. 지금의 프레스센터 맞은편에 있었던 체신부(지금의 우정사업본부)에 임시 공무원으로 출근하고 있었던 그는 나와 거리가 가까워선지 걸핏하면 신문사로 나를 찾아오곤 했다. 같이 놀자는 것이다. 문학을 하면서…… 어떤 때는 매일 저녁 만날 때도 있었다.

사실 나는 그의 권유가 썩 내키지는 않았다. 『파우스트』나 『죄와
벌』, 그리고 이광수나 한용운쯤 읽으면 되는 것이지 내가 거기에 직접
뛰어들 생각은 아예 해보지 않았던 터였다. 중고교 시절 그 흔한 문예
반 놀이도 해본 일이 없었던 이과생이었던 내가 독문과에 진학한 것도
낯선 일이었는데 문인으로 나선다? 왠지 어울리지 않았다. 거기다 문
리대 신문 『새세대』 기자와 편집장을 하면서 '문학하는 친구들의 추태'
를 나름대로 역겹게 보아왔던 터라 동인을 함께하자는 그의 청은 당연
히 당기지 않았다. 때론 매몰차게 거절하기도 했다. 그러나 김현을 겪
어본 사람들은 알겠지만, 그에게는 사람을 끌고 녹이는 기이한 마력이
있었다. 가난한 그 시대에 비교적 경제적 여유가 있었던 그는 (그의 부
친은 목포에서 꽤 큰 약국을 하고 있었다) 무조건 친구들을 술집으로 이
끌고 가서 현란하고도 박력있는 언어로 자신의 생각을 밀어붙이곤 했
다. 그와 사귀어본 사람치고 그 마력 밖으로 빠져나오기란 거의 불가
능하다는 것을 고백하지 않을 수 없으리라.

시와 시론 동인지 『사계(四季)』는 이렇게 하여 탄생하였고, 1966년,
1967년, 1968년 세 번 간행 끝에 『68문학』이라는 새 동인지로 흡수
통합되었다. 『사계』 창간호에 「시와 진실」이라는 평론을 발표함으로써
꼼짝없이 평론쟁이가 된 나는, 결국 그해 1966년 가을 새로 창간된 월
간지 『문학』에 「카프카 시론」이라는, 평론으로서는 다소 특이한 글을
써서 이른바 등단 절차를 지나갔다(심사위원은 1930년대 카프 평단의
주요 멤버였던 백철 선생이었는데, 선생은 외국문학을 통한 한국문학
에의 기여라는 관점에서 내 글을 평가했던 것으로 기억하는데, 사실은
부끄러운 일이었다).

김현은 이렇듯 문학 판을 휘젓고 다녔는데, 겨우 이십대 중반의 청
년이 어떻게 그리 열정적인 활동을 할 수 있었는지, 솔직히 당시의 나
는 그의 출현이 귀찮을 때도 있었다. 나도 그리 나리작거릴 정도로 게

으른 편은 아니었는데, 그와 만나기만 하면 정신없이 휘둘렸다. 그는 무슨 생각이 나면 바로 실천에 옮기는, 그 과정이 가히 전광석화와도 같았다. 저녁에 문우들끼리 어울려 문학 담론을 나누고 나면, 이튿날 곧 그의 견해나 주장이 지상에 실리기 일쑤였다. 원고를 어딘가에 넘겨놓고 나타나는 것인지, 저녁 담론을 종합해서 밤늦게 득달같이 써보내는 것인지, 우리 모두는 요즘 말로 '멍 때림'을 겪는 꼴이었다. 그행태는 감탄스러웠지만 때로 짜증이 나는 것도 사실이었다.

"이봐, 좀 익혀서 먹으라구…… 조루증도 아니고 왜 그리 성급해."

이때 그가 대꾸한 말이 지금도 내 귓전을 맴돈다. 그건 이렇다.

"아, 나는 졸속주의야 졸속주의. 어차피 다 '졸'인데, '속'이라도 해야지."

그런 그는 그 자신의 말대로 서둘러 빨리 갔다. 오래 남아서 더 할일 없다는 듯이 부지런히 글들을 쓰더니 횡하니 가버린 것이다. 그는 꽤 많은 저작을 남겼지만 살다 간 생애는 고작 49년이 못 된다. 그에게는 두 명의 형들과 한 명의 누이, 그리고 한 명의 남동생이 있었는데, 두 명의 형들이 이미 암으로 별세한 가운데 남미로 이민 간 남동생마저 투병 중이어서 이따금 이젠 자신의 차례라면서 다가오는 죽음을 두려워했다. 아무튼 죽음에 대한 두려움은 그에게 몇 가지 급박한 과제를 던져준 것이 사실이었다. 1980년대 들어서 그는 바슐라르에 이어서 르네 지라르에 매료되어 『르네 지라르 혹은 폭력의 구조』라는 책을 펴내었는데, 욕망의 문제를 다루어보겠다는 의지는 자연스럽게 종교로 옮겨 붙었다. 기독교 신자이기도 한 그는 논의 과정에서 나와 열띤 토론을 벌이곤 했다. 책머리에 다음 헌사를 쓰기도 했다.

柱演에게, 기독교를 둘러싼 너와의 오랜 토론이 이 책으로
나를 이끌었기 때문에, 이 책을 너에게 바친다.

254

모태신앙인 그와 초신자인 나는 아무래도 관점과 수준에 차이가 있었다. 내가 초보답게 빡빡한 데가 있었다면, 그는 상당한 경험의 깊이로 지적 교만과 기독교 문화의 불가피성을 말하였는데, 그는 "욕망은 폭력을 낳고, 폭력은 종교를 낳는다"는 지라르에 동조하였다. 지금도 그렇지만 지라르는 지라르일 뿐이라는 것이 내 생각인데, 그는 지라르에 감염되고 흥분하였다. 이러한 감동 체질은 문학 자체뿐 아니라, 문학 활동도 활발하게 해주는 원동력이 아니었을까 싶다. 1970년 외국 유학 중에 나는 『문학과지성』 창간 소식을 들었고, 당연히 그 중심에 김현의 활약이 있었을 것으로 믿었다. 그 사이 그는 결혼을 했고, 나는 신혼에 어울릴 피카소 그림 한 점을 보냈다. 선물들 가운데 제일 마음에 든다고 그는 좋아하였다.

책도 열심히 읽고 또 열심히 책을 쓴 친구였지만 내게는 그가 술 잘 마시고 놀기 좋아하는 친구로 기억된다. 특히 사람들과 어울리기 좋아하여 서너 번 만난 사람과는 곧잘 말을 트고 흉허물 없이 지내다 보니 선후배들은 물론, 제자들과도 친구처럼 지냈다. 이렇듯 넓은 스펙트럼으로 살다 보니 그처럼 짧은 생을 산 것이 아닐까. 어느 때는 기이한 한탄도 생겨난다. 하여간 그는 문학 속에서 실컷 놀다가 갔다. 그는 언젠가 기독교인들이 사랑을 말하면서 사랑에 인색하다고 비판한 일이 있는데, 그의 풍성한 사귐이 혹시 사랑의 실천이라고 생각한 것이었을까. 예컨대 그는 술이 소통과 사랑의 통로라면서 교회의 금주 관행을 못마땅해하기도 했다.

김현과는 4김씨, 혹은 4K라는 이름에 묶여서 청장년 시절을 함께 보냈다. 질풍노도와도 같은 사반세기를 함께 보내고 이제 그가 없는 사반세기를 넘어 살고 있다. 일주일에 절반 넘는 시간을 함께할 때도 없지 않았던 그 시절, 거기서 문학만을 분리해낼 수 있을까. 불문학 전공자인 그와 독문학을 공부한 나는, 사람들의 비슷한 연상대 안에 둘이 함께 있을 때도 많지만, 사실은 많이 다르다. 리얼리즘의 나라 프랑스가 그러하듯이 그는 철저한 현실주의자였다. 그에 비해 조금쯤 관념적, 이상주의적인, 아주 자주 멍한 눈망울로 나는 그의 화려한 몸놀림을 바라보곤 했다. 그 몸짓이 이제 손에 잡힐 듯 그립다.

[2015]

행동하는 선비의 의리
─소설가 이문구의 멋

　지금의 광화문 교보빌딩 뒷골목은 한때 센, 혹은 센강 골목이라고
불리었다. 1960년대의 일이다. 언제 복개되었는지 정확한 기억은 나
지 않지만, 그곳으로는 청계천 지류가 흐르고 있었는데, 그 주변엘 자
주 드나드는 문인들은 그 천변을 그렇게 불렀다. 하기는 서울 북촌 일
대에는 작은 개천들이 많았다. 오늘날 그 자취가 사라진 것들만 하더
라도 삼청동에서 흘러내려와 경복궁 옆길과 미 대사관 뒷길로 해서 방
금 말한 '센'을 거쳐 청계천으로 합류하는 개천, 성북동에서 시작하여
삼선교, 돈암교 뒷길(성북구청 뒷길)로 가는 개천, 역시 성북동에서 발
원하여 혜화동을 지나 대학로를 통해 청계천으로 들어가는 개천 등 많
은 물들이 그야말로 수면 위를 흐르고 있었는데 언제부터인지 지면 아
래로 숨어버렸다. 젊은 문인들 가운데에는 아예 이 사실을 모르는 사
람들이 꽤 많은 듯하다.
　여하튼 '센'은 1960~70년대 문인들의 거리였다. 교보빌딩은 물론 없
었고 그 언저리에는 싸구려 술집들이 여럿 있었는데, 그중에서도 '참파
래'라는 작은 맥줏집은 저녁이면 집 전체를 문인들이 장악하다시피 했
다. 여러 색깔의 문인들, 심지어는 지방에서도 심심찮게 나타나는 문
인들이 적지 않았는데 그 모두를 통솔하는 주인은 바로 소설가 이문구
형이었다. 그와 나는 나이도 동갑이고 등단한 해도 같았지만, 그보다

는 '참파래'의 개근생이었다는 점에서 상당히 동질감을 느꼈다고 해야 할까. 아무튼 그 집을 제쳐놓고 그와의 관계를 이야기할 수는 없다. 이 문구는 '참파래' 맞은편에 있는 『월간문학』(나중에는 그 근처의 『한국문학』)의 주인이었다. 그는 김동리 선생이 주인장 노릇을 하던 문인협회의 기관지를 책임지고 있었지만, 그가 책임지고 있던 것은 기관지만이 아니었다. 그는 김동리 선생을 사부로 모시면서, 숱한 문인들을 자발적인 문하생으로 거느리고 있는 거대한 서당의 선생님이어서, 비록 맥주잔을 가운데 놓고 떠들지언정 그가 자리 잡고 앉아 있는 곳에는 늘 훈장과 유생의 분위기가 감돌았다. 그는 가난한 문인들이 상경하면 숙식의 길을 터주었고, 힘든 문인들에게는 속 시원한 상담사 역할을 했고, 정치적으로 곤경에 처한 사람에게는 자신을 던져 몸으로 때워주는 일도 마다하지 않았다. 지금은 기억이 가물거리지만 필경 나 역시 이 비슷한 일들로 그의 신세를 여러 번 졌던 것 같다. 언젠가는 그의 사무실에서 한밤중 문인들 몇이서 포커놀이를 한 적이 있는데(나도 한 번 끼었지만, 그 놀이는 거기서 자주 있었던 모양이다) 그만 나는 돈을 모두 잃게 되었다. 오도 가도 할 수 없게 되었는데, 그는 성큼 돈을 빌려주었다. 돈의 출처가 미심쩍어 사양하였더니 그는 말했다.

"김주연이는 그게 문제여, 너무 깔끔해서 안 좋은 거여……"

정곡을 찔린 것이다. 그 이후 그는 내게 결코 무리한 언행을 하지 않았다. 그 삼엄한 유신체제 아래에서 '자유실천문인협의회'를 내 옆에서(그와 함께 모임을 주동한 고은, 박태순이 우리 집에서 의기투합을 했으니까) 꾸려나가면서도 나에게는 결코 힘든 부탁을 하지 않았다(나중에 가장 부담이 없는 자문위원을 해달라고 했을 뿐이었다). 말하자면 이문구는 먼저 타인을 배려하고, 그 상황 아래에서 일을 진행해나가는 희생과 헌신의 인물이었다고 나는 생각한다. 그를 중심으로는 무슨 조직이 잘 생겼으나 그는 자기 자신, 혹은 조직 자체를 먼저 설정하고 거기에 사

258

람을 모아 끼워 넣는 사람이 아니었다. 한 사람 한 사람의 성질과 형편을 먼저 파악하고 이해해서 그 사람들에게 맞는 일을 주는 스타일이었다. 말하자면 맞춤형이라고 할까. 성격들이 모나고 형편이 어려운 대부분의 문인들은 그리하여 그를 믿을 수 있는 선배로, 흉허물 없는 형으로 생각하고 그 앞으로 몰려들기 일쑤여서 그의 주변에는 늘 사람들이 넘쳐났다. 어떤 의미에서 그는 해결사였고, 요즘 말로 '종결자'였다.

'종결자'와 관련하여 떠오르는 사건이 있다. 어느 화창한 대낮 월간 세대사 주간 권영빈 씨(뒤에 중앙일보 사장)로부터 다급한 전화가 왔다. 지금 세대사 근처의 작은 술집에서 소설가 박상륭과 박태순이 싸움이 나서 자기 혼자 힘으로 말리기 힘든 상황이니 빨리 와달라는 것이었다. 나는 깜짝 놀랐다. 아니 박상륭이라면 캐나다 밴쿠버에 있어야 할 친구 아닌가. 그는 그 일이 있기 몇 년 전, 그러니까 1968년인가 그곳으로 이민을 갔던 것이다. 그런데 언제 다시 한국으로 소문도 없이 날아와 박태순과 싸움을 하고 있단 말인가. 하여간 이상하다는 생각을 하면서 현장으로 달려갔다. 과연 싸움은 백주의 백병전이었다. 싸움의 동기는 박상륭이 이민 가기 전 두 사람 사이에 숨겨져 있었고 그 앙금으로 인해 다시 시작된 것이었다(그때까지 두 박 씨는 돈독한 우정을 나누었던 사이로 나는 알고 있다). 두 사람은 완력이 상당해서 내 힘으로는 도저히 말리는 데 한계가 있었다. 나는 간신히 박상륭을 이문구에게 넘겼고, 그 후로는 일이 비교적 잘 풀린 것으로 알고 있다.

이문구와 박상륭, 두 사람은 서라벌예대 동창이었는데, 서로 다른 체질에도 불구하고 서로서로 존중하고 있는 것으로 내게는 보였다. 그처럼 이문구에게는 어떤 다른 성향과 형편도 모두 받아들여 녹이는 통 큰 흡인력이 있었다. 그 흡인력은 그가 1970년대 중반 이후 이른바 '자실(자유실천문인협의회)' 운동을 하는 데 큰 기반이 되었는데, '자실'과 이념적으로 대척점에 있었던 김동리를 끝까지 선생님으로 모셨다는 사실은 속 좁은 오늘의 문인, 지성인 들에게 많은 교훈을 시사한다. 어쩌면 그런 의미에서 그는 우리 시대의 마지막 유생이었는지도 모른다. 폐쇄적인 취락사회의 전통적인 인정을 지니고 있으면서도 모든 사람들에게 풍성하게 열려 있던 이문구에게 이데올로기 따위는 한갓 갑갑한 도포였는지도 모른다. 그 도포를 즐겨 벗어버렸던 행동하는 양반— 그래서인지 그의 소설과 인간에는 언제나 풍성한 익살과 해학이 넘친다. 토정 이지함 선생의 후예라는 것을 자랑삼기 일쑤였던 그에게 평생 나는 배움의 신세만 지고 살았던 것 같다. 고작 내가 그를 헐뜯어 "촌 머슴 같은 주제에……" 하고 공격을 해보면 그의 반격이 응숭했다.

"내가 얼마나 미남이라구……"

나로서는 이해가 안 되었지만, 내가 아는 한 그는 많은 여성에게 인기였다. 자신들을 배려해줄 줄 아는 성큼한 호남을 어떻게 싫어할 수 있었을 것인가. 나는 너무 뒤늦게 깨달았다. 나는 그것을 『나의 칼은 나의 작품』(민음사, 1975)이라는 인터뷰집의 배경으로 삼았다. 이 책에도 나오지만 그의 여러 소설집 가운데에서 장편 『관촌수필』은 어떤 작가도 그 근처에도 가볼 수 없는 독보적인 명작이다. 「일락서산(日落西山)」「화무십일(花無十日)」「행운유수(行雲流水)」「녹수청산(綠水靑山)」「공산토월(空山吐月)」「관산추정(關山芻丁)」「여요주서(輿謠註序)」「월곡후야(月谷後夜)」 등 여덟 편의 연작으로 이루어진 장편은 작가의 집을 배경으로 한 고향이 겪은 파란의 현대사다. "소설이구 자시구 헐 것도 없구만……" 재미있다는 독후감에 대한 그의 반응 또한 소설 그대로다. 논픽션 같은 소설이기에 '~수필'이라고 이름 붙이지 않았겠나 싶다. 우리 사회의 많은 가정이 비슷한 비극을 보았기에 연민의 표정으로 내가 동조하자 그는 초탈의 표정까지 지었다. "자네에겐 안 어울려, 뭐 좐 것도 아니구먼그려……" 무슨 일 때문이었을까, 나는 그의 장례식에도 가지 못했다. 어디 여행 중이었던가. 그래선지 지금도 나는 그가 시내 곳곳을 부지런히 돌아다니고 있는 기분이다.

[2015]

문학과 신앙의 선배가 된 후배
―항상 단내가 나던 최인호

"형, 빨리 이야기해. 뭐야, 뭐. 장기이식해달라는 거야. 왜 이렇게 우물거려……"

인호는 우물쭈물하고 있는 나를 다그쳤다. 15년 전쯤, 어느 봄날 나는 강남의 한 식당에서 최인호를 만나 모종의 부탁을 하고 있었다. 그때 내가 용건을 빨리 말하지 못하고 꾸물대자 그는 답답해서 이렇게 말했던 것이다. 장기이식이라니? 역시 최인호다운 발상과 상상력이었다. 얼마나 힘든 부탁이기에 말을 선뜻하지 못할까 안타까워 내뱉은 말이지만, 나는 그 말 한마디에 웃음과 함께 마음이 그만 아주 편해지고 말았다.

"다름 아니라, 내가 나가는 교회에서 특강 좀 해줄 수 있겠나?"

"형 교회? 물론이지. 할게, 당연히. 형이 하라면 해야지."

이렇게 해서 그는 서울에서 멀리 떨어진 용인의 작은 교회에서 특강을 했는데 교인이 백 명도 안 되는 교회에 수백 명의 청중이 몰려들었다. 마침 장편 『상도』가 장안의 화제가 되었던 터라 『상도』의 작가가 온다는 소식에 억수같이 내리는 빗속에서도 인파가 넘쳐났다. 그렇게 인호와 나는 10여 년 만에 다시 만났다. 긴 적조 끝의 만남이었기에, 그리고 교회 행사를 주제로 한 만남이었기에 처음에 다소 어색했던 재회가 그의 장기이식 운운의 농담성 발언으로 아주 부드러워졌던 기억.

그 기억이 지금 첫번째 추억처럼 떠오른다. 인호와의 추억은 대체로 독립된 장면 하나하나로 떠오르고 사라진다.

또 다른 최근의 기억 하나—

그가 가기 얼마쯤 전, 아마 한 반년 전쯤 되었을까. 그가 위중한 가운데에서도 소설을 쓰고 있다는 소식에 그의 집에 전화를 걸어보았다. 병의 부위상 말하기가 힘들다는 이야기가 돌아서 전화를 걸까 말까 망설이다가 아무래도 육성을 잠깐이나마 들어야겠다고 생각했던 것이다. 부인 황 여사가 받았다(황 여사는 알려진 대로 훌륭한 부덕을 갖춘 미인으로서 예전엔 우리 집과도 매우 가깝게 지내던 터였다. 인호는 늘 자기 부인을 가리켜 나보고 "우리 집사람이 나보다 형 더 좋아하던데" 하고 놀릴 때가 많았다). 황 여사는 전화를 받자마자 인호를 바꿔주었다. 인호가 나왔다.

"형, 나야 나. 나 안 죽어, 걱정 마."

정확히 이게 전부였다. 나는 그가 말을 많이 하면 안 되겠다 싶어서 "그럼, 그럼, 힘내" 하고 황망히 전화를 끊었다. 이 장면이 그와의 마지막 추억이 되었다.

그러나 최인호는 먼 기억 속에서 짓궂은 소년처럼 생생하게 늘 살아 있다. 그는 1970년대 전반부 서울 동교동의 한 작은 아파트에 살았고, 나는 시인 고은, 정현종과 함께 이따금 그 주위를 드나들었다. 그때 그는 소설집 『타인의 방』을 출간하고 새롭게 부상하는 천재 작가로 인구에 회자되고 있는 터였고, 1972년엔 『별들의 고향』을 신문연재하다가 이듬해에 끝낸 후 상하권 단행본으로 출간하였다. 이어서 그다음 해엔 『별들의 고향』이 영화화되었는데, 소설과 영화 모두 크게 성공하여 바야흐로 '최인호 전성시대'가 구가되고 있는 판이었다. 따라서 가뜩이나 재기발랄한 친구가 거침없이 선배인 우리들과 어울리면서 술도 잘 사고 재미있는 이야기도 많이 하였다.

이즈음의 추억 또 하나—

1971년 가을 어느 날, 나는 최인호를 만나기 위해 광화문 자이언트 다방(지금의 교보문고 남쪽 터 코너 언저리)에 들어섰다. 나는 그를 금방 알아보았다. 그러나 그는 나를 몰랐기에 "김주연입니다" 하고 내가 인사를 하자 화들짝 놀라면서 90도로 인사를 하고 거듭거듭 죄송하다고 했다. 먼저 몰라봐서 미안하다는 것이다. 고등학교 4년 후배인데다가 『타인의 방』해설을 내가 쓰도록 되어 있었기 때문이다. 그는 개구쟁이 같고, 선후배 가리지 않고 거침없이 농담, 혹은 하고 싶은 말을 그대로 잘했지만, 의외로 인사성이 바른 싹싹한 사람이었다.

싹싹한 사람이라서 그랬겠지만, 그는 나를 형, 형, 부르면서 잘 따랐다. 특히 그의 소설들이 영화화되면서 그의 주변에는 영화인들이 많이 드나들었는데, 이장호 감독, 김호선 감독 등이 기억된다. 이들은 인호를 따라서 나보고도 형, 형, 하면서 어울렸고, 나 또한 그들과 함께 대화도 하고 영화도 보는 일이 재미있었다. 그중에는 일찍이 고인이 된 하길종 감독도 있었는데, 그가 1975년 만든 영화 「바보들의 행진」은 대히트였다. 최인호 원작의 영화인데 비 오는 저녁 단성사에서 시사회를 보고 나온 나는 최인호와 하 감독에게 축하주를 한잔하자고 명동의 맥줏집으로 끌고 갔다. 그 당시 매일 어울리다시피 한 고은, 정현종 시인이 함께 있었던 것 같다. 나는 몇 년 전 하길종이 실패한 영화 「화분」을 말하면서 하 감독의 실력과 소설 내용이 「바보들의 행진」에 잘 맞아떨어져 영화가 성공했다고 치하했다. 그러나 무엇보다 훌륭했던 것은 최인호의 원작이었다. 그 삼엄한 유신체제를 야유하는 작가정신에 나는 무릎을 치면서 저녁 내내 즐거운 시간을 가졌던 일이 어제처럼 손에 잡힌다.

여기까지 이야기해놓고도 나는 여전히 최인호와의 관계, 그 어떤 중심에 들어가지 못하고 변죽만 울리고 있는 느낌이다. 그렇다, 나는 그에게 일종의 죄를 진 것 같은 부채감에서 벗어나지 못하고 있는 것이다. 나는 그의 처녀작품집 『타인의 방』해설을 통해 소설가 최인호를 사회와 문단에 처음으로 소개하는 일에 일익을 담당하였고, 그것으로 매우 끈끈한 유대를 지녀왔으나 그의 인기가 치솟는 것과 반비례하여 혹압해지는 1970년대 유신 상황에서 점점 그와 거리가 멀어졌던 것이다. 평단은 그를 대중작가시했고, 정치현실에 무관심해 보이는 그에게 역시 무관심하였다. 그 무관심의 한가운데 어느덧 나도 놓여 있었다. 나는 이미 최인호의 1970년대적 의미, 즉 산업사회로의 진입에 따른 소외의 문제 등에 주목하는 글을 발표한 바 있는데, 1970년대 중반에 들어서면서 황석영, 조선작, 조해일로 그 의미를 확대하는 70년대론을 쓰게 되었다. 여기서는 개인의 소외뿐 아니라 산업사회 전반에 대한 비판의 목소리를 다소 높였는데, 자연스럽게 1970년대 작가들에 대해 비판적인 톤을 가하게 되었다. 이 글 어느 부분에 최인호는 서운한 감정이 있었던 것 같았고 그토록 다정했던(나는 그렇게 표현하고 싶다) 우리의 관계는 이상하게 소원해졌다(여기서 한마디: 작가는 자신의 작품세계를 긍정적으로 평가하는 비평가가 그 같은 시선을 멈출 때 서운해하는 경향이 있다. 지속적인 관심을 갖지 않는 경우에도 비슷한 기운이 있다. 그러나 비평가의 입장에서는 호감을 가졌던 작가 이외에도 문학 일반과 다른 작가들에게 끊임없이 새로운 관심을 가져야 하며, 이때 가까웠던 작가와 소원해지는 아픈 현상을 겪는 수가 있다. 그러나 비평가는 결국 비평적이어야 한다는 것이 내 생각이다. 작가들에게 늘 긍정적인 평가를 함으로써 작가들이 그를 좋아하고 따르게 되는 비평가도 물론 있는데, 글쎄……).

어쨌든 인호와 나는 1970년대 후반 멀리 지냈다. 1980년대에는 아마 한 번도 보지 못했던 것 같다. 아들딸들의 혼사에서만 잠시 얼굴을 보고 인사말을 나누었을 뿐, 그 내용도 기억되지 않는다. 마음 한구석엔 늘 바람이 지나가는 것 같았고, 그 소리는 내 귀에 뚜렷하게 들렸다. 그렇지만 둘은 결국 다시 만났다.

그는 천주교인이고, 나는 개신교인이지만 어쨌든 기독교로의 귀의가 우리 둘을 다시 연결시켜주었다. 그는 내가 초청한 교회 강연에서 「별들의 고향」 영상을 보면서 말했다.

"저기 보이는 저 모습들, 주연이 형과 저는 저 시대에 저렇게 함께 놀았습니다. 그런데 지금 교회에 함께 있습니다. 이것이 기적입니다. 예수님의 부활만 기적이 아닙니다. 우리도 부활할 수 있습니다."

처음에 30, 40분밖에 할 수 없다던 강연은 세 시간이 넘도록 계속되었고, 감동의 물결은 교회 밖 빗속의 인파로까지 번져나갔다. 나 역시 감동으로 몸을 떨었다. 그는 예수 영화를 만들고 싶다고도 했다. 예수 역할은 이미 안성기로 찍어놓았다고 했다. 그는 또 '인호복음'을 쓰고 싶다고 하면서 청중들을 향해 '영수복음' '영자복음'을 각자 써보라고 했다. 마태복음, 요한복음을 읽기만 하는 자리에서 더 나아가 성도 각자각자 자신의 복음을 쓰는 수준으로 나가자는 열정의 강연에 청중들은 눈물을 흘렸다. 예술의 바탕에서 울려나오는 신앙의 목소리는 참으로 위대하게 내 가슴을 잡아 흔들었다.

소설에서나 현실에서 늘 단내를 풍기고 다녔던 최인호, 그는 나이나 학교에서 내 후배였지만 문학과 신앙에서 큰 선배가 되었다.

[2016]

266

한 줄기 서늘한 바람이 하늘로 다시
─진짜 변호사 황인철과의 추억

　　1971년 늦여름 어느 날이었다. 2년 만의 외국생활에서 돌아온 나는
많이 지쳐 있었다. 무엇보다 집안 문제가 다소 복잡하게 꼬여 있었으
며, 특히 경제적인 어려움이 심한 터였다. 오랜만에 만나게 된 문우들
과의 어울림은 이때 거의 유일한 즐거움이었다. 김병익·김치수·김현
등이 계간지로 『문학과지성』을 창간하며 이미 5호까지 내놓고 광화문
연다방과 비봉다방을 중심으로 매일같이 어울리고 있던 시절이었는데,
자연스럽게 나도 이 모임에 출몰하게 되었다. 거기서 그를 만났다. 다
부진 몸매에 넓은 얼굴, 부리부리한 눈매가 전체적으로 단호한 인상을
주었지만, 웃을 때의 그 인자한 모습은 그 인상을 다정하고 푸근하게
묶어주었다. 변호사 황인철이라고 했다. 불과 2년 전만 하더라도 모르
던 이름이었는데 친구들은 벌써 '야─' '자─'를 주고받았다. 언제부터
그렇게 친해진 사이들이었을까. 더구나 그가 나보다 학교 3년 선배인
데다가 나이도 한 살 위라는 사실을 알았을 때, 그와 그렇게 말을 트
고 지내는 김치수 군이나 김현 군과의 관계가 미상불 궁금했다. 그러
나 아뿔싸, 뭐 그런 것들을 자세히 챙길 겨를도 없이 나 역시 금방 그
와 말을 트는 처지가 되어버렸으니…… 만난 지 몇 번 되지도 않았으
나 어느새 우리는 '인철이' '주연이'를 함부로 부르고 있었다. 알 수 없
는, 이른바 친화력이 황인철 형에게 있었다고 할 수밖에 없었다.

이처럼 그는 우선 나에게 '편한 사람'으로 다가왔다. 오래된 지기처럼 먼저 말을 놓고 지내면서 차츰 나는 그에 대해서 알아가게 되었다. 시골 국민학교 교사의 장남으로 어려운 환경에서 커왔다는 점, 9남매의 맏이로 지금도 가사를 꾸려가다시피 하고 있다는 것, 스물두 살의 나이로 고시에 합격하여 판사 생활을 하다가 얼마 전에 변호사로 전환했다는 것, 무엇보다 『문학과지성』의 창간에 결정적인 재정 후원자가 되었다는 것 등등은 오히려 나중에 알게 된 사실들이었다. 이러한 그와의 만남은, 만남 그것만으로도 나를 충분히 들뜨게 하는, 한 사건이었다. 그럴 것이, 이 시절 거의 우리 모두는 내남없이 제 앞가리기에 정신없이 돌아다니는 처지였으며, 문단이라고 나온 지 6, 7년 된 애송이들로서 그저 제 목소리 뽐기에 여념이 없던 주제들이었으니까. 말하자면 에고의 울타리에서 감히 밖을 넘볼 생각도 못 하던 소시민들이 우리들이었다. 그 고여 있는 분지와 같은 마을에 황인철 형은 서늘한 바람이 되었기 때문이었다. 우리들은 충분히 시원하였으며, 특히 안팎으로 답답한 상황에 있던 나에게는 그의 이름만 생각하는 것으로도 신선한 기분이 온몸을 감돌았다. 성실하고 재능 있는 수재가, 자신의 출세나 영달의 도모라는 흔한 길을 거부하고 걸어가는 모습이 너무나도 신기해 보여, 때로는 경건하기까지 하였던 것이다. 가난한 집안을 위해 판사직을 버리고 변호사업을 택한 것은 그렇다 하더라도, 어찌 문학사업에 그 넉넉지 않은 주머니를 털 각오를 했단 말인가. 얼마 안 지나 소위 10월유신으로 연결된 독재정권에의 저항에 자신의 몸마저 내던진 그의 이웃 사랑 정신은 도저히 나 같은 범부로서는 흉내 내기 어려운 경지였다. 그렇다. 1970년대의 깜깜한 세월과 온몸으로 싸워나간 그의 투쟁은 사실 정치적 저항이라기보다, 갖가지 방법으로 고통당하고 있는 이웃들을 향한 그의 용솟음치는 사랑이었음을 나는 똑똑히 볼 수 있었다. 말은 쉽지만, 사랑, 아 그 사랑을 그는 그냥 그대로 실천한 사람이었다. 1971년 늦여름 그와 처음 만난 순간, 나는 그의 몸 전체를 감도는 분위기에서 그것을 예감하고, 마음속 깊이 이상한 전율을 경험하였다. 마음 편한 친구이면서도 그 이상은 더 가까워질 수 없는, 어떤 성스러운 경지 같은 것. 황인철 형은 그 무엇을 내뿜고 있었다.

황인철 형과 우리는 적어도 일주일에 한 번은 만났다. 어쩌다 한 주일을 건너뛰는 경우도 있었으나 그 대신 일주일에 두세 번을 만나는 때도 있었으니까. 문학과지성사 사무실에서 만난 뒤 저녁밥집으로 옮겨 앉는 경우가 대부분이었으나 연희동 그의 집에서 만나는 때도 적지 않았다. 그때마다 "나쁜 놈들" 혹은 "아니 그래 이럴 수가 있어—" 하는 말이 늘 그의 화두를 이끌었다. 아는 사람들은 다 아는 일로서, 1970년대의 우리 정치 현실은 말이 아니었다. 유신이 선포되고, 긴급조치가 발동되고, 그 긴급조치는 1호, 2호, 3호, 4호……로 끝없이 이어졌다. 요컨대 행정·입법·사법의 민주주의 체제는 박 대통령의 전제체제로 모아졌으며, 이에 대한 일체의 반항이나 이의도 용납되지 않았다. 많은 청년·학생이 이 체제의 타도를 외치다가 체포·구금되었으며, 야당 정치인·종교인·법조인·문인을 포함한 지식인들 사이에 광범위한 반대 운동이 벌어져 저항과 탄압 사이의 끝없는 악순환이 계속되었다. 황인철 형은 바로 이 싸움의 맨 앞머리에 항상 자리 잡고 있었다. 김대중 사건과 김지하 사건은 이 시기의 가장 대표적인 반정부 사건이었는데, 형은 이 사건들의 변호인이었던 것이다. 모든 정보가 차단되고, 혹 정보가 있다고 하더라도 유언비어라는 이름으로 단속되는 무시무시한 분위기 아래에서 형이 전해주는 정보는 그야말로 항상 진실에 가까운 일급의 것이었다. 우리는 그를 통하여 압제자의 동향과 아첨하는 무리들의 형태, 그리고 감연히 이에 맞서 싸워나가는 이른바 재야 인사들의 움직임을 소상하게 알 수 있었다. 그때마다 그는 "나쁜 놈들" "아니 그래 이럴 수가 있어"라고 개탄하면서 말을 풀기 시작했다. 그러나 참 이상도 하였다. 그런 그지만, 항상 분노의 표정을 감추지 못했던 그에게서 한 줄기 서늘한 바람이 항상 함께하던 기억을 나는 잊지 못한다. 그의 분노는 독재자와 그 무리를 향한 것이었지만, 그보다 훨씬 더 강하게, 그들에 의해 억압당하고 있는 수많은 민중을 향한 애정이 도도히 흐르고 있었기 때문이다. 그는 허구한 날 발생하는 인권 유린의 사례들을 목도하면서, 그들의 억울한 사정을 참을 수 없어했던 것이다. 학생, 정치인, 공장 노동자, 문인 들…… 얼마나 많은 사람이 그의 무료 변론의 그늘에서 한숨이나마 돌리었던가. 법률에 대해서 무지한 나지만, 황인철 형이야말로 말의 가장 충실한 의미에서의 변호사가 아니었던가 생각된다.

아, 생각난다. 학생들이 무슨 내란사건에 연루되어 군법회의에 서게 되었을 때의 일이다. 하도 억지 재판을 하는 군사 법정을 도저히 참을 수 없었던 변호인단 가운데 강신옥 변호사가 "차라리 나도 피고인석에 앉고 싶다"고 했다가 정말로 그렇게 된 일이 있었다. 그 일을 당한 그날인가 그다음 날인가, 형을 포함한 우리 몇 친구들이 동부이촌동 어느 술집에 앉아 있었다. 그때 형은 말했다. "변호사고 뭐고 다 때려치우고 학생들처럼 그저 맨주먹으로 싸우고 싶어"라고. 이 말에 대해서 나는 정면으로 반대하였다. 나는 형의 키가 몇 센티미터이며, 형의 몸무게가 몇 킬로그램인지 물었다. 얼마라고 그는 대답했다. 나는 말했다. 그렇다면 형은 얼마짜리 고깃덩어리에 불과할 뿐 아무것도 아니라고 나는 쏘아주었다. 법률가도 아닌 주제에 나는, 인간은 일을 통해 이 세계, 이 현실과 맺어져 있다는 것, 일을 버리면 결과적으로 인간에게 남는 것은 몸뚱이뿐이라고 건방지게 설교식으로 주절거렸다. 변호사는 얼마나 좋은가. 이러한 정치적 행패가 법적으로도 불법이라는 것을 밝힐 수 있지 않은가. 문학인이 문학의 아름다운 가치를 끊임없이 높임으로써, 그리고 그것을 널리 알림으로써 정치적 행패의 불의함을 드러내고 돋보이게 하는 것이라면, 법률가의 활동은 훨씬 직접적으로 효과적인 것이 아니겠느냐고 나도 열을 올렸다. 그 뒤로 형은 이따금 나의 그 말이 생각났다는 이야기를 했다. "법정에서든 어디서든 영 울화가 치밀어 뒤집어엎고 싶을 때면 자네 말을 얼핏 생각하곤 하지. 변호사의 자리를 지키자. 이 자리는 하늘이 주신 자리다, 라고 말일세." 그는 격정적인 성격이었으나, 그것을 놀라운 자제력으로 통치할 줄 아는 사람이었다.

그와 나는 오랜 사귐의 기간이 없었음에도 너무 '편하게' 가까워졌다. 그 감정은, 그를 향한 나의 그것이 훨씬 더 그랬던 것 같다. 그를 안 지 얼마 되지 않았던 1972년 나는 그에게 적지 않은 돈을 빌린 일이 있었다. 오래 지나지 않아서 갚기는 했으나, 이 일은 내게 그에 관한 기억을 푸근하게 해주는 또 하나의 사연이 되기도 한다. 누구나 그렇지만 돈을 빌리는 일은 그리 쉬운 일이 아니다. 요즘처럼 각종 금융기관에서 대부를 받기가 상대적으로 용이하지 않았던 그 당시 상황에서는 특히 그랬다. 상대방이 경제적 여력이 있을 경우에도, 그보다는 오히려 이쪽에서 말을 꺼내기에 부담스럽지 않은 심리적 상황이 더 중요한 일이었다. 나에게도 경제력이 있는 오랜 친구가 없지는 않았지만, 어찌 되었는지 나는 그에게 쉽게 손을 내밀었다. "그러지—" 그의 대답은 그 한마디뿐, 간단하였다.

실로 황인철 형의 일생은, 남을 위해 희생하고 헌신하다가 간, 순결하고 아름다운, 눈물겨운 것이었다. 내가 아는 한, 그가 자기 자신의 재미를 위해서 한 일은, 오직 바둑뿐이었다. 그는 바둑을 무척 좋아해서 조남철 국수와도 대국을 했고, 수많은 기우와 벗하고 지냈다. 바둑을 별로 좋아하지 않는 나로서는 그 내용을 세세히 알 수 없으나, 바둑에 관한 그의 탐닉은 무서울 정도였다. 어느 해엔가 대전 동학사에 몇 친구가 놀러간 일이 있었는데, 그는 저녁부터 시작해서 밤을 꼬박 새우고 이튿날 낮까지 바둑을 두는 열광적인 집념을 보여주었다. 그 밖의 것에서 그는 거의 자신을 위해 하는 일이 아무것도 없어 보였다. 간혹 테니스를 해보기도 한 것 같지만 곧 흥미없어했다. 그가 하는 일은 그러니까 가족을 위해, 친구를 위해, 이웃을 위해, 사회를 위해 하는 일뿐이었다. 우리는 흔히 사람의 도리에 대해서 말하면서, 그런 이상적인 경우를 곧잘 내세운다. 그러나 그런 사람이란 물론 흔하지 않다. 형은 바로 그 희귀한 예에 속하는 사람이었다. 희생과 헌신의 일생을 보낸 듯이 보이는 사람의 경우에 있어서도, 알고 보면 그것이 명예욕의 교묘한 변형인 수가 얼마나 많은가. 그러나 그는 오직, 말 그대로 그것을 실천하였다. 언젠가 나는 슬쩍 그 점을 건드려본 일이 있었다. "참 대단해. 그걸 다 하니—" 하고 웃어 보였더니 그의 대답은 "그럼 어떡해, 보고만 있을 수는 없잖아"였다. 부모를 경제적으로 봉양할 뿐 아니라, 그 여러 형제들을 정말 여러 가지로 돌보았다. 집안에서 그는 형이라기보다 아버지와 같은 존재였다. 그러니 집안 식구들을 돌보는 것은 그에게 있어서, 언제나 당연한 일이었다. 이 일로 상 한번 찡그리는 일을 나는 보지 못했다. 또 아는 사람은 다 아는 일이지만 그에게는 자폐증 아들이 한 명 있다. 본인의 고통은 본인이 아는지 모르는지 모르겠으나, 도저히 바꿀 수 없는 그 운명의 짐을 진 부모의 심경은 얼마나 답답하겠는가. 그러나 형은 물론 형의 부인에게서도 그런 내색은 조금도 엿보이지 않았다. 그저 그 아들을 향한 끊임없는 애정이 있을 뿐이었다. 형 내외는 가톨릭에 입문했는데, 특히 부인 되시는 최 여사의 믿음은 감복스러운 것이었다. 그녀는 자폐증 아들이 아니면 하느님을 모를 뻔했다고 고백한 일이 있는데, 너무나도 부러운 신앙이 아닐 수 없다. 형도 그런 마음인 것 같았다. 이러한 가족 사랑의 연장선상에 그의 친구 사랑, 이웃 사랑, 민중 사랑이 있었음에 틀림없다. 사랑에 대해서 아무 말도 하지 않고, 그것을 실천한 그였기에. 그리고 모든 사회 활동이 바로 그 표현이었기에, 민주화가 이루어지면서 정치권의 유혹이 있을 때에도 그는 단호히 그것과 무관할 수 있었다. '민주화'를 이용한 정치꾼들을 경계하는 혜안을 이미 지니고 있었다. 폭력 정치와 싸워온 그였지만, 그것은 정치 활동이 아닌 사랑의 활동이었기 때문이다. 그런 형이지만 지금 내 곁에 그는 없다. 하느님을 믿는 나도 하느님이 왜 그토록 빨리 그를 데려가셨는지는 알 수 없다. 우리가 모르는 좋은 사업에 꼭 그가 필요하셨던 것일까.

[1994]

부지런함, 그리고 성실한
─ 건강 청년 김치수, 낯선 곳에 있다니

치수에게

덥다.

그곳은 덥지 않겠지? 혹시 모르겠다. 여기서처럼 부지런하게 다니면서 산에도 오르고 테니스도 하면 땀은 좀 나지 않을까. 아무리 천국이지만 자네의 그 부지런한 활동이 계속되는 한 땀나는 일은 피할 수 없지 않을까 생각해본다. 안타까운 것은 궁금증을 풀어보려고 자네에게 전화해도 통화가 안 된다는 사실일세. 010-4271-****. 들려오는 소리는 한결같이 "지금 고객님께서 전화를 받을 수 없습니다. 다음에 다시 걸어주세요……"라는 여성의 음성뿐. 휴대폰을 이리저리 굴리다 보니 3년 전 자네와 나누었던 통화가 음성 녹음된 것이 들리는군(어떻게 녹음이 되었는지 다른 사람 것과 합해서 서너 건 있구먼).

"응, 어디냐, 지금 전화해도 괜찮냐?"

짤막한 이 대화만이 자네 육성으로 들려오는데, 도대체 내 쪽에서는 자네에게 물어볼 길이 없다는 것이 실감나지 않네. 영원한 강을 건넜다느니, 레테의 강이라느니 하는 말들로 떠나간 사람과의 관계를 그럴 싸하게 수식하는 말들이 있지만 대체 그것들이 무슨 소용이 있단 말인가. 오히려 파울 첼란의 시 「언어창살」이 실감 있게 떠오를 지경일세.

274

가깝게 우리는 있지요, 여보세요.
가깝게 그리고 잘 이해하지요.

벌써 이해되었어요, 여보세요.
우리들 중 누구의 몸이든
마치 너의 몸인 듯 서로
할퀴어졌지요, 여보세요.

그렇게 우리는 여전히 가깝게 있네만 몸은 서로 할퀴어져 있다는 사실이 슬프구먼. 아니 할퀴어진 모습이라도 볼 수 있으면 좋으련만 그 할퀴어짐은 시간과 공간까지 할퀴어서 이렇게 볼 수조차 없다니! 그리하여 첼란은 말하네.

(내가 너 같다면, 네가 나 같다면
우리는 하나의 길 아래
서 있지 않았던가?
우리는 낯선 사람이네)

낯선 사람처럼 바라보는 우리의 모습이 우리를 슬프게 하는구나. 그러나 우리는 '하나의 길 아래unter einem Passat' 서 있던 사람들이라는 사실 아래 조금 위로받는다. 그것은 과거이고 추억이지만, 문학은 어차피 추억이라고 하지 않는가. 어쨌든 자네는 멀리 있네. 아니 천국에서 내려다보는 자네의 시선으로는 우리가 여전히 혼잡한 지상의 속세에서 티끌처럼 휘날리고 있는 모습이 안타까울 것일세. 그러나 분명한 것은 지금 이곳에 함께 있지 않다는 사실이며, 자네 홀로 이 혼란스러운 문학판을 멀리하고 그윽하게 우리를 내려다보고 있다는 사실이지. 우리는 비록 재미없고, 때로 고통스럽더라도 함께 비비고 있는 것이 좋으니까. 요즘처럼 더위가 심할 때는 자네도 여기로 돌아와서 함께 땀 흘리기 바라는 것이지. 참, 자네는 요즘 같은 여름엔 윗 러닝셔츠도 입지 않고 그 근육질의 맨몸에 흐르는 땀을 자랑하고 다니지 않았던가.

근육질의 몸매는 자네가 우리 중에 가장 건강 체질이었던 것을 보여주는 징표였지. 대학 시절부터 배구, 축구, 야구 등 못하는 운동이 없었을 뿐 아니라 테니스는 거의 선수급이어서 교수테니스회 회장까지 맡지 않았던가. 나중엔 아마 우리 중 유일하게 필드에도 진출했던 모양인데, 힘이 좋아 장타가 곧잘 나온다는 소식도 들려왔지. 뿐인가. 설악산 대청봉을 뒷산 오르듯이 오르내려서 서른 번 이상 올랐다고 들었는데 사실인가. 지금이라도 대답해보세. 대청봉 근처에도 가보지 못한 나를 자네는 힐책하듯 나무라면서 "나중에 다리와 무릎 힘이 없으면 어쩌려고 그러느냐……"고 하지 않았나? 그렇게 건강하게 살더니 이게 웬일인가. 자네가 병석에 눕고 난 뒤 난 건강에 대한 과신이 혹시 자네를 쓰러뜨린 것이 아닐까 생각할 때가 있었지. 지나친 자신감이 부지런함을 가져왔던 것이지.

치수,

자네의 부지런함은 우리 친구들 사이에서 '알아줘야 할' 정도라고 소문이 자자했고, 좀 덜 부지런해도 좋지 않겠느냐고 권하기도 했지만 자넨 별로 개의치 않더군. 지금 기억나는 일, 그리하여 끝까지 아쉬웠던 일은 자네가 발병하던 2012년 여름의 일인데, 그때 이청준 추모의 일로 우리는 장흥을 찾았지. 그때 나도, 자네도 무슨 다른 일 때문에 처음부터 일행에 합류하지 못하고 나는 저녁에야 순천대학에서 열리고 있던 심포지움 끝자락에 참석했는데, 자네는 그날 밤까지도 서울에 여전히 일이 있었던 모양이어서 나와 통화 중에도 힘들어했던 것 같았지. 나는 무리하지 말고 이번 행사에는 그냥 가지 않아도 좋겠다고 여러 번 말했지. 무슨 프로그램을 맡은 것도 없으니 밤까지 서울 행사 참석하고 무슨 수로 다음 날 아침 전라도 땅끝 회진에서 열리는 또 다른 행사에 참석하겠나 하는 염려였지. 그런데 다음 날 아침 이청준 묘소에서 열린 행사 막바지에 자네가 떠억 나타나지 않았나? 난 깜짝 놀랐지. 아니 어떻게 왔어? 전라선 새벽 열차 타고 순천에 와서 거기서부터 택시를 타고 묘소까지 왔다는 것 아닌가. 아니 왜 그렇게 무리를 해? 우리 이제 점심 먹고 서울로 올라갈 텐데— 고작 점심 먹자고 그 먼 길을 허위허위 달려왔다니. 자네 얼굴은 그때 벌써 피곤으로 찌들어 있던 것 생각나나? 그때도 자네 대답은 하나였지. "청준이 행사에 내가 어떻게 안 오나?"

부지런함과 성실함은 자네의 오랜 트레이드 마크였지. 그 사람이 누구든, 그 일이 무슨 일이든 그 자리에 꼭꼭 참석해야 직성이 풀리는 그 성실함과 부지런함은 정말 대단한 것이었는데, 한편으로 그것은 또 자네 건강의 상징이기도 해서 오히려 모두 부러워하던 터 아니었겠는가. 그러나 그해 여름부터 자네 얼굴에 깃든 급격한 피로감은 눈치 빠른 친구들에겐 벌써 인지되던 참이라 나도 서너 번 조언했던 것을 기억하나? "이봐, 대충해, 대충. 그렇게 열심히 거기까지 안 가도 되지 않나—" 아마 나의 말은 대충 이런 것이었겠지. 자네는 그때마다 그냥 슬그머니 웃었지. 타인에 대한 배려가 남다르다 보니 자신의 편안함을 먼저 챙길 줄 몰랐던 게 아닐까 생각해보네. 자네의 그 깊은 사랑 덕분에 현명한 자네 부인과 출중한 자녀들은 이곳에서 잘 살고 있으니 자네는 아무 다툼과 번뇌가 없는, 오직 평강의 나라 그곳 생활을 잘 즐기기 바라네. 거기에는 문학도 없다던데—

참, 다른 사람들 챙기는 일, 거창하게 말하면 그것이 자네가 조용히 믿어온 예수의 사랑의 정신 아니었을까. 그 정신은 문학에서도 그대로 나타나서 날카로운 비판보다는 따뜻하게 품어주는 평론으로 작가들을 감쌌던 게 아닐까 생각해본다. 하여튼 자네는 보듬고 살펴보아야 할 많은 사람과 일을 남겨두고 떠났네. 자네와 함께 어쩌다 군대 면회를 갔던 자네 동생이 묘소에서 내 손을 붙잡고 하염없이 울 때, 이십대 그 시절이 떠올라 나도 덩달아 눈물이 났지. 지금 쓰고 있는 이 글, 벌써 우리 곁을 떠난 여러 친구에 대한 글들과 함께 『그리운 문학 그리운 이름들』에 수록하려고 하네. 치수, 그리운 이름이여—

[2015]

아이러니 속의 화평
―세밀한 허무주의자 오규원

드레스덴을 지난 우리 일행은 한 시간 남짓 달린 끝에 독일과 체코의 국경을 넘어 프라하를 향하고 있었다. 동유럽의 문이 열린 지 얼마되지 않은 1992년 가을이었던 것으로 기억된다. 베를린에서 열린 한독작가포럼에 참석한 우리 대표단 가운데 소설가 김주영, 김원일과 시인오규원, 그리고 나 이렇게 네 사람은 구동독의 라이프치히와 바이마르, 그리고 드레스덴을 밟은 후 체코의 프라하, 오스트리아의 빈, 헝가리의 부다페스트를 거쳐 다시 오스트리아의 그라츠와 클라겐푸르트를 돌아보고 남부 독일 프랑크푸르트로 돌아오는 여행 계획을 세우고 자동차한 대를 간신히 빌렸다. 동유럽으로 가는 자동차는 도난과 훼손의 우려때문에 빌려줄 수 없다는 렌트카 회사의 완강한 입장은 우리를 힘들게했다. 독문학자이기도 한 평론가 김영옥 박사의 섭외 덕분에 빌리게 된차의 운전사는 자연히 왕년의 유학생인 내가 될 수밖에 없었다.

베를린에서 출발한 장장 수천 킬로의 동유럽 자동차 여정에서 그리하여 나는 독보적인 모범운전사의 영광을 안을 수 있었다. 오규원 시인이 표표히 세상을 등진 마당에 왜 하필 15년 전의 여행길이 떠오른것일까. 1971년 이후 그와 교유하여왔으나 아마도 그때 그 여행을 통하여 비로소 어느 정도 깊이 있는 앎이 이루어지지 않았나 생각되어서일까. 여행은 자기를 벗어버리는 시간이라고 하기 때문인지도 모르겠다. 아무튼 이 여행을 통하여 만난 오규원은 강직한 선비였다. 하기는 글쟁이로 살아온 우리 멤버 네 사람 가운데 누군들 선비 아닌 사람 있으랴.

그러나 소설가와 시인은 확실히 달랐다. 시인이 오직 자신만을 생각하면서 자아의 강한 성 안에 앉아 있다면, 소설가는 훨씬 유연한 산문 정신을 갖고 그 안팎을 드나드는 사람이었다. 일반적인 이야기이지만, 소설가는 일종의 외유내강형이다. 속으로는 이것저것 모두 조사해놓고 겉으로는 눙치는 널널한 모습이 소설가들의 그것이라면, 시인은 훨씬 단순하게 외강내강하는 편인 듯하다. 오규원이 바로 그쪽에 가깝다는 것을 문득문득 느꼈다. 우리 일행은 대체로 화기애애하게 도시에서 도시로 넘어 다녔는데 일주일 넘는 시간 언제나 일사불란할 수는 없었다. 그 가운데서도 오규원은 혼자서 하고 싶은 것이 누구보다도 많았다. 그를 제외한 삼김(三金) 씨가 큰 욕심 없이 이곳저곳을 스치고 지나가는 데에 비해서, 그는 가야 할 곳, 보아야 할 곳이 별도로 있었다. 많은 경우 삼김 씨의 수적 위력에 눌려 양보하지 않을 수 없을 때가 많았지만, 끝내 양보하지 않는 것도 있었다.

그중 하나가 튀빙겐에서의 횔덜린 집 방문이었다. 길고 지루한 여행의 끝물에 도착한 튀빙겐에서 다른 사람들은 그냥 쉬고 싶어 했으나 오규원은 꼭 횔덜린 집을 가야 한다며 나를 앞세우고자 했다. 운전과 가이드를 겸하고 있는 나로서는 이럴 때 다소 난처하다. 의견이 다를 때 어느 쪽을 따르느냐 하는 것인데, 우리는 대체로 토론 후 한쪽으로 의견을 잘 모아갔다. 횔덜린 집 방문의 경우 나로서도 가고 싶었던 터여서 적극 그를 따랐다. 오규원은 좋아했다. 정신장애로 인하여 30년이 훨씬 넘는 세월을 갇힌 채 살아야 했던 횔덜린에게 그는 한없는 연민을 느끼는 듯했다. 귀국한 이후 그는 자신의 작품에도 그 인상을 모티프로 한 시를 쓰기도 했다. "궁색한 시대에 시인은 무엇을 할 수 있는가” 하고 시인의 운명에 안타까워했던 횔덜린에게서 오규원은 아마도 어떤 비극적 동질감을 느꼈을지도 모른다. 횔덜린은 총체성과 화평이 깨진 18세기에 그것들이 아름답게 지켜지고 있었다고 생각된 고대 그리스를 매우 동경하고 있었으니까.

그렇다면 시인 오규원이 동경했던 화평의 세계는 어떤 것이었을까.

> 나무가 있으면 허공은 나무가 됩니다.
> 나무에 새가 와 앉으면 허공은 새가 앉은 나무가 됩니다.
> 새가 날아가면 새가 앉았던 가지만 흔들리는 나무가 됩니다.
> 새가 혼자 날면 허공은 새가 됩니다 새의 속도가 됩니다.

재작년 여름 『새와 나무와 새똥 그리고 돌멩이』라는 시집을 상재하면서 무사무사의 사물들을 순연하게 노래했던 시인은 이 시집에서 유난히 나무에 강한 애착을 보여주었다. 새와 나무 그리고 허공의 세 단어로 연결된 그림으로 나타난 이 시(제목은 ‘허공과 구멍’이다)는, 그러나 시인이 지향했던 이른바 ‘날이미지’의 시와는 달리 분명한 메시지를 갖고 있다. 그것은, 세계는 구체적인 물상 속에서 그 추상을 드러낸다는 사실의 전언이다. 이러한 앎은 오규원 외에도 많은 시인이 이미 여러 가지 방식으로 말해왔기 때문에 새삼스러울 것이 없을지도 모른다. 그러나 그 구상(具象)의 물상이 동시에 추상, 그것도 이 시에서처럼(많은 다른 그의 시에서도 마찬가지이지만) “허공”과 같은 거대한 달관의 명사가 된다는 것은 오규원 특유의 아이러니다. 말하자면 ‘나무가 허공이 됩니다’고 말하는 대신 그는 “허공은 나무가 됩니다”라고 말함으로써 직유로의 진부한 함몰을 막고 관념 속에 숨어 있는 진리를 사물화/가시화한다. 나무와 새는 그러므로 단순한 사물로서만의 나무, 새가 아니라 허공과 연결된, 그 안에 진리가 숨 쉬고 있는 나무이며 새다. 이

아이러니 속의 화평　　　281

시집에서 그는 유난히 허공 타령을 하고 있는데, 특히 앞서 인용한 「허공과 구멍」에서는 삶과 죽음을 나무와 새, 또 집, 침대 등의 가재도구를 통하여 익숙하게 엮어냄으로써 둘 사이를 왕래하는 능숙한 도인의 모습까지 보여주었다. 특히 나무에 친연감(親緣感)을 느낀 모양이어서 나무를 집중적으로 노래했다. 말 없는 사물이면서 그 자리에 꿋꿋하게 서 있는, 그러면서도 사시사철 변화하는 모습을 지닌 나무를 누군들 싫어하랴만, 특히 오규원은 거기에 올인했다. 글쎄, 전등사 한구석에 수목장될 운명을 미리 예감이라도 한 것인가. 생명을 지닌 사물로서의 나무를 선택한 시인은 그 속에서 어떤 영생을 꿈꾸고 있는지도 모른다.

이렇듯 오규원에게서 화평의 세계는 사물 하나하나의 평화스러운 공존을 통해서 이룩된 듯이 보인다. 그 사물도 특히 자연 속의 사물들이며 가장 애호되었던 것은 나무, 새, 풀, 돌멩이 들이다. 그중 나무와 새 등은 사물이면서 생명체인 까닭인지 많은 시인이 이미 즐겨 노래한 대상들이다. 그러나 돌멩이를 비롯한 다른 사물들, 가령 도로, 거리, 집, 모래, 둑, 모자, 뜰 등은 오규원의 전유물이라고 해도 무방할 정도다. 요컨대 그것들은 오규원 주변의 물건들이며 오규원의 시야에 포착되고 있는 세계의 구상물들이다. 오규원은 그것들을 사랑하고 거기에 자신을 묶어봄으로써 허무를 극복하고 화평을 얻었던 것이 아닌가 생각된다. 그 작은 발견이 그를 안심시켰고, 아무것도 아닌 제자리의 확인이 거대한 정보임을 깨달은, 눈물겨운 득도라고 할 수 있을 것이다. 과연 이런 인식은 쉽게 도달될 수 있는 경지가 아니다.

> 편지를 한 통 받았습니다
> [……]
> 한 마리 새가 날아간 뒤에
> 한 통의 편지가 도착한 것을 알았습니다.

돌멩이 하나 뜰에 있는 것을 본 순간
편지가 도착한 것을 알았습니다.

「돌멩이와 편지」라는 시의 앞 한 줄과 뒷부분이다. 돌멩이 하나에
모든 사연, 정보, 전언이 담겨 있다는 말이 아닌가. 여러 평자가 오규원
시의 변모를 말하고 있다. 그런 부분들도 있을 것이다. 그러나 내가 보
기에 그의 시를 일관되게 지켜온 근본적인 생각이 있다. 그것은 정력
학(靜力學)이라고 불러서 좋을 부동의 관찰, 점으로의 집중, 움직이지
않는 것 속에서의 움직임이라는 아이러니의 즐김이다. 일찍이 그는 자
기 시에 관해 말하면서 이렇게 적은 일이 있다. 사람은―시인은 결국
말대로 간다는, 소스라치는 깨달음을 주는 진술이다. 허공을 자주 입에
올렸으나 그에게는 허공이 없는 이유이기도 하다.

　　　조용하다. 아니 조용하다는 생각은 고정관념이다. 침묵이 요란하다.

　　　길을 가다가 돌아보고 싶을 때가 있다. 길을 가다가 미친 듯이 뛰고
싶을 때가 있다. 그것은 곧 멈추고 싶을 때가 온다는 얄궂은 증거이다.

[2007]

아이러니 속의 화평　　　283

자신만만은 어디서 오는가
─씩씩한 소설가 홍성원의 외길

소설가 홍성원. 그는 늘 씩씩했다. 물론 늘 자신만만했다. 설령 자신이 잘못한 일이 있어도, 그리고 자기가 한 일이나 생각이 틀렸어도 그는 씩씩했다. 물론 잘못을 씩씩하게 밀고 나갔다는 말은 아니다. 오히려 반대다. 잘못을 씩씩하게 인정했고 바로 고쳤다. 한마디로 시원시원했고, 그런 성격 탓인지 자주 만나는 사이는 아니었어도 나하고는 비교적 격의 없이 잘 지냈다(가까운 친구들이 여럿 있었지만 절친이라고 할 수 있는 병익, 그리고 낚시 친구인 청준 이외에 그는 다른 친구들과 빈번히 만나는 것 같지는 않았다. 그러기엔 시간이 없다고 생각한 것이 아닐까?). 실제로 나보다 나이가 네 살 위이기도 했지만 나에게 비친 이런 그의 모습은 형님 같은 것이었다. 그러나 그렇다고 해서 그가 이해심 많고 너그러운 사람이었다고 말할 수는 없을 것 같다. 오히려 그는 자아가 지극히 강해서, 자신의 뜻과 취향에 맞지 않는 사람, 일, 행사에는 단호한 거부의 입장을 항상 취했다.

"야, 난 간다."

하면 그만이었다. 어떤 자리에 있다가도, 그 자리가 아니다 싶으면 곧 일어나서 귀가하곤 했다. 어느 누구도 그때 그를 말려서 성공하는 걸 나는 보지 못했다. 나도 물론 매번 실패하는 축에 끼었다. 그의 이러한 씩씩함과 단호함은 어디서 오는 걸까 생각해본 일이 있다. 나의 결론은

'생산성'이라는 단어와 연결되었다.

그렇다. 그는 8남매의 장남으로 열네 살 때 6·25의 참사를 겪었으며 전쟁의 비참함과 궁핍을 가난한 소년의 몸으로 겪었다. 그는 언젠가 피를 팔아가며 스무 살의 청춘을 지나갔다는 이야기를 자랑처럼 씩씩하게 내게 말한 일이 있다. 그 말속에는 슬픔 대신 자부심이 묻어 있었고, 그걸 모르는 너희들이 무슨 인생을 알겠느냐는 투의 경멸 또한 조금 들어 있었다. 슬픔을 느낀 것은 내 쪽이었다. 그가 자신에게 걸맞은 일에 씩씩하고 그렇지 않은 일에 단호한 까닭은, 바로 이러한 고생의 사연이 이해되지 않고서는 좀처럼 남이 알 수 없는 담벼락 안쪽의 일이었다. 그에게는 항상 먹고사는 일이 중요했고, 소설, 그것도 장편소설 쓰기는 그 같은 생존의 직업이었다. 소설을 써서 먹고산다는 것, 그것은 하루하루 치열한 승부의 세계였다. 이 일과 직결되지 않는 언행은, 비록 그것이 문학이라 하더라도 사치스러운 취미로 비추어지기 일쑤였다. 생존과 문학은 "문화는 생존의 잉여"라는 명제 바깥에서 홍성원에게는 등식처럼 직결되었다. 장편소설을 써서 먹고사는 일이 곧 생존이자 문학이었으니까. 그럼에도 놀라운 사실은 그의 장편소설들은 그 자체로 높은 문학성으로 평가받았다는 점이다. 단편 「빙점지대」가 『한국일보』 신춘문예에, 「기관차와 송아지」가 월간 『세대』에 비슷한 시기에 당선되기는 했으나, 『동아일보』에 장편 『디데이의 병촌』으로 그가 문단에 나섰다는 것은, 그의 문학적 능력이 이미 대중을 껴안으면서도 훌륭한 작품성을 함께 지니고 있었다는 점을 말해준다.

어쨌든 홍성원에게 있어서 소설쓰기에 도움이 안 되는 일은 바로 먹고살기에 도움이 안 되는 일이였으며 이것이 말하자면 그의 생산성이었다. 생산성은 궁핍 콤플렉스의 다른 이름이라고 할 수 있었다. 이 생산성 덕분에 한국문학은 『디데이의 병촌』을 비롯하여 「남과 북」 「달과 칼」 「먼동」 등 이른바 대하소설을 얻을 수 있었지만 결과적으로 그의 자연수명을 단축시켰다. 젊은 시절 배고픔이 일상화된 상태에서 글쓰기를 멈추지 않았던 그가 2008년 위암으로 숨졌다는 사실은 시사하는 바가 적지 않다.

홍성원 소설의 주제는 평화인데, 이것을 뒤집어 말하면 싸움이라고 할 수 있다. 그 싸움은 어떤 의미에서 자신과의 싸움이라고 할 수 있다. 남과 북의 싸움을 포함한 크고 작은 전투를 다루고 있는 소설들은 결국 생명과 가난의 극한 상황을 이기고자 하는 자기와의 싸움이어서 이 과정을 거친 자아는 강인한 자아로 거듭 태어나고 있음을 보여준다. 작품 속의 이러한 모습은 실제 현실에서도 그대로 드러났다.

그래서인가. 홍성원은 지는 것을 무척 싫어했고, 따라서 승부욕이 매우 강했다. 어떤 자리에서 무슨 이야기가 나와도 그는 거의 모든 주제에 열정적으로 참여했다. 그리고 그럴 만큼 그는 모든 주제에 걸맞은 해박한 지식을 지니고 있었다. 그중에서도 병기와 어류에 관한 지식은 전문가를 뺨칠 정도였다. 병기에 관한 지식들은 전쟁소설을 많이 쓴 작가답다고 할 수 있겠지만, 어류에 관한 박학은 대체 어디서 온 것일까. 바다낚시를 유일한 취미 삼다시피 한 생활에서 온 것일까. 아마도 이 역시 그의 넓고 깊은 독서 덕분이 아닐까 싶다. 그도 그럴 것이 그는 산골짝 합천 태생인 데다 바다 없는 수원에서 자라지 않았던가.

언젠가 소설가 이청준은 홍성원을 가리켜 어부라고 말한 일이 있다. 두 사람은 바다낚시를 좋아해서 둘, 혹은 다른 친구들과 어울려 바다를 종종 찾아가곤 했다. 그 취미에 동참하지 못하는 나는 두 사람, 아니면 어느 한쪽 이야기를 나중에 듣는 일이 많았는데 물론 둘은 서로 자랑이 심했다. 홍성원이 노골적, 직접적으로 말을 풀어놓으면 이청준은 은밀히 천천히 에둘러 갔다. 홍성원이 많은 수확을 올렸다는데 자네는 얼마나 잡았느냐는 투로 후과에 대해 물어본 일이 있다. 그러자 청준은 이렇게 답했다.

"성원이, 갸는 낚시꾼이 아닐세."

"그럼?"

"어부제, 어부야—"

성원이 얼마나 낚시에서 훌륭한 솜씨를 보여주고 있는가 하는 방증일 것이다. 생산성이 부족한 일에 참여하는 일이 적어서 그렇지, 참여했다 하면 모든 일에서 적잖은 전과를 거두었다.

다만 한 가지, 포커놀이에서 만큼은 소득이 적었다. 작은 놀이판이었으나, 그는 잃는 일이 따는 경우보다 많았다. 그러면 그는 뒤도 안 돌아보고 일어나서 횡하니 가버렸다. 자기 집에서 하는 경우엔 친구들에게 그만 가줄 것을 강권하였다.

"야, 이제 가거라, 오늘은—"

물론 그 경우에도 작은 밥상은 차려주어서 일행은 미안한 마음으로 밥을 먹고 그 집을 나왔다. 신촌에서, 그리고 화곡동에서— 김포로 그가 이사 간 뒤에는 거리도 멀고, 그 사이 나이도 더 들어서 거의 손을 놓았지만.

홍성원을 생각하다 보니 두 가지 일화가 새삼 떠오른다. 하나는 내가 번역한 볼프강 보르헤르트의 소설 『이별 없는 세대』를 민음사에서 문학과지성사로 가져오라는 것이었다. 그는 그 소설에 심취하고 있었다.

"야, 뭐 그런 애가 있냐? (성원은 좋은 경우든, 그 반대의 경우든, 그리고 문학인이든 아니든 누군가를 말할 때 '그런 애'라고 말하곤 했다.) 와, 정신없이 좋은 애더라, 문지로 가져와, 가져와."

『이별 없는 세대』의 독자 반응이 괜찮다는 것은 대충 알고 있었지만, 우리 소설가가 그처럼 빠져 있는 줄(?)은 솔직히 나도 잘 몰랐다. 어쨌든 그 책은 문학과지성사로 옮겨 왔고 20여 년간 스테디셀러 노릇을 하고 있다.

다른 한 가지: 언젠가 내 차 옆 조수석에 그를 태우고 어딘가 가고

있을 때 그가 뜬금없이 말했다.

"야, 김주연, 너 평이 안 좋더라."

"그래—"

세평 따위에 무심한 나는 짤막하게 답하고 운전을 계속했다.

"궁금하지 않냐?"

"아니—"

그러자 그는 "방송국에서—" 하고 말을 이어나갔다. 방송국에서 김주연 평이 안 좋다는 이야기인데, 나로서는 듣던 중 반가운 일(?)이었다. 그럴 것이, 출연 요청을 잘 거절한다는 내용 아닌가. 사실 1970~80년대에 나는 라디오나 TV에 몇 번 출연한 일이 있었다. 전부 문학 관련 프로그램으로서 소설가나 시인 한 사람을 불러놓고 평론가 한두 사람이 대담하는 시간이었다. 요즈음은 모두 없어졌지만 한동안 이런 괜찮은 프로도 있었다. 외국문학 작품, 예컨대 괴테의 『파우스트』 같은 작품을 내놓고 외국문학자들이 논의하는 시간도 있었다. 기억나는 프로로는 1980년대 중반 '주부대학'이라는 시간이 있었는데, 아침 9시부터 30분간 진행되었다. 나는 독일문학 편을 맡아서 일주일간 강의했는데, 외국문학의 대중화라는 면에서 보람 있는 시간이었다. 내가 맡은 시간들은 모두 이 같은 프로들이었고, 그 밖의 출연은 일체 거절하였다. 그러나 방송국으로서는 한두 번 출연한 사람을 프로그램을 달리 하더라도 계속 섭외 요청하는 경우가 많았다. 나는 독일문학과 한국문학 관계의 시간이 아니면 요청에 응하지 않았다. 아니, 응할 수가 없었다. 나가서 무슨 말을 할 것인가. 전공이 아닌 분야에 대해서 입을 열 수 없다는 입장이었는데, 이런 태도에 대해서 방송 쪽에서는 아쉬워했던 모양이다. 홍성원은 말했다.

"우리 집 여자들한테 들었어. 걔네들은 박수 치고 좋아하더군."

홍성원 집 여자들이란 두 딸 진아와 자람이를 일컫는 말이었다. 그들은 그때 이미 방송작가로 활동 중이었고, 방송계 사정에 정통한 젊은 방송인들이었다. 그들 말로는 섭외 대상자로 내가 거론되었을 때마다 그곳 사람들은 고개를 설레설레 흔들었다는 것이다. 성원은 그 이야기를 길게 하면서 나에게 아주 잘했다고 좋아했다. 방송국 출연 요청에 응하지 않는 자세를 추켜세우면서, 골탕 먹는 방송을 향해 고소해하였다. 자신들의 미디어를 왕처럼 생각하면서 대중 위에 군림하는 모습을 그는 역겨워했던 것이다. 소설문학을 향해 겁 없이 밀려오는 전파의 파도에 저항하는 육탄의 몸부림이었을까. 아닌 게 아니라 실제로도 근육질의 몸을 자랑하는 그도 영상시대의 디지털 문학 앞에서는 분노의 표출이외 다른 몸짓을 지을 수도 없었다. 중년 이후 문학교수로의 초빙도 있었건만 그는 소설가로서의 길 바깥에 어느 무엇에도 눈길 하나 주지 않았다. 씩씩한 청년으로서의 70평생이었다.

[2009]

죽음의 또 다른 연구
—신비주의자 박상륭의 죽음 같은 삶

　박상륭이 갔다. 그러나 그가 원래 내게 아주 가까이 있었던 것은 아니다. 지리적으로도 먼 캐나다 땅에서 그는 자그마치 반세기를 살았고 그를 낳아준 이 땅을 찾아온 일도 잦은 편은 아니었다. 그러나 그와의 거리감은 거리 못지않게 그의 소설 세계 자체에도 있으며, 친구, 동료들과의 (그에게 과연 어떤 친구가 있었을까?) 인간관계에도 있다. 몇몇 후배 문인들이 훨씬 뒤 그를 따랐고, 선배 문인들 가운데에서도 어떤 분은 각별한 호감을 나타내기도 했다. 그러나 동세대 문인들과의 관계는 별로 활발한 편이 아니었고(하기는, 등단한 지 몇 년 되지도 않아서 이 땅을 떠났으니까) 그것도 좀 불편하기 일쑤였다. 그러나저러나 그런 사람들도 나를 포함해서 다섯 손가락으로 셀 정도로 적었다. 여러 사람들과 교유가 많았던 김현과 이문구가 그와 가까운 쪽이었으나 그들도 가버렸으니— 막역 관계라고 하기엔 좀 그런 편인 내가 그를 추억하는 자리에 나설 수밖에 없는 사정이다.

　그러나 박상륭과의 친밀도에 비해서 그와 꽤 깊은(?) 에피소드를 나는 갖고 있다. 첫째, 캐나다 밴쿠버 그의 집을 찾아가본 사람은 명색 친구 가운데 나 혼자뿐 아니었나 싶다. 그러니까 1980년대 중반 어느 해, 난 미국 시애틀에서 열린 한국문학 번역관계 세미나에 참석하고 있었다. 한국 문인, 한국 쪽 번역가, 미국 쪽 번역가 몇몇 사람이 2박 3일동안 참가한 회의는 이런 종류의 회의가 거의 처음 있는 형편이어서 여러 가지로 미숙한 상황이었고, 따라서 만남 자체에 의의가 있는 정도였다. 회의가 끝날 즈음 나는 밴쿠버가 시애틀에서 멀지 않다는 생각이 떠올랐고, 이 기회에 상륭을 한번 만나야겠다고 작정했다. 소요시간은 버스로 불과 세 시간 남짓했으니까. 나는 일행 중 정현기 교수를 유혹해서 버스에 올랐다. 룸메이트인 그는 상륭을 아직 몰랐지만 상당한 흥미를 보였고, 잠시의 주저 끝에 곧 따라나섰다. 저녁에 당도한 상륭의 집에서의 해후는 우리 모두 백년지기의 그것을 넘어서는 열기로 들떴다. 흡사 이산가족의 상봉 장면이었다.

밴쿠버 다운타운 그레이하운드 버스 터미널 한 정거장 못 미처서 내린 우리 두 사람은 길가에 서 있는 상륭의 자동차에 올랐다. 상당한 미모의 딸이 운전하는 차를 타고 나온 그는 청바지 차림이었다. 그에게는 딸 셋이 있었는데 모두 용모가 출중했고, 그 가운데에서도 막내는 영어로 소설을 쓰고 있다고 해서 아버지 상륭의 귀여움을 독차지하고 있는 듯했다(막내딸이 그 뒤로도 계속 소설의 길을 걸어갔는지 여부에 대해서는 내가 아는 바가 없다). 그는 세 명의 딸, 그리고 부인과 장모까지 함께 살고 있는 처지여서 그야말로 여인천하였다. 1박 2일의 짧은 체류였으나 내가 보기에 그는 여인들의 거의 절대적인 존경 아래 옹위되고 있는 분위기였다. 특히 도톰한 인상의 막내는 소설가 가정의 맥을 잇는다는 자부심이 대단해 보였고, 그래선지 상륭 또한 막내딸에 대한 애정이 지극하였다. 다만 한국어로 글을 쓰지 못하고 한국어로 활발하게 소통하지 못함에 대한 아쉬움이 있어 보였지만, 그럼에도 부녀 간의 정신적 교류는 별 지장이 없는 것 같았다. 아무튼 상륭은 막내에게 푹 빠져 있었다. 안타까운 것이 있다면, 그보다 먼저 캐나다에 건너와서 간호사의 격무를 이겨내면서 집안을 일구어온 부인의 모습에서는 집안의 어느 누구보다 피곤의 빛이 역력했다. 그러나 그녀 역시 자랑스러운 남편, 자랑스러운 자녀들에 대한 자부심이 충만했고 그 표정과 분위기는 집안 전체를 은근히 감싸고 있었다.

그날 저녁 우리는 글자 그대로 통음했다. 밴쿠버로 온 이후 술을 자제해왔다는 그는 그 저녁 술을 물 붓듯이 몸에 부어 넣었다. 우리 또한 마찬가지였다. 마음 놓고 한국말을 하고, 한국어로 문학 이야기를 하는 것이 그로서는 처음이었다. 그렇지 않았겠는가. 밴쿠버 어디에 가서 누구와 한국어로 문학을 떠들겠는가(나중에 브리티시 컬럼비아 대학에 한국어 프로그램이 생겼지만—). 더구나 자기 자신을 자폐적으로 운영하는 상룡으로서는 누구와 어울리는 일 자체가 거의 전무했으며, 문학적인 교제는 아예 불가능한 일이었다니까. 술을 기분으로 잘 마셨던 정 교수와 나는 덩달아 흥이 났고, 벨칸토 창법의 성악가 수준으로 노래를 잘 부르는 정 교수는 초면의 상룡 식구들 앞에서 끝없는 레퍼토리를 풀어놓았다. 지금 생각해보면, 상룡의 가족들이 뒷날 대체 어떻게 이웃의 양해와 용서를 구했는지 궁금하다. 아니면 미리 이해를 구해놓았던 것일까. 하여간 그날 밤은 술과 문학, 노래로 꼬빡 새웠는데, 되돌아보니 압축된 천일야화와도 같은 시간처럼 느껴지기도 한다.

상룡과 내가 깊은 만남을 가진 일은 없다. 따라서 깊이 있게 문학적, 철학적 대화를 나누어본 일도 없다. 미안한 일이지만 제대로 된 비평문 하나 써본 일도 없다. 1964년엔가 등단한 그가 이 땅을 떠난 해가 1969년인 것으로 기억되는데, 그의 처녀 장편작이자 대표작인 『죽음의 한 연구』가 나온 것은 그가 캐나다에 정착한 뒤의 일이다. 1973년의 일이니까. 그가 이민의 길에 오르기 전 몇 편의 단편을 발표한 일이 있는데, 그때 「2월 30일」이라는 작품이 있었고 어느 일간지의 월평란을 통해 짧은 평을 쓴 것이 내가 그의 작품에 간여한 최초이자 유일한 공식 기록이다. 그러나 아주 아무런 소통이 우리 둘 사이에 없었다고도 할 수 없다. 어떤 의미에서는 이런 애매한 관계가, 그가 한국에 와서 집을

292

얻고 나름대로 서울 생활을 하고자 한 다음, 오히려 우리 둘의 관계를 소원하게 한 것이 아닐까 짐작해본다. 무엇이 그토록 애매했을까. 말할 것 없이 가장 눈에 띄는 것은 그의 작품세계다. 기본적으로 나는 그의 소설들을 잘 이해할 수 없었던 것이다. 더 정확하게 말한다면, 동의하기 힘들었던 것이다. 무엇보다 기독교에 대한 그의 태도가 지나치게 자의적이라고 생각되었고, 당연히 이 점을 지적하였다. 그는 물론 반발하였다. 어느 작가가 어느 종교에 어떤 태도를 취하든 그것은 그의 작품세계를 위한 자유이므로 태도나 방향에 있어서는 문제가 있을 수 없을 것이다. 그러나 팩트 자체를 왜곡하는 일은 곤란하다. 왜곡된 정보와 지식의 바탕 위에서 어떻게 올바른 방향이 잡힐 수 있겠는가 하는 점이며, 이 점에 있어서 우리는 이견을 가졌다. 상륭은 팩트 자체에 대해서도 작가는 해석의 자유가 있으며, 이것은 왜곡 아닌 해석이라는 주장이었다. 이것은 단순히 우리 둘만의 개인적인 견해차를 넘어서 창작과 비평이 서로 마주 보고 토론해야 할 중요한 현안이라고 지금도 나는 믿는다. 여기에 감정적인 다툼이 끼어들 여지는 없다. 그러나 그는 동서고금의 사상들을 자기 식대로 휘저어서 소설을 일구어온 터이라 그에 대한 자존심은 엄청 높았다. 나는 대놓고 그에게 말했다. “자넨 교주구먼, 교주야……” 그렇다면 거기엔 문학적인 논리나 합리적인 설득의 감동보다는 신념의 굳은 얼굴만이 나타나기 십상이다. 사상적 에세이풍의 소설들이 소설의 이름을 얻기 위해서는 이 문제에 대한 심각한 고려가 필요하다는 나의 조언에 그는 민감하게 삐친 듯하였다. 어느 순간 그는 그렇게 나에게서 멀어져갔다. 그즈음 작은 사건 하나가 생겼다.

광화문 언저리에 그가 거처를 가지고 있을 때, 어느 방송국에서 내게 연락이 왔다. 작가 소개 프로그램이 있는데, 나보고 박상륭 편에 출연해달라는 것이었다. 나는 생각해볼 터인데, 왜 작가로부터는 연락이 없느냐고 되물었다. 이런 종류의 프로에는 늘 작가가 먼저 내게 부탁을 하고 나중에 방송국에서 연락이 오는 것이 예외 없는 순서였고, 그런 식으로 나는 몇 번 출연을 한 일이 있었다. 박상륭 씨로부터 말씀이 있을 것이라고 방송국 담당자는 말하였으나 끝내 상륭은 내게 전화하지 않았다. 단단히 삐친 모양이라고 생각했는데, 그럼 대체 왜 방송국 쪽에 내 이름은 주었던 말인가. 이 역시 교주 근성이 아닌가 생각하고 나는 매우 불쾌하였다. 지시에 가까운 이 간접적인 출연 요구에 나도 응하기 힘들었다. 이후 그와 나는 한 번의 만남도 연락도 없었다. 그는 자신을 추종하는 젊은 문인들하고만 어울리더니 언젠가 밴쿠버로 다시 돌아갔다는 소식만 들려왔다. 서울에 머무는 몇 해 동안 그래도 가끔 만나서 소주도 마시고 함께 노래방도 가고 했는데…… 아쉬웠다. 그는 그를 칭송하는 찬양시까지 나오고, 외국에서 경험할 수 없었던 숭배의 분위기가 잠시 떠돌자 정말이지 교주 같은 기분에 취했던 것일까. 그렇다 하더라도 자신의 성을 완고하게 지키기보다는 개축하고 증축하는 일에 더 마음을 열고 고국의 공기를 마음껏 마셨으면 어떠했을까. 지금도 나는 어쭙잖은 욕심을 내본다. 그의 세계는 이념적, 구조적으로 야심찼으나 또 그만큼 반론에 대비하여야 할 논쟁적 세계였기 때문이다.

세상과 종교, 철학 등 모든 기성의 것을 향한 도전의 정신과 힘은 박상륭의 것이었다. 이 힘은, 말을 달리하면, 싸움꾼 기질이라고도 할 수 있다. 1972년 어느 날, 중학동 한국일보 뒤편 사무실에 근무하던 권영빈 형으로부터 숨 넘어가는 소리로 빨리 와달라는 전화가 왔다(지금도 나는 그가 왜 하필 내게 전화를 했는지 알 수 없다. 나는 이런 일을 감당할 만한 체력도 담력도 없는 연약한 사람인데—). 그의 사무실 1층에 있는 선술집에 박상륭과 박태순이 싸움을 하고 있으니 말려달라는 용건이었다. 할 수 없이 달려가보았더니 현장은 가관이었다. 아니 밴쿠버에 있어야 할 박상륭이 이 벌건 대낮에 서울 한복판 선술집에 있단 말인가. 그것도 서로 멱살잡이 싸움을 벌이고 있다니! 도무지 알 수 없는 일이었다. 이야기에는 전사(前史)가 있었다.

박상륭은 1969년 서울을 떠났다. 밴쿠버에는 간호사인 부인이 먼저가 있었다. 문제는 그가 서울을 떠나기 바로 전날 저녁에 일어났다. 송별회 자리가 있었다. 이때 그 자리에 누구누구가 있었는지는 모르겠는데, 확실한 것은 문제의 소설가 박태순도 있었다는 사실이다. 그런데뜻하지 않게 거기서 다음 날 비행기를 타야 할 박상륭에게 공격이 쏟아졌다. '연약한 조국을 등지고 작가가 무책임하게 떠나는 것이 말이되느냐' 대충 이런 논지로 상륭은 몰렸는데 거기서 그만 주먹질까지오가게 되고 박태순에게 당하게 되었다는 것이다. 이런 이야기는 나도전해 들은 것이어서 전말이 소상치는 못하다. 하여간 시간이 촉박한상륭은 일단 비행기를 타고 떠났으나 박태순에 대해서는 절치부심 설욕의 날을 기다리고 있었고, 그날 선술집은 바로 그 현장이었던 것이다. 그리하여 상륭은 아무에게도 말하지 않고 3년 만에 조용히 서울에나타난 것이다. 싸움은 치열하였고 나는 그것을 말릴 능력이 없었다. 나는 거기서 얼마 떨어지지 않은 곳에 사무실이 있었던 이문구에게 연락을 취했고, 상륭은 그에게 넘겨졌다.

이문구도 깜짝 놀랐다. 아니 내게도 아무 말 없이 오다니— 이문구도 고개를 절레절레 흔들었다. 상륭은 그 일을 마치고 사흘 뒤 다시 홀연히 사라졌다. 이때 내가 깨달은 것은 그가 천부적인 승부사 기질을지녔다는 사실이었다. 몸뚱이밖에 가진 것 없는 서양사회에서 노동을하고 살면서도 그는 소설가로서의 상상력과 정신적 에너지를 놓지 않았다. 그의 부인은 이런 그에게 서점을 내어주었다. 원형으로 된 아케이드 건물의 중심부 쪽에 있는 작은 서점에 나는 그날 가보았다. 서점은 내게 육체를 담보하고 싸워서 얻어낸 정신의 기념관처럼 여겨졌다.

죽음의 또 다른 연구

음기의 에너지를 지닌 한국의 대표적 소설가라고 박경리를 유독 끔찍이 좋아했던 박상륭은 연구할 요소를 많이 지닌 샤머니스트였다. 샤머니즘의 극복을 문학의 궁극적 가치의 하나로 생각하고 그 길을 반세기 동안 걸어온 나에게 그는 계몽과 근대에 머리를 부딪혀 충돌시키는 무모한 신화주의자처럼 보인다. 샤머니즘은, 그러나 극복되어야 할 많은 부정적 요소와 더불어 새롭게 해석되어야 할 마법적 전통도 지닌다. 죽음의 문제는 그 중심에서 여러 손길을 기다린다. 여기에 각별히 관심이 많았던 박상륭은 체험을 위해서인지 직접 죽음의 문을 열고 들어갔다. 죽음의 또 다른 연구인가.

[2017]

문학에 대한 기이한 확신
─철학자 소설가 최인훈

일찍이 1960년 최인훈은 분단 한국의 뜨거운 상징이 되었던 '광장'이라는 문학공간을 창작하고 그곳에서 중립국으로 들어갔다. 주인공 이명준은 바다로 침잠하였다. 많은 독자가 정치적으로 이 일을 해석해 왔지만, 나는 그 자리가 최인훈이 선택한 문학의 나라라고 읽고 있다. 그렇다. 문학의 나라는 중립국이며, 작가의 자리는 바다이다. 그는 우리에게 많은 것을 가르쳐주었지만, 가장 중요한 것은 문학의 자리, 작가의 자리를 가리켜주었다는 사실이다. 그것은 문학은 관념이라는 엄연한 사실, 작가는 그 설계자라는 사실이다. 요즘 말로 디자이너이다. 작가는 현실비판을 역사라는 거대 안목 안에서 행하되 그것을 담아내는 관념의 나라를 동시에 디자인해야 한다는 것이다. 그런 의미에서 그는 감수성이나 문체의 차원에서 거론될 수 있는 범주를 넘어서는 위대한 작가였다,

나는 최인훈을 헤겔적 이상주의자라고 생각한다. 현실적으로 이렇다 할 자산을 갖고 있지 못한 18, 19세기 척박한 독일 땅에서 오직 이상주의적 관념의 추구로 자신만의 절대적 성채를 지었던 헤겔을 그는 정신의 모범으로 줄기차게 되뇌었다. 서울역 뒤 허름한 청파동 언덕길 길갓집이었던 그의 누옥을 찾곤 했던 1960년대 중후반의 어느 날들, 그는 예의 헤겔론으로 토론 아닌 강의를 메마른 어조로, 그러나 열

정적으로 행하였다 작고한 김현 군과의 동행에서도, 미진한 질문을 들고 나 혼자 찾아갔던 길에서도 언제나 그는 헤겔이었다. 1967년 초 어느 겨울날 최인훈과 나는 삼각지에서부터 흑석동까지 하염없이 걷고 있었다. 아마도 흑석동에 사시는 평론가 백철 선생댁을 가던 길이 아니었던가 싶다. 제법 매섭던 겨울 날씨에도 당신은 굳이 걷기를 주장하였고, 이내 나는 그 길이 헤겔 공부 시간임을 알아챘다. 한 시간은 훨씬 넘는 그 시간 헤겔에 대한 그의 열기는 추위를 녹일 만큼 뜨거웠다. 절대적 이상주의를 헤겔의 정신사적 위치라고 할 수 있다면, 그 자리는 내려올 줄 모르는 고지이며 그에 대한 비판과 도전은 자연스럽게 미끌어질 수밖에 없는 논리로 연결되었다. 그와의 대화도 비슷한 형상이었다. 많은 부분 동의하면서도 이따금 제기되는 나의 이의에 조금의 틈도 참지 못하는 그의 이론적 완벽 추구는, 글쎄 바로 헤겔에게서 왔던 것일까. 변증법적 삼각형이라는, 다소 도식적인 헤겔의 이론을 떠나서, 독일정신이 그를 자랑스러워하듯이 이제 한국문학도 그에게서 철학과 깊이를 배우고 문학이라는 관념의 축조 앞에서 자부심을 갖는 일이 필요해 보인다. 『광장』은 물론 『구운몽』 『회색인』 『서유기』 『총독의 소리』 『태풍』 등등의 작품들도 당연히 그 자부심에 값한다고 하겠다. 그는 소설 『화두』에서 "사람은 관념의 세계시민은 될 수 있어도 그와 마찬가지로 현실의 세계시민은 될 수 없다"고 말했다. 한국문학도 그와 더불어 더 새로워질 것을 기대해야 하지 않을까.

최근 10여 년 안팎 이청준, 홍성원, 오규원, 김치수, 최인호 등 여러 친구가, 그리고 박경리, 박완서, 이호철 등의 여러 선배가 우리 곁을 떠나갔지만 최인훈과의 이별 앞에서 느끼는 동시대적 상실감은 유독 큰 것 같다. 한국문학에 결여된 정신의 깊이를 헤겔을 비롯한 독일정신사에서 즐겨 유추하곤 했던 그의 발상과 지혜가 갖는 정신사적 좌표가 상실되었다고 생각하기 때문일까. 혹은 동질감이나 상상력의 유사성 때문인지도 알 수 없다. 그는 소설가이자 철학자였고, 철학과 철학자가 빈곤한 우리 정신계에 존재 자체로 귀중한 의미였다. 평론가로서 거의 비슷한 시간을 그와 함께 살아온 나로서, 그리고 문학에서의 정신의 깊이를 간단없이 강조해온 사람으로서 최인훈의 부재는 무더운 여름날의 무력증을 한결 힘 빠지게 하는 사건이다. 근자에 들어서 거의 펜을 놓다시피 한 일도, 『광장』의 작가답지 않게 밀실에 칩거해온 일도 이제 지상에 더 이상 '이상의 땅' '이상의 시간'은 없다는 그의 메시지였을 수도 있다. 종교적 선택을 제외하고서는, 아마도 그의 그 메시지는 정당할 것이다. 이제 그가 구현했던 문학적 이상의 제국을 넘어서, 영원한 이상의 나라에서 그가 영원한 평강을 누리기 바란다. 문학이라는 기이한 바다만을 올곧게 헤엄쳐간 그의 확신에 축복이 있기를!

[2018]

마르크시즘 연구, 또 연구
—정문길의 트로이카

정문길을 떠올리면 세 개의 낱말이 떠오른다. 마르크시즘 연구, 친구들, 그리고 당연히 술이다. 그는 그것들과 더불어, 그 속에서 70여 평생을 보내고 갔다. 낮이면 안암동 연구실에 틀어박혀서 마르크시즘 연구에 매달리고 저녁이면 친구들과 함께 한잔을 기울이는, 전형적인 선비의 삶이었다. 신기한 것은 남북 분단의 풍토 속에서, 1960, 70년대의 학문 분위기에서 어떻게 마르크시즘 연구를 시작하게 되었을까 하는 것. 그와 내가 알게 된 것, 친구로서 오래 사귐을 갖다가 마침내 그의 장례식에서 조사를 읽는 처지에까지 이르게 된 것, 그 모두가 알고 보면 그의 마르크시즘 연구와 관계된다.

1970년대 중반, 엄혹한 유신시대였다. 광화문의 한 다방에서 그와 만났다. 지금 생각해보니 대로변에서 만났던 것 같기도 하다. 삼십대 중반이었던 나는 그때 종로2가 기독교사상사를 가끔 드나들고 있었는데, 까닭인즉 편집장으로 있던 마상조 형과의 교유 때문이었다. 고등학교 선배였던 마 형은 나를 친하게 대해주어서 잡지 일을 비롯해서 이런저런 일에 나를 불러주었는데, 그 일 가운데 하나로 『현대문화와 소외』(1976)라는 단행본의 편자를 나에게 맡겼었다. 나는 이 방면에 지식이 부족한 처지였으나 '소외는 현대인의 숙명인가?' '인간 없는 사회' 등 10여 항목의 논제를 설정하고 정문길 교수 등 10여 명의 학자를 필자로 초대하였다. 모두들 흔쾌히 응해주어서 당시로서 다소 앞선 이 문제를 치열하게 다루어보는 계기가 되었었다(이 책은 1976년 초판 이후 2004년까지 30년 가까이 중쇄를 거듭한 스테디셀러가 되었다). 나는 정문길을 필자의 한 분으로 결정했다. 당연히 초면인 정문길에게 내가 먼저 전화를 하였고, 그렇게 해서 우리는 만났고, 친구가 되었다. 알고 보니 우리는 동갑내기 같은 학번인 데다가 키도 자그마한 게 고만고만했다.

"난 정 선생이 키가 큰 분이고 나보다 위 학년인 줄 알았어요."

"나도 그랬는데요. 김 선생이 선배고, 큰 분인 줄 알았는데……"

첫 대화는 이랬다. 그 뒤 1978년 문학과지성사에서 『소외론 연구』를 펴내게 된 것도 이 일이 물론 계기가 되었고 이후 그는 마르크시즘 연구에 본격적으로 매달려 이 분야의 세계적 석학이 되었다. 그는 독일에서, 그리고 중국과 일본 학계에서 초청을 받고 논문 발표 등 국제 활동을 벌였는데 그때마다 독일어로 된 논문 초고를 내게 보여주고 의견을 들었다. 내가 전문적인 조언을 한 일은 거의 없고 기껏해야 독일어 오자를 고쳐준 정도였지만, 그는 나를 독일학 전반에 관한 전문가 취급하는 모양새여서 민망하였다.

그러나 학자로서의 정문길보다 인간 정문길에서 기이한 감동을 느낀 경우가 나는 더 많았다. 예컨대 그는 공의로운 길 이외에는 관심이 없었다. 내가 집에서 도둑을 맞아 얼마 안 되는 금붙이를 도난당했다고 하자. 표정도 변하지 않고 "필요한 사람이 가져갔구먼" 하고 일갈하였다. 나는 아, 그렇구나, 하고 곧 공감하였다. 식당에서 음식에 벌레가 빠져도 그냥 건져내고 그대로 먹는다든지 하는 모습은 사실 작은 일 같아도 대인의 풍모가 아닐 수 없었다. 이렇듯 소리 없는 자기희생의 모습은 작은 예수를 방불케 한다고 내가 기독교 신앙을 권유하자, 음악하는 고명딸을 싣고 예배당을 오간다는 이야기를 듣고 옳거니, 내가 한마디 쏘아붙였다.

"아, 예배당 바깥 차 안에 앉아 있는 초췌함은 정문길답지 않구면—"

결국 그는 예순 살이 넘어 교회에 출석하였다. 사모님의 꾸준한 권면이 주효했겠지만, 나로서는 그의 마르크시즘 연구가 일정한 영향을 미쳤다고 생각한다. 인간의 도덕적, 정치적 능력에 기반을 둔 인간관이 마르크시즘을 형성하였다면, 그 연구의 끝에서 정문길은 마침내 그 한계를 보지 않을 수 없었으리라. 언젠가 그는 아픈 가운데 말했다. "인간에게는 소망이 없는 것 같아." 교만하기 일쑤인 문학의 친구들과 달리 겸손하게 인간의 바닥을 본 이 마르크스 연구자에게 오늘도 나는 따뜻한 사랑을 보내고 싶다. 마르크시즘과 기독교, 그리고 술, 기이한 이 트로이카는 정문길에게 어울렸던 것일까.

[2016]

바다를 넘어선, 바다의 시인
─문충성의 아득한 목소리

"접니다……"

그는 전화를 자주 했다. 용건은 없었다. 그래도 통화 시간은 보통 20분이 넘었고, 30분을 넘는 경우도 적지 않았다. 왜 전화를 했을까. 무슨 이야기를 했던가. 내용은 없었다. 그저 바다의 파도 소리만 들려오는 것 같았다. 그저 외롭다는 말뿐…… 제주로부터의 음성은 서울로 이어졌고 전화선 대신 얼굴을 마주 보는 카페에서의 만남으로 이어졌다. 그러나 사람을 따뜻하게 보듬어줄 줄 모르는 나하고의 동석은 그의 외로움을 별로 달래주지 못했으리라. 그럼에도 불구하고 나를 찾는 그의 목소리는 1977년 이후 40년 넘게 계속되었으니 그야말로 그와의 인연은 운명적이었다고 해야겠다.

인연은 그의 시를 내가 문학과지성사에 소개한 데서 시작된다. 숙명여자대학교 독문과에서 선배 교수로 모시고 있었던 김재민 교수의 제주도 친구였던 문충성은 김 교수의 소개로 나를 만나게 되고, '문지'를 통해 시인으로 이른바 '등단'한다. 김재민 선배가 그렇듯이 그는 나보다 3년 위였는데(나이나 학교나 모두) 내가 등단을 이끌었다고 평생 나를 '선생님'이라고 불렀다. 이런 경우가 이따금 있는데, 나로서는 그와의 친근에 어떤 선을 긋는 일종의 제한지역 같다는 불만을 늘 갖게 되어 아쉬움이 남았다. 그러나 문 시인의 경우, 그런 한계 같은 것이 없었다. 호칭만 '선생님'일 뿐, 무엇보다 잦은 통화는 그 누구보다도 가까운 관계를 형성해주었다. 그에게서 풍겨오는 제주 바다의 냄새는, 바다를, 제주를 잘 모르는 낯선 도시인으로서의 나를 마약처럼 휘감곤 했다. 그 냄새는 새콤달콤한 감귤 냄새 같기도 했고, 비릿한 생선 냄새 같기도 했고, 금방 하산한 산 사나이의 수염 냄새 같기도 했다. 그러나 한마디로 요약한다면 먼바다 냄새라고 말하는 것이 가장 가까울 듯하다. 그러나 그는 바다를 싫어했다. 물론 제주도도 싫어했다. 1978년 출간된 첫 시집 『제주바다』는 말하고 있다.

> 누이야 원래 싸움터였다.
> 바다가 어둠을 여는 줄로 너는 알았지?
> 바다가 빛을 켜는 줄로 알고 있었지?
> 아니다. 처음 어둠이 바다를 열었다. 빛이
> 바다를 열었지. 싸움이었다.
> 어둠이 자그만 빛들을 몰아내면서 저 하늘 끝에서 힘찬 빛들이 휘몰아와 어둠을 밀어내는
> 괴로워 울었다. 바다는
> 괴로움을 삭이면서 끝없이 없는 싸움을 울부짖어왔다.

문 시인의 바다는 서정과 역사가 싸우고 있는 바다였고, 서정과 서정, 역사와 역사가 싸우고 있는 바다였다. 누이를 호명해서 서정을 일깨우고, 실제로 괴롭고 아픈 역사를 안고 있는 바다에서 어머니의 모정, 그 위대한 현장을 본다.

> 누이야 어머니가 한 방울 눈물 속에 바다를 키우는 뜻을 아느냐
> 바늘귀에 실을 꿰시는

한반도의 슬픔을, 바늘 구멍으로

내다보면 땀 냄새로 열리는 세상

어머니 눈동자를 찬찬히 올려다보라.

[……]

까마귀 등을 타고 제주의

겨울을 빚는 파도 소리를 보라.

파도 소리가 열어놓는 하늘 밖의 하늘을 보라 누이야.

　　　　　　　　　　　　　　　　—「제주바다 1」 부분

　바다를 바라보아도 막막하고, 바다에 대해 읽어보아도 괴롭고 슬픈, 문충성에게 있어서 제주 바다는 그런 곳이었다. 바로 그런 곳에 의해서 둘러싸여 있는 고립무원의 땅이 바다였다. 문충성은 전화가 길어질 때마다 "미안하다 미안하다" 하면서 "그래도 이것이 숨통입니다" 하고 양해를 구했다. 그때 그 숨통을 통해서 나는 그가 시에 쓰고 있는 바다의 서정과 역사가 파도처럼 밀려 들어오고 있는 것을 느꼈다. 그와의 전화를 끊고 나면 나는 거의 20, 30분쯤 숨을 내쉬고 한참 눈을 감고 앉아 있었다. 제주 어디쯤엔가 망연하게 앉아 있을 그의 모습이 그림처럼 선연하게 떠올랐다.

　사실 그와 더불어 제주도 곳곳을 안 가본 곳이 없었다. 그의 초기 시절이라고 할 수 있는 사십대에 그는 나를 걸핏하면 제주로 불렀고 나 혼자, 혹은 부부와 함께 그가 안내하는 제주의 비경을 샅샅이 돌아다녔다. 그는 제주도를 그야말로 꽉 잡고 있어서, 그의 눈에 띌까 봐서 그에게 미리 말하지 않고서는 내 맘대로 제주에 갈 수도 없었다. 실제로 학회 관계로 서귀포에 갔다가 그에게 연락하지 않고 돌아온 일이 있는데, 그는 이 일에 두고두고 섭섭해했다(이런 일로는 비교적 집념이

바다를 넘어선, 바다의 시인　　　　　　　　　　305

랄까 하는 것이 끈질긴 편이어서 여러 번 같은 이야기를 하는 바람에 나는 단독으로 제주행을 할 수 없었다). 그러나 안내하는 그의 모습은 말이나 행동이나 시큰둥했다. 제주에 대한 자부심이 없어 보였다. 그러나 아들 수백 명을 두었다는 여성 거인 설문대할망 등의 전설과 민속사박물관에서는 조금 흥이 났다. 제주에서 목포까지 다리를 놓을 수도 있다는 그녀의 힘을 뽐내보기도 했다. 모두 허풍이지만 거기에 제주문학의 상상력이 있다는 설명이었다. 그리고 그 상상력의 바탕에는 바다가 있다는 것이었다. 훨씬 나중에 육십대 이후, 그리고 거처를 서울 근교로(아들은 의왕, 딸은 일산으로, 그 자신도 일산으로) 옮긴 뒤 이따금 귀향을 말할 때, 그의 바다는 어느새 다정한 이미지로 서서히 바뀌어가고 있음을 나는 볼 수 있었다.

바다가 변한 것이다.

> 이마 위로 바다 물결이 새하얗게 밀려오기 시작하면
> 연둣빛 새봄이 와요 새봄이
> 잎 떨린 나뭇 가지마다
> 물새들 물고 온 새 소식들 투욱 툭 전하면
> 소리 없이 연둣빛 웃음을 터뜨려요
> ─「제주의 새봄」 부분

이렇듯 제주의 봄은 필경 바다와 함께 온다는 사실을 그는 몸으로 인정한 것이다. 떠나기 3년 전 상재한 스물한번째 시집 『마지막 사랑 노래』에서 그는 바다로 돌아갈 수밖에 없음을 고백했다. 하지만 그가 귀향하고 싶었던 마지막 처소는 결코 바다가 아니었다. 그는 바다의 시인이었으나 바다로 돌아가거나 바다에 머물고 싶어 하지 않았다. 물론 그는 "말라르메에서 도주하라"고 말하면서 동시에 "삶이 고달프면 바닷가로 나오라"고 읊었지만, 그것은 그에게 바다가 정신적 상징이 아닌 경험의 공간임을 일러주는 것일 뿐, 바다로의 거주를 권고하는 메시지는 아니었다. 큰 물고기 곤(鯤)이 붕새가 되려면 바람이 있어야 하지만 하늘로 날아오른 붕새는 그 바람마저 버려야 하듯이, 바다 또한 문충성에게서는 버려져야 할 대기 상태에 놓여 있었던 형상이 아니었을까. 곤과 붕새의 장자(莊子)식 원리를 나는 문 시인 시의 중심 모티프를 이루는 바다에서 늘 느끼고 있다. 지금쯤 그는 바다를 버리고 붕새가 되어 날고 있지 않을까.

부인이 오래 앓아서 그는 마음대로 외출도 못했다. 천생 전화에 의지하는 외출이 되었고 어쩌다 딸이나 며느리가 와서 외출을 자유롭게 할 수 있게 되었을 때 자녀들에게 너무 고마워했다. 부인을 간병하는 그 긴 시간이 늘 당연하다는 투였다. "어쩌겠는가." 이 말은 그가 폐암에 걸렸다는 말을 전할 때에도 그대로 불려나왔다. "여든이 되었으니 갈 때도 되었죠." 남의 이야기하듯 담담했다. 젊은 날 담배 피우던 시절을 마치 회개하듯 돌아보는 말도 했다. 벌써 반세기 전 이야기를 하느냐고 무마했더니 그래도 잘못한 것은 잘못한 것이라고 아득한 표정을 지었다. 천 편이 넘는 그의 시들이 보여주듯이 그는 이렇듯 맑은 양심의 시인이었다. 지난날의 먼지 한 줌에도 그 스스로를 용서하지 못했던 그이기에 거짓을 일삼으면서 허위를 남발하는 세상 언어, 특히 정치 혹은 그와 한통속을 이루는 지식인들의 위선에 안타까움을 쏟는 시들을 쓰기도 했다. 바다에서 태어났지만 지적 상징으로서의 바다이든 정서적 본향으로서의 바다이든 오염된 그 속으로 다시 들어가기에 그는 이미 많은 것을 보고 말았다. 그는 이제 그것을 깔고 앉아 날아오르는 바닷새가 되었다.

[2019]

소설가 현길언, 하늘과 땅을 함께 껴안다

조문의 말씀이 잘 떠오르지 않습니다. 투병 중에도 늘 괜찮다면서 문학과 제주도, 그 너머에 계신 하나님만을 바라보셨던 현 선생, 작년에 문충성 시인 추모 특집에 앞장서 골몰하셨는데 이제 현 선생 특집은 누가 하나요? 사명감으로 평생을 소진하신 선생. 이제 주님 품에서 편히 쉬소서.

2020년 3월 11일 아침, 카톡 그룹창으로 들어온 현길언의 부고에 대한 나의 첫 반응이었다. 부고를 읽고 한 10분쯤 멍하니 앉아 있다가 이렇게 우선 적어 넣었다. 그러자 곧 외우 김화영의 전화가 울렸다. "어떻게 된 거야? 이렇게 많이 아팠나?" "많이 아팠지. 그러면서도 끝까지 내색을 안 하고 일을 했던 것이지ー" 이어서 문학과지성사의 이근혜 주간, 그리고 이광호 대표와 잠시 전화로 이야기를 나누었다. 최근에 『본질과현상』에 시를 발표한 일이 있는 금동원 시인도 놀라서 전화를 했다. 그 사이 목사이자 소설가이기도 한 향상교회 곽철근 협동목사와도 놀라움을 나누었다. 곽 목사와 금 시인은 작년에 나의 소개로 현 교수가 운영하는 계간지에 글을 발표한 일이 있어서 소설가이자 잡지 발행인이기에 앞서 따뜻한 인간 현길언의 체취를 살짝 느껴본 일이 있었던 것이다. 조금 뒤 정주채 원로목사의 음성도 비통하게 들려왔다. 안면은 없었으나 기독교 정신의 실천을 위해서 애써온 훌륭한 분으로 알고 있었는데 아쉽다는 말씀이었다. 정 목사는 『본질과현상』의 정기구독자였다는 말씀도 덧붙였다.

그리고 마침내 오늘 현대문학사 양숙진 대표의 전화를 받았다. 현길언의 추모 특집을 하려고 하니 빨리 원고를 써 보내라는 것이다……바로 어제, 내가 아득한 푸념처럼 내뱉은 그 추모 특집을 하겠다는 사람과 지면이 나타난 것이다. 글쎄, 이런 걸 반가워해야 하는 것인가. 어차피 한번 가는 인생이라고 하지만 이런 일은 가급적 늦을수록 좋을 터. 더구나 오랜 시간 발행인/편집인과 편집위원/편집자문으로 연을 맺어온 우리 두 사람 사이에서 이 일은 아예 나타나지 않는 것이 좋았을 것이다. 그런데, 그런데 그 일은 일어났다. 현길언은 종교학자 정진홍 교수와 소설가 이청준, 그리고 나, 이렇게 세 사람을 『본질과현상』의 편집위원으로 이름 붙여서 이따금 식탁으로 불러냈고, 우리들은 하늘의 거룩한(?) 이야기로부터 시정 잡담에 이르기까지 재미있는 시간을 가졌었다. 이청준이 뜻하지 않게 먼저 세상을 떠나는 바람에 모임은 그 뒤로 흐지부지되었지만, 그 대신 현길언은 훨씬 진지한 신앙 모임으로 우리를 초대해서 신학자, 교역자 들과 깊이 있는 믿음의 교제 시간을 마련해주기도 했던 것이다.

현길언은 평생 초인적이라고 할 에너지를 뿜으면서 살았다. 우선 그는 직업인으로서 교사/교수였다. 사범학교를 졸업한 그는 초등학교 교사로서 세상에 발을 내디딘 후 중고교와 대학의 선생으로서 각급 학교를 모두 섭렵하였고, 대학에서 학장 등의 보직도 마다하지 않았다. 그러나 무엇보다 그는 소설가로서의 일을 천직으로 여기고 다소 늦은 등단을 만회라도 하려는 듯 수십 권의 중단편과 장편을 생산해내었다. 물론 그는 교수로서의 연구서 발간에도 게을리하지 않아서 그야말로 그의 시간은 집필로 꽉 차 있는, 한 치의 빈틈도 없는 촘촘한 그물 같아 보였다. 뿐인가. 어디에서 나오는 정열과 정력이기에 그는 그 힘든 잡지 창간에 도전해서 2005년 가을호 이후 2019년 겨울호 현재 『본질과현상』 58호에 이르기까지 한 권의 결호도 없이 내놓지 않았는가. 도대체 '본질'과 '현상'이라는 어려운 두 문제를 모두 조합해서 잡지의 형태로 발간하기란, 전 세계적으로 전무후무한 일일 것이다. 이 일은 편집 면에서, 그리고 재정 면에서 모두 힘든 난제를 껴안고 있다. 대체 그 어려운 글을 누가 늘 써줄 것이며, 그 읽히지 않을 것이 뻔한 잡지를 누가 사볼 것이며, 결국 재정이 어떻게 조달된단 말인가. 현길언은 그런데 바로 이 일을 한 사람이다. 2년 전 다시 발병한 항암치료를 받으면서 원고청탁과 광고청탁을 한 사람이 현길언이다. 현길언 교수이자 현길언 소설가가 그 사람이다. 나는 그가 자신의 평생을 사명감으로 소진했다고 했는데, 과연 '소진' 이외에는 다른 표현이 떠오르지 않는다.

선생과 작가, 그리고 잡지 발행인/편집인 — 불가능해 보이는 이 세 가지 작업을 떠나는 날까지 동시에 수행해온 그의 힘은 어디서 솟아난 것일까. 내가 보기에 그 힘은 역설적으로 그의 병약한 육체에서 온 것이 아닐까 혼자 짐작해본다. 현길언을 처음 만난 것은 아마도 1980년 전후 어떤 해인 것 같다. 우리 모두 마흔 살 안팎의 중년이었는데, 나보다 한 살 많은 그는 그제야 막 등단한 새내기 소설가였다. 그를 소개한 사람은 역시 제주 출신의 시인 문충성이었는데, 그 역시 제주 출신의 독문학자 김재민이 소개했던 것(김 교수는 숙대 독문과에 재직했던 선배였는데 제주 출신의 세 사람은 이제 모두 작고하였다)이다. 그의 인상은 전형적인 선생님의 그것이었으나, 그는 초기 소설부터 교직 사회의 부패와 거짓을 통렬하게 고발, 비판함으로써 이른바 비판적 리얼리스트로서의 면모를 드러내었다. 위선을 참지 못하는 고지식한 성격은 문학에 그대로 반영되어서 남북 분단의 이념적 분열 또한 이러한 시각에서 비판되었다. 그가 제주 출신으로서 4·3사건을 직간접으로 체험

310

하였다거나 제주 출신 재일동포들 사회를 뚫어볼 수 있는 기회에 접해 있었다는 점은 그의 문학에 특징적으로 작용하였고 그의 소설을 항상 차분한 가운데에서도 들뜨게 한 것 같다. 말하자면 제주는 현길언 문학의 영원한 모티프였던 것이다.

그러나 현길언 문학의 진짜 모티프이자 타오르는 지향은 기독교, 즉 하나님의 세계를 바라보는 열망이다. 그는 위로부터 주어지는 힘으로 병약한 육체가 하기 힘든 엄청난 사업을 수행하였다. 잘 알려지지 않은 일이지만 젊은 날(삼십대 중반?) 그는 이미 위암 수술을 했고, 그것을 극복해냈다. 당시로서는 암이 발병하면 모두 쉬쉬하면서 환자 본인에게도 잘 알리지 않을 때였다. 그가 이 상황에서 암을 물리쳤을 때, 아마도 그는 결단하지 않았을까. 그 결단은 신앙의 결단이었을 것이다. 여생을 주님을 위해 바치겠다고— 그가 사명감으로 온 생애를 헌신했다고 내가 말한 것은 바로 이러한 그의 결단을 지켜보았기 때문이었다. 그는 충신교회에서 장로직을 맡고 있었으나, 그 같은 교회 내부의 일에 연연하지 않았다. 봉사와 헌신은 교회 바깥 세상을 향한 것이어야 했으며, 작가로서, 교수로서의 그 역할은 당연히 지식인 사회를 향한 것이어야 했다. 그는 그것을 용기 있게 했다. 계간지 『본질과현상』을 통한 용기 있는 필치는 준엄하면서도 예언자적이었다. 문학인으로서 언어의 힘과 질서에 대한 깊이 있는 탐구, 위선과 거짓에 가득 찬 현실을 통타하는 진실의 추구는 최근에 올수록 더욱 가열찬 울림으로 내게 다가왔다. 나는 이 모든 것이 하나님을 믿고, 하나님의 공의가 이 땅에서 실현되기를 갈망하는 그의 기도에서부터 우러나왔다고 믿는다.

작년 10월, 그러니까 지금부터 5개월 전 현길언은 『언어왜곡설』이라는 소설집을 상재하였다. 20여 권의 소설집과 장편소설, 그리고 다양한 연구서와 정치평론집 들을 마감하는 마지막 작품집이 된 이 책에서 그는 소설의 작중인물을 통해서 다음과 같은 주목할 만한 말을 하였다.

죽음이라는 이 절망적인 상황과의 싸움이 우리 세명의 과제입니다. 죽음을 앞둔 환자에게 인간적인 서비스를 제공하는 문제, 허위와 폭력과 안일한 관습에 맞서 이길 수 있는 휴먼 머신을 만드는 일, 일하는 사람들끼리 신뢰를 갖고 즐겁게 노동할 수 있는 환경을 만들어가는 것이 세명의 과제입니다. 제가 투병생활 하는 동안에 이루어졌던 모든 사항은 이러한 우리의 과업을 이루는 일에 필요하게 쓰여질 것입니다. 그래서 내가 이렇게 육체적인 고난을 받게 되었는지 모릅니다. '죽음의 절망을 향한 위대한 도전!' 이것은 세명의 사훈입니다.

'세명'은 작품에 나오는 회사의 이름이며, 이 진술을 행하고 있는 주인공은 이 회사의 회장이다(실제 연설은 부회장 아들이 대독). 10년간 식물인간으로 누워 있는 주인공이 회장으로 있는 그룹 산하의 병원을 방문한 자리에서 나온 이 연설은 병중의 현길언이 실제로 꿈꾸었던 지상의 어떤 낙원이 아니었을까 생각해본다. 그가 '휴먼사이언스'라는 이름으로 부른 그 경지, 그러니까 지금까지의 과학이 이루지 못한 생영의 영역이 오히려 사람이 들려주고, 듣는 이야기의 힘에 의해 이루어질 수도 있다는 꿈이 그것이다. 인문의 힘이랄까. 그는 내세와 천국을 믿는 기독인이었지만, 지상에서도 하나님 나라를 이룰 수 있다는 꿈을 저버리지 않은 문학인이었다. 현길언이 부지런히 봉사했던 그 많은 직역(職域)들은, 그가 이상주의자라기보다 꿈을 놓지 않는 리얼리스트였다는 사실의 표지가 아닐까. 모순처럼 보이는가. 그래도 그는 그것을 했다. 그는 일을 하다가 잠시 손을 놓고 간 느낌이다. 현길언의 부재는 많은 사람에게 애매한 혼돈을 불러온다. 천국에서도 그는 그렇듯 바쁠까.

[2020]

모바일 시대 상상력의 비평
─ 김주연 선생과의 만남

유성호

(문학평론가)

　김주연(金柱演) 선생을 떠올리면, 우리는 우선 그의 비평이 종교적
초월과 사랑에 깊은 수원(水源)을 두고 있다는 것, 그리고 그 초월과 사
랑이 유한하고 물리적인 지상의 세계를 벗어나 성찰과 신성의 의미를
동시에 품고 있다는 것에 상도한다. 이러한 신성과 인간 이성의 조화로
운 결속과 통합은 우리 비평에 참으로 드문 기율이 아닐 수 없을 것이
다. 이렇게 성찰과 구원의 언어를 통해 신성을 사유하는 비평을 지속해
온 선생은, 내년이면 자신의 비평 이력 50년을 꼭 채우게 된다. 선생은
더불어 한국문학번역원장을 역임하기도 하였으니, 한국문학의 구체적
현장에 '비평'과 '번역'이라는 이중 작업의 참여를 꾸준히 해온 셈이다.
선생은 비평가라는 것이 변화하는 문학 현장에 늘 같은 모습으로 함께
할 수밖에 없기에 시간이 지나도 같은 자세와 열정으로 임할 수밖에 없
다고 하면서, 자신의 비평 이력과 그 핵심을 세세하게 들려주셨다.

종교적 메니페스토

　먼저 현장비평가로서는 더욱 젊어지신 선생께 비평 이력 50년에 대
한 술회를 부탁드렸다.

책을 읽고 글을 쓰는 일에 그동안 비교적 지속적으로 임
해왔기 때문에 세월이 지남으로써 그 변화가 상전벽해라는
느낌은 안 들어요. 그러나 가만히 나 자신을 되돌아보면 어
떤 의미에서는 깊고 새로운 성찰을 할 기회가 적었다는 반
성도 해보게 돼요. 마치 종군기자처럼 현장에서 비평에 진
력해온 시간이었습니다. 그렇다고 변화가 없었던 것은 아
닙니다. 현장이 변하니까요. 어쩌면 『가짜의 진실, 그 환상』
(1998)으로부터 저는 디지털 시대에서의 문학의 존재방식
을 탐구하기 시작한 것 같아요, 그 여정이 최근까지 왔다는
점에서 비평적 마디를 이루었다고 봐요. 하나의 큰 산맥은
있었다고 할까요.

　그러고 보니 선생은 근작 비평 『문학, 영상을 만나다』(2010)에서
는 "아날로그 시대의 한 나이 든 문학자로서 디지털 시대의 문학을 조
망하고 있다는 점에서는 드문 경우"라고 강조하였고, 『몸, 그리고 말』
(2014)에서는 이 책이 "때로 공감하고 때로 함께 흥분하고, 더러는 개
탄도 한 일종의 체험적 비평론"이라고 고백한 바 있다. 아닌 게 아니라
선생은 그동안 이른바 '정신'의 세계를 옹호해왔는데, 그 전범으로 주
로 괴테를 거론하였고, 다른 한쪽으로는 '몸'의 세계를 대변하는 보들
레르나 니체를 대조적으로 배치하곤 하였다. 그 사유는 고전적 인문주
의와 신성 탐색을 통해 디지털 과학주의와 유물론을 동시에 극복하려
는 지양 형식이 아니었나 싶다. 그 점에서 최근 저서들은 연속성이 커
보인다.

　　제가 이메일 주소를 괴테로 쓰지 않습니까? 연전에 「'파우

스트'의 기독교적 이해」라는 논문을 쓴 일이 있어요. 그동안 『파우스트』연구가 많이 행해졌지만 평이하게 씌어진 글은 별로 없어서, 제가 비교적 쉽게 설명한 논문입니다. 정년퇴임 때쯤인가 독문학회에서 발표했어요. 그런데 그 특강이 반응이 좋았어요. 독일문학도로서 평론가로서 살아온 것이 몸속에 녹아 자연스럽게 이루어진 글이 아닌가 생각이 들어요. 그 글을 생각하면 최근 몇 년 사이 펴낸 저작들의 기초가 그 안에 다 담겨 있는 것 같아요. 『파우스트』에는 괴테가 당시 부딪히고 있었던 문제들, 괴테 개인은 물론 독일문학, 독일의 상황 등 여러 가지 차원들이 겹쳐 있어요.

『파우스트』1부에는 인간적 정욕에서 인간이 어떻게 벗어날 수 있겠는가 하는 것이 주요 과제로 나와요. "누가 이 정욕의 사슬에서 나를 끊어낼 수 있으랴"라는 유명한 구절도 나오지요. 여기서 파우스트가 메피스토펠레스를 만나고, 그레트헨이라는 처녀를 만나 사랑에 빠지고, 그녀는 임신한 뒤 영아살해의 죄목으로 죽어가지요. 그때 그녀는 파우스트에게 진실한 기독교인이 되라고 애원합니다. 파우스트는 그녀의 말에 심정적으로 동의하지만, 제도권 교회에 나가는 것에는 거부감을 가집니다. 이 작품은 비록 파우스트가 모든 진리를 깨우쳤지만 마음에 행복감이 없었다는 것에서 시작하여, 그 회의에 메피스토펠레스가 응답하는 과정으로 이어지지요. 유력한 해석 중 하나가 바로 메피스토펠레스를 단순한 악마 아닌, 계몽주의자로 보는 건데요. 16세기부터 괴테 당시까지의 철학이 주로 인간의 합리성과 세속적 가치관을 중시하는 계몽주의였는데, 그가 그 사상을 대변한다는 거지요. 말하자면 종교 없는 지식인을 표상한다는 겁니다. 메피스토펠레스는 세속적 효율성과 즐거움으로 파우스트를 유혹합니다. 진리에만 매달리던 파우스트는 결국 설득을 당하고 사랑에 빠집니다. 그 과정에서 온갖 종류의 귀신이 나오는데, 이 모든 것이 일종의 신비주의의 흔적들입니다. 계몽주의는 현실적으로 신비주의의 속성도 띱니다. 넓은 의미의 신비주의로 파우스트가 들어가 죄를 지은 거지요. 그레트헨이 죽었음에도 불구하고 파우스트는 온전한 참회에 이르지 못합니다. 그러다가 2부에 들어가면 파우스트는 헬레니즘의 정수라 할 수 있는 헬레나를 만나기 위해 길을 떠납니다. 헬레나는 '미'를 상징합니다. 그리스 신비주의, 즉 헬레니즘이죠. 그런데 헬레나와의 만남을 통해서도 파우스트는 만족을 못 해요. 파우스트가 죽어가면서 "나에게 빛을 달라"고 외치는 장면은 물론 일차적으로는 눈을 뜨게 해달라는 소망이지만, 더 높은 단계의 영적인 빛을 갈망하는 것일 수도 있습니다. 그렇게 『파우스트』에는 인간 문제가 모두 압축되어 있으면서 동시에 인간의 종교적, 영적 초월 가능성을 묻는 비전이 들어 있지요. "인간은 노력하는 한 방황한다"라는 유명한 말도 이러한 인간 능력에 대한 회의와 구원 가능성을 함께 담은 종교적 메니페스트라고 할 수 있습니다.

말씀하신 '정신'은 곧 성찰의 힘입니다. 『파우스트』에 나타난 종교성의 문제에 정신이 추구해야 할 암시적 해답이 들어 있다고 봐요. 저는 등단 이후 그런 글을 쭉 썼는데, 김현과 공편한 『문학이란 무엇인가』(1976) 서문에도 그런 내용을 썼고, 더 일찍이 김병익, 김치수, 김현과 함께 낸 『현대한국문학의 이론』(1972) 서문에서도 그런 걸 썼어요. 제 문학의 기초라고 할 수 있겠습니다.

그 글에서 선생은 "문학은 전통의 끝에 앉아 있는 그의 성실한 상속자인 동시에 그에 끊임없이 도전하는 창조적 반역이다. 비평 역시 마찬가지라고 생각한다. 상속과 반역의 통로에 찡그린 얼굴로 앉아 있는 불만의 이름이 아니라, 그 유통을 도와주는 이론의 헌납자라고 믿고 싶다. 창작 행위와 이론 행위는 문학에 관한 한 서로 마주 보고 서 있는 대립의 개념이 아니라 서로 이를 맞물고 돌아가는 톱니바퀴의 개념일 것이다"라고 썼다. 어쩌면 김주연 선생은 비평 이력 50년을 한결같은 비평 행위의 지속성과 철저한 자의식을 우리에게 보여준 명쾌한 사례일 것이다.

몸 담론의 역사, 문학의 영상성

그리고 우리는 이번에 출간된 『몸, 그리고 말』에 선생이 그야말로 '몸'을 화두로 하여 우리 문학의 가능성을 탐색해온 도정이 녹아 있는 것을 바라보았다. 그리고 한편으로 '몸' 담론의 과잉과 그로 인한 피로감에 대한 경계도 담고 있는 것을 아닐까 하고 여쭈었다.

　　몸 담론은 페미니즘이나 해체론의 대두와 함께 본격화하였습니다. 여성작가나 비평가들에 의해 수면 위로 떠올랐지요. 문학이라는 것이 삶을 성찰하는 것이니까 지배 문화보다는 소수자 문화에 관심을 가지게 마련 아닙니까? 그 점에서 페미니즘의 정당성이 나온 거지요. 그 과정에 핵심적 테제로서 '몸'이 떠올랐습니다. 그런 상황이 상당히 진행되면서 '몸'만 보이는 시점이 도래했어요. 작가들 중에서도 김훈은 몸이란 철저하게 소멸해가는 것이라고 보았고, 김중혁은 몸의 연장으로서 기계가 활성화되기 시작한 21세기 문학의 징조들을 예표합니다. 그들은 몸이 영혼도 포괄하고 정신도 담아내는 역할을 한다는 인식에는 상대적으로 무심합니다. 그런 세상이 되었어요. 몸을 띄웠는데 몸의 위상이 격하된 거지요. 그 점에서 우리는 왜 다시 '몸'인가를 질문해야 합니다. 영적, 정신적 차원을 결여한 몸의 확산 과정이 저로서는 안타까워요. 죽음 너머에 있는 영적, 정신적인 것에 대한 생각이 없으면 곧 문화적 허무주의에 빠지기 쉽기 때문입니다.

선생은 '몸'에 대한 문학적 탐닉 과정을 객관적으로 분석하였고, 그것을 넘어서는 정신적, 초월적, 영적 세계에 대한 의지를 내내 피력하였다. 샤머니즘 기획이 허무주의나 몸의 과잉 현상으로 나타나는 현상을 비판하면서, 일관되게 정신과 영성을 강조하였다. 그래서 문학이 영상과 친화력도 있지만, 문자로 귀환하려는 문자적 기억이 비디오보다도 훨씬 생명력이 길다는 관점을 보여준다. 하지만 한국문학의 영상적 속성에 대해서도 그는 이미 『문학, 영상을 만나다』(2010)라는 연구서를 통해서 깊이 있는 인식을 보여준 바 있다.

몸과 관련된 글 가운데 신경숙론을 좀 주목해주기 바랍니다. 제목은 작가론 같지만 사실은 중국 쪽에서 한국 작가 이야기도 하면서 오늘날 한국문학의 특징을 담은 글을 써달라는 요청에 응한 거예요. 여기서 강조한 것은 한국문학의 특징에는 기본적으로 오늘날의 디지털 영상과는 조금 다른 본질적 의미에서의 영상성이나 환상성이 있다는 생각입니다. 문학이 나라에 따라 그 양식이 민족에 따라 그 양식이 조금

씩 다르다면 한국문학의 특징은 결핍감에 있을 것입니다. 특히 동아시아를 중심으로 보아도 우리에게는 상대적으로 결핍감이 많은데, 이 결핍감이 채워지기를 갈망하면서 나타나는 그리움과 동경이 한국문학의 커다란 특성입니다. 결국 결핍을 그대로 받아들이면서 채워짐을 갈망하는 작품일수록 우수한 작품이 많지요. 좀 올라가 보면, 김만중의 『구운몽』이나 소월, 만해의 시편들도 그렇지 않아요?

그런데 너무 빨리 결핍을 채우고자 하면 혼선이 와요. 리얼리즘적인 것이 그렇습니다. 현실적으로 그 채워짐을 강행할 때 폭력적 형태가 나타나요. 비록 정의로운 것을 표방한다 해도 폭력적 양태로 나타나면 문학이 무너집니다. 이때 저는 그 그리움의 파노라마를 넓은 의미의 영상이나 환상으로 봐요. 디지털 문명을 매개하지 않는다 하더라도 한국문학의 명편들은 대개 그렇게 영상이나 환상을 불러와요. 이 글은 몸의 부재와 그 위력으로 신경숙 소설을 읽었는데, 그녀의 소설에는 실재하지 않는 어떤 환상을 보면서 그럼에도 환상적인 것이 가지는 귀기에 현실적인 것을 들여놓습니다. 그 점에서 한국문학에 원천적으로 내재해 있는 영상성, 환상성을 주시할 필요가 있어요.

참으로 풍부한 예증을 해주신다. 선생의 생각에 의하면, 그동안의 우리 한국문학은 초월성의 결핍이라는 근본적인 특성을 가지고 있었다. 문학의 목표인 자기 구원이라는 것도 결국 '작은 초월'인 셈인데, 입체성을 결여하고 현실주의적 평면성을 줄곧 고수해온 측면이 있기 때문이다. 말하자면 상상력이라는 것이 결국 형이상학적 초월에까지 이르러야 하는데, 문화적 중층성의 빈곤으로 인해 그러한 형이상학적 전율에 이르지 못했던 것이다.

문학의 보편성 그리고 서정시

선생은 또한 외국문학자로서 1983년 독일에서 현대한국문학에 대한 특강을 한 이후 세계 곳곳에서 10여 차례 특강을 해옴으로써 한국문학 해외 소개의 전문가로 오랫동안 일해왔고, 최근에는 한국문학번역원장으로도 열정적인 모습을 보여주었다. 그리고 최근 한 월간지에 세계문학과 민족문학과 관련하여 우리 문학의 세계화에 대해 강조하신 사례에 비추어, 한국문학의 앞으로의 지향이나 비전 같은 것을 여쭈었다.

현대 한국문학에 대한 강연을 통해 해외소개사업에 첫 발을 디딘 것이 1983년이니 어언 30년이 넘었습니다. 제가 아마 첫 경우일 겁니다. 문학평론을 하는 외국문학도이다 보니 전문가 아닌 전문가가 된 셈이죠. 전 이제는 정말 문학의 보편성 인식이 보편화했으면 하는 생각이에요. 제가 보기에 한국문학에는 '세계화' '보편성' 같은 단어들에 대한 자기 방어적 요소가 있어요. 더욱이 이런 태도를 애국이나 정의 같은 긍정적 메커니즘을 대변하는 것처럼 생각하기도 하는 것 같아요. 그 점에서 한국문학에는 자기 변신을 꾀하지 않는 보수성이 있어요. 이제는 그 생각에서 벗어나야 하지 않나 생각합니다. 또 괴테 이야기를 해서 민망합니다만, 그는 독일문학에서 가장 큰 기여를 한 인물이지만 역설적으로 독일문학에서 독일이라는 이미지를 탈색시키는 일을 했습니다. 오직 괴테가 파고든 것은 진리의 문제, 생명의 문제, 사랑의 문제,

구원의 문제였지요. 그러면서 독일을 선진국의 반열에, 독일 문학을 세계문학의 반열에 올려놓습니다. 그 사례를 우리가 역사적 아날로지로 받아들여야 합니다. 문학이라는 말에는 앞에 아무것도 안 붙는 것이 제일 좋은데, 스스로 제한하고 분식하는 것은 좋지 않아요.

『몸, 그리고 말』에는 인상 깊은 시인론이 셋 있다. 시 비평을 오랫동안 해오면서 서정을 탐색하고 그 깊이를 헤아리며 '몸'에 대한 반명제로서의 서정적 본원성에 대한 옹호를 해온 결과가 아닌가 한다.

저의 기질 탓도 있고, '시의 정수는 서정시'라는 인식으로 제 비평이 귀납된 측면도 있습니다. 서정시를 곤란하게 하는 요소는 대체로 바깥에서 옵니다. 아도르노도 개탄하였듯 허위의 세상, 오리지널의 가치가 무화되는 복제의 세상, 끊임없이 반복 복제되는 '기계가 천사가 되는 세상'이 그것입니다. 그런 시대에 과연 서정시가 가당키나한가 질문한 것이지요. 대체로 우리가 최근 접하는 난해시나 해체시는, 지배체제가 권력화하면 거기서 소외된 소수자들을 옹호하다 보니까 기존 문법으로는 항거할 수 없기 때문에 언어를 비꼬고 비튼 결과입니다. 후기구조주의자들이 공통적으로 말하는 것처럼 언어도 타락했는데 그걸 그대로 쓸 수 있느냐 하는 거지요. 그러니까 일련의 젊은 시인들이 일종의 난해시, 해체시를 쓰는 현상도 문화사적으로 이해 못할 바 아니지요. 하지만 그에 동조하는 일은 전혀 다르지요. 언어 자체는 죄가 없는데도 시대의 공기(公器)라는 점에서 타박을 많이 받는 겁니다. 통합적인 의미에서의 언어는 사회 구성원 모두의 것이기 때문에 구성원들로부터 배척되고 소통이 안 되는 경우는 시의 기능이 성립되지 않아요. 그래서 더더욱 위대한 서정시가 나와야 합니다. 자기 필드에서 자체의 자력을 높여야 합니다. 그래서 난해시나 해체시는 상황의 불가피성에도 불구하고 저로서는 동조하거나 옹호하기 어려운 것입니다.

헌사와 지향

『몸, 그리고 말』 앞머리에 '먼저 떠나간 김현에게'라는 헌사가 들어 있다는 점에 눈길이 머물렀다. 그 맥락을 여쭈었다. 오랜 비평사적 의미의 역사 하나가 거기 함축되어 있었다.

말년의 김현과 많은 이야기를 했어요. 김현은 그때 『르네 지라르 혹은 폭력의 구조』를 썼고, 그 핵심은 종교와 폭력의 관계를 다룬 데 있습니다. 인간의 제도에 폭력성이 있고, 종교 제도도 폭력성의 일환으로 설명할 수 있는 거지요. 김현 자신은 이 책을 통해 자신이 제도권 종교로 들어가지 못하는 것에 대한 위로를 받았어요. 그런데 책머리에다 "주연에게. 기독교를 둘러싼 너와의 오랜 토론이 이 책으로 나를 이끌었기 때문에 너에게 이 책을 바친다"라고 썼더라구요. 그것은 제가 누구로부터 헌정 받은 유일한 책입니다. 그 후로 그 친구에게 답을 못했는데, 이번 책에 저한테 남아 있는 말을 썼어요. 그래도 이 책이 그와 나눈 이야기들과 가장 가깝게 느껴져서 헌사를 적었습니다.

선생은 그동안 비평을 통해 종교의 문화적 역할에 대한 유연하고도 깊은 관심을 표명해왔다. 그의 이러한 종교적 비전과 비평 감각은 더욱 친근하고도 심미적인 문체를 통해 선명하게 결속되고 있다. 온갖 폭력성에 노출되어 있는 문화적 상황을 기독교적 지성과 신앙으로 치유해온 그의 언어에는, 문학과 종교가 공통적으로 추구해온 인간 구원의 테마가 담겨 있다. 그가 신학자 한스 큉 교수와 문학자 발터 옌스 교수의 유명한 공저 『문학과 종교』(문학과지성사, 2019 재간행)를 수년간에 걸쳐 번역하고(1997) 각별히 아끼는 까닭도 이런 관점에서 이해된다.

선생은 지금도 새로운 승화를 보여주고 삶의 원리를 끊임없이 재정리해주는 문학 속에서만 진정한 감동이 가능하다고 생각한다. 또한 그는 우리 문화에 필요한 것은 분열이 아닌 다양성이고, 독선이 아닌 사랑임을 강조한다. 상대방을 인정할 줄 아는 마음이 필요하고, 서로 다른 원리와 규범은 어떤 것이 우리 인간들을 참되게 하는지 실천적 경쟁을 통해서 끊임없이 추구되어야 한다는 것이다. 상당 기간 동안 기독교 정신이 지배했던 서구 사회에서 다원적 민주주의가 가능했던 원인을 읽어야 한다고 힘주어 말씀한다.

우리는 선생의 비평이 심미적 세계나 공리적 세계에 머물지 않고, 올바른 신 중심주의가 인간을 보다 인간답게 만든다는 것을 자신의 비평에서 줄곧 관철시켜온 과정을 오랜 신뢰와 기대로 바라보아왔다. 그러면서도 선생이 비평의 진리 독점주의를 반대하면서, 열려 있는 비평적 감수성을 가진 점을 기억한다. 그리고 우리는 그렇게 깊은 성찰과 구원의 언어를 통해 궁극적 신성에 가 닿으려는 그의 비평이, 척박한 이성 중심주의의 문학 토양, 영상중심의 즉물주의의 맞은편에서 그 모든 것을 껴안고 깊고도 넓은 형이상학적 파동을 일으키며 문학의 위의(威儀)를 높이며 지속적으로 이어져갈 것을 소망한다.

[『대산문화』, 2014]